Der Watschenmann

Der Autor und Musiker Johann Allacher wurde in Wien geboren, wo er auch Rechtswissenschaften studierte. Da sich Frisur und Rockstar-Ambitionen nicht mit einer Juristenkarriere vertrugen, folgten Beschäftigungen als Angestellter, Unternehmer und Kundenberater. Seit 2011 arbeitet der Autor an Kriminalromanen und humoristischen Texten im Wiener Dialekt. Er lebt mit Frau, Kindern, zahlreichen Haustieren und Tausenden Schallplatten in einem Ökohaus knapp außerhalb Wiens.

JOHANN ALLACHER

Der Watschenmann

KRIMINALROMAN

emons:

Bibliografische Information der Deutschen Nationalbibliothek
Die Deutsche Nationalbibliothek verzeichnet diese Publikation in der Deutschen Nationalbibliografie; detaillierte bibliografische Daten sind im Internet über http://dnb.d-nb.de abrufbar.

MIX
Papier aus verantwortungsvollen Quellen
FSC® C083411

Umschlagmotiv: iStockphoto.com/beecue
Umschlaggestaltung: Tobias Doetsch
Gestaltung Innenteil: César Satz & Grafik GmbH, Köln
Lektorat: Carlos Westerkamp
Druck und Bindung: CPI – Clausen & Bosse, Leck
Printed in Germany 2016
ISBN 978-3-95451-953-8
Originalausgabe

Dieser Roman wurde vermittelt durch Mag. Günther Wildner, Wildner Kulturmanagement, Wien.

Was wir brauchen, sind ein paar verrückte Leute;
seht euch an, wohin uns die normalen gebracht haben.

George Bernard Shaw

1

»Achtung, fertig, los!«

Unter dem Gejohle der Zuseher schnellte der Unterarm des Mannes in der grauen Arbeitsjacke nach vorn. Dem bladen Kurtl, wie der korpulente Bauarbeiter im Café »Tschecherl« genannt wurde, standen schon zu Beginn der Auseinandersetzung erste Schweißtropfen auf der Stirn seines groben, kahlen Kopfes. Die Schultern des zwischen Wand und Theke eingeklemmten massigen Körpers wirkten auf fast unnatürliche Weise verdreht, wie bei einem Kampfstier, der seinen Schädel im vollen Lauf verwundert nach hinten reißt, weil seine Hörner anstatt der Eingeweide des Toreros nur ein Stück rotes Tuch erwischt haben.

Irgendwie schien alles an Kurtl grob und kantig zu sein. Der Kopf, das Gesicht, die Schultern und nicht zuletzt auch seine Umgangsformen, mit denen er sich bei den Stammgästen des »Tschecherl« wenig Freunde gemacht hatte. Vor sechs Wochen hatte er das kleine Lokal in der Schwendergasse zum ersten Mal betreten. Seitdem war er jeden Abend hier erschienen, pünktlich wie die Turmuhr der nahe gelegenen Dreifaltigkeitskirche, immer gleich nach Ende der obligaten zwei Überstunden, die sein Chef täglich diskret und steuerfrei aus der Handkasse des Baustellenbüros ausbezahlte.

Eine große Hotelkette hatte in unmittelbarer Nähe des Café »Tschecherl« mit dem Bau eines Gebäudekomplexes samt Tiefgarage begonnen, direkt neben dem Technischen Museum, mit Blick auf eine Parkanlage und das dahinter liegende Schloss Schönbrunn. Wie so mancher andere Arbeiter der Großbaustelle hatte es sich auch der blade Kurtl zur Angewohnheit gemacht, am späten Nachmittag den Gustav-Jäger-Park zu durchqueren und sein Tagwerk im »Tschecherl« zu beenden.

Er kam stets zur gleichen Zeit und erschien immer in der derselben Montur. Eine dunkelgraue Arbeitslatzhose spannte sich über seinen gewaltigen Bauch und betonte die Konturen von Brieftasche und Zigarettenschachtel, die sich in der Brusttasche verbargen. Auch seine Jacke wechselte der Kurtl nie. Egal, ob der nahende Sommer eine erste Hitzewelle als Vorboten ins Wiener Becken schickte oder ob ein Frühlingsregenschauer die Stadt an der Donau abkühlte, immer trug er seine schäbige graue Arbeitsjacke, deren verblasste orangefarbene Aufschrift auf jene Hoch- und Tiefbaufirma hinwies, für die der Kurtl tagsüber Fertigbetonteile von Tiefladern entlud.

Die kurzen, dicken Finger seiner rechten Hand hatten bei »los« ein volles Whiskyglas gepackt, um es wenige Sekunden später im Leerzustand auf die kunststoffbeschichtete Oberfläche der L-förmigen Bar zu knallen. Ohne auch nur für einen Augenblick innezuhalten, folgten ein doppelter slowenischer Zwetschgenschnaps und ein gut eingeschenktes Glas mit jenem billigen Dreistern-Weinbrand, den Friedl Schopp bei seiner montägigen Einkaufstour im Getränkegroßhandel gewöhnlich mitzunehmen pflegte.

Gottfried Schopp, Gastronom und Betreiber des »Tschecherl«, war für seine reichhaltige Getränkekarte genauso bekannt wie für die bescheidene Qualität der wenigen angebotenen Speisen, und so verirrte sich auch niemals ein Feinschmecker in das unscheinbare Lokal, sehr wohl jedoch der eine oder andere Gast, der anstatt Hunger einen gewaltigen Durst mitbrachte.

Von wirklichem Durst konnte bei Kurtl keine Rede mehr sein, als er sich auf den Wettkampf eingelassen hatte, zu viel Bier war davor schon geflossen. Wohl eher war es übersteigertes Selbstvertrauen als Folge dieses Bierkonsums, das ihn dazu gebracht hatte, seine fetten Hüften in den schmalen Raum zwischen Bar und Rückwand des Gastraumes zu zwängen.

»Feige Sau«, hatte er dem langen Nowak noch zugerufen und damit wohl die ganze versammelte Belegschaft des »Tschecherl« gemeint, doch der Angesprochene dachte nicht im Entferntesten daran, aktiv am Geschehen teilzunehmen. Vielmehr ließ er sich in einen der dunkelbraunen Holzsessel fallen, die sich um kleine Tische in der Nähe der Bar gruppierten, streckte seine langen Beine von sich und nahm jene entspannte Position ein, die er vor dem kleinen Fernsehgerät seiner Portierloge bei der Penzinger

Brauerei über Jahre hinweg perfektioniert hatte. Aus Gründen der Arbeitsplatzsicherung, wie er immer wieder gerne betonte, stammte auch der Inhalt des Bierglases in seiner Linken aus den nicht weit vom Lokal gelegenen Werksgebäuden der Penzinger Brau KG.

»Zehn Gründe, warum Bier besser ist als eine Frau« waren auf dem exklusiv für Nowak reservierten Stammglas zu lesen. Zehn Gründe, die der lange Nowak gerne zitierte, sobald er auf seinen Status als fast vierzigjähriger Junggeselle angesprochen wurde. Dabei fehlte ihm jeglicher Vergleich zwischen den zwei Objekten männlicher Begierde, waren doch weibliche Besucher im »Tschecherl« ähnlich selten anzutreffen wie in der Portierloge seines Arbeitgebers.

Fast alle Lokalgäste hatten sich dem Spektakel an der Bar zugewandt, und unter dem Gelächter und Geschrei des sachkundigen Publikums spülte sich der Kurtl mit einem Glas Wodka den Geschmack des billigen Weinbrands aus dem Rachen. Mit einem »Rebrov«, wie der mit neunundvierzig Jahren von der Bundesbahn pensionierte Wendl Bertl zum russischen Nationalgetränk zu sagen pflegte. Und der Wendl verstand etwas von Wodka. Jahrelang hatte die geruchs- und farblose Spirituose als unauffälliger Zusatz zum täglichen Orangensaft für ausgelassene Stimmung in jener Abteilung der Bundesbahnen gesorgt, in der es Wendl mitsamt seinen Kollegen geschafft hatte, sich eine Stunde Verwaltungsarbeit so einzuteilen, dass es für Außenstehende nach einem anstrengenden Acht-Stunden-Arbeitstag aussah.

Wendl hatte seine Spielkarten zur Seite gelegt, um dem Schauspiel an der Bar aus nächster Nähe folgen zu können. Sein wesentlich jüngerer Spielpartner Breitenecker, dem der Begriff Acht-Stunden-Arbeitstag völlig fremd war, folgte ihm nach, nicht ohne vorher das Kartenpaket noch einmal ordentlich durchzumischen. Er lag zwar ein »Pummerl« voran, doch das Glück war bekanntlich ein Vogerl, und der Wendl war dafür bekannt, die Flugbahn dieses kleinen Glücksvogels nach seinen Wünschen beeinflussen zu können.

»Einmal Luft raus, Herr Friedl!«, rief Breitenecker und schob sein leeres Glas quer über den grau gesprenkelten Tresen in Richtung jenes Bereiches des Café »Tschecherl«, der ausschließlich dem Gastronomen vorbehalten war. Dort hatte sich der Gastwirt zwischen Bierzapfanlage, Espressomaschine und Mikrowellenherd seinen ureigenen privaten Bereich geschaffen, der im Wesentlichen aus einem kleinen Tischchen bestand, auf dem sich ein Stapel Rätselzeitschriften, zwei, drei Kugelschreiber, ein riesiger Aschenbecher und mehrere Päckchen Zigaretten befanden. An der Wand über dem Tischchen hingen zwei gerahmte Fotografien von Fußballmannschaften aus den sechziger Jahren. Davor pflegte der Haus-Chef zu sitzen, kettenrauchend und völlig vertieft in seine Kreuzworträtsel, sofern er nicht gerade mit dem Ausschank von Getränken beschäftigt war.

»Als Wirt hat man nur zwei Möglichkeiten«, sagte Herr Friedl gerne. »Entweder man amüsiert sich mit seinen Gästen und ist in wenigen Jahren ein Wrack, oder man ignoriert das notwendige Übel Gast und schafft es halbwegs unbeschadet in die Pension.«

Viele Jahre fehlten ihm bis zu seiner Pensionierung wohl nicht mehr, aber wer konnte schon das Alter von jemandem schätzen, der pro Tag mehrere Päckchen Zigaretten rauchte und ein Gesicht hatte, mindestens so grau wie die Fußballer des Wiener Sportclubs auf den alten Schwarz-Weiß-Fotografien dahinter?

Im Moment musste das begonnene Kreuzworträtsel aber genauso warten wie der Getränkewunsch des Georg Breitenecker. Friedl Schopp hatte seinen Grundsatz ausnahmsweise über Bord geworfen, war von seinem Stuhl aufgestanden und beobachtete gespannt, wie der blade Kurtl, nachdem er ein Glas mit Bacardi-Rum geleert hatte, zum Tequila griff. Der weiße Rum war irgendwo tief drinnen im mächtigen Leib des Kurtl mit Weinbrandverschnitt und Zwetschgenschnaps zusammengetroffen und hatte dort eine Mischung kreiert, die dem Bauarbeiter nicht zu behagen schien. Der Kurtl begann sein Gesicht zu verziehen und wischte sich mit dem Oberarm den Schweiß von der Stirn.

Es war jetzt deutlich leiser geworden im »Tschecherl«. Selbst die zufällig ins Lokal gestolperte Gruppe von Gymnasiasten im hinteren Bereich war beinahe verstummt. Aus dem lauten Kichern der Mädchen war ein leises Tuscheln geworden, und ihre jungen männlichen Begleiter hatten sogar die Jukebox leiser gedreht, die sie zuvor aus Begeisterung über die Singles aus vergangenen Jahrzehnten mit Münzen gefüttert hatten.

Internationale Küche konnte man dem Lokal ja nicht gerade attestieren, aber wenn man sich die Herkunft der Getränke, die der Herr Friedl kunstvoll vor dem Kurtl aufgebaut hatte, näher ansah, hätte man das schon ein wenig als kulinarische Reise durch mehrere Kontinente betrachten können. Sofern es noch als kulinarisch gilt, wenn man sich hintereinander zehn Gläser mit hochprozentigen Spezialitäten aus aller Herren Länder genehmigt.

Schottland, Slowenien, Österreich, Russland und die Bahamas hatte der blade Kurtl schon hinter sich gebracht, jetzt ging die Reise weiter nach Mexiko. Im Eiltempo natürlich! Denn bei dieser hochprozentigen Weltreise handelte es sich um keinen Kultur- und Genussausflug, eher um eine vom »Reisebüro Tschecherl« zusammengestellte Reihe von Kurzbesuchen mit Anreise per Überschallflugzeug. Einmal um die Welt in zehn Minuten sozusagen. So lange dauert es zumindest beim Essen, bis das Gehirn vom Magen die Information erhält, satt zu sein. Isst man schneller, kann man den eigenen Körper mit Leichtigkeit überlisten und schnell noch eine zweite Pizza in sich hineinstopfen, bevor einem das Sättigungsgefühl mitteilt, sich überfressen zu haben. Hier offenbart sich das Grundübel der Menschheit, Entscheidungen primär aus dem Bauch heraus zu treffen, ohne jene zehn Minuten abzuwarten, die es benötigt, die dadurch hervorgerufenen Folgen abzusehen. Ein Blick in die Abendnachrichten genügt, um zu erkennen, dass diese kurze zeitliche Latenz dazu geeignet ist, dereinst die Spezies Mensch auszurotten.

Mit allfälligen weltpolitischen Auswirkungen seiner Handlungen hatte sich der blade Kurtl noch nie auseinandergesetzt. Aber sowohl im Schnell-Essen als auch im Überfressen galt er als anerkannte Kapazität. Und was bei festen Nahrungsmitteln funktioniert, muss auch bei Flüssignahrung klappen, dachte sich der mittlerweile stark schwitzende Bauarbeiter und griff entschlossen zum Tequilaglas.

Aus einer Flasche mit einem Plastiksombrero als Verschlusskappe hatte der Wirt ein Vier-Zentiliter-Glas genau bis zum oberen, zweiten Markierungsstrich befüllt. Auf dem Glas lag, wie ein Deckel, eine Zitronenscheibe. Die Ansichten, wie man Tequila zu trinken habe, waren ja mindestens so unterschiedlich wie die Herkunftsnationen, aus denen sich die Bevölkerung des fünfzehnten Wiener Gemeindebezirks zusammensetzte. Mit Salz, ohne Salz, mit Orange oder mit Zitrone. Salz auf den Handrücken streuen oder auf die Zitronenscheibe. Vor dem Trinken in die Zitrone beißen oder erst nach dem Hinunterkippen des Getränks. Dass man allerdings Tequila durch den Mund zu sich nahm und durch die Nase wieder von sich gab, war wohl selbst in Gegenden verpönt, die von Mexiko so weit entfernt waren wie Wien-Rudolfsheim-Fünfhaus.

Im Bestreben, die mittelamerikanische Hürde möglichst rasch zu überwinden, hatte der blade Kurtl die Zitrone zur Seite gelegt und das Schnapsglas, ohne vorher Luft zu holen, in einem Zug leer getrunken. An seinen plötzlich weit aufgerissenen Augen konnte man erkennen, dass sein Körper mit dieser Vorgangsweise überhaupt nicht einverstanden war. Das leere Glas fest umklammernd, hielt er kurz inne, bevor ihn ein heftiger Hustenanfall packte. Sein Oberkörper sackte nach vorn, und unter lautstarkem Husten beschloss der soeben getrunkene Tequila, durch die Nase des Trinkers wieder zum Vorschein zu gelangen und die graue Latzhose genau dort zu beschmutzen, wo sie am weitesten vom Rücken entfernt war.

Der Kurtl hatte sich verschluckt, rang nach Luft und wischte sich verzweifelt mit dem Handrücken und mit dem Ärmel seiner Jacke über Nase, Mund und Kinn. Tränen kullerten aus seinen Augen und vermischten sich unterhalb der Nase mit dem von der Stirn laufenden Schweiß und dem wieder zum Vorschein gelangten Tequila. Während er sich hustend das Gesicht abwischte, versuchte er gleichzeitig zu fluchen. Die Bemerkungen zur Qualität des Gesöffs gingen aber in einem weiteren Anfall unter.

»Dreckszeug, verdammtes!«, entfuhr es ihm dann doch noch, als er sich wieder einigermaßen gesammelt hatte. Langsam richtete er sich auf, atmete ein paarmal tief durch und stellte das Glas behutsam neben die anderen. Dann beugte er sich nach vorn und schob mit dem Unterarm alle leeren Gläser zur Seite, so als würden sie ihn daran hindern, die noch zu erledigende Aufgabe durchzuführen. Und die hatte es in sich! Vier gefüllte Gläser standen noch vor ihm, und Kurtl fixierte diese wie ein Boxer seinen Gegner im Ring.

Sein Oberkörper wippte leicht vor und zurück, der Blick blieb dabei stets auf den flüssigen Feind gerichtet. Als ob es gelte, eine Schwachstelle beim Gegenüber auszumachen, verharrte Kurtl in diesem Zustand, bis er noch einmal deutlich hörbar Luft aus seinen Lungen entweichen ließ und mit einem Griff zu dem rechts außen stehenden Glas die alkoholische Reise nach Griechenland fortsetzte.

»Super, Kurtl!«

»Weg damit, Kurtl!«

Unter den Anfeuerungsrufen der Kartenspielgegner Breitenecker und Wendl kippte der blade Kurtl ein Glas Metaxa, schüttelte danach schnaubend den Kopf und griff sogleich zum nächsten Glas. Ein »Lärcherl« wartete darin auf den Wettkämpfer. Angesetzt von Friedl persönlich, galt der Lärchenschnaps als Spezialität des Hauses, und wenn man im »Tschecherl« ein »Menü« bestellte, wurde einem ungeniert ein großes Penzinger mit einem kleinen »Lärcherl« serviert.

Sieben oder acht Penzinger Märzen hatte der blade Kurtl schon in der Aufwärmphase für den Zehnkampf gebechert. Die aus den frischen Trieben von Lärchenzweigen gewonnene Menüergänzung konnte er sich nun jedoch ersparen. Denn kaum hatte er das Schnapsglas an den Mund gesetzt, ertönte von der gegenüberliegenden Seite der Bar ein lautes: »Fertig!«

Mit einem Jägermeister hatte der junge Mann an der längeren Seite der Theke den Wettbewerb beendet. Ein Magenbitter zum »Einrenken« des Magens im Finale, wenn man so wollte, schließlich soll es ja nicht übermäßig gesund sein, in Rekordgeschwindigkeit zehn Spirituosen zu sich zu nehmen. Aber so waren nun mal die Regeln des »Alkoholischen Zehnkampfs«. Zehn harte Getränke, zwei Gegner, einer, der »fertig« schrie, und ein Verlierer. Dieser durfte die Zeche bezahlen, plus einen Hunderter an den Gewinner.

Und zu gewinnen gab es bei diesem Zehnkampf eigentlich für alle etwas: Der Sieger durfte sich über einen grünen Geldschein freuen, der von seinen Gästen liebevoll »Herr Friedl« genannte Lokalbetreiber konnte auf einen Satz zwanzig hochpreisige Getränke umsetzen, und dem Publikum wurde eine illustre Show geboten. Aber auch der Verlierer wurde durch den Wettkampf reicher. Nämlich um die Erfahrung, gegen den Erfinder dieses Zehnkampfs völlig chancenlos zu sein.

Erik Neubauer, Student im achtzehnten Semester, hatte noch nie verloren. Seit er vor ein paar Jahren den »Alkoholischen Zehnkampf« aus einer Wette heraus erfunden hatte, war er immer der Erste gewesen, der das letzte leere Glas auf die Theke gestellt hatte. Das hatte ihm nicht nur so manchen Hunderter eingebracht, den er als Student ganz gut gebrauchen konnte, sondern auch den Ehrennamen »Erki«, in Anlehnung an den estnischen Zehnkampf-Olympiasieger Erki Nool.

Dabei war dem schmächtigen Burschen niemals auch nur die geringste Spur eines dieser Alkoholexzesse anzumerken. Niemand im »Tschecherl« konnte sich daran erinnern, den Neubauer jemals betrunken gesehen zu haben. Ausgelassen oder beschwingt vielleicht. Aber niemals lallend, schwankend oder torkelnd.

»Rauschunverträglichkeit« wurde dieses Phänomen von Herrn Friedl genannt. Eine Unverträglichkeit von Alkoholunverträglichkeit, gewissermaßen. »Dolby-Syndrom«, sagte Erki selbst scherzhaft dazu, ohne die medizinischen Hintergründe zu kennen, warum sein Blut so wenig Alkohol aufnahm. Welches alkoholische Gebräu er auch immer konsumierte, es zeigte bei ihm kaum Wirkung, sah man einmal davon ab, dass ihn die erhöhte Flüssigkeitsaufnahme zu einem häufigeren Aufsuchen der mintgrün gefliesten Herrentoilette des »Tschecherl« zwang.

So mancher Berufschauffeur, Chirurg oder Politiker hätte ein

Vermögen für diese Eigenschaft bezahlt. Erki Neubauer hingegen nahm diese unerklärliche Nichtreaktion seines Körpers hin, wie er alles im Leben hinnahm: mit einem verschmitzten Grinsen.

Und so saß er auch jetzt fröhlich lächelnd am Ende des längeren Teils der L-förmigen Bar und ließ sich von den Zusehern des Zehnkampfs feiern. Sein Hemd trug er wie immer offen, darunter prangte in psychedelisch geschwungenen Buchstaben »Grateful Dead – Summer Tour« auf einem ausgewaschenen T-Shirt, das auf eine Konzertreihe im Geburtsjahr seines Trägers hinwies. Entspannt an die Theke gelehnt, fuhr sich Erki mit seinen dünnen Fingern immer wieder durch den wirren Blondschopf, während ihm seine Freunde anerkennend auf die Schulter klopften.

»Erki, du bist ein grausliches Kanalgitter«, meinte der neben ihm sitzende Rauchfangkehrer Meixner mit einem deutlichen Anflug von Hochachtung in der Stimme. »Gegen dich ist jedes Abflussrohr chancenlos!«

»Danke, Schwarzer!« Erki drehte sich blitzschnell zum Schornsteinfeger und drückte einen lautstarken Kuss auf dessen ungewaschene Backe. »Rauchfangkehrer küssen bringt Glück«, behauptete er augenzwinkernd. »Das kann man als Zehnkämpfer immer brauchen.«

Der verdutzte Meixner wischte sich mit der Hand über die Wange und schnitt eine Grimasse. »Idiot«, zischte er und wusste nicht so recht, ob er sich jetzt ärgern oder gar aufregen sollte, beschloss dann aber einfachheitshalber, sich dem Gelächter der Umstehenden anzuschließen.

»Den Dreck bekommst du nie wieder weg«, prophezeite Jirschi Nemecek lachend und prostete seinem besten Freund Erki zu. Die beiden kannten sich seit ihrer Schulzeit, als der Nemecek noch Kevin geheißen hatte und der Neubauer noch Erik. Kevin passte zu Nemecek wie Friedhelm zu einem Rockstar oder Wilhelmine zu einer Hollywood-Diva, und so wurde die unbedachte Namenswahl seiner Eltern eben durch seine Mitschüler korrigiert.

Nemeceks Urgroßvater, der aus Mähren nach Wien emigriert war, um für eine der zahlreichen Ziegelfabriken am Stadtrand zu arbeiten, hätte an dem Namen Jirschi sicher seine Freude gehabt. Vielleicht war es auch diese Herkunft, die Jirschi dazu bewogen hatte, sich ebenfalls mit Ziegeln zu beschäftigen. Er war Bauingenieur geworden und durfte jetzt mit staatlich verliehenem Ingenieurstitel sein Arbeitslosengeld vom AMS beziehen. In Zeiten der Rezession gab es eben nicht viel zu bauen, da half auch keine Familientradition.

Jirschi kannte Erki wie sonst keiner im »Tschecherl«. Dennoch war er immer wieder aufs Neue über dessen Fähigkeit erstaunt, Hochprozentiges wie Wasser wegzukippen.

»Erki, du bist durch die zehn Getränke durchmarschiert wie der Ernstl damals durch die zehn spanischen Feldspieler«, stellte er anerkennend fest.

Ernst Stierschneider, Ex-Profifußballer, hätte sich über diesen Vergleich bestimmt gefreut, konnte ihn allerdings nicht kommentieren. Er war schon vor dem Ende des Zehnkampfs, mit dem Kopf auf seinen Unterarmen liegend, an der Bar eingeschlafen.

»Ein Hoch auf den regierenden Zehnkampf-Weltmeister«, rief Jirschi, »die nächste Runde geht auf mich!«

»Ein Vierterl Rot«, kam es undeutlich unter den Armen des schlafenden Stierschneider hervor, gefolgt von leisem Schnarchen. Das Unterbewusstsein des ehemaligen Strafraumstürmers hatte sich offensichtlich den Instinkt bewahrt, unvermittelt gespielte Querpässe abzufangen.

Der Anstand seines prominenten Gastes, auch noch im Schlaf Getränke zu ordern, zauberte sogar dem Gastronomen ein Lächeln ins Gesicht. Mit einem Schreibblock in der Hand wartete Herr Friedl geduldig auf die Getränkewünsche von Erki, Jirschi und dem schwarzen Meixner, während sich diese vor Lachen krümmten.

Nur der blade Kurtl hatte an diesem Abend nichts zu lachen. Der Wirt hatte ihm das Geld für die Zeche und einen Hunderter für den Neubauer abgenommen. Dort, wo sich vorher der Verdienst von zehn Tagen Überstunden befunden hatte, konnte der Kurtl jetzt nur mehr das zerschlissene Innenfutter seiner Geldtasche betrachten. Und je länger er sich in die Leere dieser alten braunen

Lederbrieftasche vertiefte, desto größer wurde sein Zorn auf den sinnlosen Wettkampf, auf das »Tschecherl«, auf den Herrn Friedl, seine Gäste, auf die Großbaustelle nebenan und auf alle Tieflader und Fertigbetonteile dieser Erde. Schließlich richtete sich sein Zorn gegen Erki, der noch immer lachend am anderen Ende der Theke auf seinem Barhocker saß und darauf bestand, die Bezahlung der von Jirschi georderten Getränkerunde selbst zu übernehmen. So ein Hunderter in der Tasche war schließlich ein guter Grund, die marode Volkswirtschaft ein wenig anzukurbeln.

»Das war nicht fair!«, schrie Kurtl und versuchte dabei mühsam, seinen fetten Körper aus dem beengten Raum seines Sitzplatzes hervorzuwuchten. »Ich musste husten! Wir hätten unterbrechen müssen!« Sein kahler Schädel war blutrot geworden, und der eben noch stumpfsinnig trübe Blick hatte sich in ein hasserfülltes Blitzen gewandelt.

Alarmiert durch das Gebrüll und das Klirren zweier in der Aufstehbewegung zu Boden geworfener Gläser, begannen die meisten Zuseher des Zehnkampfs sich eilig von der Bar zurückzuziehen.

»Gib mir das Geld zurück!«, schrie der nun in voller Größe vor seinem Widersacher aufgetauchte Kurtl in einer Lautstärke, die sämtliche Gespräche im »Tschecherl« verstummen ließ.

Erki schob sich wortlos die Brille etwas höher auf den Nasenrücken, so als wollte er genauer sehen, was da Unangenehmes auf ihn zukam. Dieses brachte mindestens einhundertdreißig Kilogramm auf die Waage und bewegte sich wie ein bedrohlich schwankendes, riesiges dunkelgraues Fertigbetonbauteil auf Erki zu.

Instinktiv nahm Erki beide Unterarme vors Gesicht. Sein metallumrandeter Sehbehelf war weder teuer noch besonders modisch, blieb aber unversehrt, denn als er sich getraute, vorsichtig unter seinen dünnen Armen durchzuspähen, lag der blade Kurtl bereits am Boden – vor dem Lokal. Herr Friedl war mit einer Geschwindigkeit, die man ihm nicht zugetraut hätte, hinter dem Kurtl aufgetaucht, hatte ihn mit einem Tritt in die Kniekehle ins Straucheln gebracht, dem wankenden Turm durch einen Ellbogencheck eine Richtungsänderung verpasst und ihn dann mit auf den Rücken gedrehtem Arm zum Ausgang geleitet, wo er den schwergewichtigen Körper durch die geöffnete Eingangstür der Länge nach ins Freie fallen ließ.

»Ich bring euch alle um!«, war hinter der eilig wieder geschlossenen Tür zu hören, gefolgt von einer Schimpfkanonade, bei der die Bezeichnung »Hurenkinder« noch der freundlichste Ausdruck war. Ein auf dem Gehsteig vor dem »Tschecherl« aufgestellter Fahrradständer knallte mit metallischem Lärm auf den Asphalt und zeugte vom vergeblichen Versuch des Liegenden, sich daran aufzurichten. Neuerlich folgende Schimpftiraden gingen dann aber urplötzlich in würgende Geräusche über. Die frische Nachtluft konnte einem schon ordentlich zusetzen, wenn man vorher wild durcheinandergesoffen hatte. Davor waren auch grobe und kantige Menschen nicht gefeit, und der blade Kurtl sah sich gezwungen, den Rückzug anzutreten.

Als sich die schweren Schritte, begleitet von den unschönen Geräuschen des revoltierenden Magens, langsam vom Lokal entfernten, saß der Wirt schon wieder vor seinem Kreuzworträtsel und suchte konzentriert nach einem schottischen Fluss mit vier Buchstaben.

»Ich war nicht immer in der Gastronomie beschäftigt«, hatte er zuvor auf die fragenden Blicke der Lokalbesucher hin erklärt und seinen Gästen damit drastisch vor Augen geführt, wie wenig man hier im »Tschecherl« eigentlich voneinander wusste.

2

»Das ist gar nicht gut.« Berger blickte zu seinem älteren Kollegen Jerabek. »Das ist überhaupt nicht gut.«

Doch Abteilungsinspektor Franz Jerabek starrte immer noch gebannt auf das Beet mit den weißen Rosen, das sich als einziges Blumenbeet mit weißen Blüten in einer Reihe bunt bepflanzter Beete befand, die halbkreisförmig um einen Brunnen angeordnet waren.

»Du wolltest mich auf Rosen betten! Ich hätte dir nie glauben sollen«, hatte ihm seine Frau im Zuge einer lautstarken Auseinandersetzung an den Kopf geworfen, als er ihr am Morgen eröffnet hatte, dass der Dienstplan keinen dreiwöchigen Urlaub zulassen würde. Er versuchte, sich ihren auf Rosen gebetteten korpulenten Körper vorzustellen, im neuen Badeanzug, den sie nach ewig langer Suche in einem Bekleidungsgeschäft auf der Mariahilfer Straße gekauft hatte.

»Kein schöner Anblick«, bemerkte Berger und traf damit den Nagel auf den Kopf.

Auch das Donauweibchen, eine steinerne Wassernixe, die auf der Spitze des säulenförmigen Trinkwasserbrunnens thronte, hatte es vorgezogen, in eine andere Richtung zu schauen. Ihr trauriger Blick suchte das Wasser des Wienflusses, der in unmittelbarer Nähe des Brunnens den Stadtpark durchzog und mit dem wenigen Nass, das er im Frühsommer transportierte, den Park in zwei Hälften teilte. Doch der Fluss war schon vor über hundert Jahren in ein tiefes Bett aus Beton gezwängt worden. Wie ein steinernes Mahnmal für die Unerreichbarkeit so mancher Ziele des Lebens mühte sich das Donauweibchen seit dieser Zeit vergebens, zwischen Bäumen und Ufergeländer hindurch das Glitzern der Wasseroberfläche zu erspähen.

Das gemächlich zum Donaukanal hinfließende Wasser blieb der Nixe genauso verborgen wie das Bild, das sich den beiden Herren hinter ihrem Rücken in einem der Rosenbeete des Stadtparks bot. Berger hatte recht: wahrlich kein schöner Anblick.

Wenngleich das Zusammenspiel der Farben wirkte, als ob ein Künstler diese Komposition geschaffen hätte. Sofern man Weiß und Schwarz als Farben werten durfte, denn inmitten weißer Rosenblüten lag mit verzerrtem Mund und weit aufgerissenen Augen ein Schwarzer. Kein Angehöriger der »schwarzen« konservativen Wiener Oppositionspartei, deren Wähler zuletzt in Scharen zur ausländerfeindlichen Rechtspartei abgewandert waren, sondern einer jener neuen Wiener, deren rasante Zunahme im Stadtbild für diese Wählerverschiebung mitverantwortlich war, ein dunkelhäutiger junger Mann.

Die dunkle Farbe seines Gesichts und seiner Arme setzte sich über ein schwarzes kurzärmeliges Hemd und eine schwarze Bundfaltenhose bis hin zu schwarzen ledernen Halbschuhen fort. Sogar seine Baumwollsocken waren schwarz. Wie ein finsterer Schatten lag der Mann in den hellen Blüten des Blumenbeetes. Nur seine Augen und Zähne stachen mit ihrem Weiß aus diesem Schatten hervor und verliehen der Szenerie das gespenstische Flair eines alten Schwarz-Weiß-Horrorfilms.

»Ein Neger«, fluchte Berger. »Das ist gar nicht gut! Da werden wir in den Medien wieder als fremdenfeindlich dastehen, wenn wir den Fall nicht gleich aufklären können.« Mit dem Fuß scheuchte er zwei Krähen weg, die sich dem Farbigen genähert hatten.

Der vor ihm liegende Mann konnte ihn nicht mehr hören, er war tot. Ein dünner roter Streifen hatte sich in das Schwarz-Weiß-Bild geschwindelt. Eine schmale Blutspur, die sich von der Mitte der Stirn oberhalb der rechten Augenbraue entlangzog, bis sie sich in den dichten Haaren verlor.

»Kopfschuss«, murmelte Berger. »Der hat nicht mehr viel Zeit gehabt, darüber nachzudenken, was er hier bei uns in Österreich verloren hat.«

»Der hat hier studiert«, erklärte Jerabek. »Technische Universität.« Er reichte Berger einen Studentenausweis, den er aus der Brusttasche des schwarzen Hemdes gezogen hatte. Der Ausweis steckte gemeinsam mit einer Jahreskarte der Wiener Linien in einer Plastikhülle, dazwischen befand sich ein Zwanzig-Euro-Schein. Mehr trug der Tote nicht bei sich.

»Na, dann ist ja eben mal ein Studienplatz frei geworden«,

meinte Berger sarkastisch. Er betrachtete den Ausweis. »Ist mir sowieso ein Rätsel, warum wir unsere Unis mit Ausländern vollstopfen und dann für die eigenen Kinder keine Plätze mehr frei haben. Hauptsache, wir kriechen den ahnungslosen Wapplern in Brüssel damit in den Arsch!«

»Du hast gar keine Kinder, Berger«, entgegnete Jerabek gereizt. Die permanenten Unmutsäußerungen und die diskriminierenden Bemerkungen des ihm kürzlich neu zugeteilten Teampartners begannen ihn langsam zu nerven. Seit seiner Kindheit war dem stämmigen leitenden Kriminalpolizisten bewusst, dass es leichter fiel, ein Puzzle zusammenzufügen, wenn man unaufgeregt an die Sache heranging. Und rassistische Vorbehalte hatten das Ermitteln in einem Mordfall noch nie vereinfacht.

»Da geht's mir ums Prinzip«, setzte Berger unbeirrt nach. »Für jede hirnrissige Idee der EU schmeißen wir Millionen zum Fenster raus, und dort, wo's im eigenen Land eng wird, heißt es dann, wir müssen sparen. Brauchst nur bei uns zu schauen, Franz. Seit der Osten offen ist, kommen wir mit der Arbeit nicht mehr nach. Und was macht das Innenministerium? Der Pleyer und der Wallner sind seit über einem Jahr in Pension. Nachbesetzung? Fehlanzeige! Kein Geld da, sagt der Alte. Aber bei der Aufnahme der Bulgaren und Rumänen in die Union haben sie alle noch fest applaudiert, die Oberg'scheiten! Jetzt müssen sie fleißig die Kriminalstatistik frisieren, und wir dürfen die Krot fressen und Überstunden schieben.«

Jerabek vermied es, sich auf eine Diskussion einzulassen. Seine Erfahrung hatte ihn gelehrt, dass es zu viel Kraft kostete, sich ausschließlich mit den negativen Aspekten des gesellschaftlichen Wandels auseinanderzusetzen. In den knapp vier Jahrzehnten seiner Dienstzeit hatte sich nicht nur die Polizeiarbeit massiv verändert, sondern auch die Einstellung bei vielen seiner jungen Kollegen. Der Kern seiner geliebten Arbeit war jedoch in all den Jahren immer gleich geblieben. Es war die Beschäftigung mit einem Thema, das so alt war wie die Menschheit selbst: Mord und Totschlag, Schuld und Sühne.

Missmutig betrachtete der vergeblich auf eine Reaktion des leitenden Ermittlers wartende Berger den toten Studenten. Einen weiteren Mordfall konnte er brauchen wie eine Lungenentzündung. Die Urlaubssaison stand vor der Tür, und so wie jedes Jahr würde auch heuer wieder mit dem ersten Krankenstand das Chaos im Dienstplan ausbrechen.

Er wischte sich mit der Hand über seine Augenbrauen. Der Platz rund um den Brunnen lag in der Sonne, die trotz der frühen Vormittagsstunde bereits genügend Kraft besaß, um für die ersten Schweißtropfen auf seiner Stirn zu sorgen. Diese war auch nicht sonderlich gut geschützt, denn die dünnen weißblonden Haare des Kriminalpolizisten waren für einen Zweiunddreißigjährigen bedenklich weit nach oben gewandert. Eine Zeit lang hatte er versucht, die hohe Stirn durch das Tragen von Baseballkappen zu verbergen. Im Büro war er sich mit der Kappe dann aber doch blöd vorgekommen und hatte es wieder sein lassen.

Dabei war ihm in seiner Kindheit von der Oma stets versichert worden, ganz nach seiner Mutter zu geraten. Doch das Hochzeitsfoto seiner Eltern im Wohnzimmer der Gemeindewohnung in Alt-Erlaa verriet ganz deutlich, dass sich auch Großmütter irren konnten. Anstatt der dichten Locken, die sich unter dem Hochzeitsschleier seiner Mutter ausbreiteten, hatte er die schütteren Haare des Mannes neben ihr geerbt.

Manche Sachen erbte man eben, andere wiederum nicht. Sein Vater war nur einen Meter vierundsechzig groß geworden, und auf dem Hochzeitsfoto hatte man ihn, durch ein Blumenarrangement geschickt verdeckt, auf einen Stapel Bücher gestellt. Berger hingegen war fast einen Meter neunzig groß. Kein Wunder, dass er in dieser der Sonne näher liegenden Höhe leichter ins Schwitzen geriet als der neben ihm hockende, dicht über den Boden gebeugte Jerabek.

»Und?«, erkundigte sich Berger bei seinem Kollegen.

»Nicht viel«, kam die Antwort von unten. »Im Beet sind keine Spuren zu sehen, und auf dem stark begangenen Weg wird auch die Tatortgruppe kaum was finden. Der Täter muss den Mann genau da, wo wir uns gerade befinden, erschossen haben. Wahrscheinlich aus kurzer Distanz. Das Opfer ist dann rücklings ins Rosenbeet gefallen. Keine Kampfspuren, keine aufgewühlte Erde, nichts, das auf eine körperliche Auseinandersetzung hindeuten würde. Muss schnell gegangen sein. Vielleicht sogar mitten aus einer Unterhaltung oder einem Streitgespräch heraus. Einfach peng und gute Nacht.«

Berger hockte sich jetzt neben seinen fast doppelt so alten Kollegen. Auch im Hocken überragte er diesen deutlich. Mit seinen dünnen Armen langte er nach vorn und schob vorsichtig den Hemdkragen des Toten zur Seite. Ein kleiner goldener Engel baumelte an einem Kettchen um den Hals des Mannes.

»Glaubst du an Schutzengel, Franz?«

»Früher, als Kind, ja«, antwortete Jerabek. »Ich hab's mir aber im Laufe meiner Dienstjahre abgewöhnt.« Er machte eine abschätzige Geste. Wer immer mit dem Schlechten und Bösen konfrontiert war, verlor wohl mit der Zeit seinen Glauben an das Gute. Franz Jerabek war seit achtunddreißig Jahren bei der Polizei. Und er war seit neununddreißig Jahren mit Erna Jerabek verheiratet. Er wusste nur zu gut, dass diese Welt nicht immer voller Rosen war. Und für manche blieben eben nur die Dornen übrig. Da fiel es schwer, sich vorzustellen, dass auch sie mit einem Schutzengel zur Welt gekommen wären.

Vielleicht waren die himmlischen Beschützer aber auch nur den Menschen weitaus ähnlicher, als man gemeinhin dachte, und unterschieden sich einfach in Arbeitsauffassung, Motivation und Fleiß. Den Schutzengeln, die ihren Job ernst nahmen und ihre Schutzbefohlenen ein Leben lang von jeder misslichen Lage fernhielten, standen dann diejenigen gegenüber, die ein wenig nachlässiger agierten und sich erst richtig ins Zeug legten, wenn einem das Wasser schon bis zum Hals stand. Und dann gab es wohl auch noch jene Schutzengel, die im Laufe ihrer Tätigkeit immer mehr die menschlichen Schwächen ihrer irdischen Schützlinge angenommen hatten und schlussendlich selbst faul und träge geworden waren. Engel, die sich ablenken ließen oder ihre Aufgaben nicht mehr im vollen Umfang wahrnehmen wollten. Solche, die wie das Donauweibchen immer nur in eine Richtung schauten und es daher gar nicht mitbekommen konnten, wenn eine Kugel aus entgegengesetzter Richtung angeflogen kam. Der tote Schwarze hatte definitiv auf den falschen Schutzengel gesetzt.

»An der Kleidung ist nichts Auffälliges zu sehen.« Berger brachte den Hemdkragen mit der Spitze eines Kugelschreibers wieder in seine ursprüngliche Lage. »Alles sauber und adrett. Der ist bestens gekleidet gestorben. Zu gut gekleidet für einen Studenten, wenn du mich fragst. Bundfaltenhose und Lederhalbschuhe! Sollte ein Technikstudent nicht standesgemäß in abgerissenen Jeans und ausgelatschten Turnschuhen abkratzen?«

Jerabek betrachtete die schwarzen Lederschuhe, die nur wenig getragen worden waren. »Sonntagsschuhe«, stellte er fest. »Vielleicht war er zu einer mündlichen Prüfung unterwegs und hat sich deswegen so in Schale geworfen. Jetzt, kurz vor den Sommerferien, herrscht an den Unis sicher Prüfungshochbetrieb. Wir werden der Universität am Karlsplatz wohl einen Besuch abstatten müssen. Wer hat den Toten eigentlich gefunden?«

Die Frage galt einem gelangweilt wirkenden Polizisten mit durchtrainierter Figur, der gemeinsam mit einer jungen, noch in Ausbildung befindlichen Kollegin ein paar Meter abseits stand und sich gerade mit einem Stofftaschentuch die Dienstsonnenbrille putzte. Stumm wies der uniformierte Modellathlet auf eine betagte Frau, die in unmittelbarer Nähe auf einer im Schatten stehenden Parkbank Platz genommen hatte. In einem weithin leuchtenden zuckerlrosaroten Kleid saß die Alte nach vorn gebeugt auf der Bank und sprach beruhigend auf ihren Hund ein. Es war nicht eindeutig auszunehmen, ob das Tier vor ihren Füßen saß oder lag, denn trotz der frühsommerlichen Temperaturen war das beagleartige Wesen von Hals bis Schwanz in ein selbst gestricktes Wollkleid gehüllt, das auf halber Distanz zwischen Vorder- und Hinterbeinen großflächig auf dem asphaltierten Weg auflag. Jerabek verdrängte die Vorstellung von seiner Frau in einem gestrickten Wollkleid und wandte sich nochmals an den mürrischen Kollegen.

»Hat sie außer dem Toten noch irgendjemanden hier gesehen?«

Der Streifenpolizist antwortete mit einem Kopfschütteln.

Jerabeks Blicke blieben weiter fragend auf den Beamten mit der Sonnenbrille gerichtet, bis dieser umständlich einen Notizblock hervorzog und daraus vorlas: »Rosalia Smejkal, Pensionistin, wohnhaft am Heumarkt, gleich ums Eck. Geht da jeden Morgen zur selben Zeit den Hund äußerln. Sie ist von der drüberen Parkseite kommend kurz nach sieben Uhr über den Wiensteg spaziert, direkt hierher zum Brunnen. Hat den Toten um circa sieben Uhr fünf gefunden und mit ihrem Handy den Notruf gewählt. Sie sagt, sie hätte nichts angegriffen und sich gleich dort hinten auf die Bank gesetzt. Rettung und Notarzt sind um sieben Uhr elf eingetroffen. Wir waren schon ein paar Minuten vorher da. Der Notarzt hat den Tod bescheinigt und ist gleich wieder abgerauscht. Für die Rettung gab's ohnehin nichts mehr zu retten.«

Der Polizeibeamte sah von seinem Block auf und deutete mit dem Kinn zum Mann im Blumenbeet. »Dafür hätten wir keinen Notarzt und auch keine Rettung gebraucht. Dass der nicht mehr aufsteht, hätte auch die Alte da drüben feststellen können.«

Er klappte seinen Schreibblock zusammen, verstaute ihn und machte sich wortlos daran, weiter die Gläser seiner Sonnenbrille zu polieren.

Jerabeks Blick wanderte vom Uniformierten über den Toten hin zur alten Frau in Zuckerlrosa. Er hätte die Pensionistin nicht als Besitzerin eines Mobiltelefons eingestuft. Aber wahrscheinlich hatte die Verbreitungsrate der Handys schon die Hundert-Prozent-Marke geknackt und es gab in diesem Land niemanden mehr, der ohne diese moderne Geißel der Menschheit leben wollte. Selbst seine Frau, die einen DVD-Player nicht von einem SAT-Receiver unterscheiden konnte, war mit ihrem mobilen Telefon schon so sehr verwachsen, dass er mit dem Auto umkehren musste, wenn sie es einmal zu Hause vergessen hatte. Dabei wurde sie kaum jemals angerufen. Sie gebrauchte das Telefon fast ausschließlich dazu, die Kinder und ihn selbst mit gut gemeinten Anrufen zu terrorisieren.

Mehrmals täglich rief sie ihn auf seinem Diensthandy an. Ob er seine Weste mithätte, ob er früher nach Hause kommen könne, dass er ein Geschenk für das Enkelkind besorgen müsse, ob er jemanden wisse, der den alten Vorzimmerschrank gebrauchen könnte. Des Öfteren hatte er ihr schon mitgeteilt, dass ihn dies bei seinen Ermittlungen stören würde. Sie hatte darauf jedes Mal gemeint, dass sie ihn ohnehin nur anrufen würde, wenn es sich um etwas Wichtiges handelte.

Genau darin lag der Fluch dieser technischen Errungenschaft. Das Mobiltelefon erhob Unwichtiges zu Wichtigem, und in der Flut von lauter Wichtigem ging dann das wirklich Wichtige unter. Nicht erst ein Mal war Jerabek versucht gewesen, sein Handy einfach irgendwo liegen zu lassen, um wenigstens für ein paar Stunden ungestört seiner Arbeit nachgehen zu können. Aber das Rad der Zeit ließ sich nicht so einfach zurückdrehen, und außerdem hatte sich das Mobiltelefon mittlerweile zum wichtigsten Werkzeug seines Berufs entwickelt. Weit wichtiger als seine Dienstwaffe, die er die meiste Zeit über in einer versperrbaren Lade seines Büroschreibtisches verwahrt hielt.

»Der Hund heißt übrigens Ludwig.«

Der Polizist riss ihn aus seinen Gedanken. Jerabek drehte seinen runden, mit grau melierten Haaren bedeckten Kopf zu Berger.

»Geh, rede du mal mit der Zeugin, vielleicht bringst du noch was aus ihr raus. Ich rufe in der Zwischenzeit den diensthabenden Staatsanwalt an und ziehe den Mitteregger und den Neuen für die ersten Ermittlungen hinzu.« Er blickte auf seine Uhr. »Ich frage mich, wo die Tatortgruppe bleibt.«

Berger erhob sich und streckte seinen langen, dünnen Körper durch. »An Berger ist alles lang und dünn«, hatte die Innendienstkollegin Verena Weck einmal angemerkt, und wenn die Weck so eine Formulierung verwendete, war allen Mitarbeitern sofort klar, was damit gemeint sein musste. Bei der von ihren Kollegen kurz »VW« genannten Verena Weck drehte sich alles immer nur um das eine Thema. Besser gesagt, ihre mehrheitlich männlichen Arbeitskollegen konnten nicht anders, als jede ihrer Aussagen dahingehend zu interpretieren. Zu schwer fiel es ihnen, in Gegenwart der attraktiven Rothaarigen an etwas anderes zu denken.

Man munkelte sogar, sie wäre vom Schottentor in die Berggasse versetzt worden, weil sie die Produktivität der dortigen Beamten negativ beeinträchtigt hätte. Leicht vorstellbar bei ihrer Erscheinung, die allein schon die Herausgabe eines Erotikkalenders der Exekutive gerechtfertigt hätte. Sie trug mit Vorliebe uniformähnliche Hosen und Blusen, die derart eng an ihren perfekten Kurven anlagen, dass ein nacktes Erscheinen zum Dienst nur mehr eine geringfügige Steigerung bedeutet hätte. Telefonate gerieten ins Stocken, Akteneinsichten wurden unterbrochen, und so manche Zeugenbefragung musste jäh gestoppt werden, wenn Weck auf ihren langen Beinen durch die Büroräume stolzierte. Zumal ihr Gang eher an einen Ferrari auf der Zielgeraden eines Grand Prix erinnerte als an einen VW auf dem mittleren Fahrstreifen des Margaretengürtels.

Kein Wunder, dass in ihre Initialen mehr hineingedeutet wurde als nur die Abkürzung eines biederen Autokonzerns. »Vaginaler Wahnsinn« war dem Mitteregger einmal nach ein paar Feierabendbieren herausgerutscht. Näheres wusste er jedoch nicht zu berichten. Zum eigenen Leidwesen und zu dem seiner gespannten Zuhörer. Verena Weck schien es zu reichen, »ihren Männern« den Kopf zu verdrehen, von ihrem Privatleben war kaum etwas bekannt.

Natürlich wusste auch der Alte über den rothaarigen Unruheherd in seiner Abteilung genau Bescheid. Was Frauen betraf, galt der leitende Kriminalbeamte als dreifach Geschiedener ja nicht gerade als ein Kind von Traurigkeit. Er hatte die Vertragsbedienstete deshalb in sein Vorzimmer gesetzt, direkt neben seine langjährige Sekretärin, die als Hausdrachen verschriene Margit Kropek. Die beiden Damen konnten sich gegenseitig ähnlich gut leiden wie der US-Präsident und die al-Qaida. Aber alle verzweifelten Versuche der Kropek, die gut aussehende Konkurrenz aus ihrem Büro wieder loszuwerden, scheiterten nicht nur am Widerstand ihres Chefs, sondern auch daran, dass Verena Weck in ihrer Arbeit unangreifbar war. Pünktlich, zuverlässig und nahezu fehlerfrei.

Rosalia Smejkal lag vom Aussehen her eindeutig näher bei Margit Kropek als bei Verena Weck. Ein paar Jahre musste man halt hinzufügen. Berger schätzte sie auf Anfang achtzig. Er hatte neben der alten Dame auf der Parkbank Platz genommen und sogleich mit Erschrecken festgestellt, dass es sich bei ihren grauen Haaren um eine schlecht gemachte Perücke handelte. Offensichtlich hatten sich ihre eigenen Haare schon so weit verabschiedet, dass sie es vorzog, mit diesem billigen Haarersatz durch den Stadtpark zu spazieren. Er wollte gar nicht so genau wissen, wie der an Hundejahren mindestens genauso alte Beagle unter seiner Wolldecke aussah.

Die Perücke von Frau Smejkal war nicht nur schlecht verarbeitet, sie verströmte auch einen penetranten Geruch, der nur schwer zuzuordnen war. Eine Mischung aus feuchten Mauern, alten Kästen, Mottenkugeln und süßlichem Parfüm. Berger rückte unwillkürlich ein paar Zentimeter von der Besitzerin der falschen Haarpracht weg.

»Sie brauchen sich nicht zu fürchten«, sprach ihn die Alte an, »der Ludwig beißt nicht!«

»Na, dann bin ich ja beruhigt, Frau Smejkal. Kommen Sie eigentlich jeden Tag mit dem Hund hierher in den Park?«

Sie sah ihn verständnislos an. »Das hab ich doch alles schon dem Polizisten da drüben erzählt!«

»Der Mann mit der Sonnenbrille? Ach, das ist ja nur ein Streifenpolizist, Frau Smejkal. Die vergessen so etwas doch gleich wieder. Ich bin von der Kriminalpolizei, Berger mein Name. Wir sind dafür zuständig, herauszufinden, was heute Morgen hier passiert ist. Haben Sie den Mann dort vorher schon einmal gesehen?« Er zeigte auf das Rosenbeet, wo Jerabek gerade damit beschäftigt war, mit einer Digitalkamera Bilder vom Tatort zu schießen.

»Den Fotografen?«

»Nein, Frau Smejkal, den Mann, den Sie gefunden haben.«

Sie verneinte mit einem energischen Kopfschütteln, rutschte näher an ihn heran und flüsterte ihm ins Ohr: »Die sind hier überall, Herr Inspektor, überall!«

Berger brauchte einen Moment, um sich zu sammeln. Er hatte die Luft angehalten, um angesichts der olfaktorischen Bedrohung durch die Perücke der Frau nicht vom Rand der Parkbank zu stürzen. Aus Angst, Perückenhaare abbekommen zu haben, wischte er sich hektisch über den Schulterteil seines Poloshirts. »Wen meinen Sie denn? Die Schwarzen?«

Sie nickte. »Ganz Afrika treibt sich da herum. Überall, Herr Inspektor! Es ist wie im Urwald!« Sie versuchte, wieder an sein

Ohr zu gelangen, aber er hatte diesmal zur Selbstverteidigung seinen Ellbogen so weit nach außen gestellt, dass sie nicht näher an ihn heranrücken konnte. »Ich verrat Ihnen was, Herr Inspektor!« Mit verschwörerischer Miene senkte sie ihre Stimme. »Das sind alles Hascher! Die verkaufen das Zeug hinter den Büschen an die Jungen. Die glauben, ich seh das nicht. Aber ich bin nicht deppert, Herr Inspektor!« Wie zur Bestätigung verfiel ihr Kopf in ein zittriges Nicken.

»Haben Sie auch den Toten da drüben bei solchen Drogengeschäften gesehen?«

Sie sah ihn mit großen Augen an. »Ist der wirklich tot? Den letzten wirklich Toten hab ich im Vierundfünfzigerjahr gesehen. Den hat ein Russ' erschossen. Eine Sauerei war das, sag ich Ihnen, das mit den Russen!«

Berger ließ nicht locker. »Frau Smejkal, sind Sie sicher, dass Sie den toten Schwarzen vorher noch nie gesehen haben?«

Aber er bekam keine Antwort. Die Gedanken der Frau waren offenbar bei einem über ein halbes Jahrhundert zurückliegenden Ereignis hängen geblieben. Sie verfiel in eine regelrechte Starre. Nur das zittrige Nicken ihres Kopfes verriet, dass sie noch am Leben war.

Plötzlich entspannte sie sich wieder und wandte sich ihrem Hund zu. »Gleich gibt's Pappi, Ludwig. Gutes Pappi. Ich hab dir einen Schweinsbraten gekocht.«

»Frau Smejkal?«

»Was ganz Leckeres, Ludwig. Dein Lieblingsessen. Mein braver Bub hat bestimmt schon Hunger.«

Der Hund wirkte nicht, als ob ihm der Ausfall einer Fütterungseinheit ernsthaft schaden würde. Er saß oder lag unter seinem Wollkostüm regungslos da und stierte ins Leere.

»Ohne den Ludwig traue ich mich gar nicht mehr durch den Park.« Die betagte Frau war wieder im Jetzt angekommen. »So viel Gesindel gibt's da heutzutage. Das hat es früher alles nicht gegeben. Bin ich froh, dass ich meinen Ludwigbub habe.«

»Ich dachte, der Ludwig beißt nicht?«

»Ja, das wissen *Sie*, junger Mann, aber *die* können es ja nicht wissen!«

»Wen meinen Sie mit ›die‹, Frau Smejkal? Die Schwarzen? Die Drogendealer? Oder haben Sie sonst noch jemanden gesehen?«

Erneut blieb sie ihm eine Antwort schuldig. Sie hatte den stumpfsinnigen Gesichtsausdruck ihres Hundes angenommen und fixierte einen weit entfernt liegenden Punkt, irgendwo jenseits des Flusses.

Auf einmal sprang sie auf, drehte Berger den Rücken zu und stapfte wortlos mit kurzen Schritten in Richtung Kursalon davon. Der Hund wackelte im selben Tempo hinter ihr her.

»Eine letzte Frage hab ich noch, Frau Smejkal!« Mit wenigen raumgreifenden Schritten hatte Berger sie eingeholt und sich ihr in den Weg gestellt. »Als Sie den Mann heute früh gefunden haben, waren Sie da ganz allein hier? Oder gab es zu der Zeit vielleicht noch andere Spaziergänger oder Parkbesucher?«

Sie bewegte wieder zitternd den Kopf. Aber diesmal war nicht eindeutig zu erkennen, ob diese Bewegung ein Ja oder ein Nein bedeuten sollte. Als Berger die Frage wiederholen wollte, trat sie auf ihn zu, stellte sich auf ihre Zehenspitzen und flüsterte hinter vorgehaltener Hand: »Man ist nie ganz allein, Herr Inspektor. Es ist immer irgendjemand da.« Dann machte sie einen Schritt zur Seite und setzte ihren Weg fort, am langen Kriminalpolizisten vorbei.

Dieser hatte gerade noch die Zeit, ihr eine Karte mit der Telefonnummer seines Büros zuzustecken. »Rufen Sie mich an, Frau Smejkal, wenn Ihnen noch irgendetwas zu heute Morgen einfällt«, rief er ihr hinterher.

Die Karte verschwand in einer Tasche, und Frau und Hund trotteten davon, ohne sich ein einziges Mal umzudrehen. Berger sah ihnen nach, bis das leuchtende Rosarot des Kleides hinter einer Baumgruppe verschwunden war. Der beißende Geruch ihrer Perücke hielt sich noch etwas länger in seiner Nase. Berger wischte noch ein paarmal mit der Hand über sein weißes Marken-Poloshirt und kehrte dann zu Jerabek zurück.

Der Stadtpark hatte inzwischen begonnen, sich mit Besuchern zu füllen. Die ersten Rentner saßen auf den Bänken, und Gruppen von Studenten der nahe gelegenen Universität für angewandte

Kunst hatten es sich auf den von der Sonne erwärmten Wiesenflächen bequem gemacht. Hundebesitzer versorgten sich und ihre Vierbeiner mit Frischluft und Bewegung, und auch erste Touristengruppen hatten die Ringstraße verlassen, um, magisch angezogen vom Gold des Johann-Strauß-Denkmals, wie die Heuschrecken über die Wiesen und Wege des Stadtparks herzufallen. Der athletische Exekutivbeamte und die ihm anvertraute Polizeischülerin hatten mittlerweile alle Hände voll zu tun, um die Neugierigen vom Tatort fernzuhalten.

»Was Brauchbares?«, fragte Jerabek. Die lebhaften Augen in seinem breiten, sonnengebräunten Gesicht blickten zu Berger hoch.

»Nein. Die Alte ist schon ziemlich weich in der Birne. Faselt wirres Zeug von afrikanischen Drogendealern und anderem Gesindel im Park. Den Toten scheint sie vorher aber noch nie hier gesehen zu haben. Weitere Zeugen dürfte es wahrscheinlich auch nicht geben. Viel habe ich nicht aus ihr herausgebracht.«

»Wo ist sie denn jetzt hinmarschiert?«

»Den Hund füttern. Du hast Fotos gemacht?« Berger deutete auf die Digitalkamera in Jerabeks Händen.

»Ein Weihnachtgeschenk. Von meinen Kindern. Lag jetzt fast ein halbes Jahr unbenutzt in der Originalverpackung. Ich dachte, ich fange mal langsam an, mich damit zu beschäftigen. Es gibt da die unterschiedlichsten Belichtungseinstellungen und tausend andere Funktionen. Bis zu meinem Pensionsantritt würde ich mich gerne damit auskennen. Ich werde dann ja ein Hobby brauchen.«

Berger grinste. »Ich dachte schon, du willst der Spurensicherung Konkurrenz machen. Wo bleibt denn die Tatortgruppe? Schnarchen die noch alle?«

»Die müssten jeden Augenblick hier sein«, antwortete Jerabek. »Hab soeben eine Verständigung bekommen. Ich würde vorschlagen, wir zwei schauen dann, ob der Gastgarten im hinteren Teil des Parks schon offen hat, zwecks Lagebesprechung. Ich könnte jetzt einen Kaffee vertragen.«

Jerabek steckte die neue Kamera in seine altmodische braune Herrenhandtasche und verwendete diese danach als Unterlage für sein Notizheft, um sich Uhrzeiten und Stichworte der Aussagen von Polizist und Zeugin zu notieren.

Während sein Kollege schrieb, stellte sich Berger nochmals vor das Beet mit den weißen Rosen und betrachtete das verunstaltete Gesicht des darin liegenden Toten.

»Das ist gar nicht gut«, wiederholte er. »Gar nicht gut.«

Und hätte der erschossen in den Rosen liegende französische Student Samuel Kaluma noch die Möglichkeit gehabt, sich dazu zu äußern, wäre er bestimmt mit Berger einer Meinung gewesen.

3

Hundeexperten empfehlen den Haltern von verhaltensauffälligen Vierbeinern immer wieder, ihren kläffenden, beißenden oder die Einrichtung zerstörenden Schützlingen mehr Bewegung zukommen zu lassen. Hunde stammen von Wölfen ab, auch wenn einem dieser Gedanke beim Anblick eines Chihuahuas recht merkwürdig erscheinen mag, und sind daher genetisch auf viel Bewegung programmiert. Schließlich sind Wölfe auf reichlich Arbeit angewiesen, wollen sie ihre Schäfchen ins Trockene bringen.

Bis zu sechzig Kilometer am Tag legt ein Wolf bei seiner Nahrungssuche zurück. So mancher domestizierte Wolfsabkömmling hingegen schafft es an der Leine seines Halters gerade mal die fünf Meter von der Hauseingangstür bis zum Grünstreifen neben der Fahrbahn und wieder zurück. Zwar ist das Fressen nach diesem verkürzten Jagdausflug dank Dosenvorrat des Rudelführers meist gesichert, aber irgendwie macht sich in der Hundeseele dann doch das unbestimmte Gefühl breit, dass noch ein aktiver Beitrag zum Zusammenleben des Sozialverbandes zu leisten wäre. Der Vierbeiner beginnt damit, das Revier durch lautstarkes Dauergebell zu verteidigen oder Herrchens neue Lederschuhe vorzukauen. Der Dank dafür ist oft nur Unverständnis, was den Hund dann dazu bewegt, noch mehr Engagement zu zeigen und Kauen und Bellen zu verstärken. Zu guter Letzt bringt das Tier durch sein Verhalten entweder seinen Besitzer in den Wahnsinn oder sich selbst ins Tierheim.

»Aufgestaute Energie« sagt der Hundepsychologe dazu und empfiehlt dem frustrierten Hundehalter, das tägliche Ritual von Entleeren und Wiederbefüllen dahingehend abzuändern, dass sich beide Enden der Leine wenigstens zweimal täglich um den Häuserblock bewegen.

Erik Neubauer war schon in der Mittelschule bescheinigt worden, ein fauler Hund zu sein. Die Strategie, sich mit möglichst wenig Aufwand unauffällig durchzuschwindeln, hatte er von der Schule weg nahtlos für sein Studium übernommen, mit dem Erfolg, dass er vom Abschluss in Mindeststudienzeit ebenso weit entfernt war wie die österreichische Fußballnationalmannschaft vom Erringen des Weltmeistertitels.

Selbstverständlich war es nicht gerade eben leicht, sich auf die abstrakten Ausführungen eines Hochschulprofessors während der Neun-Uhr-Vorlesung zu konzentrieren, wenn man sechs Stunden zuvor noch damit beschäftigt war, den langen Nowak bei einer Breakdance-Vorführung auf dem Fliesenboden des »Tschecherl«-WCs anzufeuern. Auch Studenten brauchten ihren Schlaf. Zum Glück konnte man durchaus die eine oder andere Vorlesung auslassen, einem weniger wichtigen Seminar fernbleiben oder die nächste anstehende Prüfung ein klein wenig nach hinten verschieben, ohne einen späteren glorreichen Abschluss des Studiums gänzlich zu gefährden.

Man konnte dem Studenten Erik Neubauer sogar eine gewisse Meisterschaft im Verlängern seines Aufenthalts an der Wiener Universität bescheinigen. Eine Taktik, die ihn einerseits von allzu viel Lernstress befreite, andererseits aber auch zwangsläufig zu einem ausgesprochenen Überschuss an ungenutzter Zeit und nicht ausgelebter Kreativität führte. »Aufgestaute Energie« würde der Menschenpsychologe dazu sagen. Nur dass sich diese bei Erki nicht in Bellen oder im Zerkauen von Schuhwerk entlud, sondern bereits deutlich schlimmere Formen angenommen hatte.

Vielleicht hätte auch ihm mehr Bewegung gutgetan, aber das beengte Raumangebot an der Bar seines Stammlokals ließ nur eingeschränkt Bewegung zu. Immerhin war es ihm nach mehreren Getränkerunden zur Feier seines Zehnkampfsieges geglückt, unfallfrei auf seinen Barhocker zu klettern, um sich, mit seinen farbenfrohen Sportschuhen darauf stehend, an die übrigen Lokalbesucher zu wenden.

»Meine Damen und Herren, liebe Mädel und Buben, geschätzter Herr Friedl! Ich möchte mich für eure Unterstützung und den Beifall beim heutigen Zehnkampf bedanken. Es ist mir immer wieder ein Vergnügen, hier im ›Tschecherl‹ bei Wettkämpfen antreten zu dürfen.«

Erki hielt seine Rede mit dem feierlichen Ernst eines Feuerwehrkommandanten bei der Fahrzeugweihe, und seine Zuhörerschar quittierte die spontane Ansprache mit Zurufen, Jubel und Händeklatschen.

»Mein Dank gilt dem Herrn Gastronomen für das liebevoll zusammengestellte Getränkearrangement, den österreichischen Brauereien für ihre unermüdliche Tätigkeit zum Wohle der Volksgesundheit und natürlich euch allen fürs Kommen und Anfeuern. Zur Feier des heutigen Tages erlaube ich mir hiermit, eine Ankündigung zu machen: Es ist wieder an der Zeit, etwas Leben in diese graue Stadt zu bringen. Zeit für Unvermutetes und Überraschendes, Zeit für Action, Spaß und groben Unfug.«

Von seiner erhöhten Position blickte Erki auf die vergnügte Menschenschar zu seinen Füßen und rief: »Heute Abend ist es wieder so weit! Es ist Zeit für eine neue ›Schandtat‹!«

Die Ankündigung einer »Schandtat« wurde rundum mit großem Applaus bedacht, denn die meisten der versammelten Lokalbesucher wussten ganz genau, was das zu bedeuten hatte. Nur allzu gut konnten sich die Stammgäste des Herrn Friedl an Erkis letzte »Schandtat« erinnern. Eine Aktion, die im Frühjahr halb Wien in Aufregung versetzt hatte: Die Pharmaindustrie hatte wieder einmal ordentlich Geld zur Hand genommen und mit der Unterstützung einiger leicht zu überzeugender Sektionen des Gesundheitsministeriums die gelbe Gefahr für Österreich an die Wand gemalt. Auch ganz Wien war gelb. Zuplakatiert mit großflächigen gelben Plakaten, auf denen in Tarantulagröße eine riesige Zecke abgebildet war.

»Die Zecken kommen!«, prangte in großen Lettern neben dem Blutsauger. Das bedrohliche Plakatmonster hatte bereits über eine Million Österreicher dazu bewogen, sich gegen die von Zecken übertragene FSME-Erkrankung impfen zu lassen. Auch Menschen, die den Gemeindebau so gut wie nie verließen, waren jetzt vor der vermeintlich blutrünstigen Bestie geschützt, und so ganz nebenbei hatten die Pharmakonzerne, die den Impfstoff dafür herstellten, satte Millionengewinne eingestrichen.

Erki hatte bei der Ankündigung seiner letzten »Schandtat« eine große Kiste aus Pappkarton auf den Boden vor die Jukebox des

»Tschecherl« gestellt. »Das reicht für mindestens achtzig Plakate«, hatte er gemeint und dann vor den neugierigen Blicken seines Publikums mehrere fast einen Meter lange Aufkleber aus dem mitgebrachten Karton gezogen.

Bei einer der letzten großen Wahlwerbeveranstaltungen der dominierenden Partei der Stadtregierung war diese Kiste auf dem Europaplatz zurückgeblieben, zusammen mit unzähligen Flugblättern, die den Bürgern der Stadt weismachen wollten, dass nur diese eine Partei in der Lage wäre, ihren Wohlstand abzusichern. Wobei aus den Flugzetteln nicht ganz eindeutig hervorging, ob die Bezeichnung »unser Wohlstand« auf den Wohlstand der Stadtbevölkerung abzielte oder doch eher auf jenen der Partei. Jedenfalls hatte der Werbeaufwand Früchte getragen: Die Regierungspartei landete einen überzeugenden Wahlsieg, der einfache Bürger landete nach einer umfangreichen Gebührenerhöhung bei der Erkenntnis, für dumm verkauft worden zu sein, und der Karton mit Werbematerial landete bei Erki.

Dieser hatte sich eine nebelige Frühjahrsnacht mit Nieselregen für die Durchführung der geplanten »Schandtat« ausgesucht. Mehrere Stunden hatte er für seinen nächtlichen Gang durch ein knappes Dutzend nasskalter Wiener Gemeindebezirke benötigt. Bekleidet mit Regenmantel und Kapuze war er von Zeckenplakat zu Zeckenplakat marschiert, und am nächsten Morgen klebte auf knapp hundert gelben Plakaten, verteilt über halb Wien, das große Logo der siegreichen Rathauspartei unter dem Satz »Die Zecken kommen«.

Eine Anzeige gegen Unbekannt war die Folge gewesen, und der Beginn einer hitzigen Auseinandersetzung auf politischer Ebene über demokratiewidriges Verhalten. Die regierende Partei bezichtigte die Rechtspartei der Opposition, für die Verunstaltung der Plakate verantwortlich gewesen zu sein, und schreckte dabei auch vor Wörtern wie »Nazimethoden« oder »Terror« nicht zurück. Die solcherart Angegriffenen verwahrten sich entschieden gegen diese Vorwürfe und orteten die Drahtzieher der Plakataktion vielmehr bei den extremen Linksparteien und Grünen. Die Konservativen hingegen vermuteten aufgrund der Herkunft der Aufkleber gar eine heimtückische Inszenierung der Regierungspartei selbst, um als vermeintliches Opfer aus der Aktion politisches Kapital schlagen zu können.

Eine Gruppe von Autonomen rief zu einer Protestkundgebung gegen die Entfernung der Aufkleber von den Plakatwänden auf, und in einer kurzfristig einberufenen Fernsehdiskussionsrunde beflegelten sich Spitzenfunktionäre aller im Rathaus vertretenen Parteien mit rotem Kopf und gehobenem Lautstärkepegel zum Gaudium jener Fernsehzuseher, die knapp vor Mitternacht noch willens waren, sich dieses Kasperltheater anzusehen.

Eine ganze Woche lang waren die Zeckenplakate Tagesthema in den Medien gewesen, und die Stammgäste des »Tschecherl« bogen sich vor Lachen beim Lesen der von Herrn Friedl ausgelegten Tageszeitungen. Den Verursacher des ganzen Aufruhrs ließ man hochleben, und sogar der sonst so knauserige Lokalchef ließ es sich nicht nehmen, zur Feier dieser »Schandtat« seinen Gästen eine Runde zu spendieren. Schade nur, dass Erki nicht am Impfstoffverkauf umsatzbeteiligt war, denn spätere Untersuchungen zeigten, dass sich allein in dieser Woche weitere fünfzigtausend Wiener gegen die Folgen von Zeckenbissen hatten impfen lassen.

Die kleine Gruppe von »Tschecherl«-Gästen, die nach dem Verlassen des Lokals in Erwartung einer ähnlich spektakulären Aktion hinter Erki die äußere Mariahilfer Straße entlangzog, war gut gelaunt. Man könnte auch angeheitert dazu sagen, denn mit Ausnahme des alkoholresistenten Neubauer befand sich keiner mehr in autofahrtauglicher Verfassung.

Jirschi Nemecek hatte den Zehnkampfsieg seines besten Freundes schon im »Tschecherl« gebührend gefeiert, und wenn der Nemecek einmal am Feiern war, konnte man sich auf eine lange Nacht einrichten. Ab einem gewissen Quantum fand es der Bauingenieur aus Sicherheitsgründen weitaus vernünftiger, für den Nachhauseweg das Einbrechen des Tageslichts abzuwarten.

»Da kann man sich nicht so leicht verlieren«, pflegte er zu sagen. Was das Verlieren anging, war Jirschi Nemecek ein Ausnahmetalent. Nicht nur weil er als zentraler Mittelfeldspieler des Unterklasseclubs »ASC Fünfhaus« Sonntag für Sonntag mit einer beeindruckenden Packung vom Hartplatz geschossen wurde, sondern auch weil er dazu neigte, überall persönliche Gegenstände zurückzulassen. Regelmäßig kam er ohne Jacke, Kappe oder Sonnenbrille nach Hause. Er hatte aber auch schon ohne Hemd, Socken und Schuhe den Heimweg angetreten. Bisweilen verlor er auch die Übersicht über Art und Anzahl der konsumierten Getränke, und wenn es etwas Besonderes zu feiern gab, konnte es schon einmal vorkommen, dass dem Herrn HTL-Ingenieur auch Gleichgewichtssinn, Muttersprache und Gedächtnis abhandenkamen. Gut, dass er sich dabei meist in der Gesellschaft von Erki befand, denn der wusste auch um vier Uhr früh noch immer ganz genau, in welcher Himmelsrichtung das eigene Bett zu finden war.

Nemecek und Neubauer. Eine Symbiose seit der ersten Klasse Volksschule, als man die zwei Alphabetnachbarn in dieselbe Schulbank gesetzt hatte. Der Neubauer half dem Nemecek durch die Tücken der Tests und Schularbeiten, und der kräftige, sportliche Nemecek sorgte dafür, dass seinem schmalbrüstigen Freund bei der Mannschaftswahl im Sportunterricht die Schmach erspart blieb, als Letzter in ein Team gewählt zu werden. Im Gegenteil, Erik Neubauer war immer der Erste gewesen, der von Kapitän Kevin Nemecek als Mitspieler aufgerufen wurde, obwohl dieser ganz genau wusste, dass es sportlich wertvoller gewesen wäre, den Feuerlöscher von der Wand des Turnsaals oder den Mistkübel aus dem Umkleideraum in die eigene Verteidigung zu stellen.

Acht Jahre lang hatte der Nemecek diese eklatante Schwächung des eigenen Teams konsequent in Kauf genommen und gegen jeden Protest anderer Mitschüler verteidigt. Gegen den Mayer Lukas sogar mit seinen Fäusten. Acht Jahre lang wurde er von Neubauer im Gegenzug mit wichtigen Informationen versorgt: Wie man »Parallele« schrieb, was man mit einer Winkelfunktion berechnete und wie man der amerikanischen Gastschülerin auf Englisch mitteilte, dass man sich in sie verknallt hatte. So etwas schweißt zwei Menschen zusammen. Und so hatten sich die beiden auch nicht aus den Augen verloren, als der Nemecek nach der vierten Klasse Gymnasium auf die höhere technische Lehranstalt gewechselt hatte.

Zur Überraschung aller Unterstufenpädagogen, die dem Nemecek eine Karriere als Hilfsarbeiter am Bau prophezeit hatten, war er dort auch ohne Erkis Hilfe durchgekommen, und heute war der ehemals lernschwache Nemecek zwar arbeitslos, aber immerhin mit abgeschlossener Berufsausbildung, während der sprach- und lernbegabte Neubauer seine Zeit im Zigarettendunst übel beleumundeter Lokale totschlug und dabei sein Studium verbummelte.

Nebeneinander marschierten die zwei lebenden Beispiele für den Reformbedarf des österreichischen Bildungssystems über die leichte Steigung der Mariahilfer Straße zum Westbahnhof hinauf und amüsierten sich dabei prächtig über den alkoholischen Zehnkampf, den bladen Kurtl und dessen Rauswurf aus dem »Tschecherl«.

Den Wettkampf klar gewonnen und einer Tracht Prügel knapp entkommen, das waren gleich zwei Sachen, die gefeiert werden mussten. Und wo gefeiert wurde, da konnten der lange Nowak und der schwarze Meixner nicht weit sein. Die beiden trotteten hinter Erki und Jirschi her, dicht gefolgt vom eben erst wieder wach gewordenen Ernst Stierschneider und zwei der zufällig ins »Tschecherl« geratenen Gymnasiasten. Die Siebentklässler aus dem Goethe-Gymnasium hatten sich aus Neugier über die angekündigte »Schandtat« der kleinen Gruppe angeschlossen, die auf ihrem Weg zum Westbahnhof an einem Würstelstand haltmachte, um dem Kräfteverschleiß durch den Fußmarsch entgegenzuwirken.

Meixner hatte kundgetan, eine »Unterlage« in Form einer Burenwurst zu benötigen, wo doch die »Heiße« des Herrn Friedl völlig ungenießbar sei. Eine Pause, die vom langen Nowak dankend angenommen wurde, um im Wege freiwilliger beruflicher Weiterbildung die Unterschiede zwischen einem Penzinger und dem Produkt einer Salzburger Konkurrenzbrauerei zu verkosten. Erki Neubauer spendierte den völlig blanken Gymnasiasten mit dem Geld aus dem Zehnkampfgewinn Cola-Mix-Getränke, während sich die Fußballlegende Stierschneider zwischen zwei Achterln Schankwein verzweifelt mühte, dem ägyptischen Würstelbudenbetreiber die feinen Unterschiede zwischen den Wiener Ballschusstechniken »Spitz« und »Jud« näherzubringen.

Mit seinem feuerroten Trainingsanzug stach er aus der Menschengruppe vor dem »Würstelstand am Europaplatz« genauso hervor wie die Ketchupflasche zwischen den Eimern mit scharfem und süßem Senf im Inneren der Bude. Die Sportjacke spannte sich über einen beachtlichen Bauch, der deutlich verriet, dass die letzten Trainingseinheiten des Fußballers schon sehr lange her sein mussten. An den Ellbogen war die Jacke schon mehrfach gestopft worden, und das Zeichen des Österreichischen Fußballbundes an der Brust war bestenfalls noch zu erahnen.

Die dazugehörige Hose hatte nach Hunderten Waschgängen das Feuer im Rot weitgehend verloren und wirkte nicht nur deutlich heller als der Oberteil des Anzugs, sondern auch wesentlich strapazierter. Die unteren Enden waren ausgefranst, die Knie ausgebeult, und der Hosenboden war von unzähligen Wirtshausbänken schon so blank gescheuert worden, dass sich hier die rote Farbe fast gänzlich verabschiedet hatte. Trotzdem liebte Ernst Stierschneider seinen Teamanzug. Er trug ihn mit Stolz und hätte ihn nicht um viel Geld gegen einen neuen eingetauscht.

Der Träger des roten Anzugs war in den Gaststätten des Bezirks bekannt wie ein bunter Hund. Wo immer er auch auftauchte, es fand sich stets jemand, der ihn noch von früher kannte, ihm anerkennend auf die Schulter klopfte und sich gegen die Spende eines Achtels Wein Geschichten über die ruhmreiche Vergangenheit der Wiener Fußballschule erzählen ließ. Ernst Stierschneider galt einst als eine der größten Hoffnungen des österreichischen Fußballs. Die Einführung der modernen Leistungsdiagnostik hatte ihn jedoch aus seiner jungen Profilaufbahn gekickt. Laktattests, Blutuntersuchungen und medizinische Checks hatten zutage gefördert, womit Stierschneider seine trainingsfreie Zeit verbrachte.

Während sich seine Mannschaftskollegen nach dem Training zu Hause in der Badewanne oder vor dem Fernsehapparat entspannten, hatte der junge Stierschneider täglich unverdrossen weitertrainiert. Und zwar im »Tankstellenstüberl« in der Linzer Straße. Die sportmedizinischen Tests hatten unbarmherzig aufgedeckt, womit der Ernstl dort seine Blutzuckerwerte beeinflusste. Er verlor seinen Platz in der Mannschaft, und der österreichische Fußball verlor eines seiner größten Talente.

Heute tummelten sich nur noch Spieler auf den Plätzen der höchsten Spielklasse, die mit perfekten Leistungswerten aufwarten konnten. Einen Pass über zehn Meter brachten sie trotzdem nicht fehlerfrei zustande. Und das verstand der Ernstl genauso wenig wie die Hunderttausenden von Fernsehzusehern, die sich soeben aus purem Masochismus die Schlussminuten eines Länderspiels ansahen, das auch über den großen neuen Flachbildschirm in der frisch renovierten Halle des Wiener Westbahnhofs flimmerte.

»Lauter Wappler«, bemerkte Stierschneider, der den anderen Nachtschwärmern aus dem »Tschecherl« in die Halle gefolgt war, mit einem verächtlichen Blick auf den Bildschirm und steuerte zielgerichtet auf eine mit flaschengrünem Leder überzogene Eckbank des »Café Wien« zu.

Seine Begleiter ließen den erschöpften Kicker auf der grünen Spielerersatzbank zurück, zogen weiter und durchquerten den riesigen, denkmalgeschützten Raum. Die Lichter der aufwendig überdachten U-Bahn-Station am Gürtel fielen durch große Fenster an der Ostseite des frisch renovierten Bahnhofsgebäudes und wurden von den glänzenden Metallteilen der zahlreichen Rolltreppen und Geländer reflektiert. Aus den Seitenteilen des oberen Decks strahlte das bunte Neonlicht der Gastronomiebetriebe. In der Mitte des Raumes vermengte sich das farbige Licht mit der dezenten Deckenbeleuchtung und den einfallenden Lichtern der Stadt zu einem einzigartigen Lichterreigen.

Hier hätte Ridley Scott »Blade Runner« drehen können, dachte sich Erki und sah sich in der im Stil der klassischen Moderne gebauten Halle des Bahnhofs um. Die große Uhr über den Durchgängen zu den Bahnsteigen zeigte drei viertel elf.

»Was suchen wir hier überhaupt?«, fragte Meixner.

»Ich suche einen Unsympathler«, antwortete Erki und wandte sich den gläsernen Schwingtüren zu, die auf die Bahnsteige hinausführten.

»Was ist mit dem Gelben da vor uns?«, fragte Meixner. »Der schaut mir nicht gerade nach großem Sympathieträger aus.«

Sie gingen an einem mürrischen Gepäckträger vorüber, der mit offen zur Schau gestellter Unlust einen mit Kisten beladenen Transportwagen quer durch die Halle schob. Mit seiner signalgelben Weste wirkte der Bundesbahnbedienstete inmitten der vielen Menschen wie ein gelber Leuchtstift in einer Buntstiftschachtel.

»Geht nicht«, meinte Erki. »Ich brauche einen verreisenden Unsympathler.«

»Dann setz doch den Langen in irgendeinen Zug«, schlug Meixner vor, laut genug, dass dieser ihn hören konnte. Aber der lange Nowak war gerade so sehr damit beschäftigt, einer Gruppe junger norwegischer Wien-Touristinnen auf die verlängerten skandinavischen Rücken zu gaffen, dass er den verbalen Seitenhieb unwidersprochen von sich abprallen ließ. Die Norwegerinnen verschwanden hinter einer der breiten Schwingtüren, und Erki folgte den Mädchen auf diesem Weg ins Freie.

Von einer breiten überdachten Fläche zogen sich elf Bahnsteige in die Nacht hinaus. Die Mehrzahl der Bahnsteige war menschenleer. Bei drei Rampen standen lichterlose Züge, die die Nacht im Kopfbahnhof verbrachten. Zwei Regionalzüge warteten auf Passagiere, aber die meisten Reisenden zog es zu Bahnsteig neun am rechten Rand der Geleise hin. »München Hbf. über Salzburg« stand auf der blauen Anzeigetafel. Daneben die Abfahrtszeit zweiundzwanzig Uhr fünfundfünfzig.

Die »Tschecherl«-Gruppe mischte sich unter die Reisenden auf diesem Bahnsteig, der sich wie eine Landzunge zwischen den Geleisen nach Westen schob. Mehrere Familien drängten sich vor ihnen auf dem Pflaster, und die angeheiterte Partie musste sich ihren Weg durch Gepäckstücke, aufgeregte Kinder und besorgte Daheimbleibende bahnen.

»Abfahrt in fünf Minuten! Bitte einsteigen!« Die Lautsprecherdurchsage veranlasste Erki dazu, sein Schritttempo zu erhöhen. Die Gruppe begann sich auseinanderzuziehen. Die Gymnasiasten hatten an einem Kaugummiautomaten haltgemacht, und auch der lange Nowak war zurückgeblieben. Er hatte sich die Ärmel seines T-Shirts hochgekrempelt, um die martialischen Tätowierungen an seinen dünnen Oberarmen zur Geltung zu bringen. Lässig versuchte er mehrfach, eine leere Bierdose aus größerer Distanz in einen der hellgrauen Müllbehälter zu kicken, um die Norwegerinnen zu beeindrucken, die ein Abteil in einem der letzten Waggons des Zugs in Beschlag genommen hatten. Beides ohne Erfolg.

Viele der eben erst zugestiegenen Fahrgäste hatten sogleich die Schiebefenster nach unten gedrückt, um frische Nachtluft in die stickigen Abteile zu lassen oder um sich von Freunden und Verwandten auf dem Bahnsteig verabschieden zu können. Immer wieder sah man Köpfe aus den geöffneten Fenstern ragen, aber erst bei einem der vorderen Waggons entdeckte Erki ein passendes Objekt für die von ihm geplante »Schandtat«.

Im ersten Drittel des Zugs, wo deutlich weniger Fahrgäste zugestiegen waren als am leichter zu erreichenden hinteren Ende, streckte ein Mann mit grünem Steirerhut seinen Kopf in den Nachthimmel und blickte den neonbeleuchteten Bahnsteig entlang. Erki ging gemächlich am arglosen Hutträger vorüber und blieb vor dem nächsten Wagen stehen. In diesem Bereich des Bahnsteigs hielten sich kaum Menschen auf. Ein Schaffner stand ganz vorn neben dem ersten Waggon. Er war auch aus größerer Entfernung an seiner roten Dienstkappe zu erkennen. Ein Mann in orangefarbener Latzhose schob eine Mülltonne vor sich her, und ein junges Paar mit riesigen Rucksäcken kam mit Verspätung angerannt, um sich in einem der Waggons gleich hinter der Lok ein ruhiges Plätzchen für die nächtliche Reise zu sichern.

»Bitte einsteigen! Zug fährt ab!« Vor Erkis Augen zwängten sich die beiden Rucksacktouristen mit ihrem schweren Gepäck durch den schmalen Einstieg ins Innere des Reisewaggons. Dann ertönte auch schon das mechanisch-hydraulische Geräusch sich verschließender Türen, und pünktlich um zweiundzwanzig Uhr fünfundfünfzig setzte sich der Abendzug nach München in Bewegung.

Der Schaffner mit der roten Kappe war gleichzeitig mit den zwei letzten Fahrgästen zugestiegen. Auch vom Müllmann war nichts mehr zu sehen. Er war mit seiner Tonne hinter den viereckigen Steinsäulen verschwunden, die die geschwungene Überdachung des Bahnsteigs trugen und diesen in die Bahnsteige acht und neun teilten.

»9C« stand auf einer blauen Tafel über Erkis Kopf. Während sich in den Bereichen »9A« und »9B« noch zahlreiche Menschen befanden, die sich von den Abreisenden winkend verabschiedeten, stand im vorderen Bereich des Zugs jetzt nur noch Erki auf dem Pflaster des Bahnsteigs. Langsam kamen auch Nemecek und Meixner heran. Dicht gefolgt von den aufholenden Siebentklässlern passierten sie gerade die im Halbrund der Überdachung montierte große Uhr und waren nicht mehr allzu weit von Erki entfernt, als der Zug laut ächzend anrollte.

Auch der aus dem Abteilfenster gestreckte Steirerhut kam langsam näher an Erki heran. Der mit einem Gamsbart verzierte Hut befand sich auf einem runden roten Kopf, der von einem auffälligen Backenbart umrahmt wurde. Mit dem altmodischen Bart wirkte der Mann wie eine übergewichtige, von Bluthochdruck geplagte Ausgabe von Kaiser Franz Joseph. Seine kleinen Augen standen entweder von Geburt an zu nahe beieinander, oder sie hatten sich einfach nur bei der ernährungsbedingten Verbreiterung des Kopfes geweigert, mit nach außen zu wandern. Jedenfalls verlieh ihm diese Anordnung etwas Engstirniges und Selbstgerechtes. Erki mochte ihn nicht. Vielleicht lag das aber auch an der Kleidung des Mannes. Passend zum grünen Hut trug er einen grünen Lodenmantel, dessen hirschknopfbesetzte Ärmel aus dem Zugfenster ragten, darunter war eine Trachtenjacke zu sehen.

Ein Jäger, dachte sich Erki. Er hatte seinen Unsympathler gefunden. Wer unter dem Vorwand, notwendige Maßnahmen zur Regulierung des Gleichgewichts in der Natur setzen zu müssen, die Freizeit damit verbrachte, seine Lust am Töten auszuleben, der kam ihm als Opfer für eine »Schandtat« gerade recht.

Schon als Bub hatte Erki eine Aversion gegen Jäger aufgebaut, als er beim sonntägigen Essen mit seinen Eltern in einem der Vorstadtwirtshäuser mit ansehen musste, wie sich grün gewandete, bewaffnete Männer im Stüberl betranken, während ihre

Jagdhunde stundenlang in verschlossenen Geländefahrzeugen vor dem Wirtshaus saßen und um die Wette heulten. Von wegen Liebe zur Natur. Die meisten dieser Grünröcke hatten mit Hegen und Pflegen rein gar nichts am Hut. Da ging es lediglich um das Abknallen von Lebewesen als Sonntagssport. Lustgewinn aus dem Moment, in dem sich der Hase überschlug oder das Hochwild in die Knie ging. Je größer das erlegte Opfer, desto höher das Ansehen in elitären Jagdkreisen. Dem Studenten fehlte jedes Verständnis dafür, dass die Gesellschaft ihre Naturlandschaften an zahlungskräftige, selbstherrliche Personen verpachtete, die das Recht hatten, mit geladenen Waffen durch die Gegend zu ziehen, ausgestattet mit der Befugnis, auch Katzen und Hunde abzuknallen. Menschen, die sich nicht zu blöd dazu waren, ihr mordlüsternes Wesen über ihre Jagdtracht und über ausgestopfte Köpfe toter Tiere an ihren Zimmerwänden stolz zur Schau zu stellen. Idioten wie der unsympathische Backenbartträger, dessen roter Schädel sich auf Erki zubewegte.

Der ausgefressene Franz Joseph fuhr wahrscheinlich gerade nach Bayern, um dort, nach einer zünftigen Weißwurstjause und einem ausgiebigen Bier-und-Schnaps-Gelage, für viel Geld den imposantesten Sechzehnender des Alpenvorlands zur Strecke zu bringen. Da konnte ein auf die Reise mitgegebener Denkanstoß bestimmt nicht schaden. Erki machte zwei schnelle Schritte zur Bahnsteigkante, ließ ein lautes »Waidmannsheil« ertönen und verpasste dem vor ihm auftauchenden runden Schädel eine schallende Ohrfeige.

Der Mann hatte alle Mühe, den verrutschten Hut auf seinem Kopf zu behalten. Während er mit einer Hand verzweifelt seine Kopfbedeckung fixierte, schwang die zur Faust geballte andere wild drohend durch die Luft. Zu hören war von dem Fahrgast jedoch nichts. Entweder hatte ihm die Dreistigkeit der Aktion die Sprache geraubt, oder seine verbalen Reaktionen waren im Zuglärm und im lauten Gelächter der bei Erki angekommenen »Tschecherl«-Ausflügler untergegangen.

Der Zug verschwand in einer lang gezogenen Linkskurve aus der Station, und mit ihm auch der hutbedeckte Kopf, der noch immer aus dem Fenster eines der Waggons ragte. Mit zunehmender Entfernung war für Erki nicht mehr klar erkennbar, ob es sich bei dem kleiner werdenden roten Punkt noch um den Kopf des Geohrfeigten handelte oder um eines der Rücklichter am Ende des Zuges.

»Bist du deppert, Erki!«, rief Jirschi inmitten mehrerer heftiger Lachanfälle. »Du bist mir nimmer egal. Der Typ wird dich voll verklagen!«

»Kann er ruhig probieren«, antwortete Erki grinsend, »aber ich werde nie erfahren, wer das war, und der wird vor allem nie erfahren, wer ich bin!«

Doch nur mit einer dieser zwei Voraussagen sollte Erki recht behalten.

4

»Kriminalpolizei!«

Im schmalen Spalt zwischen Türstock und Wohnungstür konnte Jerabek nicht nur das raubvogelartige Gesicht von Frau Buschenbacher erkennen, sondern auch den Schrecken, den dieses Wort bei ihr verursacht hatte. Mit geöffnetem Mund und weit aufgerissenen Augen starrte sie auf die beiden Herren, die vor ihrer Wohnungstür standen. Das in etwa muss der letzte Eindruck sein, den eine Feldmaus wahrnimmt, bevor sie von den Krallen des Mäusebussards gepackt wird, dachte sich Jerabek.

Der Raubvogelkopf verharrte für einige Augenblicke in seiner Position zwischen Altbauwohnung und dem nach starkem Reinigungsmittel riechenden Gang, dann wurde die Tür langsam nach innen geöffnet, und Jerabek und sein Kollege Berger standen der Pensionistin Leopoldine Buschenbacher gegenüber. Dort, wo Jerabek Gefieder vermutet hatte, war ein dunkelgrüner seidener Morgenmantel zu sehen, bedruckt mit hellgelben und dunkelroten Blüten. Wie eine lange, schmale Blumenwiese bedeckte der Morgenmantel die hagere Gestalt der etwa fünfundsechzig Jahre alten Frau.

Ihre dunklen Augen zeigten deutliche Spuren von Beunruhigung. Sichtlich nervös wechselte ihr Blick zwischen den zwei Kriminalbeamten hin und her. Der zuvor noch weit geöffnete Mund war zu einem schmalen Strich verkommen, aber niemand, der die Buschenbacher zum ersten Mal sah, konnte sich längere Zeit auf ihre Augen oder ihren Mund konzentrieren. Es war die gewaltige Nase, die sofort alle Aufmerksamkeit auf sich zog.

Eine Adlernase entsprach ja von Haus aus nicht wirklich dem mitteleuropäischen Schönheitsideal. Wenn man die Hakennase dann auch noch schräg von unten her betrachten musste, wirkte diese nicht nur weitaus größer, sondern auch noch wesentlich bedrohlicher. Weit über einen Meter achtzig war die ältere Dame groß, und der um einen halben Kopf kleinere Jerabek blickte mit einem Gefühl auf diese markante Visage hoch, als ob er sich soeben in eine kleine graue Feldmaus verwandelt hätte. Wie eine scharf geschliffene Waffe trug die Frau ihren Zinken im Gesicht, und der Abteilungsinspektor, der gerade in das Vorzimmer der Wohnung eintreten wollte, wich instinktiv zurück. Sein hochgeschossener Kollege hatte das Gesicht der Rentnerin hingegen auf Augenhöhe. Vielleicht war das der Grund dafür, dass er als Erster einen Schritt nach vorn wagte und dabei die Antwort auf seine Frage »Dürfen wir eintreten?« gar nicht erst abwartete.

Das Vorzeigen der Polizeimarke in seiner Hand hätte sich Berger sparen können. Das Wort »Kriminalpolizei« allein hatte genügt, um die Frau aus der Fassung zu bringen. Der unangemeldete Besuch wurde mit einer unsicheren Handbewegung ins Vorzimmer gebeten, ohne sich näher ausweisen zu müssen. Die Frau im Morgenmantel trat ein paar Schritte zurück, blieb aber stumm.

Es war dieses Wort, das Menschen, die vorher nie mit der Polizei zu tun gehabt hatten, dazu brachte, sich wie das Kaninchen vor der Schlange zu verhalten. Diese Kombination aus »Polizei« als Ausdruck allumfassender Hoheitsgewalt und dem vorangestellten Wort »Kriminal«, hinter dem sich Anklage, Verbrechen und Schuld verbargen. Ein einziges Wort, und es wurde einem schlagartig bewusst, wie fehlerhaft und angreifbar man war. Ein Wort, und urplötzlich sah man sich hilflos dem gegenüber, wovor man als gelernter Österreicher einen Heidenrespekt hatte: der Obrigkeit. Dem riesigen, trägen und nie wirklich greifbaren Apparat des Staats mit seiner Heerschar an Beamten, denen man seit der Erstellung der eigenen Geburtsurkunde gnadenlos ausgeliefert war.

»Entschuldigen Sie bitte die frühe Störung, wir würden uns gerne kurz mit Ihnen unterhalten«, ließ sich Jerabek über die Schulter von Berger hinweg vernehmen und musste sich dabei auf seinen Zehenspitzen aufrichten.

»Sind Sie sicher, dass Sie zu mir wollen?«, ertönte erstmals die ruhige, tiefe Stimme der Frau aus dem Vorzimmer. Eine Stimme, die so gar nicht zur Erscheinung der Sprecherin passen wollte. Jerabek hatte mit scharfem und hohem Gekrächze gerechnet, mit hysterischem Gekeife oder gar mit offener Aggression.

Der Besuch einer Greifvogelschau im Laufe seines letzten Kärnten-Urlaubs kam ihm dabei in den Sinn. Zwei Stunden hatte er sich abgemüht, seine Frau den kurzen Weg vom See zur Greifvogelstation am Berg hochzubringen. Viel gutes Zureden war notwendig gewesen, um sie daran zu hindern, sich alle fünf Minuten hinzusetzen. Pensionistengruppen und junge Familien mit Kleinkindern und Kinderwägen waren in gemächlichem Tempo an ihnen vorübergezogen, und wenn er ihr am letzten Anstieg nicht ernsthaft angedroht hätte, sie allein im Wald zurückzulassen, wären sie nie rechtzeitig zu Beginn der Flugvorführung eingetroffen.

Gleich nachdem sie sich auf einer der einfachen Holzbänke niedergelassen hatten, waren die Gäste von einem Falkner begrüßt worden, der mit einem ausgewachsenen Uhu auf dem Arm die Arena betreten hatte, welcher als Erster der Raubvögel seine Flugkünste vorführen durfte. Jerabek hatte aus nächster Nähe den lautlosen Gleitflug dieses imposanten Nachtvogels bewundern können, der nur wenige Zentimeter über den Köpfen der Zuseher majestätisch dahinschwebte. Ganz anders seine Frau. Mit geschlossenen Augen und eingezogenem Kopf hatte sie sich am Oberarm ihres Mannes festgeklammert, und als der Flug des Vogels durch einen leichten Lufthauch zu verspüren gewesen war, war sie in Panik geraten.

»Geh weg, grausliches Viech«, hatte sie gerufen und war dabei aufgesprungen, um mit ihrer Handtasche auf den gefiederten Feind einzuschlagen.

Der verschreckte Uhu hatte einen abrupten Richtungswechsel dem Kontakt mit der prall gefüllten Handtasche vorgezogen und war direkt auf die Volieren der Milane und Falken zugeflogen, was deren Bewohner als Angriff interpretierten. Aufgeregtes Gekreische aller Raubvögel war die Folge gewesen, und die Falkner hatten alle Hände voll zu tun gehabt, um die Tiere wieder zu beruhigen.

Unter dem Pfeifkonzert einer Hauptschulklasse hatte man den Jerabeks mit Nachdruck nahegelegt, die Anlage schleunigst zu verlassen.

Jetzt sprach die Frau vor ihm mit ruhiger, dunkler Stimme, und das Bild vom angreifenden Mäusebussard verwandelte sich in Jerabeks Kopf in das einer lautlos durch die Luft gleitenden Eule.

»Kommen Sie nur herein, meine Herren«, sagte sie leise, aber bestimmt. Und ohne das geringste Geräusch zu verursachen, schwebte die große Eule vom Vorzimmer in den anschließenden Wohnbereich und bedeutete dem Besuch, ihr zu folgen.

Altbauwohnungen hatten für Jerabek immer etwas Beklemmendes an sich. Vielleicht war es das »Alte«, das nicht nur im Namen dieser Wohnungen vorkam, sondern auch deutlich im Inneren der hohen Räume zu spüren war. Sofort umfing einen hier ein morbider Hauch von Vergänglichkeit. Ohne den Grund dafür benennen zu können, fühlte man sich in eine längst vergessene Epoche zurückversetzt. In die Zeit des untergegangenen Habsburgerreiches mit seinem Großmachtwahn, seinem Militarismus und Preußentum und mit seiner ganzen Ausweglosigkeit.

»Diese Räume wurden so hoch gebaut, um die Menschen darin klein und demütig zu machen«, hatte seine Mutter damals zu ihm gesagt, als er mit vierzehn Jahren das letzte Mal seinen kranken Großvater in dessen Altbauwohnung am Wiedner Gürtel besucht hatte. Mit »klein« hatte sie sich da, was Frau Buschenbacher betraf, gewaltig geirrt. Für die mit Zucker großgefütterte Generation der heutigen Jugend mochte es ja völlig normal sein, dass schon fünfzehnjährige Mädchen unter Türstöcken ihre Köpfe einziehen mussten. Aber so ein älteres weibliches Exemplar menschlicher Giraffen wie Leopoldine Buschenbacher war wirklich selten anzutreffen. Selbst nachdem sie sich in einen der zwei breiten Ledersessel am niedrigen Glastisch an der Längsseite des Raumes gesetzt hatte, war ihre Größe noch respekteinflößend.

Was hingegen die Demut betraf, konnte die Mutter des Inspektors mit ihrer Aussage durchaus richtiggelegen haben. Denn die Ansammlung an Heiligenbildern, Engeln und Kreuzen an den Wänden dieses Zimmers hätte auch einer Kapelle oder dem Gebetsraum eines Klosters zur Ehre gereicht. Ein großes Gemälde zeigte einen zum Himmel auffahrenden Christus mit verklärtem Blick. Sich weißen Wolken zuwendend, hielt er ein blutendes Herz fest an seine Brust gedrückt. In seinen Gesichtszügen spiegelte sich das ganze irdische Leid, das er unter sich zurückließ.

Unterhalb dieses Bildes stand ein mächtiges Sofa an der Wand, überzogen mit dickem dunkelgrünen Stoff, dessen Blütenornamente stark an den Morgenmantel der Besitzerin des Möbelstücks erinnerten. Noch eine Blumenwiese. Auf dieser Blumenwiese hatten Jerabek und Berger Platz genommen.

»Entschuldigen Sie bitte meinen Aufzug«, ersuchte Leopoldine Buschenbacher, »ich bin gestern viel länger als gewohnt aufgeblieben und soeben erst aufgestanden. Darf ich Ihnen etwas zu trinken anbieten? Kaffee vielleicht?«

Die erste Überraschung schien sich bei ihr ein wenig gelegt zu haben. Der Schrecken über den unerwarteten Besuch war Neugier gewichen.

Jerabek und Berger lehnten das Angebot dankend ab und versicherten beide, soeben erst Kaffee getrunken zu haben. Eine Behauptung, die nicht wirklich der Wahrheit entsprach, denn der Kaffee im Gastgarten des Stadtparks hatte derart grauenhaft geschmeckt, dass sie es vorzogen, gleich nach Favoriten weiterzufahren, um die Zimmervermieterin des Ermordeten in ihrer Wohnung am Reumannplatz aufzusuchen.

»Wir sind wegen Herrn Kaluma da, Frau Buschenbacher«, begann Jerabek die Befragung und öffnete den untersten Knopf seiner dicken Strickweste. »Seit wann wohnt Herr Kaluma denn bei Ihnen?«

»Ist ihm etwas passiert?«, kam postwendend eine mit besorgter Miene gestellte Gegenfrage. Als keiner der beiden Herren Anstalten machte, darauf antworten zu wollen, fuhr die Wohnungsinhaberin fort: »Seit drei Jahren wohnt der Samuel bei mir. Dreieinhalb Jahre eigentlich, wenn man es genau nimmt. Hat er irgendetwas angestellt? Das kann ich mir bei Samuel gar nicht denken. So fleißig und so tüchtig, wie der Junge ist.«

»Er hat nichts angestellt. Zumindest nichts, von dem wir etwas wüssten«, versicherte Berger. »Können Sie uns sagen, warum Sie den jungen Mann bei Ihnen untergebracht haben? Haben Sie schon immer Zimmer vermietet?«

»Nein, ich hatte eigentlich gar keinen Raum zu vermieten. Wir haben das Kinderzimmer von meinem Sohn freigeräumt, als der Samuel in Wien angekommen ist.«

»Kannten Sie ihn denn bereits? Vor seiner Ankunft in Wien?«, wollte Jerabek wissen.

»Nein, überhaupt nicht.« Leopoldine Buschenbacher schüttelte ihren schmalen Kopf und rutschte auf dem braunen Leder ihres Sofas leicht nach vorn. »Das war ein bisschen eine komische Geschichte, das damals vor dreieinhalb Jahren.« Mit der linken Hand begann sie vorsichtig, den silbernen Armreif an ihrem rechten Handgelenk zu drehen. »Es war im Winter, unten am Reumannplatz. Samuel ist mit seinem Koffer in der Hand einfach auf mich zugegangen und hat mich gefragt, ob ich nicht irgendwo in der Nähe eine private Zimmervermietung wüsste.«

»Hier in Favoriten?«, fragte Berger erstaunt.

»Ja, er sagte, er sei neu in Wien und wolle sich ein Zimmer in einem der Außenbezirke suchen. Das wäre billiger als mitten in der Stadt. Und so ist er mit der U-Bahn einfach bis zur Endstation hierher in den zehnten Bezirk gefahren.«

»Und weiter?«, drängte Berger, als die Frau ein wenig ins Stocken geriet, während die Geschwindigkeit der Umdrehungen ihres Armreifs beständig zunahm.

»Ja, das war so … so … wie soll ich sagen … Es war Oktober, und es war kalt. Und da stand er vor mir und wirkte so hilflos. Dabei war er so höflich und so freundlich. Und er redete auch in einem wirklich gepflegten Deutsch. Nicht so wie dieses ausländische Gesindel, das sich den ganzen Tag da unten am Reumannplatz herumtreibt! Ja, da … da hab ich mir einfach gedacht, warum gibst du ihm nicht einfach das leer stehende Zimmer? Seit der Hansi tot ist, ist es ohnehin viel zu ruhig in der Wohnung.«

»Ihr Mann?«, erkundigte sich Jerabek.

»Nein, mein Sohn. Der ist mit zweiundzwanzig schon gestorben, bei einem Unfall.«

»Das tut mir leid, Frau Buschenbacher«, sagte Jerabek mitfühlend. »Und da haben Sie sich gedacht, Sie nehmen einfach wieder einen jungen Mann in Ihrer Wohnung auf?«

Die große Frau nickte verlegen.

»Wo hat Herr Kaluma denn so gut Deutsch gelernt?«

»In Paris. Seine Eltern leben dort. An der deutschen Schule in Paris hat er das gelernt. Von dort ist er ja auch nach Wien gekommen. Zum Studieren. Er ist ja so fleißig, der Samuel. Der wird es noch einmal weit bringen, so eifrig, wie er lernt. Mit seiner Diplomarbeit ist er eben erst fertig geworden, und gestern Abend haben wir ein wenig vorgefeiert, mit einer Flasche Sekt. Bis elf Uhr sind wir zusammengesessen. Das heißt, er hat ein oder zwei Gläschen getrunken und ich den Rest. Er trinkt ja fast nichts, der gute Bub. Ich hab noch nicht einmal die Gläser weggeräumt, entschuldigen Sie bitte.«

Sie ergriff zwei leere Sektflöten, die neben einer kleinen Marienstatue auf dem Glastisch standen, erhob sich und trug die Gläser in die angrenzende Küche. Im Gehen redete sie weiter.

»Immerzu hockt er hinter seinem Computer oder seinen Büchern und lernt. Jeden Tag und jeden Abend. Gestern Abend war eine Ausnahme. Das wird ihm noch viel Geld einbringen, diese Diplomarbeit und dieses Studium, hat er mir gestern gesagt. Und dann fährt er mit mir nach Paris und zeigt mir den Eiffelturm, die Champs-Élysées, die deutsche Schule und all die schönen Plätze, an denen er aufgewachsen ist.«

Ein seliges Lächeln hatte sich in ihr Raubvogelgesicht geschlichen, als sie aus der Küche zurückkam. Das Lächeln verbreiterte ihren Mund und nahm damit dem Riechorgan ein Stück von seiner Dominanz.

»Frau Buschenbacher«, setzte der Abteilungsinspektor an und räusperte sich kurz. »Nehmen Sie doch bitte wieder Platz. Wir müssen Ihnen leider mitteilen, dass Samuel tot ist.«

Die hochgewachsene Frau ließ sich auf ihren Sitzplatz fallen. Ihr Lächeln war einem Ausdruck verstörten Entsetzens gewichen. »Tot? Wie, tot? Sind Sie sicher? Der Samuel?« Die linke Hand hatte aufgehört, mit dem Armreif zu spielen, und krallte sich in die lederne Armlehne, so als müsste sie verhindern, dass der lange Körper zu Boden stürzte. »Wo? Warum? Was ist passiert? Er war doch nicht krank!« Die Frau schien urplötzlich um zehn Zentimeter kleiner geworden zu sein.

»Man hat ihn in der Stadt gefunden«, berichtete Berger. »Wir gehen davon aus, dass es sich um einen Mord handelt.«

»Mord!«, kam es jetzt wie aus einer fernen Welt aus dem schmalen Mund der Frau, und ihr Blick wanderte langsam von Bergers Gesicht in die Höhen des Altbauwohnzimmers, um dann bei einem über der Vorzimmertür hängenden Holzkreuz hängen zu bleiben. Das kunstvoll geschnitzte Südtiroler Kreuz zeigte einen dornengekrönten, ans Kreuz geschlagenen Jesus, der von seiner hoch oben an der Wand befindlichen Position einen verzweifelten Blick in den Raum warf.

»Frau Buschenbacher?« Jerabek versuchte sie aus der Südtiroler Ferne zurückzuholen. »Frau Buschenbacher. Wir wollen herausfinden, wie es dazu gekommen ist und wer das getan hat. Dazu benötigen wir Ihre Hilfe. Können Sie uns sagen, wann Sie Samuel zum letzten Mal gesehen haben?«

»Gleich! Ich brauche ein Glas Wasser«, murmelte die Frau, erhob sich und schlurfte mit hängenden Schultern zur Küche. Der Klang von aneinandergeschlagenen Gläsern war zu hören und das Rauschen der Wasserleitung.

An Berger gewandt, deutete Jerabek auf ein gerahmtes Bild, das auf einer Anrichte in einer der Zimmerecken stand. Es zeigte das Gesicht eines fröhlich lachenden jungen Mannes, an dessen Nase unschwer zu erkennen war, von welcher Mutter er abstammte.

»Jetzt hat sie ihren zweiten Sohn verloren«, flüsterte Jerabek.

»Faszinierende Ähnlichkeit«, raunte Berger zurück.

»Das ist der Hansi«, erklärte Leopoldine Buschenbacher, die plötzlich mit drei Wassergläsern auf einem silbernen Tablett neben ihnen stand. »Badeunfall. In der Alten Donau. Dabei war er so ein guter Schwimmer.« Sie stellte das Tablett auf den Tisch, setzte sich und nahm einen großen Schluck aus einem der Wassergläser. »Wie ist das passiert? Der Bub hat doch niemandem etwas zuleide getan.«

»Das versuchen wir herauszufinden«, sagte Berger. »Hat Ihr Untermieter irgendwelche Feinde, Nebenbuhler oder Gegner gehabt?«

»Feinde? Ach geh wo! Der hatte nicht einmal Freunde, eine

Freundin schon gar nicht. Der Junge hat doch ständig nur gelernt. Seit dreieinhalb Jahren studiert er hier in Wien und hat schon die Diplomarbeit fertig. Das schaffen andere nicht einmal in der doppelten Zeit!«

»Ist er denn nie ausgegangen?«

»Am Sonntag. Mit mir in die Antonskirche. Manchmal hat er mich auch nach Simmering zum Hansi begleitet. Auf den Zentralfriedhof. Ansonsten war er immer zu Hause. Bis auf ein paar Sponsionsfeiern von Unikollegen vielleicht, aber das war nicht öfter als ein- oder zweimal im Jahr.«

»Finden Sie das nicht eher ungewöhnlich für einen jungen Mann?«, warf Jerabek ein, der sich sein Notizheft auf den in einer bequemen grauen Stoffhose steckenden Schenkel gelegt hatte, um die Aussagen der Frau darin festzuhalten.

»Ach, er hat gesagt, er zieht das Studium einfach so schnell wie möglich durch und hat dann immer noch das ganze Leben vor sich.« Als sie diese Worte aussprach, krampfte es sie merklich zusammen. Sie kämpfte mit den Tränen. »Der Samuel hatte ja auch gar kein Geld zum Fortgehen«, stieß sie mit gebrochener Stimme hervor. »Das bisschen Geld vom Stipendium hat er mir gegeben. Fürs Zimmer, das Essen und die Wäsche. Er verdient dann genug als Diplomingenieur, hat er gemeint. Er hatte doch so viele große Pläne, der Bub.«

»Es tut uns wirklich sehr leid«, versicherte Jerabek der Frau, die jetzt den Kampf gegen die Tränen verloren hatte. »Wissen Sie, wohin Samuel heute Morgen gegangen ist, Frau Buschenbacher?«

Die Zimmervermieterin schüttelte wortlos den Kopf. Sie zog ein Taschentuch hervor und schnäuzte sich. Es dauerte ein wenig, bis sie weitersprechen konnte. »Er wird mit der U-Bahn zur Uni gefahren sein, nehme ich an. So wie fast jeden Tag. Er hat dort mit seinem Professor die letzten Details seiner Diplomarbeit erarbeitet.« Sie führte ein zweites Taschentuch an ihre markante Nase.

»Wir würden gerne wissen, was er heute früh angezogen hat«, setzte Berger nach wenigen Sekunden des Abwartens die Befragung fort.

Die Frau sah ihn mit Tränen in den Augen an. »Ist das denn noch wichtig? Jetzt, wo er tot ist?«

»Alles ist wichtig, Frau Buschenbacher. Alles, was uns hilft, den Täter zu finden.«

Sie dachte kurz nach. »Gestern Abend hatte er Jeans an. Und ein T-Shirt mit dem Aufdruck von irgendeiner französischen Universität. Zu heute Morgen kann ich nichts sagen. Als ich aufgestanden bin, war er schon weg.«

»Gab es denn für ihn heute eine Prüfung an der Uni?«, fragte Jerabek.

Die Frau verneinte. »Die hat Samuel schon alle hinter sich. Es muss nur noch die Diplomarbeit bewertet werden. In den nächsten Tagen wollte er sie abgeben.«

»Worum geht es denn in der Diplomarbeit?«, erkundigte sich Berger.

»Einen Moment bitte, ich hab's mir aufgeschrieben.« Die große Frau erhob sich bedächtig und holte einen Zettel, der neben dem gerahmten Bild ihres verstorbenen Sohnes auf der Kommode in der Zimmerecke lag. Sie musste sich mit ihrem Taschentuch erst die Tränen aus den Augen wischen, bevor sie vorlesen konnte: »Zykloide Raumkurvenbewegungen in der Biotechnik anhand energetischer hydrologischer Prozesse in Wendelrohren unter dem Einfluss von Katalysatoren.«

»Verstehe«, sagte Berger nickend. »Und was bedeutet das genau?«

»Keine Ahnung. Ich hab mir nur den Titel aufgeschrieben. Zum Inhalt müssen Sie schon seinen Professor fragen, Professor Grünzweig. Irgendetwas Technisches ist das. Samuel hat zwar schon ein paarmal versucht, mir die Arbeit in groben Zügen zu erklären, aber ich fürchte, ich habe nichts davon verstanden.« Sie wischte sich wieder mit dem Taschentuch über ihr Gesicht. »Ist das Unglück an der Uni passiert?«

»Nein«, gab Jerabek zur Antwort. »Er wurde im Stadtpark gefunden. Gleich neben dem Wienfluss.«

»Im Stadtpark?« Leopoldine Buschenbacher zog erstaunt ihre Augenbrauen hoch. »Was wollte er denn dort?«

»Das würden wir auch gerne wissen«, meinte der ältere der

beiden Kriminalbeamten. »Dürfen wir vielleicht einen Blick in sein Zimmer werfen?«

»Aber selbstverständlich«, antwortete die Frau ohne zu zögern und führte ihren Besuch zu einer Tür, die gleich neben der Anrichte in einen Nebenraum führte.

Das Zimmer war klein und wirkte aufgeräumt. Am Fenster stand ein großer Schreibtisch, auf dem sich ein Computer befand. Auf einer Schreibunterlage, die mit einer Weltkarte bedruckt war, lag ein aufgeschlagenes Lehrbuch, »Angewandte Messtechnik«, daneben ein anderes Werk mit fachspezifischem Inhalt. Zahlreiche weitere Bücher und beschriftete Ordner reihten sich in einem großen Bücherregal, das oberhalb des ordentlich gemachten Betts angebracht war. Vor dem Bett stand ein Stuhl, über dessen Lehne ein T-Shirt mit der Aufschrift »Sorbonne« hing.

Berger schob den Stuhl zur Seite und nahm einen bunten Kalender zur Hand, der neben einem französischsprachigen Roman und einer Nachttischlampe auf dem kleinen Kästchen neben dem Bett lag. »Letztes Kapitel, 3. Absatz umformulieren« stand in dem Feld für den gestrigen Tag. Der heutige Tag war frei von Eintragungen.

»Den Kalender nehmen wir besser mit«, stellte Berger fest. »Auch den Computer müssten wir auswerten.«

Die Frau nickte nur. Sie öffnete für die Beamten den dreiteiligen Kleiderkasten. Es fehlten Hemd, Hose und Schuhe, die der Student nach Aussage seiner Vermieterin üblicherweise nur zum Kirchgang anzog.

Mit dem Einverständnis der Wohnungsbesitzerin untersuchten die Kriminalbeamten den kompletten Raum. Das schlicht eingerichtete Zimmer war in wenigen Minuten durchforstet. Es gelang den Ermittlern jedoch nicht, irgendwelche Hinweise darauf zu finden, was den Bewohner dazu bewogen hatte, an diesem Morgen den Stadtpark aufzusuchen.

Jerabek bedankte sich schließlich umständlich bei der Vermieterin des Mordopfers für ihr Entgegenkommen und versprach, sein Möglichstes zu unternehmen, um den Täter ausfindig zu machen. Dann drückten die beiden Männer noch einmal ihr Beileid aus und verabschiedeten sich. Beide hatten es eilig, die mit religiösen Symbolen und Figuren ausstaffierte Wohnung zu verlassen.

Sie waren bereits auf dem Gang, als Jerabek sanft an der Schulter zurückgezogen wurde. Er drehte sich verwundert um und schaute in das Raubvogelgesicht über sich.

»Ist Samuel ins Wasser gestoßen worden?«, fragte die Frau beschwörend.

Der Kriminalinspektor schüttelte seinen Kopf. »Nein, Frau Buschenbacher. Er ist erschossen worden.«

Sie nickte, drehte sich wortlos um und schloss die Wohnungstür hinter sich. Und während Jerabek seinem Kollegen zur Treppe folgte, konnte er sich irgendwie nicht des Gefühls erwehren, einen Anflug von Erleichterung in ihrem Gesicht entdeckt zu haben.

5

»A Tupferl, a Gaberl, ein gepflegtes Hakerl, und daunn woar i weg! Wia a Raketn bin i auf der linken Seitn auf und davon zogn. Aum ersten Spanier vorbei, aum zweiten, und eine in den Sechzehner. Da Tormaunn is mir scho entgegenkumma, und i woit die Kugel aun eam vorbeischeiben, genau ins launge Eck. Do bin i auf amoi glegn!«

Fassungslos sah der Mann im dunkelgrauen Anzug auf den neben ihm in seiner uralten, ausgebeulten Trainingshose sitzenden Ernst Stierschneider. Dieser war ohne Vorwarnung an die Seite des allein am Nebentisch Sitzenden gerückt und hatte sein Viertelglas mit Wein gefährlich nahe an dessen Designernotebook abgestellt.

»Der Stopper hot mi mit'n Zehenspitzerl no dawischt. Owa grod noch! Des woar a gaunz a Launger! Den miassn s' mit Blumendünger aufzogn haum, so laung wor der. I schwör da! Der hot aus da Dochrinna saufen kenna. An Zentimeter klaner und der dawischt me nimmer. Zum Glück hot da Schiri den Elfmeter gebn. Ka Diskussion, hot er gsogt! No Disskaschn! Des woar a Engländer, der Schiri. Ein richtiger Sir woar des.«

»Entschuldigen Sie bitte«, unterbrach ihn der Anzugträger, »ich müsste noch ein wenig an meinem Computer arbeiten.«

»Oarbeitn? Jetzt? So a Bledsinn! Um so a Zeit miassn nur mehr die Taxler und die Huren hackeln. Pass auf, i zeig da, wia des woar!«

Stierschneider schnappte sich sein Glas und das Mineralwasserglas des perplexen Mannes neben sich und markierte damit die Positionen der spanischen Verteidiger. Der Tisch war das Spielfeld. Als Tor musste das aufgeklappte Notebook herhalten. Zeige- und Mittelfinger seiner linken Hand umspielten elegant die unbewegliche Verteidigung, wurden aber von seiner vom Spielfeldzentrum nach links außen rutschenden rechten Hand zu Fall gebracht. Beim Foulspiel begann das Weinglas bedenklich zu wackeln, und der Besitzer des Notebooks schob seinen tragbaren Computer hektisch zur Seite.

»Wos mochst'n mit dem Tor, hearst?«, fuhr Stierschneider ihn an. »I muass da jo no den Elfmeter zeign!« Er bewegte den Laptop wieder in die Mitte des Tisches und ließ seinen Zweifingerspieler davor Stellung beziehen.

»Eigentlich hot jo immer da Joschi die Elfer gschossn. Owa der hot a Zerrung ghobt. Irgendwos aum Oberschenkel. Woa jo a scho kurz vur Schluss, und da Joschi is doch scho a öterer Spieler gwesn. Is er zu mir her, da Joschi, hot ma die Kugel in d' Haund druckt und hot ma tiaf in d' Augn gschaut.«

Stierschneider drehte sich zu seinem Zuhörer und sah diesem mindestens so tief in die Augen wie vor Jahren sein Mannschaftskollege Johannes Höllinger ihm selbst, fünf Minuten vor dem Schlusspfiff der Cup-Begegnung in Spanien. Der Mann im Anzug schaute in die wässrigen, rot unterlaufenen Augen des Ex-Fußballers und wagte es nicht, seinen Blick abzuwenden.

»Ernstl!« Stierschneider schrie seinen Namen. »Ernstl! Häng eam'an eine!« Schweigen folgte diesem jähen Ausbruch.

Um der unangenehmen Aug-in-Aug-Situation entfliehen zu können, wagte der Laptopbesitzer eine vorsichtige, leise Frage. »*Was* wollte der Mann von Ihnen?«

»Wer?« Stierschneider verstand die Frage nicht.

»Dieser Joschi, mein ich«, kam die zögerliche Antwort.

Ernst Stierschneider schüttelte angesichts von so viel Ahnungslosigkeit den Kopf. Er nahm den ersten spanischen Verteidiger vom Tisch, um sich einen Schluck aus seinem Glas zu genehmigen. Dann rückte er noch näher an seinen Gesprächspartner heran, drückte seine ausgewaschene alte Trainingsjacke an den feinen Stoff des teuren Sakkos und umarmte den Mann. »Oida«, sagte er, »du host ned wirklich a Auhnung von Fuaßboi. Pass auf, i erklär da des.«

Der Umarmte hätte liebend gerne auf nähere Erklärungen verzichtet und stattdessen bei seiner Firma um die Auszahlung einer Erschwerniszulage für nächtliche Bahnreisen angesucht, aber Ernst Stierschneider fuhr unbeirrt fort.

»Da Joschi woar unser Kapitän seinerzeit bei dem Cup-Schpü in Spanien. Zweite Runde! Ned dass d' glaubst, des woar a Juxpartie. Ois Käptn hod immer er die Elfer gschossn. Owa aun dem

Tog hod er die Wuchtl mir in d' Haund druckt. Der hod afoch gwusst, dass i den Killerinstinkt hob, den ma fia so a Situation braucht. Ans–ans unentschieden! Elfmeter! Fünfadochtzigste Minutn! Spanien! *Auswärts!*«

Die letzten Worte kamen in einer Lautstärke, als ob er ein ganzes Stadion voller spanischer Zuschauer überschreien müsste. »A super Bursch, der Joschi. So wos gibt's jo heit bei de Jungen goar nimmer. Lauter Egoisten san des. Do schaut kaner mehr auf d' Maunnschoft. Jeder foahrt a drum Auto und hod an Haufen Marie auf da Bank. Nur kicken kennan s' an Dreck. Brauchst de goar ned wundern, dass wir Österreicher nix mehr reißen.«

Verächtlich deutete er zum großen Bildschirm hoch oben in der Halle, der gleich nach dem Schlusspfiff des für Österreich enttäuschend verlaufenen Länderspiels wieder auf das Dauerwerbeprogramm umgeschaltet worden war.

Ernst Stierschneider stemmte erneut einen der beiden Verteidiger in die Höhe, um auf die glorreiche Vergangenheit des österreichischen Fußballs zu trinken. Laute prustende Geräusche ließen erkennen, dass er das falsche Glas erwischt hatte. Mit einem zur säuerlichen Grimasse verzogenen Gesicht stellte er das Mineralwasserglas seines Gesprächspartners auf den Tisch zurück, schob es über die Torauslinie nach hinten und korrigierte den ungewohnten Geschmack in seinem Mund mit einem Schluck aus seinem eigenen Glas. Dann setzte er den Spielbericht fort.

»I hob me ned laung bitten lossn und hob ma die Lederkugel hergricht. A Boin, zwa Schpüler, fuchzgtausend Zuschauer!«

Zur großen Erleichterung des Geschäftsreisenden löste Stierschneider die unangenehme Umarmung. Dieser benötigte beide Hände, um sich wieder dem Spielfeld zuwenden zu können. Mit seiner Rechten zog er das Notebook näher zu sich heran und knallte dann das Viertelglas in seiner Linken genau dort auf den Tisch, wo sich, im Verhältnis zu dem das Tor darstellenden Bildschirm, der Elfmeterpunkt befinden musste. Also genau vor den Laptop. Ein Teil des Blauen Portugiesers aus Stierschneiders Vierterl schwappte über den Rand des Glases und ergoss sich über das Bedienfeld des tragbaren Computers.

»Was tun Sie denn da? Passen Sie doch auf!« Erste Anzeichen von Widerstand gegen die neue Bekanntschaft machten sich beim Sitznachbarn Stierschneiders bemerkbar.

»Is jo nix passiert«, meinte der ehemalige Fußballprofi nur und wischte mit dem Ärmel seiner Trainingsjacke über Touchpad und Eingabetasten. Die Kalkulationstabelle auf dem Bildschirm verschwand, und mit ihr die Geduld dessen, der diese Tabelle mühevoll erstellt hatte.

Hastig riss der Mann im grauen Anzug das Notebook an sich, sprang auf und rief empört: »Lassen Sie Ihre Hände von meinem Computer! Der hat ein Vermögen gekostet!« Seine Gesichtsfarbe hatte sich vor lauter Zorn dem dunklen Rot von Stierschneiders Getränk angenähert. »Wie komm ich dazu, mich von einem Alkoholiker wie Ihnen belästigen zu lassen? Eine Unverschämtheit ist das! Zahlen, bitte!«

Aufgeregt fuchtelte er mit beiden Händen, um das Bedienpersonal schnellstens herbeizubeordern.

»Alkoholiker, sogst du? Heast, du Wappler«, regte sich jetzt auch Stierschneider auf. »Waaßt du überhaupt, wos zum Kraunkheitsbüd eines Alkoholikers gheat?«

»Das Saufen«, antwortete der Angesprochene herablassend. »Blödsinniges, sinnloses In-sich-hinein-Saufen!«

»Nicht nur.« Stierschneider erhob einen Zeigefinger und wechselte ins Hochdeutsche. »Zum Krankheitsbild des Alkoholikers gehört das Leugnen seiner Sucht.«

»Und?«, rief der erzürnte Mann im Anzug. Er hatte mittlerweile den tragbaren Computer in eine lederne Aktentasche gesteckt und dieser seine Brieftasche entnommen.

»Nix und«, fuhr ihn der Ex-Fußballer an. »I gib zua, dass i vü zu vü sauf! I becher jeden Tog! I bin a Tschecherant und Trinker, i gib des offen zua. I tua do goar nix leugnen! Also bin ich *kein* Alkoholiker! Verstehs d'?«

Der Geschäftsreisende wollte antworten, aber er hatte der Logik Stierschneiders nichts entgegenzusetzen. Gegen dessen Theorie half wohl auch keine neue Kalkulationstabelle. Er legte ein paar Münzen neben das halb leere Wasserglas und marschierte mit der Aktentasche unter dem Arm grußlos davon.

Stierschneider schickte ihm ein halblautes »Trottel« hinterher und trank sein Vierterl leer.

Der Kellner war an seinem Tisch erschienen, ein müde wirkender Mann von augenscheinlich südländischer Herkunft. Er nahm die Münzen an sich und stellte das Mineralwasserglas auf ein Tablett.

»Woarst du scho moi in Spanien?«, befragte ihn Stierschneider.

»In Almería ich habe gearbeitet«, antwortete der dunkelhaarige Mann mit serbokroatischem Akzent.

»Fein«, sagte Ernst Stierschneider, »aber noch Spanien muasst amoi foahrn. Durt is leiwaund, sog i da. Und einen Roten haum die durt! Mmmmh! Des woar a Tröpferl. Blunzenfett woarn wir olle noch dem Sieg. Sogoar da Joschi, der sunst so gsund glebt hod, hod a poar Glasln packt. ›Torro‹ haum s' zu mir gsogt. Ach so! Du verstehst jo ka Spanisch! Stier haaßt des, waaß d'? Weil, wia a Stier bin i auf den Elfmeterpunkt zuhegrennt und hob augraucht, dass da Goalie a frische Unterwäsch braucht hod. Mit de Fingerspitzen woar er no draun. I glaub, des tuat dem heit noch weh. Owa zum Hoidn woar der ned!«

Stierschneider erntete nur ein Nicken der serbischen Servierkraft, die begonnen hatte, den Nebentisch abzuräumen, und ihm nun den Rücken zukehrte. Trotzdem redete er unverdrossen weiter.

»Der Goalie is noch dem Match sicher haamgrennt zu seiner Mama. Zum Waana. Und während der dahaam great hod, san mia durchgaunga, die gaunze Nocht laung.«

Der Kellner entfernte sich langsam mit seinem Tablett, und die ehemalige Fußballgröße Ernst Stierschneider redete mittlerweile mit seinem leeren Glas.

»Und Weiber haum de Spanier! Rassig, kaunn i nur sogn. Soo scheene Weiber!«

Er schob das Glas an den Rand des Tisches und legte den Kopf auf seine Arme, genau dorthin, wo sich vorher noch der Strafraum befunden hatte. Und als der Kellner mit seinem Tablett in der Küche des Lokals verschwand, war der Ernstl bereits eingeschlafen und träumte von Spanien, schwerem Rotwein, leichten Mädchen und dem Aufstieg in die dritte Cup-Runde.

Als Erki mit seinen Begleitern vom Bahnsteig zurückkam, war Stierschneider schon wieder munter und saß vor einem vollen Glas. Man berichtete ihm von der dreisten Aktion und gruppierte sich rund um den Fußballstar auf den grünen Bänken des Lokals. Lautstark wurde auf die erfolgreich durchgeführte »Schandtat« angestoßen, und Jirschi Nemecek musste dem am letzten Waggon zurückgebliebenen langen Nowak immer wieder berichten, wie Erki bei der Ohrfeige zugelangt hatte. Der schwarze Meixner bemühte sich mit großem Publikumserfolg, die Reaktion des Hutträgers pantomimisch nachzustellen, indem er mit geballten Fäusten und einem aus der Abendzeitung gefertigten Hut wilde Drohgebärden an die Umsitzenden verschickte. Erki brach vor Lachen nieder, sobald sich Meixner nur den Zeitungshut aufgesetzt hatte, und wenn dieser dann akrobatisch mit der verrutschten Kopfbedeckung zu kämpfen begann, gab es auch von Stierschneider begeisterten Szenenapplaus.

Um halb ein Uhr verabschiedeten sich dann die Gymnasiasten mit dem Hinweis auf eine bevorstehende Schularbeit. Der Lange folgte eine Stunde später und nahm den mittlerweile schwer gezeichneten Mittelstürmer mit, die restlichen drei beschlossen, den Vierundzwanzig-Stunden-Service der Lokale am Westbahnhof auszunutzen, und blieben fröhlich feiernd sitzen, um die erste Morgen-U-Bahn abzuwarten, mit der Erwin Meixner den Heimweg antreten wollte.

Nachdem Erki und Jirschi bei Tagesanbruch den Rauchfangkehrer in die tiefer gelegene U-Bahn-Station begleitet hatten, verließen sie das Gebäude durch den Haupteingang. Die im Zuge der Restaurierungsarbeiten des Bahnhofs neu angebrachten Stiegengeländer und das gelegentliche Eingreifen Erkis ermöglichten Jirschi, die zahlreichen Durchgänge, Stiegen und Rolltreppen unfallfrei zu überwinden. Komisch, dass der Gleichgewichtssinn im Inneren des Ohres zu finden ist, dachte sich Erki beim Anblick seines torkelnden Freundes. Er hätte schwören können, dass der Eimer Bier, den Jirschi intus hatte, über den Mund und nicht über die Ohrmuschel in dessen Körper gelangt war. Zum Glück waren die Gänge um diese Tageszeit nahezu menschenleer.

Kaum im Freien angelangt, blieben beide Nachtschwärmer erst einmal stehen. Nach stundenlangem Aufenthalt im Neonlicht kam ihnen das erste Tageslicht doch etwas befremdlich vor, fast wie der Eintritt in eine neue Galaxie. Es war kalt, und Erki knöpfte sein Hemd zu, doch trotz der kühlen morgendlichen Temperaturen konnte der Student spüren, dass der Sommer in der Luft lag. Er bildete sich sogar ein, das Hunderte Kilometer entfernte Meer riechen zu können. Vielleicht ließ er sich aber auch nur von dem stimmungsvollen Strandmotiv in die Irre leiten, das einen der auf dem Europaplatz parkenden Reisebusse über die ganze Längsseite zierte. Jedenfalls überkam ihn das wohlige Gefühl, dass aus diesem Morgen ein großartiger Tag entstehen könnte.

Wien war gerade am Erwachen. Die Baustellen an den Ecken des Westbahnhofes ruhten noch, aber auf dem Gürtel hatte bereits der Frühverkehr eingesetzt. Das aufkommende Tageslicht brachte die Vögel in den Bäumen am Straßenrand zum Singen, und erste Frühaufsteher sorgten mit ihren Hunden für genügend Argumente, um die Grünstreifen darunter besser nicht zu betreten. Die Fahrer zweier Taxis standen direkt vor dem Eingang und unterhielten sich in einer osteuropäischen Sprache.

Erki spielte kurz mit dem Gedanken, seinen Freund in eines der Taxis zu setzen, dachte sich dann aber, dass ein kleiner Spaziergang seinem betrunkenen Begleiter sicher guttun würde. »Ich bring dich besser nach Hause«, stellte er fest und ging ein paar Schritte den Fußweg voraus, der um den Parkplatz herum zum Neubaugürtel führte. »Schaffst du es?«

»Bin voll fit«, versicherte sein Begleiter und setzte sich mit unsicheren Schritten in Bewegung.

»Voll fett trifft es vielleicht eher«, meinte Erki amüsiert. »Pass auf, dass du in keine Straßenbahn rennst!«

Sie überquerten die nach Süden führende Fahrbahn des äußeren Gürtels und wandten sich vor den Straßenbahngleisen nach links in Richtung Stadthalle. Der breite Streifen zwischen den zwei mehrspurigen Gürtelfahrbahnen ließ genügend Platz für einen großzügig gestalteten Zugang zur darunter geführten U-Bahn und für parkähnlich angelegte Grünflächen, in deren Mitte sich ein Soldatendenkmal für die Kämpfer der napoleonischen Kriege befand. Je näher sie der größten Wiener Veranstaltungshalle kamen, desto mehr häuften sich Plakate mit Konzertankündigungen an den am Wegrand stehenden Lichtmasten. Große orangefarbene Plakate wiesen auf den bevorstehenden Auftritt einer alternden Ikone des Austropops hin, und Jirschi begann, eines der Lieder des Künstlers zu grölen: »Du host da nie sonderlich viel Mühe geben, die Hoffnung zu erfüllen, du woarst a Blattl im Wind, Bettina! I vergiss di nie, Bettina, i moch ma Sorgn um di, Bettina, waunns da schlecht geht, denk aun mi.«

An einem am Gehsteigrand errichteten Stromverteilerkasten blieb Jirschi stehen. Er stützte sich auf den Metallkasten mit der Aufschrift »Steigleitung« und schaute über den inneren Gürtel auf die Häuserzeile im Osten. Zwei Wiesenflächen, ein Gehweg und drei Fahrstreifen lagen dazwischen, aber in Wirklichkeit war das eine ganze Welt.

»Glaubst du, es geht ihr gut da drüben?«, fragte Jirschi.

Erki stellte sich neben seinen Freund und blickte ebenfalls auf die Gebäude jenseits der Hauptverkehrsader. Die Bezirke Mariahilf, Neubau und Josefstadt befanden sich auf der anderen Seite der Straße. Die Heimat der neuen Elite des Informationszeitalters, ein Sammelbecken für Studenten aus gutem Haus, Möchtegern-Bohemiens und junge Erfolgreiche. Dort wählte man grün, gab sich weltoffen und blieb doch lieber unter sich. Für einfache Arbeiter und mittellose Migranten waren die dortigen Mieten viel zu hoch.

»Ich weiß es nicht«, antwortete Erki nachdenklich. »Sie wollte unbedingt dorthin. Besser verdienen, besser wohnen, einfach was Besseres sein. Komm, es wird sich bestimmt wieder etwas ergeben. Ein neuer Job und eine neue Freundin.«

Jirschi trat mit dem Fuß gegen den Betonsockel des Blechkastens, aber sein Freund zog ihn weiter.

»Wien hat eins Komma acht Millionen Einwohner, und laut Bevölkerungsstatistik ist mehr als die Hälfte davon weiblich. Das sind über neunhunderttausend Frauen«, rechnete Erki vor.

Jirschi torkelte einen Schritt zur Seite und klammerte sich an

Erkis Oberarm fest. »Du musst die alten und hässlichen Weiber wegrechnen. Du kennst ja meine Liste.«

Erki begann zu lachen. »Du meinst dein halbtägiges Casting-Experiment mit Schreibblock vor der Rolltreppe am Schwedenplatz?«

Jirschi nickte und zeigte Erki Daumen und Zeigefinger. »Zwei! Ganze zwei! Stundenlang bin ich mit meiner Liste dort gestanden und habe mir unzählige Mädchen angesehen – alte, junge, fesche, brauchbare, hässliche. Aber nur zwei haben es in die Kategorie der wirklichen Schönheiten geschafft.«

Sie hatten den Urban-Loritz-Platz erreicht. Eine riesige, kunstvoll geschwungene Dachkonstruktion aus Stahl und Kunststoff schützte die darunter befindlichen Straßenbahnstationen. Auf den Stahlseilen unterhalb des Daches saßen Dutzende Tauben, dicht aneinandergedrängt.

»Nur zwei!«, schrie Jirschi die Tauben an. »Könnt ihr euch das vorstellen?«

Die Tauben ignorierten die morgendliche Ruhestörung und blieben sitzen.

»Du hättest die zwei Schönheiten ansprechen sollen, anstatt sie in deine Liste einzutragen«, meinte Erki augenzwinkernd, aber Jirschi gab keine Antwort. Sein beeinträchtigter Gleichgewichtssinn hatte den Kampf gegen die Schwerkraft verloren und ließ ihn gegen die Seitenwand eines Döner-Standes donnern. Erki musste seinem Begleiter hochhelfen und stützte ihn beim anschließenden Überqueren von Gürtel und Hütteldorfer Straße.

Die Kebab-Buden am Urban-Loritz-Platz waren nur die Vorboten der multikulturellen Landschaft, die der fünfzehnte Wiener Gemeindebezirk seinen Bewohnern bot. Wien-Rudolfsheim galt nicht nur als der Bezirk mit dem höchsten Ausländeranteil, sondern auch als Wiens ärmster Stadtbezirk und jener mit der geringsten Lebenserwartung. Ein buntes Völkergemisch aus Armen, Migranten, Studenten, Arbeitslosen und jungen Kreativen teilte sich den leistbaren Wohnraum dieses nach Kronprinz Rudolf benannten Stadtteils. Hier täuschten keine schönen Fassaden über die wahren Lebensumstände der Bevölkerung hinweg, Rudolfsheim war frei von schicken Trends und Äußerlichkeiten. Anstatt moderner urbaner Welt oder historischer Pracht gab es hier ein zusammengeflicktes Wien zu sehen, ein Wien mit Unzulänglichkeiten und Fehlern.

In diesem Bezirk war deutlich erkennbar, wie die Stadt an der Donau zu einer Millionenmetropole geworden war: durch den Zuzug verarmter Bevölkerungsschichten. War es in den Zeiten der industriellen Revolution noch die Landbevölkerung aus den Kronländern der Monarchie, die sich in dem dörflichen Randbezirk niederließ, so setzte sich das Bevölkerungsgemisch heutzutage aus Menschen aller Herren Länder zusammen.

Erki verfrachtete seinen Freund in dessen kleine Wohnung am Rande des Märzparks, marschierte dann an der Eingangsfront der Stadthalle entlang und betrachtete die an den Glasflächen angebrachten Plakate bevorstehender Veranstaltungen. Gemächlich schlenderte er zurück zur Hütteldorfer Straße, um über die Zinckgasse zu seiner Heimatstraße zu gelangen.

Eine schwarze Limousine mit Berliner Kennzeichen rollte ungewöhnlich langsam die Straße entlang, kam kurz vor ihm zum Stehen, beschleunigte aber gleich wieder und verschwand am Neubaugürtel. Erki blickte dem Wagen hinterher. Er freute sich darüber, nicht durch eine fremde Stadt irren zu müssen. Hier war er zu Hause, und die blauen Schilder mit der Aufschrift »Märzstraße« gaben ihm das Gefühl von Sicherheit. Seit seiner Kindheit wurde dieses Wort auf jedes Formular geschrieben, auf dem seine Adresse bekannt gegeben werden musste. Seine Eltern hatten die Wohnung in der Nähe des Reithofferparks mittlerweile aufgegeben, sie waren an den Stadtrand gezogen. Er selbst aber war der Märzstraße treu geblieben und hatte die kleinere Wohnung seiner verstorbenen Großmutter bezogen.

Die Wohnung lag etwas weiter stadtauswärts, doch Erki liebte den ihm vertrauten, immer leicht bergauf führenden Heimweg durch »seine« Straße. Kerzengerade zog sie sich die Geleise des Neunundvierzigers entlang und brachte ihn mit jedem Schritt dem roten Backsteinbau der Rudolfsheimer Pfarrkirche näher, die weithin sichtbar auf der Höhe am Ende der Steigung thronte.

Hier war er getauft worden, und im Kaiserin-Elisabeth-Spital gleich daneben hatte man ihm die Knochen der gebrochenen Hand geflickt, nachdem er als Zehnjähriger ausprobieren wollte, wie weit man mit dem Fahrrad springen kann.

Die Straße war noch internationaler geworden seit seiner Kindheit. Er ging am griechischen Fischgeschäft vorbei, an türkischen Lebensmittelhändlern, chinesischen Friseuren, österreichischen Handwerksbetrieben, einem Szenetreff für junge Menschen aus Serbien und einem Restaurant mit levantinischen Spezialitäten. Sogar eine polnische Videothek hatte die Märzstraße zu bieten. Es war die Vielfalt, die Erki an dieser Straße liebte, das gewachsene, internationale Flair. Frei vom Prunk und Kitsch der von Touristen überschwemmten Innenstadt verkörperte Erkis Heimatstraße auf ihre ganz eigene Art einen Hauch von großer, weiter Welt.

Ein paar Quergassen von der Anhöhe entfernt hatte Erki sein Ziel erreicht. In einem alten, dreistöckigen Haus befand sich seine Wohnung, direkt oberhalb eines Frisiersalons. Da das Geschäftslokal nur tagsüber benutzt wurde, konnte Erki in der Nacht ungestört die Schätze seiner umfangreichen Schallplattensammlung abspielen. Die Räume im Stockwerk über ihm waren wegen Renovierungsbedarf seit Längerem unbewohnt, und der elegante Herr Reiter von gegenüber durfte wegen ausstehender Alimentszahlungen und eigenwilliger Geschäftsideen wieder einmal einen längeren Urlaub auf Staatskosten verbringen. Erki hatte somit zurzeit nur die alte Sacher aus der Nebenwohnung als unmittelbare Nachbarin, doch die war so schwerhörig, dass sie ohne Hörapparat nicht einmal die spektakulären Polizeieinsätze beim Reiter mitbekam. Das war auch der Grund dafür, warum sie größten Wert darauf legte, dass die Hauseingangstür in der Nacht versperrt blieb.

»Den Schlüssel zweimal umdrehen, Herr Neubauer! Sonst stiehlt man mir die Blumentöpfe vom Gang«, ermahnte sie ihn immer wieder.

Mit dem Schlüsselbund in der Hand stand Erki verwundert vor der sperrangelweit geöffneten Haustür. Er betrat die Hauseinfahrt, machte das Ganglicht an und versperrte die Tür hinter sich. Zweimal. Sein altes Rennrad lehnte unverändert an der Wand.

Auch die Zimmerpflanzen seiner Nachbarin standen an ihren gewohnten Plätzen, in großen Töpfen am Rande des Gangs und auf den Fensterbänken der zum Lichthof führenden Kastenfenster. Hoffentlich ist sie nicht krank geworden, dachte sich Erki und griff in das Erdreich eines der Töpfe. Die Erde war noch feucht, die Pflanzen waren gegossen worden.

Beruhigt erklomm Erki die Stiegen zum ersten Stock, ging an der Wohnungstür von Aloisia Sacher vorbei und steckte den Schlüssel in das Schloss der Tür zu seiner eigenen Wohnung. Mehrmals bemühte er sich aufzusperren. Vergeblich. Ein bereits geöffnetes Schloss ließ sich eben nicht weiter aufschließen.

Ein ungutes Gefühl beschlich Erki, als ihm endlich bewusst wurde, dass auch seine Wohnungstür geöffnet worden war. Vorsichtig betrat er das Vorzimmer der kleinen Gemeindewohnung und tastete nach dem Lichtschalter. Der Lichtkegel der Deckenlampe bestätigte seine Ahnung. Der gesamte Inhalt der Kommode verteilte sich über den grauen Teppichfußboden des kleinen Raumes, dazwischen lagen Kleidungsstücke seiner Garderobe und das Festnetztelefon. Erki bückte sich, um den Telefonapparat aufzuheben. Das Kabel war durchgeschnitten.

»Das hätte ich dem bladen Kurtl nicht zugetraut«, zischte Erki. »So eine miese Drecksau!«

Erzürnt riss er die Tür zu seinem Wohnzimmer auf, machte einen Schritt nach vorn und blieb dann wie angewurzelt im Türrahmen stehen. In der Mitte des Zimmers türmte sich ein hoher Haufen aus Schallplatten. Der ungebetene Gast, der es geschafft haben musste, Haustor und Wohnungstür zu öffnen, hatte die zum Plattenschrank umfunktionierte alte Küchenkredenz seiner Großmutter völlig leer gefegt. Viele Jahre hatte Erki dazu benötigt, seine umfangreiche Sammlung von auf Vinyl verewigten Höhepunkten der Musikgeschichte zusammenzutragen. Unzählige Stunden hatte er auf Flohmärkten, in Antiquariaten oder vor den Bildschirmseiten einschlägiger Internetbörsen zugebracht. Jetzt lag sein ganzer Stolz auf dem alten Teppichboden des Wohnzimmers, und wie zum Hohn lag die wertvollste Schallplatte aus der geliebten Sammlung obenauf.

Das unbeschriftete weiße Plattenlabel einer Pink-Floyd-Rarität leuchtete Erki entgegen, das dazugehörige Cover lag in zwei Teile zerrissen am Fuße des Haufens. »Pink Floyd – Hastings Five« stand auf dem größeren Teil der Hüllenfragmente. Es handelte sich dabei um ein rares Exemplar der einzigen existierenden Live-Aufnahme der britischen Rockgruppe in Fünferbesetzung. Dem zunehmend unter Drogenproblemen leidenden Band-Gründungsmitglied Syd Barrett war mit dem Musiker David Gilmour kurz zuvor ein zweiter Gitarrist und Sänger zur Seite gestellt worden, um trotz der Unberechenbarkeit Barretts auftreten zu können. Auf dem Hastings Pier in Sussex hatte im Jänner 1968 das letzte Konzert Pink Floyds in dieser kurzzeitigen Besetzung stattgefunden. Danach war Barrett aus der Band geflogen, und Pink Floyd starteten, wieder zu viert, ihre Weltkarriere. Irgendjemand hatte die Darbietung mitgeschnitten und später in kleiner Auflage als Bootleg herausgebracht.

Erki hatte eine dieser seltenen Raubpressungen auf dem Flohmarkt am Naschmarkt gefunden. Ganz zufällig, zwischen Aufnahmen von Schlagersängern und Blasmusikkapellen. Nur fünfzig Cent hatte er dem unkundigen Verkäufer für die in Sammlerkreisen übertrieben teuer gehandelte Rarität bezahlt und den neu erworbenen Schatz in feierlicher Stimmung dem Schutz der großmütterlichen Kredenz übergeben. Jetzt lag das wertvolle musikhistorische Dokument ohne schützende Hülle auf dem Gipfel eines Berges misshandelter Schallplatten und Cover.

»Ich glaub, mich trifft gleich der Schlag«, stammelte Erki und wusste dabei gar nicht, wie wortgenau er seine nähere Zukunft beschrieb, denn im selben Augenblick sauste eine Stahlrute durch die Luft und streckte ihn von hinten nieder.

Erki verspürte noch den Schlag an seinem Hinterkopf, dann kippte er wie ein gefällter Baum nach vorn, landete mit seinem Gesicht auf der obersten Scheibe des Plattenberges und zerschlug die Vinyl-Rarität in hundert Einzelteile.

6

»Grünzweig? Gibt's bei uns nicht.«

»Sind Sie sicher?«

»Na, wenn ich's Ihnen sage!« Der Portier schob demonstrativ die schwarze Mappe mit den Instituts- und Namenslisten zur Seite und biss herzhaft in sein mit Frühlingskäse bestrichenes Jausenbrot.

»Ja, was machen wir denn da jetzt?«, fragte Berger mit aufgesetzter Höflichkeit.

»Weiß nicht«, kam die Antwort, eingebettet in Kaugeräusche und ungeniertes Schmatzen. »Schauen Sie halt in die Hauptuni. Oder in die Wirtschaftsuni. Irgendwo werden Sie schon Ihren Grünzwerg finden.« Mit der Brotschnitte in der Hand drehte sich der Portier zum Bildschirm seines Computers und widmete sich einem Online-Pokerspiel.

»Grünzweig heißt er«, korrigierte Berger den Mann im weißen Hemd. »Professor Ignaz Grünzweig. Beschäftigt bei der Technischen Universität Wien. Wir sind hier ja an der TU, oder?«

Der Portier wurde ungehalten. Er legte sein Brot zur Seite, drehte sich widerwillig wieder Berger zu und richtete das Namensschild an seinem Hemd gerade, um seine Autorität als Bundesvertragsbediensteter hervorzukehren.

»Ich hab Ihnen bereits gesagt, dass es hier keinen Grünzweig gibt. Und auch keinen Grünzwerg, Grünberg oder sonst irgendwen mit Grün. Ich kann Ihnen einen Professor Schwarz anbieten, eine Frau Professor Brauneder, einen Professor Weissgerber und einen Professor Gelbmann. Aber nichts mit Grün. Und jetzt stören Sie mich nicht länger bei meiner Arbeit. Ich hab auch noch anderes zu tun.«

»Ich seh's«, konterte Berger. »Ein wenig zocken im Online-Casino!«

Der Portier sprang auf. Das blütenweiße Hemd bildete einen starken Kontrast zur Zornesröte seines Kopfes, und in Berger kam das Bild einer im Wind flatternden rot-weißen Wiener Flagge hoch.

»Wenn Sie nicht sofort verschwinden, rufe ich die Polizei«, hallte es so laut durch den Eingangsbereich, dass es auch für Jerabek noch zu hören war, der in den Innenhof vorausgegangen war, um die Architektur des ehrwürdigen Gebäudes am Karlsplatz in Augenschein zu nehmen.

»Den Anruf können Sie sich sparen«, sagte Berger ruhig. Er zog seine Dienstmarke, hielt sie vor das puterrote Gesicht des aufgebrachten Universitätsbediensteten und fügte betont laut den Namen des Mannes hinzu, den er von dem an der weißen Hemdbrust befestigten Messingschild ablas. »Herr Milanovich!«

Wie unter Hypnose folgten die Augen des Portiers den Pendelbewegungen der Polizeimarke.

»Was halten Sie davon, mich ein wenig ins Landeskriminalamt zu begleiten?«, fragte Berger. »Wir könnten die dicke Mappe mitnehmen und dort in aller Ruhe noch einmal alles genau durchsehen. Vielleicht finden wir ja den Professor doch noch. Mein Kollege könnte sich in der Zwischenzeit um Ihr Pokerspiel kümmern und danach noch ein wenig mit Ihrem Dienstgeber plaudern.«

Der Portier gab keine Antwort. Starr vor Schreck fixierte er das Polizeiabzeichen vor seinem Gesicht.

»Oder aber Sie liefern mir gleich eine brauchbare Information, und wir beide sparen uns viel Zeit und Ärger. Und mit ›gleich‹ meine ich innerhalb der nächsten Sekunden.«

Der Mann erwachte aus seiner hypnotischen Lähmung und nahm einen fliegenden Fahnenwechsel vor. Anstatt der Wiener Stadtflagge präsentierte er Berger jetzt die weiße Parlamentärsfahne, denn die Farbe seines Gesichtes hatte sich urplötzlich dem Diensthemd angepasst. Ohne ein Wort zu sagen, setzte er sich wieder auf seinen Drehstuhl und begann hektisch die Computertastatur zu bearbeiten. Spielkarten und grüner Hintergrund verschwanden und machten Platz für alphabetische Listen von Namen und Gebäuden. Nach nur einer Minute hatte der Portier den Professor gefunden.

»Grünzweig, Ignaz. Hält keine Vorlesungen in diesem Semester und arbeitet außerhalb dieses Gebäudes. Deshalb steht er auch nicht in dieser Liste.« Er tappte mit den Fingern auf die schwarze Mappe, ohne seine Augen vom Bildschirm zu nehmen. »›Forschungsauftrag‹ steht hier. Betreibt irgendwelche vom Ministerium finanzierten Laborarbeiten für sein Institut.«

»Welches Institut?«

»Institut für Strömungsmechanik und Wärmeübertragung.«

»Das ist gleich nach dem Innenhof links«, meldete sich Jerabek zu Wort, der, irritiert durch die lauten Worte aus der Portierloge, seinen Besichtigungsgang abgebrochen hatte und in die Eingangshalle zurückgekehrt war.

»Dort werden Sie ihn aber nicht finden«, erwiderte der Portier. »Der Professor forscht in einem ausgelagerten Labor. Es ist nicht weit von hier. Sie können es zu Fuß erreichen, wenn Sie das Universitätsgebäude durch die Innenhöfe durchqueren und danach links abbiegen. Und dann müssen Sie gleich wieder rechts. In die Frankenberggasse. Warten Sie. Ich schreibe Ihnen die Adresse auf.«

Hastig nahm der Mann ein Blatt Papier aus dem Drucker, schrieb die gewünschte Anschrift darauf und reichte es Jerabek. Er schien froh darüber zu sein, dass mit dem älteren Kriminalbeamten eine weitere Person dazugestoßen war. Das lenkte ein wenig vom unglücklichen Einstieg in das Gespräch mit dem jüngeren Polizisten ab.

Jerabek las die Adresse, faltete das Stück Papier und steckte es in die Außentasche seiner Weste. Dann verabschiedete er sich und marschierte in die Richtung, aus der er soeben gekommen war.

»Viel Glück, Herr Milanovich«, wünschte Berger und tippte mit seinem Zeigefinger auf das Namensschild des Mannes. Dann drehte er sich um und folgte seinem Kollegen zu einer der geöffneten Glastüren, die in den ersten Innenhof führten.

Der Portier sah betreten auf das Schild an seiner Brust. Er wusste nicht so recht, ob sich der Glückwunsch auf das Pokerspiel bezogen hatte oder vielleicht doch auf ein bevorstehendes Gespräch mit seinem Vorgesetzten. Jedenfalls schmeckte ihm das Essen nicht mehr. Er schob sein Brot zur Seite und blickte verunsichert den beiden Beamten hinterher, bis diese im Freien verschwunden waren.

Der Weg der zwei Kriminalbeamten führte sie an einer Bühne vorbei, die gerade für sommerliche Aufführungen im ersten Innenhof des Universitätsgebäudes errichtet wurde. Bühnenarbeiter waren dabei, Licht und Tontechnik zu installieren. Jerabek und Berger mussten einer mitten auf dem Weg stehenden Kiste mit Scheinwerfern ausweichen und über am Boden liegende Kabel steigen. Im Gebäudekomplex, der die beiden großen Innenhöfe voneinander trennte, war das Institut des Professors untergebracht.

»Strömungsmechanik. Wärmeübertragung.« Berger las laut die Aufschrift auf dem neben dem Eingang angebrachten Schild. »Was war noch mal das Thema der Diplomarbeit von unserem Toten?«

»Zykloide Raumkurvenbewegungen in der Biomechanik«, antwortete Jerabek. »Und dann noch etwas mit irgendwelchen Rohren und Katalysatoren.«

»Biomechanik. Strömungsmechanik. Raumkurvenbewegungen.« Berger kratzte sich am Kopf. »Worum geht es da eigentlich? Ich versteh nur Bahnhof. Wird eine dieser zahllosen Diplomarbeiten sein, die keine Sau jemals lesen wird. Wahrscheinlich nur sinnloses Herumdoktern an irgendwelchen mathematischen Formeln und ähnlichem Scheiß.«

Ein Lächeln huschte über das runde, bäuerliche Gesicht Jerabeks. Das Unvermögen seines neuen Partners, über den eigenen Horizont blicken zu können, passte so gar nicht zu dessen Bemühen, selbstbewusst und überlegen aufzutreten.

»Wart's ab, Berger! Der Grünzweig wird uns sicher mehr über diese Kurvenbewegungen und den Inhalt der Diplomarbeit erzählen können.«

Eine Gruppe junger Menschen lungerte sichtlich stressfrei vor dem Studenten-Café im zweiten Innenhof des Gebäudes herum und genoss die frühsommerlichen Temperaturen.

Jerabek erinnerte das Café daran, dass er seit dem Aufstehen noch keinen Kaffee getrunken hatte. Die gewohnte morgendliche Tasse schwarzen Kaffees war dem Streit mit seiner Frau zum Opfer gefallen, vom Kaffeeautomaten auf der Dienststelle hatte ihn der Anruf ferngehalten, der ihn noch vor seinem Eintreffen im Büro in den Stadtpark beordert hatte, und der Mokka im Gastgarten des Stadtparks hatte sich als ungenießbar erwiesen.

»Hoffentlich hat der Grünzweig einen gescheiten Kaffee für uns«, murmelte Jerabek vor sich hin, »sonst werde ich mich bei seinen wissenschaftlichen Ausführungen nur recht schwer konzentrieren können.«

Die dringend benötigte Einheit an Koffein sollte Jerabek bekommen, nicht jedoch einen genauen Einblick in die Diplomarbeit des Studenten Kaluma, denn die einzige Person, die sie im ausgelagerten Labor der Technischen Universität antreffen sollten, war die Sekretärin des Hochschulprofessors, Frau Riegler.

Die vom Portier auf das A4-Blatt geschriebene Adresse erwies sich als völlig unscheinbare Hauseinfahrt, nichts deutete auf ein Gebäude der TU hin. Ganz im Gegenteil: Das Haus, vor dem sie standen, war einer der vielen sanierungsbedürftigen Wohnbauten aus der Vorkriegszeit, in dem vermehrt Familien mit Migrationshintergrund frei gewordene Wohnungen in Besitz genommen hatten.

Das Tor der Hauseinfahrt war unversperrt. Ein finsterer Durchgang führte über unebenes Kopfsteinpflaster zu einem Metalltor mit Glasscheiben, durch die das spärliche Licht eines engen Innenhofes fiel. Links und rechts des Metalltors betrat man über kurze Treppen das Gebäude. Rechts kamen Küchengerüche und Kinderlärm durch die geöffnete Gangtür.

Die linke Seite war am Ende der Stufen durch eine unansehnliche, mit brauner Rostschutzfarbe gestrichene Metalltür verschlossen. Daneben befand sich eine Gegensprechanlage in der Wand, über die jemand mit schwarzem Filzschreiber die Buchstaben »ISW« geschrieben hatte. »Technische Universität Wien« stand unterhalb des Drückknopfes der Anlage.

Beatrix Riegler meldete sich erst nach mehrmaligem Betätigen dieses Knopfes. Es dauerte dann ein paar Minuten, bis sich die Metalltür einen Spalt öffnete und die Frau vorsichtig ihren Kopf herausstreckte, um sich von den Beamten die Dienstmarken zeigen zu lassen.

»Folgen Sie mir bitte, meine Herren.« Die Sekretärin ging

Jerabek und Berger durch einen langen Gang voraus. Sie war klein mit breiten Hüften, und das Gehen bereitete ihr ganz offensichtlich größere Mühe. Der Gang endete an einer hohen Holztür mit dunkelbraunen Paneelen. Die Frau zog einen Schlüsselbund hervor, öffnete die versperrte Tür und ließ die Beamten eintreten.

Sie fanden sich in einem gemütlich eingerichteten Büro wieder, das überhaupt nicht zum äußeren Erscheinungsbild des Gebäudes passte. Berger und Jerabek sahen sich erstaunt in dem holzgetäfelten Raum um. Eine Vielzahl von perfekt aufeinander abgestimmten Einrichtungsgegenständen und Vorhängen ließ das Zimmer niedriger erscheinen und sorgte für eine überaus behagliche Atmosphäre.

Frau Riegler lächelte. »So geht es jedem, der durch die hässliche Einfahrt und den nüchternen Gang kommt und dann zum ersten Mal hier bei mir im Büro steht. Nehmen Sie doch Platz, meine Herren. Entschuldigen Sie bitte, dass Sie so lange warten mussten, ich bin leider nicht sonderlich gut zu Fuß. Beatrix Riegler mein Name. Wollen Sie vielleicht einen Kaffee?«

Die eingeschaltete Kaffeemaschine machte sich in einer Ecke des Büros durch glucksende Geräusche bemerkbar, und es duftete bereits nach dem aromatischen Getränk. Sowohl Jerabek als auch Berger nahmen nun dankend das Angebot an, das sie in der Wohnung am Reumannplatz noch aus Unbehagen abgelehnt hatten. Sie setzten sich auf zwei bequeme Stühle, die vor einem kunstvoll gearbeiteten Schreibtisch standen, und ließen sich von der kleinen Dame auf einem zum Schreibtisch passenden Beistelltisch Kaffee servieren.

»Von welcher Abteilung sind denn die Herren?«, wollte Beatrix Riegler wissen, während sie zwei Tassen aus Meißner Porzellan auf ein silbernes Tablett stellte, gemeinsam mit farblich dazu passenden Schalen für Kristallzucker und Kandiszucker und einem kleinen Kännchen mit Milch.

»Landeskriminalamt Wien«, sagte Jerabek. »Wir hätten ein paar Fragen zum Studenten Samuel Kaluma und würden auch gerne den Herrn Professor Grünzweig sprechen.«

»Der Professor ist auf einem Kongress in München, ich bedaure. Er ist dort tagsüber auch telefonisch kaum erreichbar. Was den Studenten Kaluma anbelangt, kann ich Ihnen leider nicht allzu viel weiterhelfen. Ich mache hier nur die Verwaltungsarbeit. Abrechnungen, Bestellungen und den Schriftverkehr mit der Universitätsverwaltung und dem Ministerium. In die wissenschaftliche Assistenzarbeit des Herrn Kaluma bin ich nicht eingebunden. Da müssen Sie auf den Professor warten oder auf die Frau Doktor.«

»Frau Doktor?« Jerabek zog seine Augenbrauen hoch.

»Dr. Delmedici, seine Assistentin.« Die Sekretärin deutete auf eine große, gerahmte Fotografie an der Wand des Büros. Vor einem hinter Bäumen halb versteckten Haus standen zwei Personen auf einer Waldlichtung. Ein bärtiger älterer Herr in cremefarbenem Sommeranzug legte seinen Arm um die Schulter einer attraktiven jungen Dame. Die Frau trug ein elegant geschnittenes Sommerkleid und stand barfuß im Gras der Lichtung. Beide schienen bestens gelaunt zu sein und wirkten auf dem Bild wie Vater und Tochter bei einem Familienausflug.

»Professor Grünzweig?«, fragte Jerabek mit Blick auf das Foto.

Riegler nickte.

»Die beiden scheinen sich gut zu verstehen.«

»Müssen sie auch«, meinte die kleine, runde Frau und setzte sich die an einer goldenen Kette hängende Brille auf ihre Nase. »Die zwei arbeiten seit Jahren am gleichen Projekt und verbringen jeden Tag miteinander.«

»Das kann man dem Herrn Professor nicht übel nehmen, bei der Kleinen«, ließ Berger verlauten, der aufgestanden war, um die junge Frau aus der Nähe betrachten zu können.

»Die Frau Dr. Delmedici ist eine hervorragende Wissenschaftlerin«, beeilte sich Beatrix Riegler anzumerken. »Ohne ihre Hilfe wäre das Projekt von Professor Grünzweig nicht so weit vorangeschritten.«

»Ist sie auch in München?«, erkundigte sich Berger, ohne seinen Blick von der jungen, brünetten Frau abzuwenden.

»Nein, nur der Professor ist dort. Es ist ein Kongress für Hochschulprofessoren. Die Frau Doktor wollte an einer Versuchsreihe weiterarbeiten. Ich wundere mich, dass sie noch nicht da ist. Es kommt nur sehr selten vor, dass sie hier nicht erscheint. Und wenn, dann ruft sie üblicherweise an.«

»Vielleicht hat sie ja jemanden kennengelernt, jetzt, wo der Professor außer Haus ist.« Berger grinste ganz ungeniert.

»Ja, vielleicht«, erwiderte die Sekretärin in einem Tonfall, der genau erkennen ließ, was sie von den Mutmaßungen Bergers hielt.

Jerabek lenkte das Gespräch auf Samuel Kaluma. »Frau Riegler, Sie sagten ›wissenschaftliche Assistenzarbeit‹. Heißt das, dass Herr Kaluma neben seinem Studium hier im Labor gearbeitet hat?«

»Natürlich. Er hat ja über einen Aspekt der hier vorgenommenen Forschungen seine Diplomarbeit geschrieben. So wie schon andere Studenten vor ihm. Der Professor pflegt es so zu halten, dass immer wieder einer der von ihm betreuten Studenten in Teilbereichen des Projekts mitarbeiten darf. Die Studenten sind eine große Hilfe bei den verschiedensten Versuchsanordnungen und eine Entlastung für das Forschungsteam. Im Gegenzug erhalten sie ein wissenschaftliches Thema und Betreuung bei ihrer Diplomarbeit.«

»Ist die Diplomarbeit von Samuel Kaluma schon fertig?«

»Ich denke, ja. Er ist jetzt seit zwei Tagen nicht mehr hier gewesen.«

Jerabek rührte mit dem kleinen Kaffeelöffel in seiner Tasse, obwohl es da nichts zu verrühren gab. Er trank seinen Kaffee ohne Milch und Zucker. »Können Sie mir sagen, ob sich Samuel Kaluma bei seiner Arbeit besonders engagiert hat?«

»Jeder«, betonte die ihm gegenübersitzende Frau, »jeder, der für den Professor arbeitet, engagiert sich ganz besonders. Professor Grünzweig ist nicht nur eine fachliche Koryphäe, er ist auch menschlich so einzigartig, dass man wirklich gerne für ihn arbeitet.«

Jerabek war es vorgekommen, als hätten sich ihre Wangen bei diesem Satz leicht gerötet. Sie mochte knapp über fünfzig Jahre alt sein, trug halblanges braunes Haar und wirkte hinter ihrem Schreibtisch gar nicht mal so unansehnlich. Eine jener Frauen, denen die Natur erst von den Hüften abwärts übel mitgespielt hatte, denn während ihre schmalen Schultern auf einem normal gebauten Oberkörper saßen, wirkten die Massen, die sie an ihren Schenkeln und ihrem Hintern mitzuschleppen hatte, wie eine groteske Übertreibung.

Beatrix Riegler nahm die Brille wieder von ihrer Nase und ließ sie an der goldenen Kette vor ihrer Brust baumeln. »Natürlich nimmt der Professor nur die besten Studenten als wissenschaftliche Begleiter auf. Auch mit Herrn Kaluma ist er meines Wissens sehr zufrieden. Was wollen Sie denn über den jungen Mann wissen?«

»Wie würden Sie ihn beschreiben?«, stellte Jerabek eine Gegenfrage.

»Introvertiert, fleißig, ehrgeizig, höflich und schwarz«, kam die bedächtig geäußerte Antwort.

Jerabek setzte seine Tasse ab. »Schwarz? Was meinen Sie damit?«

Frau Riegler ließ sich Zeit mit ihrer Antwort, sie suchte nach den passenden Worten. Schließlich sagte sie bestimmt: »Man könnte auch ›undurchschaubar‹ dazu sagen. Vielleicht entspricht es einem Vorurteil meinerseits gegenüber Schwarzafrikanern, aber ich bilde mir ein, dass Menschen dieser Hautfarbe für uns Europäer schwieriger einzuschätzen sind. Da schwingt immer ein Rest archaischer Stammesmentalität vom schwarzen Kontinent mit, auch wenn der Mensch sich noch so sehr unserer Kultur angepasst hat. Etwas Fremdes, Unheimliches. Etwas, das für uns Weiße nicht greifbar ist. Ich sage einfachheitshalber ›schwarz‹ dazu. Das darf man doch, oder?«

»Heißt das, Sie würden dem höflichen jungen Mann auch eine schlechte Seite zutrauen?«, hakte Jerabek nach.

»Jeder Mensch hat auch eine dunkle Seite«, antwortete die kleine Frau und sah dabei vorwurfsvoll auf Berger, der sich über die Schale mit Kandiszucker hergemacht hatte und die braunen Kristalle wie Bonbons in seinen Mund schob. »Ich nehme nicht an, dass Sie hier sind, weil man Herrn Kaluma das Fahrrad gestohlen hat.«

Die goldumrahmte Brille saß wieder auf dem Nasenrücken der Sekretärin. Ihre Augen sahen über den Rand der Brille hinweg und fixierten Jerabeks wettergegerbtes Gesicht.

»Nein, Frau Riegler«, gab er ernst zurück. »Wenn wir zu Besuch kommen, hat man jemandem schon etwas mehr weggenommen. Haben Sie eine Idee, wer ein Interesse daran haben könnte, Herrn Kaluma Schaden zuzufügen?«

»Schaden?« Sie schüttelte ihren Kopf. »Herr … Wie war doch Ihr Name?«

»Entschuldigung.« Jerabek langte in seine Tasche und legte der Frau eine Karte auf den Schreibtisch. »Jerabek. Franz Jerabek.«

»Herr Jerabek«, sagte die Sekretärin und musterte zuerst die Karte, dann den dazugehörigen kräftig gebauten Mann mit den kleinen Falten rund um dic hellen, wachsamen Augen. »Ich kenne die privaten Umstände von Herrn Kaluma nicht. Aber hier, hier im Labor, gab es in den zwei Semestern seiner Mitarbeit nur drei Menschen, die zu ihm Kontakt hatten: Professor Grünzweig, Dr. Delmedici und meine Person. Ich wüsste nicht, welches Interesse einer von uns dreien haben könnte, dem jungen Mann etwas Schlechtes anzutun. Er war immer pünktlich, fleißig und zuverlässig.«

»Für irgendjemanden war das Interesse groß genug, Frau Riegler«, schaltete sich Berger in das Gespräch ein. »Sonst hätten wir ihn heute Morgen nicht tot aufgefunden.«

Die Frau zuckte erschrocken zusammen. »Tot? Wollen Sie damit sagen, dass Samuel ermordet wurde?«

Berger nickte. »Ja. Da hat wer ganz eindeutig nachgeholfen.« Er langte nach einem weiteren Stück Kandiszucker und steckte es sich genussvoll in den Mund.

»Ich muss sofort den Professor anrufen!« Riegler schob eilig einen Stapel Papiere zur Seite und zog das auf ihrem Schreibtisch stehende Telefon näher zu sich heran. Sie stockte, als sie den Hörer hochgehoben hatte, und schaute auf die an der Wand hängende Pendeluhr. »Geht nicht. Der Professor ist genau jetzt in einer Konferenz. Ich werde Caterina verständigen. Frau Delmedici. Ist das gestattet?«

»Natürlich«, bestätigte Jerabek. »Und seien Sie bitte so nett und richten Sie ihr aus, dass wir sie so schnell wie möglich sprechen wollen.«

Frau Riegler hatte bereits gewählt, bevor der Kriminalbeamte seinen Satz beendet hatte. Sie erreichte jedoch nur die Sprachbox der wissenschaftlichen Assistentin ihres Chefs. »Caterina! Ich bin's, Trixi. Ruf bitte zurück. Es ist dringend.« Mit sorgenvoller Miene steckte sie das Schnurlostelefon zurück in die Ladestation und schob es wieder an den seitlichen Rand des Schreibtisches.

»Das ist kein guter Tag heute, meine Herren. Zuerst die Europol und dann die Mordkommission. Hat der Mord vielleicht etwas mit der Schmugglergeschichte zu tun?«

»Womit? Jemand von Europol war hier? Warum?« Die zwei Kriminalbeamten zeigten sich verwirrt.

»Das dachte ich mir, dass bei unserer Polizei die rechte Hand nicht weiß, was die linke tut.« Mit strenger Miene schaute sie auf die Hand Bergers, die wieder in die Kandiszuckerschale langte. »Ein Kollege von Ihnen hat mich vor rund zwei Stunden besucht. Eigentlich ein internationaler Kollege, aus Deutschland.«

»Deutschland?«, fragte Jerabek ungläubig. »Ging es da auch um den Kaluma?«

»Nein, überhaupt nicht. Der Name wurde gar nicht erwähnt. Der Beamte wollte nur wissen, ob aus unserem Labor in letzter Zeit etwas abhandengekommen ist.«

»Und? Fehlt etwas?«

»Nein, da drinnen ist alles beim Alten.« Die Frau deutete auf die ihrem Schreibtisch gegenüberliegende Tür. »Der Polizist hat mir erzählt, sie wären in Deutschland einem internationalen Schmugglerring auf die Spur gekommen, der teure Laborgeräte nach Indien und China verschiebt. Die Geräte werden in ganz Europa aus den verschiedensten Institutionen gestohlen. Aus Krankenhäusern, Universitäten und Firmenlabors. Aber nie in großen Mengen. Oft fehlt nur ein einzelnes Gerät, und bis dieser Verlust aufgefallen ist, befindet sich das Zeug schon längst irgendwo im fernen Osten.«

»Ich nehme doch an«, sagte Jerabek, »dass sich der Kollege persönlich vergewissern wollte, ob im Labor nichts fehlt?«

Sie nickte. »Er hat gemeint, es gäbe Hinweise darauf, dass sich das Betätigungsfeld der Bande nach Wien verlagert hätte. Wir haben daher zu zweit einen Rundgang durch das Labor gemacht und …« Sie stoppte mitten im Satz. »Sie meinen …?«

Jerabek lächelte. »Wir nennen so etwas bei uns Technologiespionage.«

»Aber der Mann hat mir seinen Ausweis und seine Dienstmarke gezeigt. Das sah alles sehr echt aus. Jens Müller war sein Name.«

»Morgen heißt er wahrscheinlich Detlef Maier«, lachte Berger. »Und die Europol ist eine internationale Vernetzung nationaler Polizeibehörden. Da wird nicht eigenständig ermittelt.« Er zog sein Mobiltelefon aus der Hosentasche. »Nur um auf Nummer sicher zu gehen«, meinte er.

Zwei Minuten später stand fest, dass in Wien niemand etwas über länderübergreifende Ermittlungen in Sachen Laborgeräte wusste. Frau Riegler war entsetzt. Das ganze Jahr über hielt sie Studenten, Reporter von Wissenschaftsmagazinen und andere Neugierige vom Labor fern, und dann fiel sie auf den erstbesten dahergelaufenen Betrüger herein, nur weil der ihr einen wichtig aussehenden Polizeiausweis unter die Nase gehalten hatte.

»Ich könnte mich ohrfeigen«, sagte sie. »Dabei war mir der Mann vom Start weg unsympathisch. Diese polierte Glatze, die Stiefel zum Anzug und dieser merkwürdige Berliner Dialekt. Lauter ›k‹ statt ›ch‹, eine unangenehme Sprache.« Sie nahm Jerabeks Karte wieder in ihre Hand. »Franz Jerabek«, las sie langsam. »Ich hoffe, Sie beide sind wenigstens echt.«

»Sie dürfen sich gerne im Landeskriminalamt in der Berggasse vergewissern, Frau Riegler. Mein Kollege Berger und ich sind beide Beamte der Mordgruppe. Also Landeskriminalamt, erstes Referat, zuständig für Kapitalverbrechen, wie das genau genommen bezeichnet wird. Und was mich betrifft, bin ich das schon seit über dreißig Jahren. Wir werden selbstverständlich versuchen, den falschen Polizisten auszuforschen. Dazu werden Sie unsere Kollegen von der Betrugsgruppe noch um eine genauere Personenbeschreibung bitten. Ich gebe das weiter. Wir beide sind aber dafür zugeteilt, den Mord an dem Studenten aufzuklären. Das Labor hier und das Forschungsprojekt von Professor Grünzweig interessieren uns nur insoweit, als sie mit unseren Ermittlungen zusammenhängen.«

Die Sekretärin stand auf, um ihrem Besuch Kaffee nachzuschenken. Langsam wackelte sie um den großen Schreibtisch herum. »Haben Sie schon einen Verdacht, wer das getan haben könnte?«

Jerabek verneinte. »Wir stehen erst am Anfang. Wir kommen gerade von seiner Wohnung, wo wir uns mit seiner Vermieterin unterhalten haben. Wir sind dabei, sein persönliches Umfeld auszuleuchten, und möchten auch Sie ersuchen, uns bei dieser Arbeit zu unterstützen. Jeder noch so unbedeutende Hinweis kann für uns hilfreich sein.«

»Wie ich eingangs schon festgestellt habe, meine Herren, hier im Labor kann niemand ein Interesse am Tod von Samuel gehabt haben. Und von seinem Privatleben weiß ich rein gar nichts.« Sie zeigte auf den Computerbildschirm auf ihrem Schreibtisch. »Ich hab hier seine Adresse gespeichert, seine Kontonummer und eine Telefonnummer. Das ist alles.«

»Ist er nach der Arbeit im Labor nie abgeholt worden? Von einem Studentenkollegen oder einer Freundin?« Berger zerbiss bei dieser Frage einen der braunen Zuckerkristalle in seinem Mund.

Beatrix Riegler schüttelte energisch ihren Kopf. »Hier darf niemand rein. Niemand, der hier nicht arbeitet oder von behördlicher Seite Zutritt hat. So wie Sie. Wenn er sich abholen hat lassen, dann vor dem Gebäude. Aber von diesem Büro aus ist die Straße nicht zu sehen. Ich kann Ihnen nicht einmal sagen, mit welchem Verkehrsmittel er hier täglich hergekommen ist. Wie ich schon sagte, ich weiß absolut nichts über seine privaten Verhältnisse.«

»Hat er nie irgendetwas über einen Freund oder eine Freundin erzählt?«

»Ach, wissen Sie, der Samuel ist nicht der Typ – Entschuldigung –, er war nicht der Typ, der gerne etwas von sich erzählte. Im Prinzip habe ich ihn ja auch immer nur beim Kommen und beim Gehen kurz gesehen. Da gab es manchmal ein paar Worte zum Wetter oder Komplimente für meinen Kaffee, aber das war es dann auch schon wieder an Unterhaltung. Sie müssten da wirklich die Frau Doktor fragen. Die hat ja mit ihm zusammengearbeitet.«

Sie seufzte, während sich ihr Blick auf das Telefon auf ihrem Schreibtisch richtete. Doch der Apparat blieb stumm.

»Sie sagten, Sie wären in die wissenschaftliche Arbeit nicht eingebunden, Frau Riegler.« Jerabek nahm einen Schluck aus der Porzellantasse. Der Kaffee war wirklich ausgezeichnet. »Können Sie uns nicht einmal annähernd verraten, was Herr Kaluma im Labor gearbeitet hat?«

Die kleine Frau zögerte mit einer Antwort. Dann kramte sie einen Schlüsselbund aus der obersten Schreibtischlade hervor und erhob sich.

»Nachdem ich heute schon einmal eine Führung für die Polizei veranstaltet habe, kommt es auf einen weiteren Rundgang auch nicht mehr an. Folgen Sie mir bitte, meine Herren.«

7

Remember when you were young, you shone like the sun. Shine on you crazy diamond.

Von ganz weit weg kam sie langsam näher. Die sich in großer Ferne auftürmende Kraft war noch unsichtbar, aber sie war spürbar. Wie die Vorahnung eines Hurrikans, der sich hinter dem strahlenden Blau des Himmels am Horizont verbarg, um im nächsten Augenblick die Sonne zu verdunkeln und alles mit sich zu reißen, was sich ihm in den Weg stellte. Noch war von einem Sturm weder etwas zu sehen noch etwas zu hören, aber es war die Stille vor dem Losbrechen der Naturgewalt, die ihm kalte Schauer über den Rücken jagte. Eine Stille, die von ihrer Umgebung Besitz ergriff, sich wie eine gewaltige zähflüssige Masse unaufhaltsam ausbreitete, alles unter sich verschlang und ein Vakuum hinterließ, das nur darauf wartete, sich mit Donner und Blitz zu füllen.

Wie gelähmt sah sich Erki dieser unheilvollen Stille ausgeliefert. Dieser unendlichen Lautlosigkeit, die rund um ihn herum und auch in ihm selbst zu schweben schien, beängstigend und doch zugleich voller Faszination. Schließlich erwuchs aus diesem Schweben ein ruhiger, sphärischer Ton. Aus allen Richtungen gleichzeitig kam dieser Ton auf Erki zu, teilte und vervielfachte sich, ebbte ab und schwoll wieder an, bevor er schließlich begann, sich in seinem Kopf zu Klangkaskaden aufzuschichten.

Now there's a look in your eyes like black holes in the sky. Shine on you crazy diamond.

Hunderte analoge Synthesizer schoben ihre Sinuswellen übereinander und bildeten einen breiten Klangteppich, auf dem Erki langsam emporgehoben wurde. Ein Gefühl der Schwerelosigkeit machte sich in ihm breit. Die Leere, die er vorher noch als bedrückend und beklemmend empfunden hatte, schien sich unter den Klängen dieses himmlischen Orchesters plötzlich aufzulösen. Bis in den hintersten Winkel des Universums breiteten sich die majestätischen Töne aus und nahmen allem seine Schwere und Bedeutung.

You were caught in the crossfire of childhood and stardom, blown on the steel breeze. Come on you target for faraway laughter, come on you stranger, you legend, you martyr, and shine!

Eine hell klingende elektrische Gitarre schickte von hoch oben schimmernde Akkorde herab und zauberte wundervolle Melodiebögen über die aufgeschichteten Keyboardflächen. Es war Erki, als würden die gezogenen Töne einer 1957er Fender Stratocaster direkt vom Himmel herunterfallen wie ein angenehmer, warmer Sommerregen, der einen die Hitze und die Mühen des Tages vergessen ließ. Töne, die nicht von dieser Welt waren. Gesandt von höheren Mächten, um von Erhabenheit und Größe zu künden. Töne, so vollkommen, dass sie etwas Endgültiges an sich hatten, als ob sie immer schon da gewesen wären und bis in alle Ewigkeit Bestand haben würden.

Gitarre und Keyboards begannen sich zu einer feierlichen Klangwolke zu vereinen, der sich die unaufdringlichen Töne eines ruhigen Basses als Fundament hinzugesellten.

You reached for the secret too soon, you cried for the moon. Shine on you crazy diamond.

Der Klangteppich trug Erki genau ins Zentrum eines Stadions von gigantischen Ausmaßen. So groß, dass er die steil aufragenden Ränge des Stadionrunds nur schemenhaft erkennen konnte. Er befand sich allein inmitten dieses riesigen Ovals. Alles um ihn herum versteckte sich hinter verschwommenen Konturen. Nur die immer lauter werdende Musik war klar zu vernehmen.

Stereophonie, Quadrophonie und darüber hinausgehende Beschallungskonzepte herkömmlicher Open-Air Konzerte mussten einer völlig neuen Technik gewichen sein. Denn Erki war es unmöglich, die Herkunft des Schalls auch nur ansatzweise zu orten. Dennoch waren die Klanggebilde von einer Intensität, als ob ein ganzer Wald von Lautsprecherboxen rund um seinen Kopf positioniert worden wäre. Immer heftiger und immer lauter steigerte sich das Zusammenspiel der Instrumente, und die unsichtbaren Lautsprecherboxen wurden, eine nach der anderen, durch seine Ohren in das Innere seines Schädels gezogen.

Threatened by shadows at night, and exposed in the light. Shine on you crazy diamond.

Ohne Vorwarnung begann Nick Mason seine Drums zu bearbeiten, und mit dem Einsetzen des Pink-Floyd-Schlagzeugers setzte bei Erki der Schmerz ein. Sein Hinterkopf pulsierte im Rhythmus der Bassdrum, und seine Stirn fühlte sich an, als ob sie für die Dauer einer ganzen Konzertveranstaltung als Trommelfell missbraucht worden wäre. Vorsichtig öffnete er seine Augen.

Die Stadionränge waren näher gerückt und entpuppten sich als glatte, kahle Betonwände. Das Sehen verstärkte die Schmerzen in seinem Kopf, aber die Schleier vor seinen Augen begannen sich langsam zu lichten. Das Oval war rechteckig geworden und hatte sich in eine große, hohe Lagerhalle verwandelt. An zwei Seiten dieser Halle befanden sich Hochregale aus Eisen, bestrichen mit grauer Rostschutzfarbe, die an den meisten Stellen schon deutlich abgeblättert war. Überall lugten braune Rostflecken hervor. Einige wenige Holzkisten lagerten in den Regalen, die meisten Stellplätze standen jedoch leer.

In der Mitte der Halle türmten sich mehrere Stapel mit Holzpaletten, daneben stand ein alter Kleintransporter mit eingeschlagenen Scheiben. Dort, wo sich einst die Räder des Fahrzeugs befunden haben mussten, lagen Palettenhölzer, auf denen das verstaubte Fahrzeug sicher schon seit Jahren ruhte.

Das Sonnenlicht, das durch die schmalen Oberlichter an der Längswand der Halle ins Innere des Gebäudes fiel, ließ die großen freien Flächen in einem düsteren Zwielicht erscheinen. Dennoch war der Mann, der sich wenige Meter vor Erki auf übereinandergeschlichteten Bahnpaletten niedergelassen hatte, ganz deutlich zu erkennen.

Er war fast zwei Meter groß und wirkte in seiner ganzen Erscheinung wie ein Riese aus dem Märchenbuch. Seine langen Beine steckten in einer grauen Stoffhose mit jeder Menge seitlich angebrachter Taschen und endeten in übergroßen Militärstiefeln. Auch die rot-grüne Trainingsjacke des Riesen war von einer Größe, die sicher nicht in jedem Bekleidungsgeschäft aufzutreiben war. Die Jacke spannte sich über mächtige Schultern und betonte die gewaltigen Muskelpakete an seinen Oberarmen. Der Mann musste entweder Jahre seines Lebens in einem Fitnessstudio verbracht haben, oder er trug von Geburt an die Gene von kanadischen Holzfällern und Grizzlybären in sich vereint. Bart und Haarwuchs erinnerten eher an Letztere, denn seine braunen zu einem Pferdeschwanz gebundenen Haare und sein dichter roter Vollbart wirkten wie das zottige Fell eines wilden Tieres. Unterstrichen wurde dieses furchterregende Aussehen durch einen auffälligen silbernen Ring, den er in seiner rechten Augenbraue trug.

Teilnahmslos schaute der Mann in die Richtung des eben zu sich gekommenen Studenten und griff zu einer fast leeren Wodkaflasche auf dem Boden. Den Blick weiter auf Erki gerichtet, setzte er die Flasche an seinen bärtigen Mund, trank sie leer und schleuderte sie in weitem Bogen in Richtung eines der beiden Hochregale, wo sie an einem der Metallsteher mit lautem Klirren zerbarst. Dann stand er auf, schlenderte mit langen Schritten zum Kleintransporter, griff durch eine der fensterlosen Türen ins Innere und holte eine weitere Flasche hervor. Mit seinen Zähnen öffnete er den Drehverschluss und spuckte diesen in Erkis Richtung. Er nahm einen Schluck und beugte seinen Kopf dabei so sehr nach hinten, dass der Ring an seiner Augenbraue im Sonnenlicht aufblitzte.

Zurück auf seiner Palettenbank, stellte er die geöffnete Flasche neben sich, ließ ein lautes Rülpsen aus seinem unter dem Bart versteckten Mund ertönen und brach in schallendes Gelächter aus. Das war gewiss nicht der perfekte Schwiegersohn, den eine junge Dame ihrer Mutter als neuen Freund vorstellen sollte. Und es war ganz sicher auch kein Musiker der Rockband Pink Floyd, deren Hymne auf Syd Barrett in Erkis Kopf herumspukte. Dennoch konnte Erki noch immer die Schläge des Schlagzeugs verspüren, und er griff sich mit der rechten Hand an seinen schmerzenden Hinterkopf.

»Tut es sehr weh?«, erklang eine Stimme zu seiner Linken.

Erki riss den Kopf nach links.

Well you wore out your welcome with random precision, rode on the steel breeze. Come on you raver, you seer of visions, come on you painter, you piper, you prisoner, and shine.

Da war er! Direkt neben ihm im Staub der verlassenen Lagerhalle! Ein funkelnder Diamant! Genau genommen sogar zwei. Zwei leuchtende blaugrüne Augen sahen Erki ins Gesicht.

»Es hat aufgehört zu bluten, ich habe es so gut es ging weggewischt.«

Die junge Frau mit den Diamantaugen deutete mit ihrem Kopf auf ein Stoffbündel in ihrer Hand. Die dünne weiße Jacke, die sie in ihren grazilen Händen hielt, war voll von eingetrocknetem Blut. Seinem Blut! Erki konnte es in seinem geschwollenen Nacken ertasten und an seiner Stirn, die eine Platzwunde davongetragen hatte.

»Nicht hingreifen«, sagte die Frau neben ihm. »Sonst geht die Wunde wieder auf. Das sollte sich besser ein Arzt ansehen.« Verstohlen blickte sie in Richtung des Riesen, obwohl klar war, dass es sich bei diesem wohl kaum um einen Mediziner handelte.

»Wo bin ich hier?« Ein Berg von Fragen tat sich vor Erki auf. Wer hatte ihn verletzt? Wie war er hierhergekommen? Wer war der rotbärtige Riese? Wer war die Frau mit den Diamantaugen? Und wer hatte ihn verdammt noch mal aus diesem großartigen Pink-Floyd-Konzert gerissen?

»Ich glaube, das hier ist eine Lagerhalle am Hafen«, antwortete die leise Stimme an seiner Seite. »Wir müssen uns in der Nähe der Donau befinden, ich kann immer wieder Schiffssirenen hören.«

Die schlanke Frau kauerte neben ihm auf dem Boden, direkt an der Rückwand der Halle. Sie trug einen knielangen grauen Rock und eine lachsfarbene Bluse. Ihre Hände krallten sich in die blutbefleckte weiße Jacke auf ihrem Schoß. Das Rot von Erkis Blut hatte auch auf Rock und Bluse seine Spuren hinterlassen und der eleganten Businessbekleidung das Aussehen einer Metzgerschürze verliehen.

»Wie lange bin ich denn schon hier?«, fragte Erki mit ungläubigen Blicken auf die Blutflecke.

»Ich weiß es nicht«, kam die leise Antwort. »Ich bin am Morgen hierhergebracht worden, da bist du schon da gelegen.«

Sie hatte ihn mit »Du« angesprochen und bemühte sich trotz der deutlich erkennbaren Anspannung in ihrem Gesicht, ihn freundlich anzulächeln.

»Caterina«, sagte die junge Frau, die ungefähr in seinem Alter sein musste. »Caterina Delmedici.«

Sie wischte sich mit ihrer rechten Hand eine Strähne ihres langen Haares aus dem Gesicht, und sogleich wurde Erki klar, wie sehr das Schicksal sie aneinandergekettet hatte, denn mit der Bewegung hatte sie auch seine linke Hand mit hochgerissen.

»Entschuldigung, ich habe mich noch nicht daran gewöhnt.«

Beide blickten auf die Kette der Handschellen, die ihr rechtes Handgelenk mit seinem linken verband.

»Die haben mich an dich angekettet, als sie mich hierhergebracht haben. Angekettet an einen blutüberströmten Bewusstlosen. Kein sehr schönes Gefühl. Ich bin wirklich froh, dass du wieder zu dir gekommen bist.«

Sie lächelte ihn erneut an, und ihre Diamantaugen ließen Fragmente des eben gehörten Pink-Floyd-Songs nochmals durch Erkis schmerzenden Kopf huschen. Er versuchte sich an die vergangenen Stunden zu erinnern. Der Heimweg mit Jirschi, das unversperrte Tor, das Chaos in seiner Wohnung. Wer hatte etwas in seiner Wohnung zu suchen? Und warum hatte man ihn von dort weggeschafft?

»Italienerin?«, fragte er das Mädchen, um Zeit zur Ordnung seiner Gedanken zu finden.

»Der Opa kommt aus Oberitalien«, antwortete Caterina. »Hat in Tirol beim Skifahren meine Oma kennengelernt und ist ihr später nach Wien gefolgt. Ich wohne seit meiner Geburt in Wien, die Eltern mittlerweile im Weinviertel. An mir ist nur mehr der Name italienisch. Wer bist du?«

»Erik. Erik Neubauer, auch aus Wien, aus dem Fünfzehnten. Dort sollte ich jetzt eigentlich in meinem Bett liegen. Wer ist der große Rülpser da drüben?«

»Keine Ahnung. Der war mit dir in der Halle, als ich von einem Zweiten hierhergebracht worden bin. Scheint kein besonders netter Mensch zu sein. Ich hab ihn gefragt, ob ich Verbandsmaterial für dich haben kann. Er hat darüber nur gelacht. Ich weiß nicht einmal, ob er Deutsch spricht. Mit dem Kerl, der mich entführt hat, hat er sich jedenfalls auf Russisch unterhalten. Ich glaube zumindest, dass es Russisch war. Könnte aber auch Bulgarisch, Georgisch oder eine ähnliche Ostsprache gewesen sein. Ich rede ihn lieber nicht mehr an. Der Typ fixiert mich die ganze Zeit. Das jagt mir Angst ein.«

Sie warf wieder einen verstohlenen Blick zu der improvisierten Sitzbank, wo sich ihr Bewacher mit der Wodkaflasche beschäftigte.

»Ich glaube nicht, dass er mir sympathischer wird, wenn er in diesem Tempo weitersäuft.« Sie rutschte ein kleines Stück näher zu Erki und besah nochmals dessen Wunden. »Ich würde gerne kalte Tücher drauflegen, das würde gegen die Schwellung helfen. Das muss ja höllisch wehtun.«

»Ich hab mich schon mal besser gefühlt«, meinte Erki. »Wenigstens ist meine Brille noch ganz.«

Caterina schmunzelte. Erkis Brille sah aus, als wäre sie unter die Zwillingsreifen eines Lastwagens geraten. Rahmen und Bügel waren verbogen, und das linke Glas hatte einen Sprung abbekommen. Irgendwie hielt sie sich trotzdem noch auf seiner Nase, und das war gut so. Denn während sich Caterina über Erki beugte, um nach seinen Wunden zu sehen, konnte er ihren Hals und ihre untere Gesichtshälfte näher betrachten.

Er besah die gleichmäßig gereihten weißen Zähne, die zwischen ihren Lippen hervorblitzten, ihre fein gezeichnete Nase und die geschwungenen Linien ihrer Augenbrauen. Sie war schön. Ganz bestimmt eine Erscheinung, die es in die Top-Kategorie von Jirschis Liste schaffen würde. Unter den leicht gewellten brünetten Haaren schauten goldene Kreolen-Ohranhänger hervor und hinderten ihn bei jeder Bewegung ihres Kopfes an der genaueren Betrachtung des sich im Ausschnitt ihrer Bluse abzeichnenden Ansatzes ihrer Brüste. Die vorsichtigen Berührungen ihrer Hände erzeugten ein angenehmes Kribbeln in seinem Kopf und ließen ihn die pulsierenden Schmerzen fast vergessen.

»Haben die dich von zwei Seiten angegriffen?« Caterina löste behutsam eine verklebte Haarsträhne von seiner Stirnwunde.

»Ich kann mich an niemanden erinnern, der mich angegriffen hätte, nur an einen plötzlichen Schlag gegen meinen Hinterkopf. Die Verzierungen an der Vorderseite habe ich wahrscheinlich vom Hinfallen, aber davon weiß ich nichts mehr, ab dem Schlag ist alles weg. Wie spät ist es eigentlich?«

»Kurz vor Mittag, denke ich. Vielleicht elf oder halb zwölf. Ich trage keine Uhr, und das Handy hat man mir abgenommen. Ich bin jedenfalls um acht Uhr hierhergebracht worden.«

Drei Stunden, dachte sich Erki. Drei Stunden allein mit dem bulgarischen Russen, während er weggetreten neben ihr lag. Bestimmt keine schöne Erfahrung. »Haben sie dich auch niedergeschlagen?«

»Nein.« Sie schüttelte den Kopf. »Mir reichen schon Entführung, Freiheitsberaubung und Nahrungsentzug. Aufs Klo sollte ich auch mal wieder gehen. Keine Ahnung, ob dieser Entzug auch strafbar ist.«

Erki ließ seinen Blick durch die Halle schweifen, erblickte aber weder eine WC- noch sonst eine Tür an den Wänden. Das große Tor schien der einzige Zugang zu diesem Raum zu sein.

»Nicht gerade komfortabel eingerichtet, dieses Etablissement, in dem sie uns da untergebracht haben«, stellte Erki fest.

»Eine Dusche wäre jetzt was Schönes«, seufzte Caterina und blickte auf ihre blutverschmierten Hände. »Dir würde ein Bad auch nicht schaden, wenn ich das so sagen darf. Wo haben sie dich denn aufgegriffen?« Sie sah ihn prüfend von der Seite an.

Erik Neubauer fasste sich wieder an seine verletzte Stirn. »Ich bin in meiner Wohnung niedergeschlagen worden, als ich nach Hause kam. Zuvor war ich die halbe Nacht unterwegs. Eine kleine Feier mit anschließender psychosozialer Betreuung eines unglücklich verliebten Freundes. Zum Duschen blieb keine Zeit mehr. Ich rieche bestimmt wie ein Obdachloser.«

Caterina lächelte. Wenn sie lächelte, sah sie noch attraktiver aus. Er musste Jirschi unbedingt vorschlagen, bei seinen nächsten Rolltreppenstudien eine weitere Kategorie in seine Liste aufzunehmen, die Kategorie der außergewöhnlichen Schönheiten. Ausgerechnet bei so einer Begegnung musste er sich ungewaschen, Alkohol ausdünstend, blutverschmiert und mit verrauchter und verdreckter Kleidung präsentieren. Das gute Gefühl für den anbrechenden Tag, das ihn beim morgendlichen Nachhauseweg überkommen hatte, schien ihn ganz ordentlich getäuscht zu haben.

»Wie viele von den unsympathischen Typen gibt es eigentlich?«

»Keine Ahnung«, flüsterte Caterina. »Ich hab nur zwei gesehen. Den großen da und den brutalen Kerl, der mich in seinem Wagen hergeschleppt hat. Aber es muss mehr geben. Sie haben mit einem Dritten telefoniert, als sie am Morgen beide hier waren. Ich glaube, dass wir hier auf jemanden warten, das Ungetüm sieht von Zeit zu Zeit auf seine Uhr.«

»Na, dann hoffe ich, dass sich dieser Jemand noch etwas Zeit lässt, es ist gerade so gemütlich hier.« Erki richtete sich ein wenig auf, rutschte mit seinem Rücken ein kleines Stück an der Wand entlang zu Caterina und versuchte vorsichtig zu lächeln.

»Ich möchte mir lieber nicht ausmalen, was uns blüht, wenn alle Arbeitskollegen von dem bärtigen Ungeheuer hier eingetroffen sind«, erwiderte Caterina ernst. »Die wollen irgendetwas von uns, und irgendwie habe ich den Verdacht, dass sie uns nicht gerade freundlich darum bitten werden.«

»Haben die dir denn nicht gesagt, warum wir hier sind?«

Erki fielen die Worte des bladen Kurtl ein. »Ich bringe euch alle um«, hatte er geschrien. Niemand aus dem »Tschecherl« kannte den Kurtl länger als sechs Wochen. Dem Kerl war alles zuzutrauen, warum nicht auch Kontakte zu kriminellen Kreisen? Aber war der Aufwand einer organisierten Entführung wegen des Verlusts von hundert Euro nicht etwas übertrieben? Und was hatte das Mädchen damit zu tun?

»Nein«, flüsterte Caterina dicht neben seinem Ohr. »Die haben noch kein einziges Wort mit mir gesprochen. Ich bin beim Verlassen meiner Wohnung in ein Auto gezerrt worden. Ein großer Mann mit Glatze hat mich im Hauseingang von hinten geschnappt, mir den Mund zugehalten und mich in ein vor der Eingangstür geparktes Fahrzeug geworfen. Es war ein schwarzes Auto mit verdunkelten Scheiben. Die Marke habe ich nicht erkennen können, es ging alles viel zu schnell.« Seufzend legte sie ihren Kopf in den Nacken und blickte zur Decke der Halle.

»Der Glatzkopf hat mir einen Knebel in den Mund gesteckt und mich mit Handschellen an den Türgriff gekettet. Dann wurde mir eine Mütze über die Augen gezogen, und der Wagen ist losgefahren. Die Fahrt hierher hat ungefähr zwanzig Minuten gedauert, das würde zu meiner Vermutung passen, dass wir uns am Hafen befinden. Ich bin sofort zu dir gebracht und an dich angekettet worden. Der Mann mit der Glatze hat sich noch kurz mit dem Ungeheuer unterhalten und dabei mit einer weiteren Person telefoniert. Er schien es dann sehr eilig gehabt zu haben und ist mit dem schwarzen Wagen wieder weggefahren. Meine Handtasche und mein Notebook sind noch in dem Fahrzeug. Mehr weiß ich leider nicht.«

Sie lehnte ihren Rücken neben Erki gegen die kalte Betonmauer, streckte die schlanken Beine von sich und versuchte ihren Rock glatt zu streichen. »Ich wäre jetzt gerne zu Hause«, sagte sie. »Ich würde mir einen Tee zustellen, mich vor den Fernseher setzen und mich von irgendeiner schwachsinnigen Vormittagsserie berieseln lassen. Bist du eigentlich reich, Erik?«

»Reich? Ich? Wie kommst du darauf? Ich hab ein überzogenes Studentenkonto, und wenn ich einen der Schalterbediensteten meiner Hausbank sehe, wechsle ich normalerweise die Straßenseite.«

»Schade. Seit drei Stunden denke ich darüber nach, was wir beide hier verloren haben. Wenn du kein Millionärssohn bist, scheidet erpresserische Entführung gegen Lösegeld aus. Ich glaube auch nicht, dass ich einem Frauenhändlerring zum Opfer gefallen bin, sonst hätte man mich schon längst mehrfach vergewaltigt, geschlagen und in ein Bordell verfrachtet. Aber die haben mich seit drei Stunden nicht angegriffen. Hast *du* eine Idee, was das hier bedeuten soll?«

Erki schüttelte verneinend den Kopf.

»Macht nichts. Ich lade dich trotzdem zu Tee und Kuchen bei mir ein. Ich hoffe, du magst das Hausfrauen-TV-Programm.«

Wieder lächelte sie ihn an, und auch das Blitzen ihrer blaugrünen Augen wirkte wie eine geheimnisvolle Medizin gegen seine Kopfschmerzen.

»Wenn wir beide nicht wissen, was heute noch auf uns zukommt, sollten wir vielleicht besser die Initiative ergreifen und von hier abhauen.« Erki zwinkerte ihr zu.

»Abhauen? Spinnst du?« Sie hob ihr Handgelenk mit der silbernen Schelle und der daran befestigten Kette hoch. »Wir wären auch ohne diesen Armschmuck langsamer als das durchtrainierte

Monster dort drüben. Sieh dich einmal an! Du hast jede Menge Blut verloren. Du gehörst in ein Krankenhaus, nicht auf eine Laufstrecke.«

»Was schlägst du sonst vor?«

»Etwas Besseres als abwarten ist mir leider noch nicht eingefallen.«

»Abwarten ist mir zu blöd«, stellte Erki fest. »Ich muss heim. Aufräumen. Bei mir zu Hause schaut es aus, als ob eine Bombe eingeschlagen hätte. Die haben mir die komplette Wohnung verwüstet. Ich wette, das war der Rübezahl dort drüben. Am besten, ich frag ihn gleich persönlich.«

Erki rasselte mit der Kette seiner Handschellen und rief laut: »Hey, du langes Ungeziefer! Beweg mal deine hässliche Visage zu mir herüber!«

Der Riese erhob sich, und Caterina zuckte neben Erki zusammen. »Was machst du da? Bist du verrückt geworden?«, herrschte sie ihn in aufgeregtem Flüsterton an.

»Ach, ich überrede den Rübezahl nur mal schnell, uns von hier wegzulassen«, sagte Erki ganz ruhig, dann standen die riesigen Stiefel ihres Bewachers auch schon vor ihnen.

8

»Nichts angreifen! Und machen Sie hier um Gottes willen keine Fotos!« Berger und Jerabek hatten ihren Kaffee ausgetrunken und waren der Sekretärin Professor Grünzweigs durch einen mit Kisten vollgestopften Lagerraum ins Labor gefolgt.

Vor den beiden tat sich eine hohe Halle auf, die man hinter der unscheinbaren Fassade des Gebäudes genauso wenig vermutet hätte wie das gemütlich eingerichtete Büro, das sie soeben verlassen hatten. Berger war von der Größe des Raumes überrascht. Mit dem Begriff Labor verband er das Chemielabor seiner Schulzeit. Eine enge Kammer neben dem Chemiesaal, in dem Bunsenbrenner, Reagenzgläser und unzählige kleine Fläschchen lagerten. Bei den durchgeführten Versuchen durften sich miteinander vermengte Flüssigkeiten verfärben, gasförmige Gestalt annehmen oder Kristalle bilden. Die von allen Schülern erhoffte Explosion, die die Unterrichtsstunde beendet hätte, war stets ausgeblieben. Reagenzgläser gab es auch in diesem Labor, aber den meisten Platz beanspruchten Messgeräte und Computer.

Beatrix Riegler führte die Beamten an einem mächtigen Tisch vorbei, auf dem ein mehrere Meter breites Diagramm lag. Unzählige zittrige Wellenlinien verzierten das Papier. Überall befanden sich Zahlen und handschriftliche Notizen.

»So etwas kenn ich!«, rief Berger. »Das sind geologische Aufzeichnungen von Landschaften oder Gesteinsformationen.«

»Ich fürchte, das hat mit Gestein rein gar nichts zu tun«, entgegnete die mit wackelnden Hüften langsam vor ihm gehende Sekretärin. Sie watschelte um die Ecke des Tisches und führte die Besucher zwischen mehreren mit Maschinen vollgeräumten Werkbänken hindurch auf einen größeren, freien Platz.

Inmitten dieser Fläche befand sich ein zwei Meter breiter und gut zwanzig Meter langer gemauerter Kanal, der von Wasser durchströmt wurde. Die Strömung wurde von einigen Hindernissen, die sich mitten im Kanal befanden, beeinflusst. Hunderte

Drähte ragten aus dem Wasser und führten zu einer Wand von Messgeräten, die an der gegenüberliegenden Seite des Wasserkanals aufgebaut war. Das Strömungsgeräusch des Wassers und die Summtöne aus den mit bunten Lichtern blinkenden Maschinen erzeugten eine eigenartige Geräuschkulisse. Die Vorzimmer-Sekretärin musste lauter sprechen, um sich Gehör zu verschaffen.

»Bitte nicht ins Wasser greifen! Sie beeinflussen sonst die Messergebnisse.«

Berger zog die Finger seiner vorgestreckten Hand zurück und tat so, als ob er nur auf seine Armbanduhr hatte sehen wollen.

»Wir müssen auf die andere Seite. Folgen Sie mir bitte.«

Die Ecke der Halle, in die Jerabek und Berger geführt wurden, glich einem künstlichen Dschungel aus bis zur Decke des Raumes reichenden Rohren. Sie hatten verschiedene Durchmesser, verjüngten sich oder weiteten sich wieder aus und bestanden aus den unterschiedlichsten Materialien. Eines hatten jedoch alle Rohre gemeinsam: Kein einziges verlief gerade. Alle waren in Kurven, Bögen oder Spiralen gebogen. Ein wie von einem plastischen Künstler entworfener Irrgarten von in sich verschlungenen Rohrgebilden.

»Hier hat Samuel Kaluma gearbeitet«, erklärte Frau Riegler und deutete auf einen langen Tisch, auf dem sich verschiedene elektronische Geräte und Computerbildschirme befanden.

Jerabek betrachtete fasziniert das bizarre Gebilde aus geschwungenen Metall- und Kunststoffrohren. »Zykloide Raumkurvenbewegungen«, murmelte er. »Was hat er mit all diesen Rohren gemacht?«

Die Augen der Frau folgten den Blicken Jerabeks zur Hallendecke. »Fragen Sie mich bitte nicht, worin seine Tätigkeit hier genau bestanden hat. Ich weiß nur, dass er Messungen an diesen Rohren vorgenommen hat. Üblicherweise sechs Stunden täglich, von neun Uhr bis fünfzehn Uhr. Manchmal hat es auch ein wenig länger gedauert, wenn er eine begonnene Messreihe beenden wollte.«

»Wird einem da nicht fad, wenn man den ganzen Tag nur an diesen Gebilden herummisst?«, fragte Berger.

»Die Wissenschaft ist ein wenig wie die Goldsuche«, gab Riegler zur Antwort. »Man räumt jahrelang kleine Steine aus dem Weg und tastet sich Zentimeter um Zentimeter voran. Immer in der Hoffnung, die Goldader zu entdecken.«

»Und? Hat der Kaluma die Ader gefunden?«

Die kleine Bürodame lächelte. »Die Bezahlung der Studenten für diese Tätigkeiten ist mehr als mickrig. Davon ist noch keiner reich geworden. Aber für jeden von ihnen ist es Gold wert, mit Professor Grünzweig zusammenarbeiten zu dürfen. Der Professor gilt weltweit als einer der führenden Experten im Bereich der Implosionstechnologie. Von einem Wissenschaftler dieses Ranges bei seiner Diplomarbeit betreut zu werden, ist ein Privileg, das nur ganz, ganz wenigen Studenten zuteilwird. So etwas öffnet Türen für die Karriere nach dem Studium. Mehr als jedes Vorzugszeugnis.«

»Also ich würde da durchdrehen«, bemerkte Berger beim Betrachten des Rohrirrgartens. Er wendete sich dem Arbeitstisch Kalumas zu und beugte sich mit seinem langen Oberkörper über die Tastatur und den Bildschirm eines ausgeschalteten Rechners. »Was könnte ich eigentlich finden, wenn ich diesen Computer da aufdrehe?«

»Sie würden die Aufforderung finden, ein Passwort einzugeben. Alle Computer hier sind mit einem Passwort geschützt, um unerwünschte Zugriffe zu verhindern. Für die richtigen Passwörter müssten Sie die Frau Doktor fragen. Sie ist es auch, die am Ende jedes Arbeitstages die Ergebnisse der durchgeführten Messreihen auf den Zentralcomputer überträgt.« Nervös sah sie auf das Display des mitgebrachten Schnurlostelefons. Der erhoffte Rückruf von Caterina Delmedici war noch immer ausgeblieben.

»Die Messergebnisse hätten mich jetzt gar nicht so sehr interessiert«, erwiderte Berger. »Aber der E-Mail-Verkehr und das Internetverhalten des Ermordeten könnten für unsere Ermittlungen von Bedeutung sein.«

Beatrix Riegler schenkte Berger ein mitleidiges Lächeln. »Von diesem Arbeitsplatz aus kann man keine E-Mails schicken. Sie werden in der ganzen Halle keinen Internetzugang finden. Jeder eingeschleppte Virus könnte Jahre mühevoller Forschungsarbeit vernichten. Die Rechner hier sind nicht einmal zentral vernetzt. Wer sich Zugang zu einem dieser Computer verschafft, erlangt nur die Kenntnis über einen kleinen Teil des erarbeiteten Wissens.«

»Das heißt«, mischte sich Jerabek in die Unterhaltung ein, »den mitforschenden Studenten wird der Überblick über das Gesamtprojekt, an dem sie hier teilhaben, verwehrt?«

Die Frau nickte. »Im Wesentlichen ja. Und nicht nur diesen. Das Labor gehört der Uni beziehungsweise dem Wissenschaftsministerium. Im Prinzip könnte jeder höhere Ministerialbeamte Zugang zum Labor begehren. Daher werden die gesammelten Daten dieses Forschungsprojekts auch nicht hier gespeichert, sondern auf Computern außerhalb dieses Labors.«

»Läuft hier also ein Topsecret-Projekt? Eine streng geheime Regierungssache?«, erkundigte sich Berger. Er hatte sich interessiert aufgerichtet.

»Überhaupt nicht«, sagte die Büroangestellte energisch. »Das hier ist ein öffentlich ausgeschriebenes und gefördertes Projekt. Es geht um die Erforschung besserer Maßnahmen zum Hochwasserschutz. Nach den verheerenden Überschwemmungskatastrophen der vergangenen Jahre durch Enns und Donau sind die Behörden an neuen Strategien für Flussverbauungen, Entlastungsbecken und dergleichen interessiert. Dazu bedarf es der Untersuchung der Dynamik von Wasserläufen und einer genauen Erforschung von Energieströmen und Kräften innerhalb der Wassermassen. Die große Karte, an der wir vorbeigekommen sind, beinhaltet Aufzeichnungen über die Versuche im Wasserkanal. Dort wird mit unterschiedlichen Wassermengen und Fließgeschwindigkeiten experimentiert. Aber auch mit verschiedenen Untergründen, wechselnden Hindernissen und dergleichen mehr.«

»Warum dann die Computer-Vorsichtsmaßnahmen?«, fragte Berger.

Beatrix Riegler sah zum langen Kriminalbeamten hoch. »Wenn Sie an einem Fall arbeiten, Herr Inspektor, stellen Sie dann jeden Teilerfolg Ihrer Ermittlungen ins Internet? Oder in eine Tageszeitung?«

Berger verneinte stumm.

»Sehen Sie. So ist das auch in der Forschung. Man behält Teilerkenntnisse lieber für sich, bevor diese ein anderer aufgreift und die eigene Arbeit dadurch in eine andere Richtung lenkt oder gar wertlos macht. Es wäre wenig hilfreich, Zwischenberichte über die hier gewonnenen Erkenntnisse in einer Studentenzeitung oder einem Wissenschaftsmagazin wiederzufinden. Das Forschungsprogramm ist bis Ende dieses Jahres projektiert. Danach wird der Professor das Gesamtergebnis seiner Arbeit präsentieren.«

»Die Rohre hier«, Jerabek deutete nach oben, »simulieren die Flussläufe, Engstellen, Wasserstrudel oder dergleichen?«

Riegler zuckte mit den Schultern. »Ich fürchte, da bin ich die falsche Ansprechperson. Das soll Ihnen die Frau Doktor erklären.« Wieder sah sie auf das Telefon in ihrer Hand. »Es ist ungewöhnlich, dass sie nicht gleich zurückruft. Sie muss ihr Handy wo liegen gelassen haben.«

»Die Frau Delmedici und der Herr Kaluma«, dachte Berger laut, »die waren also den ganzen Tag hier mit den Rohren und dem Messzeug beschäftigt, beides junge Menschen mit ähnlichen Interessen. Glauben Sie, da ist etwas gelaufen zwischen der Frau Doktor und ihrem Studenten?«

»Sie meinen etwas Zwischenmenschliches?«, fragte die Sekretärin erstaunt.

Berger nickte.

»Also das kann ich mir beim besten Willen nicht vorstellen.« Die Frau zog einen der vor dem Tisch stehenden Kunststoffsessel heran und setzte sich. »Caterina ist immer sehr freundschaftlich mit den Studenten umgegangen. Auch mit dem Samuel. Sie ist ja kaum älter als die Studierenden. Außerdem ist sie ein lebensbejahender Typ. Sie lacht gerne und ist die meiste Zeit gut aufgelegt. Aber mehr als Kollegialität ist da bestimmt nicht gewesen, ich glaube, so etwas hätte ich bemerkt.«

»Ist die Frau Doktor in einer Beziehung?«

»Zurzeit nicht. Eigentlich schon länger nicht mehr. Ihren letzten Freund hat sie schon vor zwei Jahren abserviert. Sie meint, dass es schwierig wäre, ein Leben für die Forschung mit einem geregelten Beziehungsleben unter einen Hut zu bringen. Wir haben oft Witze gemacht über uns drei schwer Vermittelbare. Der Professor und ich sind nämlich ebenfalls unverheiratet.«

Berger sah auf die sitzende Frau hinab. Ihre Schenkel quollen über beide Seiten der Plastikschale des Sessels. Die Ränder des Stuhls mussten bestimmt unangenehm zu spüren sein. Ab einer gewissen Gesäßbreite wurde das Sitzen wohl genauso mühsam wie das Stehen und bestimmt auch das Finden eines Partners.

»Ehrlich gesagt habe ich bei meiner Frage nach dem Verhältnis der jungen Laborkollegen gar nicht so sehr an eine längere Beziehung gedacht«, fuhr Berger fort. »Der Kaluma war doch ein gut gebauter junger Bursche. Und man sagt ja manchen europäischen Frauen nach, dass sie Schwarze sehr anziehend finden sollen. Sie wissen schon, wie ich das meine.«

»Ich denke«, gab Frau Riegler zur Antwort, »dass Sie auch zu diesem Thema die Frau Dr. Delmedici besser persönlich befragen sollten. Ich führe keine Aufzeichnungen über die sexuellen Neigungen der hier Beschäftigten.« Es fiel ihr schwer, ihren Widerwillen gegen Bergers Art der Fragestellung zu verbergen.

»Wir werden Frau Delmedici eine ganze Menge Fragen stellen müssen«, wechselte Jerabek das Thema. »Am besten fahren wir gleich bei ihr vorbei. Selbstverständlich werden wir ihr auch mitteilen, dass sie sich schnellstens mit Ihnen in Verbindung setzen soll. Könnten Sie bitte so nett sein und uns ihre Adresse mitteilen?«

Beatrix Riegler erhob sich ächzend aus dem Sessel. »Caterina wohnt in Neubau, nicht weit vom Spittelberg. Ich habe die genaue Anschrift in meinem Büro. Folgen Sie mir bitte wieder.« Sie setzte sich in Bewegung, und die zwei Beamten trotteten wortlos hinterher.

Diesmal gingen sie an der anderen Seite des Wasserkanals entlang. Auch hier standen überall Werkbänke mit den verschiedensten Gerätschaften. Sie kamen an einer Drehbank und anderen metallverarbeitenden Maschinen vorbei. An einer Seitenwand reihten sich zahlreiche Schränke aneinander. Ein jeder mit grauen Metalltüren, an denen Nummern angebracht waren. Vor einem durch solche Kästen und eine Wand gebildeten Winkel verdeckte ein schwarzer Vorhang den dahinterliegenden Bereich.

Berger ließ es sich nicht nehmen, einen Blick hinter den Vorhang zu werfen. Ein einfaches Bett stand hier an der Hallenwand, daneben ein Nachtkästchen mit Leselampe und ein Kleiderkasten. Auch ein Waschtisch war in dieser abgetrennten Ecke der Halle zu finden.

»Ein Notbett für den Professor«, hörte Berger die Frau hinter sich sagen. »Der Professor wohnt in Döbling. Wenn es spät wird, verzichtet er manchmal darauf, so weit hinauszufahren, und bleibt dann einfach hier in der Halle. Wenn er eine für die Forschung relevante Eingebung hat, kann es auch mal vorkommen, dass er die halbe Nacht durcharbeitet und wir ihn hier am Morgen schlafend antreffen. Seine Arbeit geht ihm über alles. Da braucht man sich dann auch nicht zu wundern, dass so ein sympathischer Mann wie Professor Grünzweig unverheiratet geblieben ist.«

Berger war vor die Schlafstelle des Wissenschaftlers getreten. Das Bett war ordentlich gemacht, und der kleine Raum präsentierte sich aufgeräumt. Der einzige Gegenstand, der die Ordnung dieses improvisierten Schlafzimmers störte, war ein Blatt Papier, das neben dem Nachtkästchen auf dem Boden lag. Berger bückte sich, um den Zettel aufzuheben. Es handelte sich um eine Liste mit handgeschriebenen Namen, fast alle mit vorangestellten akademischen Titeln.

»Dem Professor ist etwas zu Boden gefallen«, wandte sich Berger an die Sekretärin. »Ich hoffe, das fehlt ihm nicht auf seinem Kongress.«

Beatrix Riegler warf einen Blick auf das Blatt. »Das ist eine Liste mit Personen, bei denen sich Professor Grünzweig im Rahmen seiner Rede in München bedanken will. Es war ihm wichtig, sie mit ihren korrekten Titeln anzusprechen. Ich habe diese Arbeit für ihn am Computer erledigt. Das hier ist nur sein handschriftlicher Entwurf.« Sie drehte sich um und ging weiter.

Berger legte die Liste auf das Nachtkästchen, zog die Gardine zu und folgte den beiden anderen.

Die Frau hatte es jetzt eilig, zum Büroraum zurückzukehren. Jerabek erhöhte sein Schritttempo, um an ihre Seite zu gelangen.

»Entschuldigen Sie bitte die unangenehmen Fragen meines Kollegen. Das gehört leider zu unserem Beruf. Wenn man lange genug dabei ist, lernt man, dass es immer dieselben Beweggründe sind, aus denen Menschen ermordet werden: Geld oder Sex. Oft sieht es nach ganz anderen Motivationen aus. Aber am Schluss reduziert es sich dann doch wieder auf eines dieser zwei Themen.«

»Sie glauben doch nicht etwa, dass Caterina den Samuel auf dem Gewissen hat?«

»Ich glaube gar nichts, Frau Riegler. Wir ermitteln in alle Richtungen und dürfen dabei keine Möglichkeit außer Acht lassen. Immerhin ist Frau Delmedici heute unentschuldigt nicht zur Arbeit erschienen. Mit Ausnahme von Raubmorden werden Menschen nur in den seltensten Fällen von Fremden ermordet. Meistens handelt es sich bei Tötungsdelikten um Beziehungstaten oder um Verbrechen, durch die sich jemand aus dem Umfeld des Toten einen finanziellen Vorteil verschaffen will. Bei diesen Betrachtungen sind wir gezwungen, auch die Assistentin des Professors miteinzubeziehen.«

»Und Sie sind sicher, dass Samuel nicht einem Raubmord zum Opfer gefallen ist?«

»Sehr unwahrscheinlich bei einem mittellosen Studenten. Für das bisschen Geld aus der – wie Sie sagten – mickrigen Entlohnung des Herrn Kaluma für seine Laborhilfsdienste bringt man normalerweise niemanden um.«

Beatrix Riegler schüttelte ihren Kopf und seufzte. »Ausgerechnet wenn der Professor im Ausland ist, muss so etwas passieren!« Sie blickte nochmals verzweifelt auf ihr Telefon. »Ich mache mir Sorgen um Caterina. Es ist nicht normal, dass sie sich an einem Arbeitstag nicht meldet.«

»Wir werden sie suchen und finden«, versicherte Jerabek mit ruhiger Stimme.

Der Rückweg führte sie wieder durch den Lagerraum, in dem sich auf Paletten geschlichtete Transportkisten stapelten.

»Wer bezahlt eigentlich das ganze Inventar hier?« Jerabek

blickte sich im Lager um. »Die Kosten dieser Anlagen und Messstationen müssen ja in die Millionen gehen.«

»Alle möglichen Institutionen sind an diesem Projekt beteiligt«, erklärte Riegler. »Alles Einrichtungen oder Behörden, die ein elementares Interesse am Hochwasserschutz haben. Landwirtschaftsministerium, Wissenschafts- und Umweltministerium, Katastrophenschutzfonds, Europäische Union. Selbst die Versicherungsindustrie fördert diese Unternehmung mit einem nicht unwesentlichen Betrag. Es sind viele Quellen, die man anzapfen muss, um Forschungstätigkeiten in dieser Größenordnung durchführen zu können. Investitionen, die sich aber auch bezahlt machen werden, wenn es durch die Tätigkeiten hier gelingen sollte, künftige Überschwemmungskatastrophen abzuschwächen oder gar zu verhindern. Mein bescheidenes Gehalt wird übrigens von der Universitätsverwaltung bezahlt, genauso wie das des Professors. Der Personalmangel durch das Sparprogramm der Universität stellt für uns auch das größte Problem dar. Seit zwei Jahren bemüht sich Professor Grünzweig vergeblich um einen weiteren Assistenten neben Frau Dr. Delmedici. Die Technische Universität ist schon mit dem Lehrbetrieb finanziell überfordert. Für die Forschung fehlt das Geld an allen Ecken und Enden. Österreich gibt im Vergleich zu den anderen Ländern der EU erschreckend wenig für Forschungszwecke aus und braucht sich nicht zu wundern, wenn es sowohl technologisch als auch bildungsmäßig immer mehr ins Hintertreffen gerät.«

»Warum holt sich der Professor denn nicht mehr Studenten ins Team?« Jerabek war stehen geblieben, um seine Strickweste von kleinen Stofffusseln zu befreien, die der schwarze Vorhang an der Wolle hinterlassen hatte.

»Weil das durch die Betreuung bei den Diplomarbeiten auch eine zusätzliche Belastung darstellt. Ein bis zwei Studenten sind verkraftbar. Mehr würden dem Professor zu viel von jener Zeit rauben, die er dringend für die eigentliche Arbeit hier benötigt. In diesem Semester hatten wir nur Samuel Kaluma eingesetzt, denn bis zum Ende des Jahres muss der Professor seinen Auftraggebern etwas vorweisen können. Es steht dabei nicht zuletzt auch seine

Reputation als führender Experte seines Forschungsgebiets auf dem Spiel.«

»Und wie gehen die Dinge voran?«

Frau Riegler lächelte. »Diese Frage hat mir auch schon der falsche Polizist von heute Morgen gestellt.«

Sie öffnete ohne weitere Erklärung die Tür zu ihrem Büro, ließ die beiden Männer eintreten und verschloss den Zugang zum Labor hinter sich. »Ich suche Ihnen gleich die Adresse von der Frau Doktor. Sie hat erst vor Kurzem eine neue Dachgeschosswohnung bekommen, und ich weiß die Hausnummer noch nicht auswendig. Sie dürfen gerne nochmals Platz nehmen.«

Jerabek setzte sich wieder auf einen der beiden Stühle vor dem Schreibtisch. Mit den kräftigen Fingern seiner breiten Hände zupfte er weiter an der Weste herum und fand dabei auch mehrere ausgefallene Exemplare seines immer noch dichten, dunklen Haares, das sich in den vergangenen Jahren zunehmend ins Graue verfärbt hatte.

Berger war hinter ihm stehen geblieben, um einen Anruf entgegenzunehmen. Sein Mobiltelefon hatte sich mit den ersten Takten des Radetzky-Marsches bemerkbar gemacht, das Büro in der Berggasse rief an. Riegler verzog sich hinter ihren Computerbildschirm und schrieb die Adresse auf das oberste Blatt eines kleinen gelben Zettelblocks. Erst jetzt sah Jerabek das flache, in Geschenkpapier verpackte Paket auf ihrem Schreibtisch, halb verdeckt unter verschiedenen Schriftstücken. Die Frau bemerkte seinen Blick und schob das dünne Paket unter einen Aktenordner.

Dann stand sie auf, schlurfte um den ausladenden Schreibtisch herum und überreichte Jerabek den gelben Zettel.

Der Kriminalbeamte erhob sich und nahm ihn an sich. »Wir werden gleich dort hinfahren und nachsehen, wo die Frau Doktor abgeblieben ist.«

Beatrix Riegler wollte antworten, als Berger ihr aufgeregt ins Wort fiel.

»Wir müssen sofort ins Büro, Franz! Der Grünzweig ist tot. Man hat ihn während der Fahrt nach München im Zug erschossen.«

Jerabek fuhr herum zu seinem Kollegen, der noch immer das

Handy an sein Ohr hielt. Die Lippen Bergers bewegten sich, doch der Lärm der Pendeluhr überlagerte seine Worte. Die stilvolle Uhr beendete genau um elf Uhr achtzehn ihren Dienst für Beatrix Riegler mit einer akustischen Mischung aus Glockenschlägen und dem Geräusch von berstendem Glas und zersplitterndem Holz. Die kleine Frau war rücklings gegen die Wand gekracht und hatte einen der schönsten Einrichtungsgegenstände ihres schmucken Büros in einen Trümmerhaufen verwandelt.

9

Als eine »Laune der Natur« wird es oft bezeichnet, wenn sich ein Exemplar einer Spezies besonders von den anderen Exemplaren seiner Gattung abhebt. Warum auch nicht? Die Natur soll ruhig auch ihren Spaß haben dürfen. Weiße Tiger, fünfbeinige Kälber oder Riesenwarane bereichern schließlich jeden Naturdokumentarfilm. Normalerweise jedoch ähneln sich wild lebende Lebensformen untereinander so sehr, dass sie für Menschen nur sehr schwer zu unterscheiden sind.

Ein Delphin sieht eben aus wie ein Delphin und eine Maus wie eine Maus. Je zahlreicher eine Population, desto schwieriger wird es, darunter ein bestimmtes einzelnes Individuum auszumachen. Den Sperlingen im Wiener Burggarten müsste man wohl verschiedenfarbige Fußringe anlegen, um sie auseinanderhalten zu können.

Ganz anders ist das beim Menschen. Bei keinem anderen frei lebenden Lebewesen sind derart große Abweichungen in Aussehen, Größe oder Form zu beobachten. Ausgerechnet bei diesem Geschöpf zeigt sich die Natur von ihrer launenhaftesten Seite. Und wenn man Launenhaftigkeit mit Missmut, Verstimmtheit, Reizbarkeit oder Verdruss gleichsetzt, dann scheint die Natur wohl auf den Menschen nicht allzu gut zu sprechen zu sein.

Der vor Erki in voller Größe aufragende Riese war für ihn auch ohne farbigen Fußring von allen anderen Menschen, die er jemals getroffen hatte, zu unterscheiden. Er war doppelt so schwer wie der schmächtige Student, und die Muskelberge unter seiner gespannten Trainingsjacke ließen den eindeutigen Schluss zu, dass die Kräfteverhältnisse zwischen den beiden Herren sehr einseitig verteilt waren. Trotzdem fühlte sich der langhaarige, rotbärtige Mann dazu berufen, seine körperliche Überlegenheit durch einen Tritt gegen Erkis ausgestreckte Beine zu unterstreichen.

»Was willst du?«, fragte er mit tiefer Stimme, die von einem starken slawischen Akzent geprägt war.

Erki rieb sich die Stelle neben seinem Knöchel, an der ihn der Militärstiefel getroffen hatte. Gleichzeitig spürte er schmerzhaft die Fingernägel von Caterina, die sich an seinem linken Arm festgeklammert hatte.

»Die Flasche dort hinten«, Erki zeigte auf die Palette, auf der der Riese seine Wodkaflasche abgestellt hatte, »ist da Wasser drin?«

Der bärtige Mann drehte sich um und schaute verdutzt in Richtung der Flasche, dann blickte er wieder zu Erki. »Wasser?« Noch einmal drehte er sich zu seinem Sitzplatz, deutete mit ausgestrecktem Zeigefinger auf die Flasche und rief: »Wasser!« Schallendes Gelächter war hoch über Erki zu vernehmen. Der Riese hielt sich den Bauch vor Lachen, dazwischen prustete er immer wieder das Wort »Wasser« hervor.

Eine gute Minute lang amüsierte er sich königlich über Erkis Frage, dann endete das laute Gepruste abrupt mit den Worten: »Ja, Wasser! Russisches Wasser!« Sogleich ging das Gelächter wieder los.

Mitten in den Lachanfall des Riesen hinein rief Erki: »Russisches Wasser? Glaub ich nicht! Du trinkst wie ein Mädchen! Da ist bestimmt nur Leitungswasser drin.«

Augenblicklich verstummte der große Mann und zog erstaunt die Augenbraue mit dem silbernen Ring hoch.

»Jedes österreichische Kind kann das besser als du«, setzte Erki nach.

Sofort traf ein zweiter Stiefeltritt die schmerzende Stelle an seinem Fuß, und Erki schrie auf.

Caterinas Fingernägel gruben sich tiefer in seinen Oberarm. »Lass das!«, flüsterte sie eindringlich.

Der Riese war sich offenbar nicht sicher, wie er auf die Provokation reagieren sollte. Unschlüssig blieb er vor Erki stehen. Plötzlich schlich sich ein breites Grinsen in sein Gesicht. Er ging zu seiner Sitzbank und schnappte sich die Flasche.

»Hör auf damit«, zischte Caterina ihrem Mitgefangenen ins Ohr. »Der bringt dich um!«

Erki blieb keine Zeit für Erklärungen. Der Riese hatte schon vor ihm auf dem grob betonierten Boden der Lagerhalle Platz genommen. Er schlug seine langen Beine übereinander, stellte die Flasche mit dem blauen Etikett dazwischen ab und schob das Gummiband, das seine zottigen Haare zu einem Pferdeschwanz gebunden hielt, ein kleines Stück nach oben.

Aus der Nähe betrachtet wirkte der riesige Mann noch um vieles furchteinflößender. Der Ring in seiner Augenbraue, der rostrote Bart über einem von Pockennarben entstellten Gesicht und die lange, wilde Haarpracht verliehen ihm das Aussehen eines verwegenen Piratenkapitäns aus alten Abenteuerfilmen. Am erschreckendsten empfand Caterina aber seine dunklen Augen. Keine Anteilnahme war in diesem kalten Blick zu lesen, kein Funken Mitleid und nicht die geringste Spur von Interesse am Befinden seiner Gefangenen.

Ein leichtes Zittern bemächtigte sich ihrer Hände, als der Riese ein Jagdmesser aus einer seiner seitlichen Hosentaschen hervorzog und dieses auseinanderklappte. Er bemerkte ihre Reaktion und hielt ihr mit hämischem Grinsen die Klinge vors Gesicht. Mit geschickten Bewegungen ließ er das Messer vor den erschrockenen Augen der jungen Frau zwischen seinen Fingern kreisen, dann lachte er wieder kurz auf, zog die Klinge zurück und ritzte eine Kerbe in das Etikett der zu drei Vierteln gefüllten Flasche, ehe das Klappmesser zu Caterinas Erleichterung wieder in seiner Hose verschwand.

Der bärtige Riese hielt Erki die Flasche unter die Nase und deutete auf das Etikett. Über einer stilisierten Darstellung russischer Zwiebeltürme war »Wodka Korsakoff« zu lesen. »Österreichisches Erzeugnis, 0,7 Liter« stand in kleineren Buchstaben darunter sowie der Name und die Adresse einer Spirituosenfabrik aus Wien-Simmering. Dort, wo die Prozentangabe über den Alkoholgehalt des Getränks vermerkt war, hatte der Riese die Markierung auf dem Etikett angebracht. Er deutete mit dem Finger auf den eingeritzten Strich, setzte dann die Flasche an seinen Mund und ließ die Hälfte des Flascheninhalts in seinem Rachen verschwinden. Zufrieden wischte er danach mit dem Handrücken über seinen Bart und verglich den Rest des Inhalts mit der Markierung. Dann streckte er die Flasche Erki entgegen. »Du«, hallte seine laute Stimme durch den Lagerraum.

Erki machte keinerlei Anstalten, sich dieser Aufforderung zu verweigern. Er nahm die Flasche an sich und trank sie leer, ohne auch nur einmal abzusetzen. Sowohl der Riese als auch Caterina schauten ihm dabei verwundert zu.

»Ich wusste es doch. Das ist Wasser«, stellte Erki unbeeindruckt fest. »Hast du noch mehr davon? Ich bin durstig.« Er schob sein ramponiertes Brillengestell ein kleines Stück die Nase hoch und sah seinem Gegenüber mit unschuldigem Blick direkt ins Gesicht.

Der Riese betrachtete abwechselnd den dünnen Burschen vor sich und die leere Flasche in dessen Händen. Irritiert kratzte er sich sein Kinn. Schließlich stand er auf und ging mit unsicherer gewordenen Schritten zum rostigen Fahrzeug in der Mitte der Halle. Ein Ellbogen stieß in Erkis Seite.

»Was soll das? Willst du dich selber umbringen, damit er es nicht tun kann?« Caterina sah Erki wutentbrannt an. Da hatte sie stundenlang darauf gewartet, dass ihr bewusstloser Leidensgenosse endlich zu sich kam, um den Entführern nicht völlig allein ausgesetzt zu sein, und kaum erwacht, begann dieser damit, sich wieder in die Bewusstlosigkeit zu saufen. »Bist du jetzt völlig übergeschnappt?« Sie hatte ihre Hand von Erkis linkem Arm entfernt und war ein paar Zentimeter von ihm weggerückt.

»Ich versuche, uns da rauszubringen. Vertrau mir einfach«, entgegnete Erki.

»Ich brauch dich nüchtern, wenn wir da rauswollen«, fauchte sie ihn an. »Wir hängen zusammen!« Sie hielt ihm demonstrativ die Handschellen vor die Nase. »Was mache ich mit einer Alkoholleiche am Handgelenk?«

Bevor Erki darauf antworten konnte, war der Riese mit einem Karton unter dem Arm zurückgekehrt und hatte sich wieder vor ihn auf den Betonboden gesetzt. Vier volle Flaschen befanden sich noch in der weißen Kiste mit dunkelblauer »Korsakoff«-Aufschrift, ein richtig nettes Lunchpaket hatte sich der Hüne da für seinen Bewachungsjob in die Halle mitgenommen.

Er zog eine der Flaschen aus diesem Paket hervor und wog sie ein paarmal bedächtig in seiner Hand. Das Messer blieb diesmal in der Tasche, er ritzte das Etikett an der Flasche mit seinem Fingernagel ein. Danach öffnete er den Drehverschluss und machte sich daran, seine Hälfte des Flascheninhalts zu trinken. Mehrmals hielt er dabei inne, um sich den Mund abzuwischen oder um unschöne, aufstoßende Geräusche von sich zu geben. Immer wieder sah er dabei prüfend auf das Etikett, bis er es schließlich geschafft hatte. Nachdem er mehrere Kraftausdrücke in seiner Muttersprache von sich gegeben hatte, zeigte der Riese seine Zufriedenheit mit dem Ergebnis durch ein merkwürdig kindliches Kichern. Mit sichtlicher Vorfreude überreichte er die halb volle Fasche an seinen neuen Saufkumpanen.

Zwei ganze Flaschen Schnaps hatte der Bewacher im Laufe des Vormittags schon konsumiert, trotzdem war ihm seine zunehmende Alkoholisierung kaum anzumerken. Das Muskelpaket war hart im Nehmen.

»Nastrovje, Rübezahl!« Erki prostete dem Riesen zu und leerte auch die zweite Flasche in einem Zug. Caterina betrachtete ihn von der Seite mit offenem Mund. Ihr Zorn war Fassungslosigkeit gewichen. Anstatt umzufallen oder sich zu übergeben, saß Erki genauso da wie zuvor und forderte sein Gegenüber dazu auf, die nächste Flasche aus dem Karton zu ziehen.

Der Riese war über die Trinkfestigkeit des jungen Mannes mindestens ebenso erstaunt wie Caterina und verstärkte das Kratzen an seinem roten Bart. Der Verlauf des Trinkgelages hatte ihn unsicher gemacht. Das Kichern hatte aufgehört, und er begann, unverständliche Sätze vor sich hin zu murmeln. Nervös rutschte er hin und her.

Schließlich entschied er sich dazu, eine weitere Flasche zu öffnen, drückte sie Erki in die rechte Hand und rief wieder: »Du!«

Mit einem Lächeln setzte Erki die Öffnung an den Mund und trank. Sein Bewacher bekam die Flasche leer zurück. Als ob es sich wirklich um Wasser handeln würde, hatte Erki die ganze Null-Komma-sieben-Liter-Flasche ausgetrunken. Vor den Augen des sprachlosen Riesen legte er sie zur Seite und tippte mit dem Zeigefinger seiner rechten Hand zuerst auf den Spirituosenkarton, dann auf die breite Brust seines Gegenübers.

»Du!«

Der Riese zögerte. Der Alkohol und die Verunsicherung durch das Verhalten der ihm gegenübersitzenden halben Portion beeinträchtigten zunehmend sein Reaktionsvermögen. Er fühlte sich von Erki in die Defensive gedrängt und sah hilfesuchend auf die Frau, die ihren schlanken Körper gegen die Rückwand der Halle gepresst hatte. Doch diese hielt die Augen geschlossen und krallte ihre Finger krampfhaft in den Stoff der blutdurchtränkten Jacke. Sein zweiter Gefangener lehnte hingegen nach wie vor völlig entspannt an der Wand und lächelte ihm aus seinem Lausbubengesicht zu.

Wild entschlossen zog der Riese den Getränkekarton zu sich heran und besah dessen Inhalt. Zwei Flaschen schauten ihm entgegen, und eine davon war für ihn bestimmt. »Du«, wiederholte er leise an sich selbst gerichtet. Ihm war bewusst, die Herausforderung seines Widersachers annehmen zu müssen.

Das Lächeln des jungen Mannes provozierte ihn, und Zorn kam in ihm hoch. Unvermutet beugte der Riese seinen Oberkörper nach vorn und schlug Erki mit der Innenfläche seiner tellergroßen Hand auf die verletzte Stirn.

Erkis Kopf donnerte gegen die Betonwand, und die Platzwunde an seiner Stirn sprang wieder auf. Blut strömte über sein Gesicht. Caterina presste so schnell sie konnte ihre Jacke auf die Wunde und schrie den Riesen an: »Verschwinde endlich, du Bestie! Hau ab! Arschloch, verdammtes!«

Doch der Riese ignorierte ihr Gebrüll. In aller Ruhe zog er eine der zwei Flaschen aus dem Karton, warf den Drehverschluss von sich und schüttete den Wodka in seinen weit aufgerissenen Mund. Ohne zu schlucken leerte er sich den gesamten hochprozentigen Flascheninhalt in den Rachen. Wie Regenwasser in einen Kanalschacht drehte sich der Schnaps gurgelnd über den Schlund des Mannes in seinen Magen.

Erki und Caterina bekamen von dem schaurigen Schauspiel nur wenig mit. Erki musste wegen des Blutstroms von seiner Stirn die Augen geschlossen halten, und Caterina war voll damit ausgelastet, die Blutung zu stillen und gleichzeitig den Verursacher der Verletzung zu beschimpfen. Sie fand dabei Ausdrücke, die man der jungen Frau im eleganten Businesslook gar nicht zugetraut hätte.

Gleichzeitig mit der Blutung stoppte auch der Schwall an Nettigkeiten, die sie dem Riesen an den Kopf warf. Mit den wenigen Stellen des Futters ihrer Jacke, die noch nicht rot gefärbt waren, wischte sie Erki das Blut von Brille und Gesicht.

Zaghaft öffnete dieser seine Augen. Der große Mann saß ihm immer noch gegenüber und bewegte sich nicht. Sein Gesicht hatte aber an Farbe verloren, und es sah fast so aus, als wäre mit der blasser gewordenen Haut auch der Vollbart des Riesen heller geworden, das Rostrot schien einem Rotblond gewichen zu sein. Der ganze zottelige Kopf wirkte dadurch zahmer und weniger wild, nur der Ring oberhalb seines rechten Auges blitzte nach wie vor in kaltem metallischen Silber.

Regungslos saß er da, die glasig gewordenen Augen auf die Betonwand oberhalb seiner Gefangenen gerichtet. Caterina hatte sich wieder an Erki gedrückt. Gebannt beobachteten beide, wie dem muskulösen Mann vor ihnen die leere Flasche aus der Hand glitt. Aus seinem noch immer weit geöffneten Mund waren leise, schnaufende Geräusche zu hören. Ganz langsam begann sein Oberkörper zu schwanken, bis er schließlich vornüberfiel und mit seinem Kopf auf Caterinas Füßen landete. Sie versuchte, ihre Beine wegzuziehen, aber die gewaltigen Hände des Riesen hatten sie bei den Knöcheln gepackt und hielten sie fest. Sie spürte seinen nassen Bart auf ihrer Haut. Langsam begann er, die Innenseite ihrer Unterschenkel mit seiner Zunge abzulecken.

Caterina versuchte sich mit aller Kraft loszureißen, aber ihre Füße wurden mit eisernem Griff wie durch einen Schraubstock am Boden festgehalten. Die Zunge arbeitete sich an ihrem Bein empor, und sie gab ihre verzweifelten Versuche auf, sich freizustrampeln. Große Tränen kullerten über ihre Wangen. Als der Riese bei ihrem Knie angelangt war, löste er den Griff um ihr linkes Fußgelenk und begann ihr mit der Hand den Rock hochzuschieben. Wie gelähmt saß Caterina da und spürte, wie seine derbe Hand an der Innenseite ihres Schenkels entlangglitt, während er mit seiner Linken weiter ihren Fuß umklammert hielt.

Aus seiner halb sitzenden, halb liegenden Position rutschte er ein kleines Stück vor und hob dabei für einen Augenblick seinen Kopf. Wieder glitzerte der silberne Ring im Licht der einfallenden Mittagssonne. Es sollte das letzte Aufblitzen des Schmuckstückes an der Augenbraue des Mannes bleiben.

Mit voller Wucht zog ihm Erki die verbliebene Flasche Korsakoff über den Schädel. Genau an der Stelle, wo sich vorher der Ring befunden hatte, trug der Riese jetzt eine große, klaffende Wunde. Blut und Wodka ergossen sich über Caterinas Rock. Überall um sie herum lagen Glassplitter. Der Riese bewegte sich nicht mehr.

Völlig erstaunt über das, was er soeben selbst getan hatte, schaute Erki zu Caterina. Den abgebrochenen Flaschenhals hielt er fest umklammert wie eine Waffe in seiner rechten Faust.

»Weg hier!«, flüsterte sie. »Hilf mir!« Gemeinsam mühten sie sich damit ab, Kopf und Schultern des Bewusstlosen vorsichtig von Caterinas Beinen zu zerren. Beide hatten Angst, der Mann könnte jeden Augenblick wieder zu sich kommen. Ihr Bewacher war schwer, und die Handschellen an ihren Gelenken machten die Arbeit nicht gerade leichter.

Endlich hatten sie ihn so weit zur Seite geschoben, dass Caterina ihre Füße befreien konnte.

Sie versuchten aufzustehen. Caterina kam zuerst hoch. Sie musste Erki helfen, dem durch das lange Sitzen in unveränderter Position beide Beine eingeschlafen waren. Zudem war er durch den Blutverlust geschwächt. Nicht einmal in allen Kindergarten- und Volksschuljahren zusammengenommen war er so oft geschlagen worden wie in den vergangenen acht Stunden. Wenn es nach ihm ging, musste das für den Rest seines Lebens reichen.

Gestützt durch Caterina humpelte er so schnell es seine Beine erlaubten dem Ausgang entgegen.

Als sie an den übereinandergeschlichteten Paletten vorbeikamen, auf denen ihr Bewacher gesessen hatte, riss sie ihn an den Handschellen zurück.

»Warte!« Auf der obersten Holzpalette lagen Autoschlüssel und Mobiltelefon des Riesen. Caterina zog Erki zu der improvisierten Sitzbank und nahm beides an sich. Dann bewegten sie sich weiter auf das große Tor der Halle zu. Auf halbem Weg hörten sie einen lauten Schrei hinter sich.

»Lauf, so schnell du kannst!«, rief Erki.

Caterina flog förmlich voraus, und der an der Kette hinterhergezogene Erki hatte große Probleme, ihr ohne Sturz zu folgen. Erst als sie beim Tor angelangt waren, wagten sie einen Blick zurück.

Der Riese hatte versucht, auf seine langen Beine zu gelangen, und war dabei wieder gestürzt. Er lag seitlich auf dem Betonboden und brüllte so laut, dass die Hochregale vibrierten.

»Mach schnell!«, rief Erki zu Caterina, die sich verzweifelt bemühte, die kleine Tür im großen Tor der Lagerhalle zu öffnen.

»Zugesperrt!«, schrie sie zurück. »Wir müssen das Tor aufmachen!«

Gemeinsam schoben sie den Riegel zurück und stemmten sich gegen einen der zwei Flügel des Rolltores. Zentimeter um Zentimeter bewegte sich die Metallwand zur Seite, während das Gebrüll aus dem hinteren Bereich der Halle bedrohlich näher kam. Strahlendes Sonnenlicht drang durch den offenen Spalt des Tores und blendete die zwei aneinandergeketteten Menschen, die beide ihr ganzes Körpergewicht einsetzen mussten, um den Torflügel zu öffnen. Die Mechanik war verrostet, und die Zeit, die sie benötigten, um die Torhälfte weit genug zu öffnen, kam ihnen wie eine kleine Ewigkeit vor.

»Es reicht!«, schrie Caterina schließlich und schlüpfte durch den schmalen Spalt ins Freie.

Erki wurde an seiner Hand nachgezogen. Zum Schutz vor den grellen Sonnenstrahlen hielt er sich den Unterarm vor das Gesicht.

Sie befanden sich auf einer breiten, platzähnlichen Straße, an deren Seiten sich zahlreiche Lagerhallen aneinanderreihten. Vereinzelt standen Lastwagen oder Tieflader mit Containern vor den geschlossenen Hallentoren. Menschen waren keine zu sehen. Mittagszeit. Einige Meter von der Halle entfernt parkte ein älterer silberfarbener Jeep Cherokee.

»Das muss er sein! Komm!«, rief Caterina und zog Erki in Richtung des Fahrzeuges. »Ich fahre. Du bist besoffen«, rief sie, stürzte zur Fahrertür und steckte den Schlüssel in das Schloss. Er passte. Caterina riss die Autotür auf und versuchte ins Fahrzeug zu klettern, wurde jedoch zurückgehalten.

»Ich muss zuerst hinein, sonst wird das nichts mit den Handschellen«, stieß Erki keuchend hervor und schob seine Fluchtgefährtin zur Seite.

Im Spalt zwischen den Torflügeln hinter ihnen war der Riese aufgetaucht. Sein massiger Körper passte nicht durch die Öffnung. Wild fluchend donnerte er mit seinen Fäusten gegen das Stahlblech der Tore. Der von Caterina und Erki zur Seite gerollte Torflügel war stecken geblieben, und der blutüberströmte Mann musste sich gegen den anderen Flügel stemmen, um sich einen genügend breiten Durchlass zu verschaffen.

Als er ins Freie torkelte, steckte Caterina gerade den Zündschlüssel in das Schloss des Jeeps. Beim Einlegen des ersten Ganges riss sie Erkis linke Hand mit.

»Wir sollten gemeinsam schalten«, sagte sie und trat das Gaspedal durch. Der Sechszylindermotor katapultierte den Jeep nach vorn, an den abgestellten Lastkraftwagen vorbei die Lagerhallen entlang. Im Rückspiegel konnte sie sehen, wie der Riese wenige Meter nach dem Hallentor zusammenbrach und mitten auf der Straße liegen blieb.

»Du hättest dem Schwein ruhig ein bisschen früher die Flasche auf den Schädel schlagen können«, sagte sie. »Ich hätte mir das davor gerne erspart.«

Von der Beifahrerseite kam keine Antwort. Erki war wieder weggetreten. Caterina drehte das Autoradio leiser, das sich beim Starten des Motors eingeschaltet hatte. Es spielte Pink Floyd.

10

»Wir sollten zuerst einmal seine Eltern verhaften.«

Jerabek blickte erstaunt zu seinem jüngeren Kollegen. »Warum?«

»Na, schau dir doch den Namen an! Ignaz Desiderius Grünzweig! Wer sein Kind so tauft, gehört sofort festgenommen.« Berger klopfte mit dem Zeigefinger auf das vor ihm liegende Fax und schüttelte ungläubig seinen Kopf. Das Blatt Papier auf Bergers Schreibtisch trug den Briefkopf des Landeskriminalamtes Sankt Pölten, darunter befanden sich das Führerscheinbild von Professor Ignaz Grünzweig sowie eine kurze Auflistung verschiedener Daten und dazugehöriger Erläuterungen.

»Ich heiße mit zweitem Vornamen Ignaz«, war von der anderen Seite des schlicht eingerichteten Büros zu vernehmen.

Irritiert schaute Berger von seinem Schreibtisch hoch. Mit offenem Mund rang er um Worte. »'tschuldigung, Franz, das wusste ich nicht«, brachte er schlussendlich über seine Lippen.

Franz Jerabek lehnte sich genüsslich in seinem bequemen Lederdrehstuhl zurück. Vor ihm lag ein großer Zeichenblock, auf dem sich eingekreiste Namen befanden, die er mit wackelig gezeichneten Strichen verbunden hatte.

»War nur ein Schmäh, Berger«, sagte er mit lausbübischem Grinsen. »Ich hab gar keinen zweiten Vornamen. Meine Eltern haben sich auf keinen einigen können. Vergiss es!« Jerabek richtete sich den Kragen seines altmodischen karierten Hemds. »Was wissen wir sonst noch über den Grünzweig, außer dass ihn seine Eltern nicht leiden konnten?«

Berger brauchte ein paar Sekunden, um seine Fassung wiederzuerlangen, dann las er aus der Dienstnachricht der Kollegen aus Sankt Pölten vor: »Professor Dr. Ignaz Desiderius Grünzweig, vierundsechzig Jahre alt, ledig, Hochschulprofessor, beschäftigt an der Technischen Universität Wien, wohnhaft in Wien-Döbling.« Berger machte eine Pause.

»Und weiter?«, fragte Jerabek, während er seiner Zeichnung eine gewellte Linie hinzufügte.

»Morgen wäre er fünfundsechzig Jahre alt geworden.« Der jüngere der beiden Ermittler tippte mit dem Druckknopf eines Kugelschreibers auf das im Schreiben der niederösterreichischen Kollegen vermerkte Geburtsdatum. »Da hat ihm wer gründlich seine Geburtstagsfeier versaut.«

»Ich wette, das war derselbe Spielverderber, der den Untermieter von der Buschenbacher auf dem Gewissen hat«, erwiderte Jerabek und studierte dabei die aus Sankt Pölten gesendeten Fotos auf dem Bildschirm seines Computers.

Diese zeigten den Professor in einem Zugabteil, an einem Fensterplatz sitzend. In der Ecke des Abteils, gleich neben dem Fenster, hing ein grüner Lodenmantel, an dem der Kopf des Wissenschaftlers lehnte. Seine beigefarbene Trachtenjacke mit dem grünen Revers war geöffnet, und man konnte ein weißes Hemd und eine schlampig gebundene Krawatte erkennen. Die Hände ruhten auf seinem Schoß und hielten etwas fest, das Jerabek erst nach intensiver Betrachtung als Hut identifizieren konnte, einen zerbeulten grünen Steirerhut mit Gamsbart am Hutband.

Grünzweig wirkte auf den Bildern wie ein friedlich Schlafender auf einer längeren Reise. Doch der große dunkle Fleck auf jener Stelle des Lodenmantels, an der sich die Stirn des Mannes befand, machte dem genauer hinsehenden Betrachter unmissverständlich klar, dass sich der Fotografierte bereits auf einer ganz anderen Reise befand als der, die auf seinem Fahrschein angegeben war.

»Dieselbe Visitenkarte«, murmelte Jerabek, »mitten in die Stirn. Und beide Opfer vom selben Institut. Da hatte wer etwas gegen diese Abteilung der Universität.«

»Vielleicht hat dort jemand mit Ausländern ein Problem«, mutmaßte Berger. »Ich meine, der eine ein Neger, der andere bestimmt ein Jud. Glaube ich jedenfalls, wenn einer Grünzweig heißt. Da könnte doch einer von diesen uniformierten, großdeutschen Burschenschaftlern durchgedreht haben, weil ihm die zwei nicht ins arische Weltbild gepasst haben.« Er blickte fragend zu seinem älteren Kollegen, schien aber selbst nicht wirklich von dieser Theorie überzeugt zu sein.

Prompt kam ein »Blödsinn, Berger« retour. »Für einen rassistischen Hintergrund fehlt uns jeglicher Anhaltspunkt. Das Einzige, was hier rassistisch ist, sind deine Bezeichnungen für Ausländer. Tu mir einen Gefallen und überdenke ein wenig deine Wortwahl. Zumindest im Dienst.«

Berger fuhr hoch und wollte zur Widerrede ansetzen, doch Jerabek würgte das Thema mit einer eindeutigen Handbewegung ab und sprach weiter.

»Die beiden müssen über die gemeinsame Arbeit in irgendetwas verstrickt gewesen sein. Gibt es schon etwas Neues von der Assistentin?«

Berger schüttelte den Kopf. »Nach wie vor keine Spur von der Frau. Ihr Wagen steht seit gestern unweit ihrer Wohnung in der Gutenberggasse, sie selbst haben die Kollegen aber nicht angetroffen. Bislang hat sie sich weder bei der Riegler noch bei uns gemeldet.«

Jerabek kratzte sich mit sorgenvollem Blick am Kinn.

»Der Mitteregger muss da dranbleiben. Die Delmedici ist unsere wichtigste Zeugin. Wer hat den Grünzweig eigentlich gefunden? Hat irgendwer im Zug etwas gehört oder gesehen? Ich frage mich, warum der Frühbauer von den Niederösterreichern noch immer nicht angerufen hat.«

»Die werden sich nach dem nächtlichen Einsatz am Bahnhof ganz gemütlich aufs Ohr gelegt haben, und die Drecksarbeit bleibt wieder einmal an uns hängen.«

Um seinen Unmut zu unterstreichen, nahm Berger das vor ihm liegende Blatt Papier vom Schreibtisch und knallte es theatralisch auf die mit roten Sportwagen bebilderte Schreibunterlage.

»Eine Seite und eine Handvoll Fotos. Mit sehr vielen Informationen haben uns die werten Kollegen nicht gerade versorgt.«

Mit übertriebener Entrüstung ballte er seine Fäuste. Dann beugte er sich nochmals über das Fax und las unwillig weiter.

»Der Grünzweig ist um zweiundzwanzig Uhr fünfundfünfzig vom Westbahnhof abgefahren, mit dem Nachtzug Richtung München. Ganz normales Abteil, kein Schlafwagen. Gefunden worden ist er kurz vor Neulengbach vom Schaffner, der die Fahrkarte kontrollieren wollte. In Sankt Pölten ist der Zug dann für einige Zeit angehalten worden, damit die niederösterreichische

Tatortgruppe ihre Arbeit machen konnte. Erschossen worden ist er nach einer ersten Einschätzung des Tatzeitpunktes wahrscheinlich schon in Wien, gleich nach der Abfahrt. Wegen des möglichen Zusammenhanges mit dem Mordfall Kaluma ist heute Vormittag beschlossen worden, die Sache an uns weiterzuleiten. Eh klar! Wir haben eh zu wenig Arbeit! Den Grünzweig haben sie uns auch nach Wien zurückgeschickt. Der liegt jetzt in der Gerichtsmedizin und kann dort mit seinem Vorzugsstudenten seinen Geburtstag feiern. Ergebnisse gibt es von dort aber noch keine.«

Jerabek wollte eine Frage an Berger richten, doch dieser setzte fort: »Ach ja, Zeugen existieren natürlich auch keine. Wie immer. Es waren nur wenige Leute im Zug. Die Reisesaison hat noch nicht richtig begonnen, und von den Menschen, die im Zug gesessen sind, hat keiner etwas mitbekommen.« Berger lehnte sich zurück und streckte seine langen Beine unter dem Schreibtisch aus. »Ich werde mir von der Bahn die Liste der Ticketkäufer schicken lassen, aber ich fresse einen Besen, wenn unser Mann da dabei ist.«

»Gibt es eine Videoüberwachung der Bahnsteige?«

»Weiß ich nicht. Gut möglich. Heute wird ja schon fast alles überwacht. Es wird halt eine Zeit dauern, bis solche Überwachungsbänder ausgewertet sind. Ich rufe gleich mal an.« Berger vertiefte sich im Internet, um die Telefonnummer der Bahnhofsverwaltung ausfindig zu machen, aber Jerabek unterbrach ihn.

»Keiner hat etwas gehört?« Er ließ einen goldenen Kugelschreiber zwischen seinen Fingern kreisen. »Meine Frau kann während einer Bahnfahrt überhaupt nicht schlafen. Wenn einer drei Abteile weiter auch nur sein Jausenbrot aus dem Papierl wickelt, ist sie sofort hellwach. Das war ein Nachtzug, da gibt es keinen Kinderlärm oder lautes Getratsche. Da versucht ein jeder vor sich hin zu dösen oder eine Runde zu schlafen. Den Schuss muss irgendwer gehört haben.«

»Vielleicht abgedämpft durch eine Decke oder einen Polster?«, meinte Berger. »Vielleicht hat der Täter den Grünzweig im Schlaf erwischt, ihm einen Polster vors Gesicht gehalten und abgedrückt.«

»Schon möglich«, sagte Jerabek. »Die Niederösterreicher hätten es uns aber sicherlich mitgeteilt, wenn sie etwas in der Richtung gefunden hätten. Und warum sollte der Täter einen Polster wieder mitnehmen wollen, wenn er den Tatort verlässt?« Jerabek begann sich mit dem goldenen Kugelschreiber hinterm Ohr zu kratzen. »Der Kerl verwendet einen Schalldämpfer, sag ich dir.«

»Einen Schalldämpfer?« Berger drehte sich auf seinem knallroten Schreibtischsessel geräuschvoll in die Richtung seines Kollegen. »Wer hat denn so etwas zu Hause herumliegen?«

»Ich fürchte, ein Profi.« Der Abteilungsinspektor dachte angestrengt nach. »Überleg einmal, Berger! Wir haben zwei Tote. Beide sind auf genau dieselbe Weise erschossen worden. Beide in der Öffentlichkeit. Trotzdem gibt es keine Augenzeugen, und niemand hat etwas gehört. Das schaut mir doch verdächtig nach einem Profikiller aus.«

»Bei uns in Wien?« Jerabeks Schlussfolgerung schmeckte Berger gar nicht. Bei den Mordfällen, die die beiden Beamten aus der Wiener Berggasse zu lösen hatten, ging es fast immer nur um Beziehungstaten. Hinter Mord und Totschlag steckten gewöhnlich Hass, Eifersucht oder tödlich endende Eskalationen irgendwelcher Familienstreitereien. Die organisierte Kriminalität war zwar im Zuge der unvermeidlichen Globalisierung auch in Wien auf dem Vormarsch, dennoch galt die verschlafene Stadt im Osten Österreichs noch immer als eine der sichersten Großstädte der Welt, mit einer Mordrate, von der jedes amerikanische Provinznest nur träumen konnte. In Österreich brachte man sich entweder selbst um, oder man verlor sein Leben im Straßenverkehr. Aber sich von einem Profikiller hinrichten zu lassen, war doch äußerst unüblich und zum Glück noch weitgehend unbekannt.

»Ich weiß nicht so recht«, zweifelte Berger. »Warum gehen wir nicht erst mal von einer Beziehungsgeschichte aus? Klassische Dreiecksbeziehung. Pass auf: Die schöne Frau Doktor hat was mit dem Professor. Dann kommt –«

»Mit dem alten Lodenmantelträger?«, unterbrach ihn Jerabek. »Der war doch fast vierzig Jahre älter als seine Assistentin.«

»Na und? Es muss ja nicht jeder so wie du ewig mit der Frau

zusammenbleiben, der er schon in der Volksschule die Ehe versprochen hat. Außerdem, Franz, das war kein Beamter mit Gemeindebauwohnung und Mittelklassegebrauchtwagen, so wie wir. Das war ein Professor mit Villa in einem Nobelbezirk. Würde mich nicht wundern, wenn dort auch ein Sportwagen oder ein sündteurer Oldtimer in der Garage steht. Mit dem Background brauchst du dir dann nur mehr ein paar zusammengerollte Fünfhunderterscheine hinter die Ohren stecken, und schon bist du bei den Hasen genauso unwiderstehlich wie ein alter Schauspieler oder wie der kleine Zampano, der die Formel 1 dirigiert.«

Jerabek dachte nach. Der Kugelschreiber drehte sich zwischen seinen Fingern, während er ein Bild von sich selbst im Kopf entwarf, wie er, umringt von schlanken jungen Damen, die alle aussahen wie Caterina Delmedici, mit ausgestreckten Armen Geldscheine in die Luft warf. Doch sobald er eine dieser brünetten Frauen genauer ansehen wollte, verwandelte sich deren Gesicht sofort in ein runderes, älteres, ihm wohl bekanntes, und er verbannte die Vorstellung wieder aus seinen Gedanken.

»Und du meinst, dem Kaluma hat das nicht gefallen?«

»Genau! Der Alte hat etwas mit der Delmedici. Der Student hat sich auch in das Mädchen verguckt und wird grün vor Neid. Oder schwarz, wenn dir das lieber ist. Er beschließt, den Nebenbuhler aus dem Weg zu räumen, schnappt sich eine Kanone mit Schalldämpfer und folgt dem Grünzweig zum Westbahnhof.«

»Wo hat er die Waffe her?«

»Was weiß ich? Paris vielleicht. Bei den Zugewanderten weiß man ja nie, aus welcher Ecke sie kommen und welche Verbindungen sie haben. Schon gar nicht bei den Afrikanern. Die haben doch alle einen kriminellen Hintergrund. Jedenfalls sitzt der Grünzweig mutterseelenallein in seinem Abteil und träumt von seiner geilen Assistentin. Der Kaluma stattet ihm einen Kurzbesuch ab und schickt den verwunderten Professor ins Jenseits. In Hütteldorf steigt der Student wieder aus dem Zug und fährt mit der U-Bahn in die Stadt zurück.«

»Dann schläft er ein paar Stunden, um sich am nächsten Morgen mit einem Loch im Hirn in ein Rosenbeet des Stadtparks zu legen«, ergänzte Jerabek mit sarkastischem Unterton.

»Das war die fesche Frau Doktor«, spann Berger seine Geschichte fort. »Der Kaluma macht sich mit der Angebeteten einen morgendlichen Treffpunkt im Stadtpark aus, um ihr seine Liebe zu gestehen. Dafür wirft er sich extra in Schale und zieht sich seine Antonskirchenschuhe an. Die Delmedici hustet ihm aber was. Sie lässt ihn eiskalt abblitzen und schickt ihn in die Wüste. Der Neger, 'tschuldigung, der Schwarze dreht durch und zückt sein Schießeisen. Sie kann ihm die Waffe entreißen und erschießt ihn in Notwehr.«

»Und warum sitzt sie dann jetzt nicht neben uns und erklärt uns die ganze unglückliche Geschichte?« Jerabek konnte sich ein Kopfschütteln nicht verkneifen.

»Weil sie abgehauen ist«, rief sein Kollege. »Die hat einfach die Nerven weggeschmissen und sich irgendwo verkrochen. Wir müssen nur das Mädchen finden, und schon ist der Fall geklärt.«

Zufrieden richtete Berger den Kragen seines Poloshirts. Seine Theorie zum Tathergang war ohne geheimnisvollen Profikiller ausgekommen, und er fühlte sich ein wenig wie der Sieger einer Fernseh-Quizshow, dem es vor Millionenpublikum gelungen war, die kniffligsten Fragen zu beantworten.

Jerabek zeichnete mehrere große Vierecke auf seinen Block. »Du hast Phantasie, Berger«, sagte er, ohne mit dem Zeichnen innezuhalten. »Ein bisschen zu viel Phantasie für meinen Geschmack.« Dann löste er seinen Blick von den geometrischen Formen seines Kugelschreiberwerkes und zeigte Berger den Daumen seiner rechten Hand.

»Erstens glaube ich nicht, dass die Delmedici etwas mit dem Grünzweig hatte. Nenn mich ruhig altmodisch, aber der Alte im Waidmannsheil-Gewand und die junge, moderne, fesche Frau, das passt für mich nicht zusammen. Zweitens«, sein Zeigefinger gesellte sich zum Daumen, »kann ich mir nicht vorstellen, dass ein lernbesessener und erfolgshungriger Student wie der Kaluma so kurz vor der Bewertung seiner mühevoll erarbeiteten Diplomarbeit den ihn betreuenden und ihm wohlgesonnenen Hochschulprofessor kaltblütig tötet. Drittens glaube ich nicht, dass er hier in Wien die Möglichkeit hatte, sich eine Waffe mit Schalldämpfer zu besorgen. Der Waffenhandel scheidet aus. Er hätte sich dafür mit dicker Brieftasche in einschlägigen Kreisen bewegen müssen, aber der Bursche hatte weder Geld, noch ist er fortgegangen. Viertens ist mir diese Notwehrgeschichte viel zu konstruiert. Überleg einmal, Berger. Selbst wenn ihm die Frau die Pistole wegnehmen konnte, wie groß schätzt du die Wahrscheinlichkeit ein, dass sie den Kaluma genau dort trifft, wo er den Grünzweig getroffen hat? Mitten zwischen den Augen! Zweimal dieselbe Stelle, von zwei verschiedenen Schützen?«

Bergers Siegerpose begann merklich ein wenig an Strahlkraft zu verlieren.

»Da mach ich vorher einen Lottosechser, bevor die Delmedici aus einem Gerangel heraus dorthin trifft, wo in der Nacht davor der Student hingezielt haben soll. Und fünftens«, Jerabek streckte seinem Teampartner und Arbeitskollegen jetzt alle fünf Finger seiner Hand entgegen, »fünftens hat der Kaluma ein Alibi.«

»Ein Alibi?« Berger sackte auf seinem Drehstuhl in die gekrümmte Position des Verlierers der großen Kriminal-Quizshow. »Welches Alibi?«

Jerabek schnappte sich seinen Zeichenblock, stand auf und durchquerte das Büro. Er legte den Block auf den Tisch seines Kollegen und zeigte auf dem mittlerweile fast zur Gänze beschriebenen Blatt auf einen Kreis, in dessen Mitte »Buschenbacher« prangte. Rund um den Namen standen in Jerabeks enger Schrift Stichworte aus der vormittägigen Befragung in Wien-Favoriten. Die Notiz »Feier bis dreiundzwanzig Uhr« hatte er doppelt unterstrichen.

»Der Kaluma und seine Vermieterin hatten was zu feiern. Der kann den Zug um zweiundzwanzig Uhr fünfundfünfzig nach München nicht erreicht haben. Vom Reumannplatz bis zum Westbahnhof braucht man fast eine halbe Stunde mit der U-Bahn. Mit dem Taxi geht's vielleicht ein bisschen schneller. Egal. Bei der Abfahrt des Zuges saß dein Hauptverdächtiger noch in Favoriten, mit einem Glas Sekt in der Hand. Selbst wenn die Feier nicht bis elf, sondern nur bis dreiviertel elf gedauert hat, hat er den Zug nicht mehr erwischen können.«

»Und was ist, wenn die Buschenbacher gelogen hat und die

Feier mit ihrem Ersatzhansi schon um zehn Uhr geendet hat?« Berger wollte seinen Ansatz nicht völlig fallen lassen.

»Warum hätte sie das tun sollen?«, antwortete Jerabek. »Für die ist doch heute Vormittag die ganze Welt zusammengestürzt. Da hat sie so einen tollen Musterknaben gefunden, der immer zu Hause bleibt, pausenlos studiert, nichts trinkt, nichts mit Mädchen hat und ständig für sie da ist, und dann läuten wir an der Tür und vermelden, dass der Junge nicht mehr nach Hause kommen wird. Die Frau war fertig. Völlig gebrochen. Ich glaube, die hat uns in allen Punkten die Wahrheit erzählt, auch bei der Uhrzeit. Wir werden natürlich recherchieren, ob der Bursche tatsächlich so ein Musterknabe war. Bei seinen Studienkollegen, Professoren, wo auch immer. Vielleicht gab es ja Kontakte, von denen die Buschenbacher nichts mitbekommen hat. Ich glaube ihr aber. Die lügt nicht.«

Jerabek zog sich mit dem Schreibblock unter dem Arm wieder zu seinem Schreibtisch zurück. »Was mich allerdings brennend interessieren würde, ist die Antwort auf die Frage, was es da gestern groß zu feiern gab.«

Berger zeigte sich verwundert. »Aber das hat uns die Alte doch gesagt. Eine Vorfeier auf den Studienabschluss oder die fertiggestellte Diplomarbeit.«

»Ich weiß, ich weiß. Kommt mir aber doch etwas komisch vor.« Jerabek wirkte nachdenklich. »Normalerweise feiern Studenten, wenn sie ihren Abschluss in der Tasche haben, nicht schon ein paar Wochen vorher.«

»Ich kenne Studenten«, warf Berger ein, »die feiern jeden Tag.«

»Ja, in Studentenlokalen, Beisln oder Kaffeehäusern. Aber das gestern Abend war eine Familienfeier. Und es ist von viel Geld die Rede gewesen. Sag mir, Berger, welcher Student kommt heutzutage allein schon mit dem Studienabschluss zu einem Haufen Geld? Erst muss man mal mit dem Titel vor dem Namen einen gescheiten Job finden. Und das ist gar nicht so einfach bei der heutigen Wirtschaftslage. Es gibt genug junge Doktoren und Diplomingenieure, die sich als Taxler ihr Geld verdienen müssen. Für wenig Lohn! Der Dr. Edelmann bei uns im Gang hat mehr im Hirn als wir beide miteinander und findet trotzdem seit Jahren keine gescheite Anstellung. Nur Aushilfsjobs. Der Kaluma hat aber von viel Geld gesprochen. Paris-Reise und so. Mein Gefühl sagt mir, dass der irgendetwas am Laufen hatte, wovon er sich einen Haufen Kohle erhofft hat.«

»Drogen!«, rief Berger laut. »Auch wenn bei ihm keine gefunden wurden, wir sollten auf die Worte dieser verkalkten Smejkal hören, die den Kaluma gefunden hat, Franz. Der Dogenhandel in Wien ist in schwarzafrikanischer Hand. Da ist jeder von denen verdächtig. Der könnte gedealt haben im Stadtpark!«

»Ein Dealer, der immer zu Hause hockt und lernt? Der nie unterwegs ist, außer sonntags in der Kirche? Ich weiß nicht, ob die Antonskirche ein geeigneter Platz für den Verkauf von Stoff ist. Die Besucher dort geben sich normalerweise mit Weihrauch zufrieden. Nein, Berger. Das passt nicht wirklich zusammen. Aber mit einem hast du recht. Die Lösung des Falls führt über die Delmedici.«

»Sollen wir sie zur Fahndung ausschreiben?«

»Ohne konkretes Tatmotiv?« Jerabek schüttelte den Kopf. »Die planscht vielleicht gerade in einer Therme oder macht sich sonst wo zwei schöne Tage, während sie davon ausgeht, dass ihr Chef in München weilt.«

Berger war aufgestanden und hatte begonnen, im Büro auf und ab zu wandern. »Was ist mit der Riegler? Auch die hat die beiden Toten gekannt. Es wäre ja möglich, dass die mit dieser ominösen Laborbande unter einer Decke steckt. Vielleicht hat sie den Studenten und ihren Chef als unerwünschte Zeugen beseitigt. Wer weiß. Kann durchaus sein, dass sie auch der Delmedici zu einem vorzeitigen Abgang verholfen hat.«

»Wenn die Riegler den Grünzweig umgebracht hat, verdient sie für ihre Reaktion auf die Todesnachricht in ihrem Büro den Oscar für die beste Ohnmachtsszene. Die ist umgekippt wie ein Stück Holz und hat verdammt viel Glück gehabt, sich an der Pendeluhr nicht den Schädel einzuschlagen. Traust du der so eine schauspielerische Glanzleistung zu?«

Das Läuten des Telefonapparats auf Jerabeks Schreibtisch unterbrach die zwei Kriminalpolizisten in ihren Überlegungen.

»Hallo, Frühbauer!«, begrüßte Jerabek seinen Kollegen aus Sankt Pölten. »Was gibt es Neues? Habt ihr Fingerabdrücke?«

Die beiden Kriminalisten unterhielten sich eine Viertelstunde lang angeregt über den Mordfall im Zugabteil, über das heißer werdende Wetter, über ihre Urlaubsplanung und über den Jammer mit den permanenten Einsparungsbemühungen durch das Innenministerium.

Berger benötigte die gleiche Zeit, um am Westbahnhof endlich jenen Mitarbeiter ausfindig zu machen, in dessen Zuständigkeitsbereich die Überwachungskameras fielen. Nachdem er die Versicherung erhalten hatte, die Aufzeichnungen vom fraglichen Zeitraum am Vorabend zur Verfügung gestellt zu bekommen, legte er auf und wandte sich wieder an Jerabek.

»Was Neues, Franz?«

»Einen Verwandten haben sie finden können. Sein Bruder wohnt in Deutschland. War aber für den Frühbauer nicht erreichbar, seine Haushälterin sagt, er wäre auf Reisen. Mehr Verwandte hat er nicht. Dafür gibt es Fingerabdrücke. Jede Menge Fingerabdrücke. Das ganze Abteil ist voll davon, Hunderte haben sich da verewigt. Unbrauchbar. Genauso wie die Befragung der anderen Fahrgäste. Die meisten waren Geschäftsreisende und sind allein in einem Abteil gesessen. Die Zeiten, in denen sich die Leute zusammensetzen, um sich während der Fahrt miteinander zu unterhalten, sind ja schon lang vorbei. Keiner hat etwas gehört oder gesehen. Nur ein Tramperpärchen hat den Grünzweig bewusst wahrgenommen. Die sind gleich nach der Abfahrt aus Wien an seinem Abteil vorbeigekommen und können sich daran erinnern, dass er mit sich selbst gesprochen hat. Regelrecht geschimpft soll er dabei haben. Anscheinend hat er sich über irgendetwas mächtig aufgeregt. Sie haben bestätigt, dass er allein in dem Abteil gesessen ist, in den Waggonabteilen direkt daneben war niemand. Nur eine Handvoll Leute waren im vorderen Teil des Zugs. Kein Wunder, dass die Bundesbahn mit Defizit arbeitet.«

»Na, dann versuch mal, zur Hauptreisezeit mit der Bahn zu fahren. Da kannst du dich um einen Gangplatz anstellen!«

Berger erzählte gerne von seiner vierwöchigen Interrail-Reise, die ihn kurz nach der Matura durch ganz Europa geführt hatte. Jerabek kannte weder Matura noch Matura-Reisen. Zu seiner Zeit galt es, sich gleich nach der Hauptschule eine Lehre oder einen Job zu suchen. Über den Umweg einer Uhrmacherlehre war er schließlich bei der Polizei gelandet. Eine sichere Anstellung, wie sein Schwiegervater meinte. Nicht unwichtig für ein Paar, das mit achtzehn Jahren das erste Kind erwartete. Erst im Zuge seiner beruflichen Weiterbildung bei der Kriminalpolizei hatte er dann längere Bahnfahrten kennengelernt. Die monotonen Geräusche des über die Geleise holpernden Zugs hatte er dabei immer als etwas Beruhigendes empfunden. Bei Bahnfahrten konnte man hervorragend nachdenken, und mit Nachdenken verdiente er schließlich sein Geld.

Auch von Bergers Seite des Büros waren monotone, rhythmische Geräusche zu hören. Das Klappern seiner Computertastatur.

»Was suchst du?«, fragte Jerabek.

»Ich füttere den Routenplaner mit der Adresse vom Grünzweig. Einer von uns wird dort ja hinfahren müssen.« Berger blickte fragend zu seinem älteren Kollegen.

Dieser legte den goldenen Kugelschreiber vor sich auf den Schreibtisch und kramte den Fahrzeugschlüssel aus seiner Westentasche.

»Wir werden beide hinfahren. Vier Augen sehen mehr als zwei. Ich schau mir die Wohnräume an und du dir die Sportwagen und Oldtimer in der Garage.«

11

»Aufwachen!« Erki hörte die Stimme Caterinas an seinem Ohr. »Du musst aufwachen!«

Er öffnete seine Augen. Gedanken an den Riesen spukten durch seinen Kopf, hektisch drehte er sich im Wagen um. Da war niemand. Nur Caterina und er befanden sich im Jeep.

»Wo sind wir? Habe ich geschlafen?« Erki blickte erstaunt auf den von Neonlicht durchfluteten Raum rund um das Fahrzeug, in dem sie beide saßen. »3. Untergeschoss« stand auf einem Pfeiler neben ihnen. Nur zwei weitere Fahrzeuge befanden sich auf dieser Etage, und die trugen eine derart dicke Staubschicht, dass sie hier schon eine halbe Ewigkeit stehen mussten.

»Ja, du hast kurz geschlafen. Ich bin mit dir durch Wien gefahren, direkt in diese Tiefgarage.«

»Was machen wir denn hier?«, fragte Erki, der eher damit gerechnet hatte, in einem Spitalbett aufzuwachen.

»Ich muss aufs Klo. Hier gibt es WC-Anlagen und Waschgelegenheiten. Und hier sieht uns keiner.«

»Warum gerade hier?«

Caterina schaute ihn prüfend an. »Diese Tiefgarage war vom Hafen aus schnell zu erreichen. Es ist eine, von der ich weiß, dass sie nur wenig genutzt wird, die unterste Ebene so gut wie nie.« Wieder musterte sie ihn eingehend. »Du wirst wohl auch ein WC brauchen. Du hast zwei ganze Flaschen Wodka getrunken.«

Die Feststellung hörte sich wie eine ungläubige Frage an. Sie sah ihn dabei an wie Eltern ihren jugendlichen Sprössling, der zum ersten Mal sturzbetrunken nach Hause kam: mit einer Mischung aus Erstaunen, Entsetzen und Ratlosigkeit.

Erki machte eine abwehrende Handbewegung. »Es waren nur Nullsiebenerflaschen, keine Literflaschen.« Er amüsierte sich über den entgeisterten Blick, den seine Aussage hervorrief. Sie betrachtete ihn weiter mit vorsichtiger Neugier, so als rechnete sie damit, dass er sich jeden Augenblick übergeben müsse.

»Nullsiebener? Du hast in wenigen Minuten mehr Schnaps

hinuntergeschüttet als ich in meinem ganzen Leben. Du bist stockbesoffen. Daran kann man sterben. Schon mal etwas von multiplem Organversagen gehört?«

»Ich bin okay, danke.« Erki lächelte. »Ich habe sogar eine Flasche zweckentfremdet! Direkt schade darum, der österreichische Korsakoff ist gar nicht mal so schlecht.« Sein zaghaftes Lächeln verwandelte sich in ein spitzbübisches Grinsen. »Und zu multiplem Organversagen fällt mir nur unsere Bundesregierung ein.«

Caterina Delmedici war völlig ratlos, wie sie diese Reaktion des an ihr festgeketteten jungen Mannes einordnen sollte. Verzweifelt sah sie an ihrer Kleidung hinab, die den Großteil des Inhalts der letzten Wodkaflasche abbekommen hatte. »Sollten wir nicht doch deinen Magen auspumpen lassen? Sicherheitshalber?«

»Ich bin wirklich okay, Caterina. Danke.« Er hatte zum ersten Mal ihren Namen ausgesprochen und dabei sofort gespürt, dass sich das gut anfühlte. Es schuf ein Gefühl von Nähe und Vertrautheit. Ein Verhältnis, das es notwendig machte, sie über seine außergewöhnliche Alkoholresistenz aufzuklären.

»Das gibt es nicht!«, rief sie kopfschüttelnd, nachdem Erki von seiner besonderen Veranlagung erzählt hatte. »Tausende Blutgefäße befinden sich an den Wänden von Magen und Speiseröhre. Da muss der Alkohol einfach ins Blut gelangen!«

Caterina war analytisches Denken gewohnt, aber die Erklärung und das Erscheinungsbild ihres Fluchtgefährten entzogen sich jeder Logik. Vor zwanzig Minuten hatte sie noch dem ärgsten Besäufnis beigewohnt, und jetzt saß eine der beiden daran beteiligten Personen neben ihr und wirkte nüchtern wie ein Pressesprecher der Mineralwasserindustrie.

Erki versuchte, das Brillenfragment auf seinem Nasenrücken zurechtzurücken. »Mein Blut nimmt Alkohol auf, aber deutlich weniger als bei anderen Menschen. Ich hab jetzt vielleicht null Komma sieben Promille oder so und dürfte beinahe noch Auto fahren.«

Caterina umklammerte instinktiv das Lenkrad des Jeeps.

Erki lachte. »Aufs WC muss ich trotzdem. Ich war bestimmt seit acht Stunden nicht mehr, und der Korsakoff drückt mächtig auf die Blase. Wie fangen wir das an?« Er hob sein Handgelenk mit dem unfreiwillig angelegten Silberschmuck.

»Einer drinnen, einer draußen. Geht nicht anders«, stellte Caterina fest und öffnete die Wagentür. »Ohne Zusehen natürlich.«

Mit dem Rücken voran kletterte sie vorsichtig vom hohen Sitz des Fahrzeugs und bedeutete Erki mit sanftem Zug an der Kette der Handschellen, nachzukommen. Umständlich kroch der verletzte Student über die Mittelkonsole des Jeeps.

»Du lässt mir aber auch gar keine Freude. Dabei hatten wir so eine romantische Nacht miteinander.«

»Idiot!« Sie lächelte. »Es war nur ein Vormittag. Und da gab's nicht einmal Frühstück.«

»Dann verzichten wir eben auf das Fernsehen bei dir zu Hause, und ich lade dich in irgendeine vornehme Hütte zum Frühstücksbrunch ein«, schlug Erki vor. »Aber nur, wenn du dich umziehst. In diesem Aufzug kann ich mich mit dir nirgends blicken lassen.«

Jetzt mussten beide lachen. Sie standen neben dem Fluchtfahrzeug im Neonlicht der Tiefgarage und betrachteten sich gegenseitig. Caterinas Designerkleidung war ein Fall für den Mülleimer, und T-Shirt, Hemd und Jeans ihres Begleiters sahen nicht viel besser aus. Der umstrittene österreichische Blutmaler Hermann Nitsch hätte seine helle Freude daran gehabt.

»Ist das alles von mir?« Erki deutete auf einen großen Blutfleck am Rock seiner Fluchtgefährtin.

»Nein. Unser Bewacher hat auch zur Gestaltung dieses Farbmusters beigetragen. Ich komme mir ein wenig vor, als wäre ich die Blutspendezentrale vom Roten Kreuz. Der Rock ist aus Mailand. So eine Sauerei! Ich sollte euch beide verklagen.«

Sie lachte und zwinkerte mit ihren blaugrünen Augen. Der Druck und die Angst begannen sich langsam von ihr zu lösen.

»Was soll ich sagen?« Erki hatte mit Daumen und Zeigefinger die Vorderseite seines T-Shirts nach vorn gezogen und betrachtete die roten Flecken, die sich unter die Totenkopfmotive gemischt hatten. »Das war mein Lieblingsshirt. Habe ich mir aus San Francisco schicken lassen, ein offizielles Tour-Shirt aus den Achtzigern. So etwas bekomme ich nie wieder. Nicht einmal in Mailand.«

»Das tut mir aber leid! Komm, ich tröste dich.« Caterina

trat auf Erki zu, umarmte den völlig verdutzten Studenten und drückte ihren Kopf an seine Schulter. Beide waren fast gleich groß, und er spürte ihr Haar an seinem Ohr. Die Gefangenschaft in der Lagerhalle hatte dem Duft ihrer Haare nichts anhaben können.

»Wir sind draußen!«, raunte sie leise über seine Schulter hinweg, und für die nächsten paar Sekunden standen beide eng aneinandergedrückt unter der Betondecke der Tiefgarage.

»Komm jetzt.« Caterina löste sich von Erki. »Sonst sieht uns noch wer über die Überwachungskameras.«

Sie zog ihn zu einer Metalltür an der Seite der Parkebene. »Ausgang« stand auf einem beleuchteten Schild oberhalb der Tür. In Augenhöhe war eine Tafel mit dem Zeichen einer Stiege angebracht, dahinter befand sich der Zugang zu einem der Treppenhäuser, durch die die einzelnen Etagen miteinander verbunden waren. Einen Lift gab es hier nicht. Erki und Caterina mussten über eine schmale Treppe in das zweite Untergeschoß wechseln, wo sich in einem Seitengang WC-Anlagen für Damen und Herren befanden. Nirgendwo waren Menschen zu sehen, die wenigen Leute, die jetzt kurz nach Mittag die Tiefgarage frequentierten, benutzten die oberen Ebenen. Wenn dort genügend Parkplätze frei waren, verirrte sich nur selten ein Fahrzeug ins zweite oder dritte Untergeschoß.

Caterina öffnete leise die Zugangstür zu den Damentoiletten. Die Türen aller drei WC-Kabinen standen offen, und der Boden sah frisch aufgewaschen aus. Die für diese Anlage zuständige Reinigungskraft musste eben erst hier gewesen sein. Gefolgt von Erki, der die Tür mit dem »Damen«-Schild hinter sich schloss, führte der erste Weg Caterinas zu einem breiten Spiegel, der oberhalb von zwei weißen Waschtischen an der Wand befestigt war.

»Ich sehe nicht immer so aus«, sagte sie halb zu ihrem Spiegelbild, halb zu der an sie geketteten männlichen Begleitung.

»Das ist aber schade«, meinte Erki. »Du siehst nämlich toll aus.«

»Ich sehe verheerend aus«, entgegnete sie zerknirscht. »Wie eine Schlachthofarbeiterin nach einer Schicht mit Überstunden. Ich muss mich umziehen, ich muss zum Friseur, und ich muss dringend aufs WC!«

Aus dem Spiegel lachte ihr, dicht neben ihrer verzagten Miene, das Gesicht eines sympathisch wirkenden jungen Mannes mit wirr abstehenden blonden Haaren entgegen. Zwei lebhafte blaue Augen schauten freundlich durch die gesprungenen Gläser einer schief sitzenden Nickelbrille, welche auf einer mit wenigen Sommersprossen versehenen Nase ruhte, unter der sich die Lippen zu einem schelmischen Lächeln verzogen. Es tat gut, in dieser verfahrenen Situation einen Menschen mit Humor neben sich zu haben.

»Ich oder du zuerst?«, fragte sie.

»Ladies first«, antwortete der Kopf mit der ramponierten Brille aus dem Spiegel.

»Na dann, bringen wir es hinter uns.« Sie drehte sich um und lenkte ihre Schritte zur ersten der drei WC-Kabinen. »Wir werden die Tür halb offen lassen. Du bleibst draußen, drehst dich um und streckst nur deinen linken Arm zu mir herein. Alles klar?«

»Ich glaub, das schaff ich. Reiß mir aber nicht den Arm aus, den brauch ich noch.«

Caterina betrat die Kabine und machte sich daran, mit ihrer freien Hand den Reißverschluss ihres Rocks zu öffnen. »Erzähl mir etwas von dir, Erik. Wofür brauchst du denn deinen linken Arm, wenn er nicht gerade an mir hängt?«

»Ach, da gibt es nicht allzu viel zu sagen. Erik Neubauer, achtundzwanzig, Single, erfolgloser Student und passionierter Wodkatrinker.« Erki hatte sich vor der halb geöffneten Tür hingekniet, um besser seinen Arm ins Innere der Kabine strecken zu können. »Erzähl lieber du mir, warum wir ausgerechnet hier gelandet sind und nicht in der Erstaufnahme eines Krankenhauses.«

»Weil jemand hinter uns her ist! Und weil ich Angst habe. Angst, dass sie uns nochmals schnappen. Die werden mit unserer Flucht wenig glücklich sein und alle Hebel in Bewegung setzen, um uns wiederzufinden. Überleg mal. Wo würdest du uns suchen, wenn du das große Monster wärst oder der Glatzkopf oder sonst einer von den Typen? Zwei aneinandergekettete Menschen, von denen einer am Kopf verletzt ist. Wo?« Sie nahm seine Antwort vorweg. »Im Krankenhaus! Die brauchen sich nur als Verwandte auszugeben, und fünf Minuten später wissen die ganz genau, in welchem Krankenhaus und in welchem Zimmer du dich aufhältst. Wahrscheinlich parkt schon irgendein verdunkeltes schwarzes Auto vor der Rudolfstiftung oder dem AKH. Ich hab überhaupt keine Lust darauf, mich mit dir in ein Spital zu begeben und dort darauf zu warten, dass sich ein glatzköpfiger Oberarzt mit seinem rotbärtigen Assistenten um uns kümmert.«

Der Gedankengang leuchtete Erki ein. »Wenn dir ein Krankenhaus nicht sicher genug erscheint, sollten wir besser zur Polizei fahren. Die könnten uns auch gleich die lästigen Handschellen abnehmen, ich bekomme bald einen Krampf im Oberarm. Außerdem ist es höchst unfair, dass nur du mit dem Jeep fahren darfst, bloß weil ich an deiner rechten Seite festgekettet bin.«

»Darüber wollte ich die ganze Zeit mit dir reden, während du geschlafen hast.«

»Übers Jeepfahren?«

»Nein«, kam es zögerlich aus dem Inneren der Kabine. »Über die Polizei natürlich.« Die WC-Spülung unterbrach ihren Satz. »Die Polizei gehört über unsere Entführung und über die Lagerhalle am Hafen informiert, keine Frage. Ich möchte aber zu keiner Polizeiwache fahren. Noch nicht.«

»Das hört sich an, als hättest du etwas ausgefressen – jetzt einmal ganz abgesehen davon, dass du junge Männer auf Damentoiletten schleppst. Ich bin dafür, dass du mich ein klein wenig darüber aufklärst, was hier überhaupt abläuft. Vor allem würde mich interessieren, was ich damit zu tun habe.«

Die WC-Tür öffnete sich, und Caterina stand vor dem seitlich knienden Erki. »Ich habe wirklich keine Ahnung, warum man dich entführt hat«, sagte sie mit ernster Miene. »Bist du dir sicher, dass dir selbst kein Grund dazu einfällt, Erik?«

»Ich besitze bloß ein altes Rennrad und einen Haufen Schallplatten«, antwortete Erki. »Meine Eltern sind auch nicht gerade reich, meine Schwester hat Schulden vom Hausbauen, und von einem amerikanischen Erbonkel ist mir nichts bekannt. Es ergibt absolut keinen Sinn, mich wegen Geld zu entführen. Möglicherweise will sich jemand an mir rächen, ich habe gestern einem unguten Zeitgenossen bei einer Wette hundert Euro abgeknöpft. Nicht gerade ein Vermögen, aber es sollen ja schon Menschen aus nichtigeren Gründen drangsaliert worden sein. Mehr Anhaltspunkte hab ich nicht zu bieten. Wie sieht's bei dir aus?«

Caterina nestelte noch immer mit der freien Hand am Reißverschluss ihres Rocks herum. »Was mich betrifft, bin ich mir nicht mehr ganz sicher, ob es nicht doch einen Grund gibt, der mich in diese Lage gebracht haben könnte. Es ist aber nur eine Vermutung, so wie deine.«

Sie trat aus der Kabine und deutete auf die Klomuschel. »Du bist dran. Und falls du doch kotzen musst, sag es mir bitte vorher, damit ich mir die Ohren zuhalte.« Die beiden nahmen einen Platztausch vor, und nun war es Caterina, die ihre Hand an der leicht geöffneten Tür vorbei ins Innere der WC-Kabine hielt.

»Ich übergebe mich schon nicht, keine Sorge«, hörte sie aus der Richtung ihres ausgestreckten Arms, »obwohl ich es zum Kotzen finde, dass mir keiner sagen will, was hier abläuft. Los, erzähl mir von deiner Vermutung.«

Caterina ließ ein paar Sekunden verstreichen, bevor sie antwortete. »Da ich weder über alte Schallplatten noch über ein Rennrad verfüge, ist das einzig Wertvolle, das ich vorzuweisen habe, mein Wissen. Möglicherweise wollen die Entführer an Informationen herankommen, über die ich durch meine Arbeit verfüge. Ich halte das zwar für unwahrscheinlich, weil außer meinem Chef und mir niemand über die Wertigkeit dieser Informationen Bescheid weiß, aber es ist der einzige plausible Grund, der mir im Moment für meine Entführung einfällt.«

»Arbeitest du für die Regierung?«

Caterina verneinte. »Ich bin Assistentin an der Uni. Zurzeit bin ich dort an einem Forschungsprojekt beteiligt.«

Wieder ertönte die Klospülung, die Tür öffnete sich ganz und Erki trat aus der Kabine. Er sah sie mit neugierigem Gesichtsausdruck an. »Habt ihr einen neuen Sprengstoff entwickelt?«

Sie schüttelte mit Entrüstung ihren Kopf. »Wir beschäftigen uns mit dem Thema Hochwasserschutz.«

»Und deswegen entführt man Menschen?«

»Ich weiß es nicht! Es ist ja, wie gesagt, nur eine Vermutung.« Caterina fuhr sich nervös durch ihre schlecht sitzende Frisur.

»Unsere Forschungstätigkeit umfasst Untersuchungen zur Dynamik des Wassers in Bächen und Flüssen. Da hat sich in den vergangenen Jahren natürlich eine Menge an wertvollen Erkenntnissen angesammelt. Ein Wissen, über das in dieser spezialisierten Form wohl nur mein Chef und ich verfügen.«

Erki sah sie noch immer skeptisch und fragend an.

»Hochwasserkatastrophen können Schäden in Milliardenhöhe verursachen«, fuhr Caterina fort. »Da geht es um viel Geld für die betroffenen Versicherungsgesellschaften. Und natürlich auch für Länder, Gemeinden und Regierungen. Insofern birgt mein Wissen durchaus einen gewissen Sprengstoff in sich.«

»Gut«, sagte Erki. »Dann lass uns gleich zur Polizei fahren, damit sie das milliardenschwere Gehirn in deinem schönen Köpfchen in Gewahrsam nehmen können.«

Caterina zögerte. Auf der Suche nach geeigneten Worten verzog sie ihr Gesicht.

»Erik«, begann sie schließlich langsam, »wenn es den Entführern wirklich um meine Forschungsdaten geht, dann muss ich diese in Sicherheit bringen, bevor wir uns an die Polizei wenden. Als ich heute Morgen in ein fremdes Fahrzeug gezerrt wurde, hat man mir meinen Laptop mit den gesamten wissenschaftlichen Daten weggenommen. Aber das Material ist noch auf einem weiteren Computer gespeichert. Ich brauche diesen Computer!« Sie sah ihn flehentlich an. »Gib mir bitte eine Stunde. Sonst geht mein ganzes bisheriges Lebenswerk den Bach hinunter. Ich hab so hart dafür gearbeitet. Eine Stunde nur, Erik. Bitte.«

Erik Neubauer fixierte die junge Forscherin mit ernstem Blick. »Bist du dir sicher, dass das eine gute Idee ist?«

»Vertrau mir einfach«, sagte sie, »ich hab dir in der Lagerhalle auch vertraut.«

Diesen blaugrünen Augen hätte Erki die gesamten Goldreserven der österreichischen Nationalbank anvertraut, warum nicht auch eine weitere Stunde seines ohnehin mit wenig wichtigen Terminen gefüllten Studentenlebens.

»Okay, du bekommst deine Stunde«, sagte er langsam, »unter einer Bedingung: Wir nehmen das Mobiltelefon unseres Bewachers und informieren die Polizei über die Entführungen, die

Lagerhalle und unser Vorhaben. Außerdem verabreden wir mit den zuständigen Kriminalisten einen Ort, wo wir uns nach dieser Stunde treffen.«

»Abgemacht!«, rief Caterina erfreut. »Ich muss auch dringend meinen Chef informieren und mich am Arbeitsplatz melden. Aber vorher werde ich dir noch das Blut aus dem Gesicht waschen, sonst stoppt uns noch die erstbeste Funkstreife, und wir werden so lange auf einer Polizeiwache festgehalten, bis ich keine Zeit mehr dazu habe, die Daten zu sichern.«

Sie fasste Erki am Arm und führte ihn zu den zwei Waschtischen unterhalb des Spiegels.

»Danke übrigens für das schöne Köpfchen.« Wieder lächelte sie ihn an, und Erkis Bedenken zur eben ausgehandelten Stunde lösten sich in Luft auf.

Mit vereinten Kräften gelang es ihnen, einen Großteil des eingetrockneten Bluts aus Erkis Haaren und aus seinem Gesicht zu waschen. Sie reinigten Hände, Hals und Nacken und betrachteten sich dann im großen Spiegel. Erki hatte seine Brille abgenommen. Wären die blutbefleckte Kleidung und die Handschellen nicht gewesen, hätten die beiden wie ein normales junges Paar gewirkt. Selbst die Wunde an Erkis Stirn sah in sauberem Zustand deutlich weniger schlimm aus.

»Kennst du ›Flucht in Ketten‹?«, fragte Erki.

»Ein Film?«

»Ja, ein alter Film mit Sidney Poitier und Tony Curtis. Ich glaube, sogar noch in Schwarz-Weiß, genauso wie die Hauptdarsteller. Sidney Poitier war meines Wissens der erste Schwarze, der einen Oscar für eine Hauptrolle bekommen hat. Hast du den wirklich nie gesehen?«

»Nein.«

»Macht nichts. Wir befinden uns gerade in einem Remake des Films. Du darfst alles selbst erleben.«

»Hatte das Original denn ein Happy End?« Caterina sah zuerst auf die Handschellen, dann auf Erki.

»Wie man es nimmt. Mit ihrer Flucht scheitern sie. Aber persönlich kommen sie sich näher.« Er zwinkerte ihr zu.

»Du brauchst mich gar nicht so anzusehen«, reagierte sie mit gespielter Entrüstung. »In meinem Remake wird die Flucht gelingen. Komm, lass uns fahren.«

Sie hinterließen dem Reinigungspersonal für die unterirdische WC-Anlage einen Korb voll rot gefärbter Papierhandtücher und gingen die Treppe hinunter, zurück zum dritten Untergeschoß. Der Cherokee stand unverändert dort, wo er von Caterina abgestellt worden war, kein weiteres Fahrzeug hatte in der Zwischenzeit den Weg in diese Etage gefunden. Erki kletterte wieder als Erster durch die Fahrertür.

»Mist!«, rief die Universitäts-Assistentin, als sie neben ihm auf dem Fahrersitz Platz genommen hatte. »Ich habe kein Geld mit und keine Karten. Die haben mir die Handtasche geklaut, ich bin völlig blank. Wir müssen die angebrochene Stunde Parkzeit bezahlen, sonst öffnet sich der Schranken bei der Ausfahrt nicht.«

Erki griff sich an die rechte Gesäßtasche seiner Jeans. »Meine Brieftasche ist auch weg. War nicht mehr allzu viel drin, nur ein paar Euro und mein Studentenausweis.«

Caterina kramte in der Ausbuchtung der Mittelkonsole, doch dort lagen nur Schreibzeug, das aus der Lagerhalle mitgebrachte Mobiltelefon, das Parkticket für die Tiefgarage und die Rechnung eines Lebensmitteldiskonters über einen Karton Wodka Korsakoff. »Schau mal im Handschuhfach nach, vielleicht findest du dort ein paar Münzen.«

Erki öffnete den Deckel des Fachs und zog einen metallenen Gegenstand hervor.

»Würdest du bitte den Lauf nicht auf mich richten!«

»Entschuldigung«, sagte Erki und hielt die Waffe in seiner Hand in Richtung Windschutzscheibe.

Caterina beugte sich zur Beifahrerseite hinüber. »Ist die geladen?«

»Woher soll ich das wissen?«, antwortete Erki. »Ich kenn mich mit diesen Dingern überhaupt nicht aus. Ich war als Zivildiener bei der Rettung. Da war ich für das Einsammeln von Verletzten zuständig, nicht für die Kundenbeschaffung durch das Zufügen von Schusswunden.«

»Wenn du dich damit nicht auskennst, leg sie besser wieder

in das Fach zurück, bevor du mir ein Loch in meine teure Bluse schießt. Wie schaut es mit Geld aus?«

»Fehlanzeige.« Erki schob die Waffe vorsichtig wieder ins Handschuhfach zurück und schloss den Deckel. »Die ist bestimmt geladen«, sagte er. »Bei dem Beruf, den der Wagenbesitzer ausübt, würde es mich sehr wundern, wenn es nicht so wäre.«

»Das nützt uns momentan wenig«, meinte Caterina. »Oder glaubst du, dass sich der Schranken aufschießen lässt?«

»Bezahlen ist sicher einfacher.« Erki streckte sich schräg über den Beifahrersitz und kramte in den vorderen Taschen seiner Jeans. »Probieren wir es einfach damit«, kam es erfreut aus seinem Mund, als seine Fingerspitzen Wechselgeld ertasteten. Er zog die Hand aus der Hose, setzte sich wieder aufrecht hin und hielt seiner Chauffeurin stolz eine Zwei-Euro-Münze entgegen. »Das müsste für die Viertelstunde Parken reichen.«

Caterina zeigte sich erleichtert. »Gut, dann können wir ja loslegen. Ich verständige jetzt die Polizei und melde mich dann im Labor.«

Sie schaltete das Mobiltelefon ein. Das Display blinkte und zeigte zwei Anrufe in Abwesenheit. »Da macht sich jemand Sorgen um uns. Oder es hat jemand vergeblich versucht, deinen Freund Rübezahl zu erreichen.« Caterina wählte die dreistellige Nummer der Polizei. »Geht nicht! Ich habe keinen Empfang hier unten. Lass es uns außerhalb der Tiefgarage nochmals probieren.«

Sie legte das Telefon wieder in die Vertiefung hinter dem Schaltknüppel und startete den Wagen. Aus dem leise gedrehten Radio kam nur undefiniertes Rauschen.

»Auch kein Empfang«, bemerkte Erki und schaltete auf CD-Betrieb um. »Unfassbar!«, rief er nach wenigen Sekunden laut und übertönte damit die markante Stimme von Johnny Cash. »Dieser Rübezahl macht mir mein ganzes Weltbild kaputt!«

»Weil er Country hört?« Caterina lenkte den großen Wagen sicher durch die kurvigen Auffahrten.

»Das ist nicht irgendeine Country-Musik«, empörte sich Erki. »Das ist eine von Johnny Cashs letzten Aufnahmen mit dem Rockmusik-Produzenten Rick Rubin, auf ›American Recordings‹. Ich habe alle CDs dieser Aufnahmen bei mir zu Hause.

Ich will nicht, dass sich das Ungetüm auch so etwas anhört. Der soll sich gefälligst russische Don-Kosaken-Chöre reinziehen und dazu mit seinen Siebenmeilenstiefeln Kasatschok tanzen!«

»Du kannst ihn gerne besuchen fahren und ihm das mitteilen.« Caterina erheiterte die plötzliche Aufregung ihres Beifahrers. »Aber erst wenn wir unsere Handschellen losgeworden sind. Ich muss da ja nicht unbedingt dabei sein, wenn ihr beide bei einem Gläschen Wodka über Musik diskutiert.«

Sie hatte an einem der Ticketautomaten im ersten Untergeschoss der Garage haltgemacht und lehnte sich durch das Fenster aus dem Wagen, um den Automaten erreichen zu können. Erki war neben sie auf den Fahrersitz gerutscht, um sie nicht an den Handschellen zurückzureißen. Unter der gespannten Bluse zeichnete sich deutlich der Verschluss ihres Büstenhalters ab. Sie hatte einen schmalen Rücken und dünne Oberarme, trotzdem wirkten ihre Schultern sportlich und energiegeladen. Dort, wo die lachsfarbene Bluse im grauen Rock verschwand, wo der Rücken schmäler wurde, bevor er sich in sanften Rundungen wieder verbreiterte, dort war ein kleines Stück ihrer nackten Haut zu sehen. Sie hatte es mit einer Hand nicht geschafft, den Reißverschluss ihres Rocks vollständig zu schließen.

Erkis Gesicht war nur wenige Zentimeter von dieser Stelle entfernt, und er musste sich ordentlich zusammenreißen, um nicht dem plötzlichen Impuls zu folgen, sie an genau dieser Stelle zu küssen. Caterina, Johnny Cash und der Riese. Ein Gefühl von Hass gegen ihren Peiniger stieg in ihm hoch.

»Dort, wo der herkommt, sollten CD-Player verboten werden. Die sollen ihre dreieckigen Gitarren malträtieren und am Kartoffelacker Volkslieder grölen.«

Caterina rutschte mit dem bezahlten Ticket in der Hand wieder ins Wageninnere. Sie saß jetzt dicht neben Erki auf dem Fahrersitz und legte ihre rechte Hand auf seine linke. »Soll ich dir sagen, wo der herkommt?«

Erki sah sie wortlos an. Ihre Hand auf der seinen zu spüren, raubte ihm die Stimme.

»Der kommt direkt aus deiner Wohnung. Wenn du wieder

zu Hause bist, solltest du einmal nachsehen, ob dir nicht eine Johnny-Cash-CD fehlt. Eine von denen mit dem Rock-Produzenten.« Sie zwinkerte ihm schelmisch zu, nahm ihre Hand von seiner und bedeutete ihm durch einen Wink, wieder auf seine Seite zu rutschen.

Aufgewühlt begab sich Erki zurück in seine Beifahrerposition. Das rotbärtige Ungetüm hatte doch tatsächlich einen seiner geliebten Tonträger geklaut. Johnny Cash! »American Recordings«! Da war es schon legitim, über eine Wiedereinführung der Todesstrafe nachzudenken. Andererseits hätte er für ein neuerliches Handauflegen Caterinas sofort seine komplette Sammlung mit Aufnahmen des legendären Countrysängers hergegeben. Caterina ließ ihre rechte Hand jedoch auf dem Knüppel der Gangschaltung und fuhr den Wagen zum Schranken an der Ausfahrt.

Der Balken ging nach dem Entwerten des bezahlten Tickets nach oben.

»Du kannst ruhig schon mal das Mobiltelefon nehmen«, sagte Caterina, beschleunigte den Jeep und lenkte ihn durch die steile Ausfahrtsstraße nach oben.

Am Ende der langen Rechtskurve wurde die Steigung flacher, und Sonnenlicht fiel auf die Ausfahrtsrampe. Caterina verringerte das Tempo und klappte die Sonnenschutzblende nach unten. Die wenig befahrene Querstraße, in die die Ausfahrt mündete, wurde sichtbar. Ein schwarzer Wagen rollte im Schritttempo von links daher und blieb genau vor der Einmündung der Garagenausfahrt stehen. Caterina stoppte. Sie betätigte die Hupe des Jeeps. Die vordere Fensterscheibe auf der rechten Seite des schwarzen Wagens glitt nach unten, und der Fahrer beugte sich über den Beifahrersitz zum geöffneten Fenster. Er trug einen schwarzen Anzug und eine dunkle Sonnenbrille. Die Sonne spiegelte sich in der Brille, auf seiner blank polierten Glatze und auch in der silberfarbenen Waffe in seinen Händen. Er hob den Revolver in die Höhe, klappte die Trommel zur Seite und demonstrierte den zwei erschrockenen Zusehern im Jeep ganz langsam, wie die Waffe geladen wurde.

Bei der ersten Patrone saß Caterina noch völlig regungslos hinter dem Steuer ihres Fluchtfahrzeuges. Bei der zweiten hatte sie bereits den Retourgang eingelegt, und als der Glatzkopf mit aufreizender Lässigkeit die dritte Patrone in die Trommel seines Revolvers schob, jagte sie den Wagen in halsbrecherischem Tempo die lange Kurve der Ausfahrt wieder hinab. Mit quietschenden Reifen kam das Fahrzeug einen Meter vor dem mittlerweile geschlossenen Schranken zum Stillstand. Erki schaute hinter sich in die versperrte Tiefgarage, dann wieder nach vorn in Richtung der gewundenen Auffahrt.

»Ich nehme an, das war dein Freund, der Glatzkopf?«

Sie nickte mit aufgerissenen Augen. »Ex-Freund, wenn man es genau nimmt. Ich mochte seine Hobbys nicht.«

»Was tun wir jetzt? Hast du eine glorreiche Idee?«

Caterina umklammerte mit beiden Händen fest das Lenkrad. Wortlos starrte sie gegen die Windschutzscheibe. Wut kroch in ihr hoch und färbte ihre Fingerknöchel am Steuer weiß. Schließlich zog sie energisch ihre Schultern zurück und wandte sich an Erki. »Weißt du, was das für ein Wagen ist, in dem wir sitzen?«

»Irgend so ein Ami-Jeep?«

Die Fahrerin deutete mit ihrem Kinn zur Motorhaube. »Das ist ein Jeep Cherokee der ersten Generation mit Vier-Liter-Sechszylindermotor und über hundertachtzig PS. Schnall dich an und halt dich fest! Ich möchte wissen, welche Musik dieses glatzköpfige Arschloch gerade in seinem Auto hört.«

Dann legte sie den ersten Gang ein und stieg aufs Gaspedal.

12

Die Garage war leer. Nicht im eigentlichen Sinn des Wortes. Genau genommen war die alte, holzverkleidete Garage so vollgeräumt, dass kaum noch ein Platz zu finden war, wo man irgendetwas hätte abstellen können. Für Berger war der Raum trotzdem leer. Kein Sportwagen und kein Luxusauto. Auch Oldtimer war hier keiner zu finden, sah man einmal von dem alten Moped ab, das mit platten Reifen in einer Ecke des Schuppens lehnte.

Eine weinrote Puch MS, bei der Tankdeckel, Sitz und das Rücklicht fehlten. Ein Relikt aus den sechziger Jahren, als diese leichten Mopeds noch das Hauptverkehrsmittel für Postboten, Fischer und Förster darstellten. Jerabek konnte sich noch gut an die ersten Ausfahrten mit der MS seines Großvaters erinnern. Das erste Moped hinterließ ja oft einen bleibenderen Eindruck als die erste Freundin. Während die erste Freundin durch ihre eigenen Hoffnungen, Vorstellungen und Probleme beim Heranwachsenden für Irritationen und Verwirrung sorgte, stand das erste motorisierte Fahrzeug in der Erinnerung für Treue, Partnerschaft und Zuverlässigkeit. Gerne wurden dabei die Stunden verdrängt, die man fluchend mit dem Schraubenschlüssel unter dem Gefährt verbrachte. Aber ohne gelegentliches Herumschrauben, Einstellen und Reparieren funktionierte ja bekanntlich gar keine Beziehung.

Beinahe zärtlich betätigte Jerabek den Kupplungshebel des alten Mopeds und drehte vorsichtig am Gasgriff. »Das waren noch Eisen, Berger! MS, DS, MC, alle mit den gleichen Fünfzig-Kubikzentimeter-Motoren. Nicht umzubringen, diese Maschinen. So etwas wird heutzutage gar nicht mehr gebaut. Zwei Jahre muss ein Moped heute nur mehr halten, dann zahlt der Papa den Führerschein, der Opa lässt ein neues Auto springen, und das Eisen wird zum Alteisen. In meiner Familie sind damals drei Generationen mit der Puch zum Fischen in die Lobau gefahren, und wenn sie mein blöder Bub nicht hergeschenkt hätte, könnten heute noch meine Enkel damit fahren.«

Berger rümpfte die Nase. »Die würden dir was pfeifen, Franz. Die Jugend gurkt heutzutage auf Motocrossbikes oder hochgetunten Scootern durch die Gegend. Das Postlerfahrzeug da ist etwas fürs Museum, genauso wie der ganze andere Krempel hier.« Er zog mit einem seiner langen Arme einen weiten Kreis und deutete auf die selbst zusammengenagelten Regale, in denen sich alte Gerätschaften, Gartenwerkzeug, leere Einsiedegläser, Fahrradteile und Unmengen an anderem Zeug türmten. »Hier lagert ja die Hälfte des Warenangebots vom Wochenendflohmarkt am Naschmarkt. Dieses Gewirr hier zu durchsuchen, würde ewig dauern, da finden wir nie etwas. Lass uns besser im Haus nachsehen.«

Unwillig stellte Jerabek einen schmiedeeisernen Christbaumständer zurück ins Regal und folgte seinem Kollegen aus der Garage von Professor Grünzweig. Er liebte das Stöbern in Kellerräumen, Garagen oder auf Speichern und Dachböden. Als Kind hatte er viele Stunden damit zugebracht, den Schuppen im Schrebergarten seines Großvaters zu erforschen, immer auf der Suche nach einem wertvollen Schatz. Und davon gab es Hunderte zu entdecken. Die vielen Blech- und Metallteile waren seine Ritterrüstungen, die mit Werkzeug gefüllten Holzkisten seine Piratentruhen und die alten Ansichtskarten im Schuhkarton waren Bilder seiner Königreiche.

Oft durfte er für den Großvater auch Nägel, Schrauben, Beilagscheiben und Schraubenmuttern sortieren und diese den richtigen Blechdosen zuordnen. Er mochte diese Beschäftigung. Es war eine Tätigkeit, bei der er seinen Gedanken freien Lauf lassen konnte. Im Prinzip machte er ja auch knapp fünfzig Jahre später nichts anderes. Heute verteilte er Tatorte, Handlungen, Fakten und Aussagen auf die Blechdosen und dachte dabei darüber nach, wie man daraus ein großes Ganzes basteln könnte.

Berger und Jerabek hatten sich über eine unversperrte rückseitige Tür Zutritt zur weiß gestrichenen Garage Professor Grünzweigs verschafft. Auf demselben Weg verließen sie den vollgestopften Raum und folgten den Steinplatten des Verbindungspfads zum Eingangsbereich der Villa. Der Pfad schlängelte sich um die dicken Stämme riesiger Tannen, die das Haus des Professors so weit verdeckten, dass es von der Straße aus nur teilweise zu sehen war. Wie die Tannen war auch das Haus mehr hoch als breit und wirkte durch sein steiles Walmdach, die schmalen Fenster und das mit Steinplatten verkleidete Untergeschoss wie ein Relikt aus der Römerzeit, als noch zahlreiche Wehrtürme den Limes entlang der Donau verstärkten, um das Reich gegen die Bedrohung durch germanische Stämme zu schützen.

Heute schützten unverschämt hohe Haus- und Grundstückspreise die Bewohner der Döblinger Villenviertel gegen den Einfall unerwünschter Bevölkerungsgruppen, und Berger hatte bei der Fahrt durch Wiens Nobelbezirk mehrmals angemerkt, dass sich diese Wohngegend nicht mit dem Gehaltsschema der Kriminalpolizei vertragen würde. Vom Krottenbachtal kommend, war er bei der neuzeitlich gestalteten Glanzinger Pfarrkirche links abgebogen und die leichte Steigung der Glanzinggasse hochgefahren. Die Fahrbahn zog sich in zahlreichen Kurven nach oben, und je mehr die von den südwestlichen Ausläufern des Hackerberges gebildete Hanglage den Ausblick über Wien erlaubte, desto größer wurden die Häuser und Villen links und rechts der Straße.

Auf halbem Weg stand die Villa des Professors. Berger hatte ein großes, modernes Gebäude mit einem Dutzend Schlafzimmern und einem riesigen Swimmingpool erwartet. Das schmale Häuschen hinter dem grün gestrichenen Metallzaun entsprach so gar nicht seinen Vorstellungen von einer Villa. Es stammte noch aus dem ausgehenden 19. Jahrhundert, als die Reichen der Monarchie damit begonnen hatten, sich in den Weinbergen am Stadtrand Zweitwohnsitze zuzulegen, und dementsprechend alt sah das Gebäude auch aus. Oberhalb der Schieferplatten des in den Hang gebauten, fensterlosen Untergeschosses dominierte Schönbrunner Gelb, durchbrochen von dem dunklen Grün mehrerer bis zum Boden reichender Regenrinnen und den hellen Umrandungen der weiß gestrichenen Kastenfenster.

Der Eingang befand sich an der Seite des Hauses. Eine lange, schmale Treppe führte hier zu einem aus Holz errichteten Windfang, über den das Gebäude zu betreten war. Alle drei Seiten dieses Anbaus waren verglast. Sie ermöglichten einen Blick auf die steile

Wiesenfläche hinter dem Haus und das Nachbargrundstück. Ein Stück die Straße hinauf leuchtete das goldene Zifferblatt des mit Kupferblech gedeckten Uhrturms des ehemaligen Kinderspitals in der Sonne, und neben dem mit viel Aufwand in Luxuswohnungen umgewandelten, schlossartigen Spitalsgebäude eröffnete sich den Kriminalbeamten die Aussicht über das nordwestliche Wien bis hin zu Leopoldsberg und Kahlenberg.

»Ich wette, dass der Schlüssel irgendwo zwischen den Blumen versteckt ist«, posaunte Berger, der das Wien-Panorama ignorierte und die Blumentöpfe hochhob, die auf den Fensterbrettern des Windfangs standen. Ohne Erfolg.

Jerabek tastete mit dem rechten Schuh die dicke Fußmatte ab, die direkt vor der Eingangstür lag. Auch hier war kein Schlüssel zu finden. Schließlich drückte er die Messingtürschnalle der Eingangstür nach unten: Die Tür war unversperrt.

»Der Grünzweig schien auf das Gute im Menschen zu vertrauen«, sagte Jerabek. »Er hat nicht nur die Garage, sondern auch sein Wohnhaus offen gelassen. Die Schlüsselsuche können wir uns sparen.«

»Hat der noch nie etwas von Einbrecherbanden gehört?«, fragte Berger verwundert. Er stellte einen kleinen Topf zurück in seinen Untersetzer. »Bei so viel Nachlässigkeit wird man seinen Besitz bald in Serbien oder Rumänien suchen können. Fährt nach München und lässt sein Haus offen. Das ist ja direkt eine Einladung zur Selbstbedienung! Manchmal frag ich mich schon, ob diese Oberg'studierten nicht ein wenig weltfremd sind.«

Er folgte seinem Kollegen durch die geöffnete Tür ins Haus und zog dabei den Kopf ein. Das Gebäude stammte aus einer Zeit, in der man eine Türhöhe von einem Meter neunzig noch für vollkommen ausreichend gehalten hatte.

Mit lautem Quietschen schloss sich die Fliegengittertür hinter Berger, und beide Kriminalpolizisten standen im Vorzimmer des Universitätsprofessors. Es war kühl im Haus, das Gebäude bestand aus dicken Mauern. So mancher Fertigteilhausverkäufer hätte sein Büro wohl lieber hier gehabt als im schlecht temperierten Obergeschoß eines seiner Musterhäuser. Als Musterhaus wäre das Wohngebäude des Professors dennoch völlig ungeeignet gewesen, denn die Ansammlung von Hausrat auf dem Fußboden des Vorzimmers hätte es Besuchern unmöglich gemacht, weiter ins Haus vorzudringen.

»Unfassbar!«, rief Berger. »Das ist ja der reinste Saustall! Konnte sich der keine Putzfrau leisten?«

»Wenn du einer Putzfrau das Chaos hier zeigst, wird sie sofort umdrehen und kündigen«, bemerkte Jerabek spöttisch und stieg vorsichtig über einen Haufen aus Jacken und Mänteln. Dahinter lag der Inhalt der Vorzimmerschränke über den Boden verstreut, und die Ermittler mussten aufpassen, nicht auf Sonnenbrillen, Hüte oder Schuhputzzeug zu treten. Wie winterliche Eisbrecher der Donauschifffahrtsgesellschaft schlurften die zwei Beamten durch den engen, dunklen Raum und pflügten mit ihren Füßen eine Schneise in die Unordnung am Boden.

»Schaut mir nicht nach fehlender Putzfrau, sondern vielmehr nach ungewolltem Besuch aus«, sagte Jerabek über seine Schulter hinweg. »Ich fürchte, da ist uns jemand zuvorgekommen.« Er öffnete die Tür zu einem sich anschließenden Wohnraum.

»Steig nicht auf die Uhr, Berger!« Eine kunstvoll gefertigte kleine Uhr lag neben dem Türstock auf dem Boden.

Berger bückte sich, um das antiquarische Kunstwerk aufzuheben. Das weiße Zifferblatt war in ein würfelförmiges Gestell hineingearbeitet worden, das aus in sich verschlungenen, fein gefertigten goldenen Bögen bestand.

»Wenn das echtes Gold ist«, stellte Berger fest, »dann muss diese Uhr ein kleines Vermögen wert sein.«

»Das Gleiche gilt wohl auch für die Bilder an der Wand«, antwortete Jerabek und deutete auf ein auffällig gerahmtes Landschaftsgemälde. »Schaut aus wie ein Caspar David Friedrich. Das wäre das Erste, was ich als Einbrecher mitgenommen hätte.« Ungläubig starrte Jerabek auf das stimmungsvolle Meisterwerk und schüttelte seinen Kopf. »Hier ist mit Sicherheit kein Kunstexperte am Werk gewesen.«

Jerabek ließ seinen Blick durch das große Zimmer schweifen. Ein mit schwarzer Schellack-Politur überzogener Flügel stand in der Ecke des Raumes. Rund um das Klavier lagen Notenblätter verstreut auf dem Boden, vermengt mit den Ausläufern eines gewaltigen Berges an Büchern. Die hohen Bücherregale an den Wänden neben dem Klavier waren komplett leer gefegt worden.

»Wer auch immer hier etwas gesucht hat, er war gründlich«, kommentierte Berger die Unordnung. Er hockte sich vor den breiten Schreibtisch am Fenster und untersuchte einen viereckigen Fleck im Staub des Bodens. »Hier muss ein Computer gestanden sein.« Er fuhr mit dem Finger über die staubfreie Fläche auf dem Stabparkett und wandte sich dann den Laden des Schreibtisches zu. »Alles durchwühlt. Die scheinen Unterlagen gesucht zu haben. Einen Vertrag vielleicht oder ein Testament. Irgendetwas, das auf dem Computer abgespeichert gewesen sein könnte oder sich in schriftlicher Form sonst wo im Raum befunden haben muss.«

»Die können hinter allem Möglichen her gewesen sein«, entgegnete Jerabek. »Aktien, Sparbücher, was weiß ich. Es muss sich jedenfalls um etwas handeln, das für die Eindringlinge wertvoller war als die Bilder an der Wand.«

Jerabek betrachtete noch immer ungläubig das wertvolle Gemälde. Daneben hing das gemalte Porträt eines Mannes in seiner zweiten Lebenshälfte. Ernst schaute der bärtige Mann aus dem mit Blattgold überzogenen Holzrahmen. Er hatte eine hohe Stirn, kurz geschorene Haare und deutliche Ringe unter seinen dunklen Augen. Ein üppiger grauer Vollbart verdeckte die untere Hälfte des Kopfes, dennoch konnte er die Verbitterung nicht verbergen, die aus dem Gesicht sprach.

»Der Vater?«, fragte Berger, der hinter Jerabek aufgetaucht war.

»Es steht ein Name darunter«, antwortete sein Kollege. »Viktor Schauberger.«

»Der Name sagt mir etwas«, murmelte Berger. Er raufte sich angestrengt nachdenkend seine dünnen, hellen Haare. »Ich glaube, er stand auf der Liste, die ich vom Boden des Labors aufgehoben habe.«

Jerabek drehte sich zu Berger um. »Bist du dir sicher?«

»Ziemlich sicher. Es war der einzige Name ohne akademischen Titel. Dadurch ist er mir hängen geblieben.«

»Scheint ein wichtiger Mensch im Leben des Professors gewesen zu sein«, sinnierte Jerabek. »Hier drüben ist er noch einmal.«

Er kletterte vorsichtig über den Bücherberg und nahm eine Büste aus Bronze vom Deckel des Flügels. »Das ist derselbe Mann.« Er wog die hohle, metallene Figur in seinen Händen. »Das war eine Danksagungsliste, richtig?«

Ein lautes Scheppern kam als Antwort aus einem der angrenzenden Räume. Berger warf sich über den Bücherhaufen, rollte sich seitlich ab und nahm hinter einer Sitzbank Deckung. Mit gezogener Waffe lugte er vorsichtig über den Rand der Bank und rief: »Rauskommen! Langsam und mit den Händen über dem Kopf!«

Ein Miauen ertönte aus dem Nebenraum, und im Türrahmen erschien ein großer grauer Kater.

»Lass ihn leben«, sagte Jerabek. »Vielleicht brauchen wir ihn noch für eine Zeugenaussage.« Der ältere der beiden Kriminalpolizisten stand unverändert mit der Büste in den Händen neben dem Klavier und grinste.

»Kann ja keiner wissen«, meinte Berger verlegen. Er steckte die Waffe weg und kletterte umständlich hinter seiner Deckung hervor. Der Kater war mittlerweile auf den Schreibtisch gesprungen. Er rieb seinen Körper am darüberliegenden Fensterbrett und gab lautstarke, klagende Gesänge von sich.

»Scheint Hunger zu haben.« Jerabek stellte die bronzene Skulptur des bärtigen Mannes zurück auf den Flügel. »Schau doch mal, ob du in der Küche etwas Fressbares für ihn findest.«

Missmutig kämpfte sich Berger durch das Chaos am Boden zur Küche durch. Er hasste Katzen.

Die Küche präsentierte sich in einem ähnlichen Zustand wie Vorraum und Wohnzimmer. In jedem Winkel schien hier gesucht worden zu sein.

Inmitten der ganzen Unordnung fand Berger zwei Dosen mit Katzenfutter. Er hob eine der beiden auf, und sogleich schnürte der Kater mit gurrenden Geräuschen um seine Beine.

»Schleich dich, blödes Viech«, herrschte ihn Berger an, doch der Kater hörte nicht auf, sein graues Fell an Bergers Hose zu drücken. Liebe geht eben durch den Magen, und der langbeinige Polizist hatte soeben wider Willen einen neuen Freund gefunden. Erst als er den Inhalt der Dose in einen am Boden liegenden, mit dem Namen »Viktor« beschrifteten Futternapf gestürzt hatte, ließ das Tier von ihm ab, und das klagende Miauen ging in leise Fressgeräusche über.

Jerabek warf einen Blick in die Küche. »Würdest du deine Katze allein lassen, wenn du für ein paar Tage verreist?«

»Keine Ahnung. Ich hab nicht einmal einen Goldfisch.« Berger zuckte mit den Achseln. »Vielleicht hat er die Nachbarn zum Füttern eingeteilt.«

»Es ist offensichtlich keiner hier gewesen«, stellte Jerabek fest. »Niemand bis auf denjenigen, der das Haus auf den Kopf gestellt hat. Und von dem wissen wir jetzt zumindest zwei Dinge: Es war weder ein Kunst- noch ein Katzenfreund.«

Der Radetzky-Marsch unterbrach die Schlussfolgerungen Jerabeks. Berger zog sein Mobiltelefon aus der Hosentasche.

»Bist du ein netter, großer Mann?« Die rauchige Stimme von Verena Weck war aus dem Handylautsprecher zu hören.

»Was gibt es, VW? Warum willst du das wissen? Ist in deinem dicht besetzten privaten Terminkalender jemand ausgefallen?«

Bergers Kollegin lachte. »Du hast andere Verehrerinnen, Berger. Da kann ich nicht mithalten. Eine Frau Smejkal wollte dich sprechen.«

»Wer?« Wie immer hatte sich die Auffassungsgabe des Polizisten sofort verlangsamt, sobald sich die Stimme Verena Wecks in seinem Gehörgang festgesetzt hatte. Die Vorstellung ihrer wallenden Haare umhüllte sanft seine Gedanken, und ihre erotische Stimme beeinträchtigte wie die Funkwellen eines Störsenders sein Denkvermögen. Anstatt des Abbilds eines bärtigen Mannes hätte sich Berger sicher eine Büste seiner Innendienstkollegin auf den Flügel gestellt. Besser noch einen Büstenhalter. Aber er besaß weder einen Flügel noch irgendeine Form von Musikalität.

»Smejkal«, wiederholte Weck. »Die Zeugin aus dem Stadtpark.«

»Ach, die!« Langsam ersetzte das Bild einer grauen Perücke die rothaarige Lockenpracht in seinem Kopf. »Was will die Alte?«

»Sie wollte den großen, netten Mann von der Kriminalpolizei sprechen. Namen hat sie mir keinen genannt. Ich bin dann alle großen, netten Männer auf meiner Liste durchgegangen, und weil keiner davon die Smejkal kannte, hab ich eben dich angerufen.«

»Danke, VW! Du bist charmant wie immer. Hast du ihr meine Handynummer gegeben?«

»Nein. Es war nicht viel, was sie zu erzählen hatte. Aber ich soll das unbedingt an dich weiterleiten. Ich habe es mir aufgeschrieben. Bist du aufnahmefähig, mein Lieber?«

»Es ist nach Mittag, und ich habe den ganzen Tag noch nichts gegessen. Aber ich denke, ich werde es noch einigermaßen schaffen, dir zu folgen. Erzähl schon!«

»Ich soll dir Folgendes ausrichten: Wenn du deinen Mörder gefasst hast, mögest du bitte so nett sein und den ›glatzerten Piefke‹ verhaften, der den Ludwig getreten hat.«

»Wen?«

»Den Ludwig. Das ist ihr Hund.«

»Nein, ich meine den anderen. Den, den ich verhaften soll.«

»Ach, Berger«, seufzte Verena Weck. »Man sollte dir wirklich etwas zu essen geben. ›Glatzerter Piefke‹, hat sie gesagt. Und damit meint sie jenen glatzköpfigen Mann, der heute Morgen im Stadtpark nach ihrem Hund getreten hat.«

»Wann und wo genau?«

»Sie sagt beim Betreten des Parks. Also um sieben. Sie ist über den Wiensteg gegangen, und dabei ist ihr der Deutsche entgegengekommen und hat dem Hund mitten auf dem Steg einen Fußtritt verpasst.«

»Das heißt, der Mann war gerade dabei, den Park zu verlassen?«

»Ganz genau, mein Bester. Und jetzt möchtest du sicher wissen, wie der Typ ausgesehen hat?«

»Mach es nicht so spannend, VW. Erzähl mir einfach alles, was du weißt.«

»Alles, was ich weiß? Da wirst du dir aber eine ganze Nacht lang für mich Zeit nehmen müssen, Herr Kollege.«

»Fürs Erste reicht mir einmal eine Personenbeschreibung. Vom Deutschen. Nicht von dir.«

»Na, wenn dir das lieber ist.« Sie lachte wieder. »Der Mann war groß und mit einem dunklen Anzug bekleidet. Dazu trug er feste

Schuhe, möglicherweise auch Stiefel. Er hat den Ludwig damit nicht richtig getroffen, sagt die Smejkal, weil sie ihn rechtzeitig an der Leine zurückgerissen hat. Sie möchte trotzdem, dass du den Mann verhaftest. Wegen Tierquälerei. Zum Alter des Hundetreters könne sie keine Auskunft geben, weil für sie alle anderen Menschen jung aussehen, egal, ob die jetzt dreißig oder sechzig sind. Aber die Glatze hat sie mir beschrieben: nicht so eine wie du sie hast, Berger, sondern eine Vollglatze. Der Mann hatte einen völlig kahlen Schädel.«

»Woher weiß sie, dass der Mann aus Deutschland kommt? Hat er etwas zu ihr gesagt?«

»Zu ihr nicht, aber zum Hund. Beschimpft hat er ihn, weil der Köter ihm zu nahe gekommen ist. Die Schimpfwörter hat der Mann laut Smejkal mit eindeutig bundesdeutschem Akzent ausgesprochen.«

»Hat sie gesehen, wo er nach dem Tritt hingegangen ist?«

»Nein. Sie war damit beschäftigt, ihren Hund zu beruhigen. Dann ist sie in den Park marschiert, und den Rest kennst du ja.«

Es entstand eine kurze Gesprächspause. Schließlich sagte Berger: »Danke, VW. Lass es mich bitte wissen, wenn die Alte nochmals anruft. Und noch etwas: Der Neue soll mir alles über einen gewissen Viktor Schauberger herausfinden. ›Berger‹, so wie ich, mit ›Schau‹ davor. Viktor.«

»Vorbestraft?«

»Keine Ahnung. Wahrscheinlich schon verstorben. Er soll mal die Suchmaschine anwerfen und alle Register durchstöbern. Aber jetzt gleich.«

»Wird sofort erledigt, großer, netter Kriminalpolizist«, flötete es aus dem Lautsprecher des Telefons, bevor Verena Weck die Verbindung unterbrach.

Verwirrt steckte Berger das Telefon in seine Hose und ging zurück ins Wohnzimmer.

Er fand Jerabek am Flügel sitzend, wo er sich mit einem Finger an der Melodie einer Mozart-Sonate versuchte. »Wiener Mechanik«, konstatierte er. »Der Flügel ist wahrscheinlich so alt wie das Haus hier. Hat zwei Weltkriege überlebt. Unfassbar, wie lange diese

Instrumente halten.« Er spielte einen Akkord. Der Flügel war verstimmt. »Was gibt es Neues?«

»Die Zeugin vom Stadtpark hat sich bei uns gemeldet. Es ist ihr eingefallen, dass ein Mann den Park verlassen hat, als sie über den Wiensteg gekommen ist. Groß, schwarzer Anzug, Glatze, Deutscher, Hundehasser.«

»Der falsche Polizist von Europol?«

Berger nickte. »Schaut ganz danach aus.«

»Prima!«, rief Jerabek. »Dann haben wir ja neben der verschwundenen jungen Frau jetzt einen zweiten Verdächtigen.« Da-da-da-daa. Ein arpeggierter C-Dur-Akkord erklang aus dem Gehäuse des Klaviers. Jerabek nahm die Finger seiner rechten Hand von der Tastatur und drehte sich zu Berger. »Und hier kommt Verdächtiger Nummer drei.« Mit seiner Linken hielt er einen Zeitungsausschnitt vor die Nase seines Kollegen.

Dieser griff nach dem vergilbten Papier und las die Überschrift des säuberlich ausgeschnittenen Artikels: »Uni-Professor freigesprochen!« Seine Lippen bewegten sich beim lautlosen Lesen der darunter befindlichen Zeilen.

»Wahnsinn!«, entfuhr es ihm schließlich. »Wo hast du das her?«

»Hat aus einem der zu Boden geworfenen Bücher hervorgeschaut«, erwiderte Jerabek.

»Wahnsinn!«, wiederholte Berger und ließ den aus einer Tageszeitung stammenden Text langsam vor seine Brust sinken. »Der Grünzweig und der Buschenbacher! Das haut mich jetzt um!«

»Ein Achtziger«, meinte Jerabek. »Fahrlässige Tötung. Eventuell sogar ein Einundachtziger, wegen des Vorliegens besonders gefährlicher Verhältnisse. Immerhin ist die ganze Partie stockbesoffen auf die Donau hinausgepaddelt. Bis zu drei Jahre hätte er dafür bekommen können.«

Berger wiederholte den letzten Absatz des Berichts in seiner Hand: »Der Besitzer der Zille, Hochschulprofessor Ignaz G., überließ das Boot an Wochenenden regelmäßig seinen Studenten. Es konnte ihm jedoch nicht nachgewiesen werden, zum Unfallzeitpunkt über die Alkoholisierung der in der Zille befindlichen jungen Männer Bescheid gewusst zu haben. Das Straflandesgericht Wien erkannte daher auf Freispruch.« Verwundert runzelte der Kriminalbeamte die Stirn. »Fest steht, dass die Zille von Grünzweig mit zu vielen Personen besetzt war und noch in Ufernähe kenterte, es steht hier aber nicht genau, wie der Buschenbacher dabei ertrunken ist. Seine Mutter hat ja behauptet, dass er ein guter Schwimmer gewesen sei. Wir werden uns den Gerichtsakt raussuchen müssen.«

»Das mach ich«, antwortete Jerabek. »Ich werde mir dann die Mutter noch mal vorknöpfen. Kümmer du dich bitte um den Deutschen. Frag die Riegler, ob sie bei der Anfertigung eines Phantombildes mithelfen kann. Mit dem Bild des Mannes konfrontierst du dann die Smejkal, aber auch die Menschen hier in der Umgebung der Villa. Vielleicht haben die Nachbarn etwas gesehen.« Er schloss den Deckel der Tastatur und erhob sich vom Klavierhocker. »Lass uns fahren, Berger. Hier ist schon alles durchsucht worden. Das Aufräumen soll wer anderer machen. Ein kurzer Blick noch in die restlichen Zimmer des Hauses, und dann zurück in die Stadt.«

Berger deutete auf die Küche. »Was machen wir mit dem Kater, Franz?«

»Den werden wir mitnehmen müssen. Es scheint niemanden zu geben, der sich um ihn kümmert. Und auf die Rückkehr seines Besitzers kann er lange warten. Dass der nicht mehr hier auftauchen wird, ist so sicher wie der Tod.«

13

Der Glatzkopf stand mit gezogener Waffe neben seinem Wagen, als ihm der Jeep Cherokee entgegenraste. Er hatte sein Auto verlassen, um zu Fuß in die Garage hinabzulaufen. Überrascht hob er den Revolver vor seine Brust, entschied sich dann aber instinktiv für einen lebensrettenden Sprung zur Seite. Haarscharf verfehlte der Wagen den Mann im schwarzen Anzug und donnerte wenige Meter weiter in die Türen seines Fahrzeugs.

Wie eine Billardkugel wurde das Hindernis auf die Fahrbahn geschleudert, wo es sogleich ein zweites Mal krachte. Ein Wagen der städtischen Müllabfuhr konnte dem auf die Straße gerutschten Fahrzeug nicht mehr ausweichen und verkeilte sich im Heck der schwarzen Limousine. Der Lkw schob das Auto vor sich her und drehte sich dabei im Zuge einer Vollbremsung immer mehr seitlich, bis beide Fahrzeuge einige Meter weiter quer zur Fahrbahn zum Stillstand gelangten. Ein nachkommendes Taxi schaffte es gerade noch, vor der durch die Unfallautos gebildeten Straßensperre anzuhalten.

Caterina hatte erst beim Aufprall den Fuß vom Gaspedal genommen. Sie hing im gestrafften Sicherheitsgurt knapp über dem Lenkrad und nahm die Szenerie auf der Fahrbahn wie in Zeitlupe wahr. Erst als sich der Müllwagen und das Auto des Glatzkopfes vor ihr nicht mehr bewegten, sah Caterina auf ihre Hände und griff sich ins Gesicht. Es schien alles in Ordnung zu sein, nur der Brustkorb tat ihr weh. Die Wucht des Aufpralls hatte sie trotz des Sicherheitsgurtes gegen das Lenkrad gedrückt.

Erki ächzte neben ihr: »Wenn du dich schon so gut mit Automodellen und Motoren auskennst, warum hast du mir dann nicht verraten, dass die Kiste keinen Airbag hat?« Sein Gurt hatte ihn gegen die Kopfstütze des Sitzes zurückgerissen und ihm die in der Nacht zuvor erlittene Verletzung an seinem Hinterkopf schmerzhaft in Erinnerung gebracht. »Sind Airbags erst später erfunden worden?«

»Ich weiß es nicht«, antwortete Caterina mit einem Blick aus dem geöffneten Seitenfenster. »Ich weiß nur, dass wir hier schleunigst wegmüssen.«

Sie startete den beim Aufprall abgewürgten Motor und fuhr gegen die Fahrtrichtung in die Einbahnstraße. Ein lautes Quietschen begleitete die Anfahrt, links vorn schleifte ein Karosserieteil am Reifen. Caterina nahm darauf keine Rücksicht und schaltete in den nächsthöheren Gang, woraufhin sich der lose Teil der Frontverkleidung vom Rest der Karosserie verabschiedete und scheppernd auf dem Asphalt landete.

»Kannst du den Glatzkopf sehen?« Sie wich einem Kleinbus aus, der ihnen hupend entgegenkam, und griff sich mit der linken Hand an die Brust.

»Nein. Der Fahrer des Lkw ist gerade ausgestiegen. Er scheint unverletzt zu sein. Wie geht es dir?«

»Mir tut der Brustkorb weh. Ich glaub, ich hab mir eine Rippe angeknackst.«

»Soll ich fahren?«

»Scherzbold! Solange wir unsere Armreife nicht los sind, werde ich das tun müssen.« Sie riss das Lenkrad scharf nach links. »Ist wahrscheinlich auch besser so«, setzte sie leise hinzu. Zum Glück waren nur wenige Fahrzeuge unterwegs, und es gelang ihr, ohne weitere Ausweichmanöver die nächste Querstraße zu erreichen, wo sie sich in den Fließverkehr einreihen und erstmals durchatmen konnte. Die Rippen schmerzten beim Atmen. Mit beiden Händen umklammerte sie das Lenkrad und versuchte sich nichts anmerken zu lassen. »Fährt uns jemand nach?«

»Ich glaube nicht.« Durch die Heckscheibe hatte Erki gerade noch beobachten können, wie sich der Chauffeur des silber-orangen Müllabfuhrwagens wild gestikulierend mit dem Taxifahrer unterhielt, bevor der Unfallort hinter der Ecke eines Bürogebäudes verschwand. Vom Glatzkopf war weiterhin nichts zu sehen. »Den sind wir erst einmal los. Wohin jetzt?«

»Wir müssen auf die Autobahn. Hoffentlich ist an unserem Auto nicht allzu viel kaputtgegangen.«

»Ich glaube, diese alten Geländewagen mit den vielen Zylindern, Litern und PS sind schwer umzubringen.«

Caterina hielt bei einer roten Ampel und sah ihn an. »Wir zwei hoffentlich auch.« Die Angst war zurückgekehrt und zeigte sich am Zittern ihrer Hände auf dem Lenkrad. Das Selbstbewusstsein aus der Tiefgarage schien verflogen zu sein. Alle paar Sekunden sah sie in den Rückspiegel, ob nicht irgendein anderer Wagen die Verfolgung aufgenommen hatte. Sie konnte das Wechseln der Farben an der Ampelanlage kaum erwarten, und jeder Wagen, der sich von hinten näherte, bereitete ihr Unbehagen. Besonders bei schwarzen Fahrzeugen zuckte sie unwillkürlich zusammen und hielt die Luft an.

Erki griff nach dem Mobiltelefon. Es war höchste Zeit, die Polizei zu verständigen. Es gelang ihm jedoch nicht, eine Verbindung herzustellen. »Das Scheißding will nicht«, fluchte er und drückte aufgeregt auf der Tastatur herum. »Tastensperre.«

»Notrufnummern sollten immer gehen«, meinte Caterina und setzte den Wagen sofort nach Aufleuchten des Grünlichts wieder in Bewegung.

»Kann es sein, dass Handys ausländischer Mobilfunkbetreiber unsere Notrufnummern nicht durchlassen? Oder mache ich etwas falsch? Ich habe es sogar schon mit der Nummer der Feuerwehr probiert. Da geht nichts.«

Caterina betrachtete das Mobiltelefon in Erkis Händen und stieg unvermutet auf die Bremse. »Das Handy! Gib mir das Handy!«, rief sie aufgeregt. Sie riss ihm das Telefon aus der Hand und warf es in hohem Bogen aus dem Fenster. Das Mobiltelefon schlug ein paarmal auf der Fahrbahn auf, bis es Sekunden später von den breiten Reifen eines Sattelschleppers zermalmt wurde.

»Spinnst du?« Erki sah sie fassungslos an. »Was war das jetzt?«

Caterina setzte den Blinker und lenkte den Wagen auf die Zubringerspur der Stadtautobahn. »Der Glatzkopf hat nicht zufällig vor der Garage auf uns gewartet. Der hat ganz genau gewusst, wo wir uns aufhalten. Es gibt für mich nur eine Erklärung, wie er das geschafft hat.«

»Das Handy?«

»Ganz genau. Mobiltelefone kann man orten. Satellitenortung über GPS. Geht relativ einfach, wenn man die technischen Möglichkeiten dazu hat.« Sie stieg aufs Gaspedal und reihte sich in die mittlere Fahrspur der Schnellstraße ein.

»Handyortung!«, stieß Erki ungläubig hervor. »Mit so etwas hätte ich nie gerechnet. Du scheinst dich mit Automotoren und Ortungskram gut auszukennen. Hast du etwas Technisches studiert?«

Sie nickte, ohne ihre Augen von dem vor ihr befindlichen Verkehr abzuwenden.

»Frau Diplomingenieur?«

»Frau Dr. Diplomingenieur, wenn man es genau nimmt.«

Erki pfiff durch seine Zähne. »Hui! Das hört sich jetzt ganz schlimm nach einem Doppelstudium an.«

»Physik und Maschinenbau.«

»Wow! Da sitzt aber ein verdammt schlaues Mädchen neben mir. Und dazu auch noch Fluchtwagenfahrerin, Stuntwoman und Fotomodell. Mailand und so weiter. Ich bin beeindruckt.«

Caterina lächelte zaghaft. »Das Fotomodell kannst du ruhig weglassen. Dafür bin ich viel zu klein. Und nach Mailand fahre ich nur einmal im Jahr. Würde ich das öfters tun, wäre ich bei meiner Schwäche für Mode ständig pleite.«

»Wie macht man das?«, fragte Erki.

»Meinst du Geld für Kleidung auszugeben?«

»Nein«, lachte Erki. »Wie hast du es geschafft, in kürzester Zeit zwei Hochschulstudien durchzuziehen? Ich habe es hintereinander mit Technischer Mathematik, Publizistik und Geschichte probiert und bringe nicht einmal ein einziges wirklich auf die Reihe.«

»Ach, das geht ganz einfach«, antwortete Caterina, die froh darüber war, durch etwas Small Talk von Angst und Schmerzen abgelenkt zu werden. »Du brauchst dich nur vierundzwanzig Stunden am Tag mit der Materie zu beschäftigen. Kein Fortgehen! Kein Tanzen! Kein Feiern! Kein Freund! Kein Um-die-Häuser-Ziehen! Und auf das Trinken von zwei Flaschen Wodka am Vormittag muss man leider auch verzichten.«

»Ich hab mir gleich gedacht, dass mit dir etwas nicht stimmt«, rief Erki und rutschte auf seinem Sitz nach hinten, um seine Beine besser ausstrecken zu können. »Kein Fortgehen und kein Feiern! Wahrscheinlich versauerst du irgendwann mit einer dicken Hornbrille hinter deinen Büchern und wirst so alt und schimmelig wie die physikalischen Formeln, mit denen du abends ins Bett steigst. Und das Einzige, was von dir am Ende übrig bleiben wird, ist der Nachruf eines Rektors in irgendeiner Universitätsfestschrift. Ich mache dir einen Vorschlag, Frau Dr. Diplomingenieur: Sobald wir den Mist da hinter uns haben, setzen wir uns in ein Auto, das vorn nicht völlig demoliert ist, fahren nach Mailand und kaufen dir eine neue Bluse und einen neuen Rock. Also du kaufst, und ich bin in beratender Funktion mit dabei, mein Studentenkonto schwächelt zurzeit leider ein wenig. Dafür setze ich mich bei der Fahrt ans Steuer. Deine Fahrweise ist mir viel zu unfallanfällig.« Er griff sich demonstrativ an die Beule an seinem Hinterkopf und grinste die Fahrerin des Jeeps an.

Caterina lächelte zurück. »Ich habe ein wenig geschwindelt«, sagte sie und strich sich eine ins Gesicht gefallene Haarsträhne hinters Ohr. »Ich bin sehr wohl ausgegangen, habe auch nichts gegen ein gutes Glas Rotwein einzuwenden, und ich hatte auch schon den einen oder anderen festen Freund. Aber die Idee mit Mailand gefällt mir. Ich bin dabei.«

Sie schaltete zurück und wechselte auf den rechten Fahrstreifen, wo sie knapp an einen vor ihr fahrenden Lkw heranfuhr. Die Polizeistreife, die sie im Außenspiegel herankommen gesehen hatte, raste auf der dritten Spur vorbei, ohne von ihnen Notiz zu nehmen. »Dürfte nicht ganz so schlimm aussehen, die Front unseres Jeeps. Es hat uns bis jetzt weder wer angehupt, noch sind wir angehalten und aus dem Verkehr gezogen worden. Ich denke, wir werden es bis Mayerling schaffen.«

»Mayerling?«, fragte Erki erstaunt.

Sie sah ihn wieder mit ihrem Diamant-Blick an, und ihm war augenblicklich klar, dass er auch zu einer sofortigen Fahrt nach Mailand nicht Nein sagen würde. »Wir fahren in den Wienerwald, zur Jagdhütte meines Chefs, Professor Grünzweig. Dort befinden sich die Aufzeichnungen, die ich unbedingt brauche.«

»Und der Glatzkopf? Ist der auch hinter diesem Material her?«

Caterina zuckte mit ihren Schultern. »Keine Ahnung. Aber falls ja, dann ist es gut möglich, dass diese Bande versucht, sämtliche Daten an sich zu bringen. Mein Notebook haben sie bereits und meine Wohnungsschlüssel. Damit sind die Festplatten bei mir zu Hause ebenfalls weg. Es würde mich nicht wundern, wenn auch der Professor in den letzten Stunden unerwünschten Besuch in seinem Wohnhaus in Döbling gehabt hätte. Was die aber nicht wissen können: Professor Grünzweig besitzt auch in seinem Jagdhaus Aufzeichnungen aller relevanten Forschungsergebnisse. Mein Chef zieht sich gerne dorthin zurück, weil er, wie er sagt, in der Natur besser nachdenken kann. Irgendwann werden sie sicher herausfinden, dass diese Hütte existiert, und sie durchsuchen, aber da sitzen wir beide dann schon längst bei der Polizei. Mit den Dateien. Wir müssen ihnen nur zuvorkommen.«

Erki versuchte, einen Bügel seiner Brille gerade zu biegen. »Wenn es nur um diese blöden Wasserdaten geht, warum dann die Entführungen? Warum hat man dich entführt? Und warum mich? Ich habe mit deinen Wasserforschungen doch überhaupt nichts zu tun und kenne Hochwasserprobleme nur aus alten ›Lassie‹-Filmen, wenn mir am Schluss die Taschentücher ausgehen, weil der Hund stirbt.«

Caterina schwieg für einige Augenblicke. Dann sagte sie mit bedächtig abgewogenen Worten: »Es könnte sein, dass die nicht nur hinter den Forschungsergebnissen her sind, sondern auch hinter allen Personen, die etwas darüber wissen. Hinter mir, möglicherweise auch hinter dem Professor, und offensichtlich auch hinter dir. Aus irgendeinem Grund scheinen die davon auszugehen, dass auch du in das Projekt involviert bist. Frag mich bitte nicht, warum, aber es muss etwas Gemeinsames hinter unseren Entführungen geben, irgendeine Verbindung.«

Sie verringerte reflexartig die Geschwindigkeit des Jeeps vor einem Radarkasten und betätigte erneut den Schalthebel.

»Seit ich am Morgen entführt wurde, denke ich darüber nach, warum man mich in dieser Halle festgehalten hat. Wenn es wirklich das Interesse an unseren Forschungsdaten ist, das hinter diesem Katastrophentag steht, dann könnten die Diebe ja einfach mit meinem Laptop und den anderen Rechnern abhauen. Irgendwer wird wohl in der Lage sein, Passwörter und Sicherungen zu knacken, und dann könnten sie die Ergebnisse verwerten, verkaufen oder was auch immer damit machen. Aber die wollten auch mich selbst haben. Wozu? Für nähere Erläuterungen? Für unfreiwillige Mitarbeit? Ich komme einfach nicht dahinter.«

Caterina fuhr von der Tangente ab. Sie befanden sich jetzt auf der Außenringautobahn, die in einem weiten Bogen Süd- und Westautobahn miteinander verband. »Ich bin froh, dass Professor Grünzweig gerade in München ist. Im Rahmen seiner heutigen Konferenz ist er bestimmt bestens geschützt. Den Abend wird er wahrscheinlich genauso wie wir auf einer Polizeistation verbringen müssen.«

»Weiß noch jemand über die Details eurer Forschungen Bescheid?«

Caterina verneinte. »Das Team besteht nur aus zwei Personen, dem Professor und mir. Teile der messtechnischen Arbeit werden von Studenten der Technischen Universität im Rahmen von Diplomarbeiten übernommen, aber den Gesamtüberblick über das Projekt haben nur mein Chef und ich.«

»Und die Uni? Sollten die Ergebnisse nicht auch an der Universität zu finden sein?«

»Ach, die Uni«, seufzte Caterina. »Die ist wie ein Durchhaus. Ein Kommen und Gehen von Studenten, Gastprofessoren und Ministerialbeamten, die sich in alles einmischen wollen. Wir haben dort so gut wie gar nichts abgespeichert. Man weiß nie, wer dort alles Zugang hat. Komplette Aufzeichnungen gibt es nur auf unseren privaten Computern. Sowohl Professor Grünzweig als auch ich sind mit unseren Notebooks zwischen Arbeitsplatz an der Universität und Arbeitsplatz zu Hause hin- und hergependelt und haben darauf jeweils die neuesten Updates gesichert.«

Sie fuhren an der Ausfahrt Gießhübl vorbei, wo sich hinter den Leitplanken und Wildschutzzäunen erste Weingärten zeigten.

»Die Uni können wir vergessen«, fuhr Caterina fort, »genauso wie meine Wohnung oder das Haus des Professors. Die Jagdhütte ist meine einzige Chance, den völligen Verlust von drei Jahren harter Arbeit zu verhindern.« Sie griff sich wieder an den schmerzenden Brustkorb und versuchte vorsichtig durchzuatmen. »Gleich haben wir es geschafft. In wenigen Minuten sind wir da.«

Die Autobahn schlängelte sich jetzt durch hügeligeres Gelände. Es ging stetig bergauf, und links und rechts der Schnellstraße konnte man die ersten Ausläufer jener Wälder sehen, die sich von Südwesten her bis an die Grenzen der Stadt annäherten.

»Wenn dir diese Sache so wichtig ist, Caterina, warum fahren wir dann nicht zur Polizei und lassen uns zu der Jagdhütte eskortieren?« Erki war mit ihrer Entscheidung, die Sicherheitsbehörden erst mal außen vor zu lassen, noch immer nicht so recht glücklich.

Caterina warf einen Blick auf die Beifahrerseite. »Warst du schon mal auf einer Polizeiwachstube?«

»Ich erinnere mich nur ungern daran.« Erki verzog seinen Mund zu einem schiefen Grinsen und dachte an eine seiner »Schandtaten« zurück. Von der Brigittenauer Brücke hatte er nach theatralischem Zweikampf eine bekleidete Schaufensterpuppe ins Wasser der Donau geworfen. Seine Freunde waren von der schauspielerischen Leistung schwer begeistert gewesen, die schockierten Menschen auf dem Deck des vorbeifahrenden Ausflugsschiffs deutlich weniger. Am wenigsten hatte sich sein Vater darüber gefreut, der die Bergungskosten der ausgerückten Flusspolizei übernehmen durfte.

»Sobald du in Österreich eine Polizeistation betrittst«, spann Caterina ihre Gedanken weiter, »darf Zeit keine Rolle spielen. Zuerst wirst du nach deinen Daten ausgequetscht, dann wird dein Ausweis fotokopiert. Ob es in der Zwischenzeit wo brennt oder wer verblutet, ist da völlig egal. Schließlich muss ja ein Protokoll angefertigt werden. Im Einfingersystem, auf einer vorsintflutlichen Tastatur. Ohne Protokoll geht gar nichts. Vorschrift ist Vorschrift. Blöderweise haben wir keine Ausweise mit. Dafür tragen wir Handschellen und blutverschmierte Kleidung. Das schreit förmlich nach einer längeren Befragung. So wie wir aussehen, wird die einzige Eskorte, die wir erwarten dürfen, ein Krankenwagen sein. Der zuständige Polizist wird dann seinen Chef verständigen, weil er nicht so recht weiß, was er mit unserer Geschichte anfangen soll, und der Chef wird dann seinen Chef informieren. Bis dann endlich die Entscheidung gefallen ist, uns nach Mayerling zu begleiten, liegt Schnee auf dem Dach der Jagdhütte. Die Zeit hab ich nicht. Ich brauche die Festplatte. Jetzt.«

Erneut griff sie sich an ihren schmerzenden Oberkörper. Die Aufregung schien ihr zuzusetzen, und sie verschärfte das Tempo. »Drei Jahre habe ich jetzt daran mitgearbeitet. Der Professor beschäftigt sich schon sein ganzes Leben mit der Materie. Ich will nicht, dass das alles verloren geht. Wenn alle Aufzeichnungen weg sind, können wir mit den Versuchsreihen wieder von vorn beginnen. Verstehst du?«

»Glaubst du nicht«, unternahm Erki einen letzten Versuch, »dass die Entscheidungsträger der Polizei schneller verständigt werden, wenn du ihnen verrätst, von welcher Wichtigkeit deine Forschungsarbeit ist?«

Sie lachte kurz auf. »Aber klar doch! Ich spaziere da ganz einfach rein und sage zum erstbesten Diensthabenden: ›Hallo! Es ist mir gelungen, in bewegtem Wasser vorkommende Energieströme nutzbar zu machen. Mit dieser Entdeckung wird man in naher Zukunft Motoren mit Wasser betreiben können anstatt mit Benzin. Und jetzt möchte ich Ihren Chef sprechen, aber pronto!‹«

Sie schlug mit der Faust auf das Lenkrad.

»Klar wird uns das sofort eine Eskorte verschaffen. Aber ins Irrenhaus. Vergiss es, Erik. Die Polizei, das Krankenhaus und alle anderen können warten. Wir fahren jetzt zum Jagdhaus und schnappen uns die Aufzeichnungen. Danach haben wir alle Zeit der Welt für die Behörden.«

Sie nahm die Ausfahrt Mayerling, und der Jeep verließ die Außenringautobahn. Erki dachte gar nicht mehr daran, ihr diesen Weg auszureden. Der Gedanke, Motoren mit dem Treibstoff Wasser in Bewegung zu versetzen, hatte ihn zum ersten Mal in seinem Leben wirklich sprachlos gemacht.

14

»Seids ihr von de Pfodfinder?« Skeptisch beäugte Ernst Stierschneider die zwei Kriminalbeamten, die soeben ungefragt an seinem Tisch Platz genommen hatten.

Der Ex-Fußballer war der einzige Gast im »Espresso Ederl«, einem heruntergekommenen Kellerlokal in der Goldschlagstraße. Die Einrichtung war schäbig, der Fußboden strotzte vor Dreck, und es roch nach Schnaps und feuchten, schimmeligen Mauern. Aber der Schankwein war billig, das Wort »Rauchverbot« unbekannt, und der Wirt Eduard Sailer war ein alter Bekannter des Ernstl.

Eine halbe Stunde hatten Jerabek und Berger benötigt, um sich auf der Suche nach ihrem Zeugen von einer Spelunke in die nächste durchzufragen. Schließlich waren sie vor den fast leeren Auslagen des »Espresso Ederl« gelandet. Lediglich ein paar verstaubte Whiskykartons standen als Dekoration hinter den schmutzigen Scheiben und wiesen darauf hin, dass am Ende der nach unten führenden Treppe Alkohol ausgeschenkt wurde.

»Schaut so ein Pfadfinderausweis aus?«, fragte Berger und hielt dem sichtlich beschwipsten Stierschneider seine Dienstmarke unter die Nase.

»Ah, die Kiwarei! Des hätt ich mir gleich denken können, dass aner mit dein Gfries ned bei de Pfodfinder gnomma wird.« Stierschneider nippte an seinem Weinglas und musterte belustigt sein Gegenüber.

Berger gab sich Mühe, seinen aufkommenden Zorn zu unterdrücken. »San S' vorsichtig, Stierschneider!«, sagte er mit Nachdruck. »Sonst plaudern wir zwei auf dem nächsten Revier weiter.«

»Ah geh, drah di!« Ernst Stierschneider machte eine wegwerfende Handbewegung. »I hob jo nix ausgfressn. Wos wollts es zwa Komiker überhaupt von mir? A Autogrammkoartn?«

Berger schob ein Foto quer über den Tisch. Der ehemalige Fußballprofi warf einen Blick auf das Bild. Es zeigte Erki Neubauer am Westbahnhof auf einem Bahnsteig. »9C« stand auf einer blauen Tafel über seinem Kopf.

»Do drauf unterschreib i ned. Den kenn i ned, hob i nie gsehn, is mir völlig unbekaunnt.«

»So unbekannt, dass d' mit ihm saufen gehst?« Berger war aufgesprungen. »Wo waren wir denn? Gestern am Abend?«

Stierschneider amüsierte sich über die Aufregung bei dem langen Polizisten. »Ka Auhnung, wo ihr zwa woards. Vielleicht den Verkehr regeln?«

Berger knallte ein weiteres Foto auf die zerkratzte Tischplatte. »Ich red nicht von uns!«, schrie er. »Brauchst dich ned so blöd stellen. Verarschen kannst du wen anderen.«

Stierschneider hielt sich die zweite Aufnahme vor seine Säufernase. »Des bin jo i«, rief er erfreut. »A schönes Büdl! Derf i des behoitn?«

»Du interessierst uns nicht. Wer ist das da?« Berger beugte sich mit der ganzen Länge seines Oberkörpers über den Tisch und tippte mit dem Zeigefinger auf den Mann, der auf dem Foto neben Ernst Stierschneider saß. »Und denk scharf nach! Behinderung polizeilicher Ermittlungen ist strafbar. Und im Häfen kannst du dir deine Achterln aufzeichnen.«

Der Kriminalpolizist schnappte sich das Weinglas Stierschneiders, zog es auf seine Seite des Tisches und setzte sich wieder.

Der Verlust seines Achtelliters Wein beendete urplötzlich die Heiterkeit des Verhörten. Das Grinsen verschwand aus seinem Gesicht, und er zeigte sich sofort kooperationsbereit.

»Des is da Erki«, stammelte er zerknirscht, ohne dabei sein Glas aus den Augen zu lassen. »Da Neubauer. A Student. I kenn eam vom ›Tschecherl‹ in der Schwendergossn.«

Berger schob das Weinglas wieder auf die andere Seite des Tisches zurück. »Na also. Geht ja.«

Stierschneider griff hastig nach dem Glas und trank es in einem Zug leer. Jerabek bedeutete dem Wirt, das Glas wieder aufzufüllen. Ederl Sailer beeilte sich, diesem Wunsch nachzukommen. Das von Berger ins Spiel gebrachte Wort »Häfen« war ihm nur allzu gut bekannt. Er erschien mit einem Doppler am Tisch und schenkte seinem Stammgast nach.

»Wollen die Herren vielleicht auch ein Achterl?«, fragte er. »Ist ein Burgenländer. Aus Donnerskirchen.«

»Nein, danke«, wehrte Jerabek ab. »Wir sind im Dienst.«

»Ich auch«, murmelte Sailer leise in seinen Dreitagebart und zog sich mit der Flasche hinter die Bar zurück, wo er sich selbst ein Glas genehmigte. Aber gleich ein Vierterl, zur Beruhigung. Kein Wirt hatte gerne die Polizei im Haus. Besonders, wenn über den Einkauf beim burgenländischen Weinhändler nichts in den Geschäftsbüchern zu finden war.

»Wissen Sie vielleicht auch, wo der junge Mann wohnt?«, fragte Jerabek sein Gegenüber.

»In da Märzstroßn«, antwortete Stierschneider. »Owa noch der Hausnummer dürfts mi so gach ned frogn. Irgendwo vorm Rauscher Plotz, über an Frisörgschäft.«

»Danke, die Nummer finden wir schon allein heraus.« Jerabek notierte sich den Namen und die Wohnstraße des jungen Mannes auf den Bildern der Überwachungskameras.

Die vom Westbahnhof übermittelten Aufnahmen waren so gestochen scharf, dass er den Ex-Fußballstar darauf sofort erkannt hatte. Vom Meiselmarkt aus, in dessen unmittelbarer Nähe die Zwei-Zimmer-Wohnung Stierschneiders lag, hatten die Kriminalbeamten ihren Streifzug durch den Heimatbezirk des Mannes im roten Trainingsanzug gestartet. Sein Bekanntheitsgrad und seine Angewohnheit, die meiste Zeit des Tages in den Gaststätten des Viertels zu verbringen, hatten die Suche nach ihm dann nicht allzu schwer werden lassen.

»Was haben Sie denn gestern Abend am Westbahnhof gemacht, Herr Stierschneider?« Jerabek hatte die Rolle des Fragenstellers übernommen.

»Nix. Nix Besonderes.«

Der ältere der zwei Beamten schob wortlos weitere Fotos aus den Überwachungskameras des Westbahnhofes an den Trinker heran. Dieser geriet sichtlich in Verlegenheit.

»Na jo, gfeiert haumma hoid. Da Neubauer hod bei so aner Wett an Hunderter gwunna, und den haumma aum Schädl ghaut.«

»Eine Wette also«, sinnierte Jerabek. »Sie meinen so eine Art Mutprobe bei der Abfahrt von Zügen?«

»Naa«, verneinte Stierschneider. »I maan des Wettsaufen gegen den bladen Kurtl. Im ›Tschecherl‹. Do hot da Erki den Hunderter gwunna.« Unterbrochen von hastigen Schlucken zur Befeuchtung seiner Kehle schilderte er den Hergang des Zehnkampfs und den anschließenden Marsch zum Westbahnhof. »Is jo ned verboten, dass ma a bissl a Hetz hod. Oder?«

»Ihre Trinkgewohnheiten, Herr Stierschneider, und die Ihrer Freunde sind Privatsache.« Jerabek zeichnete kleine Kreise auf seinen Notizblock. »Interessieren tut uns nur die Geschichte vom Bahnsteig.«

»I woar do ned dabei«, beeilte sich der Ex-Fußballer zu sagen. »Do miassn S' scho wen aundern frogn.«

»Sie waren aber im ›Café Wien‹ dabei. Da ist die Aktion sicher noch einmal besprochen worden.«

»Wos maanan S' denn fia a Aktion?«

»Sie wissen genau, was ich meine. Ich spreche vom Angriff des Neubauer auf einen Zugpassagier.«

»Owa geh! Aungriff! So a Bledsinn!« Ernst Stierschneider lachte kurz auf. »Des woar jo nur a Watschn. A gaunz a leichte. Des is doch ka Aungriff.« Nervös trank er sein Glas leer. »A Theater haum sa se gmocht, die Buam. A Hetz. Sunst nix. Die san hoit nau jung. Und eigspritzt woarns a. Derf i no a Achterl haum? Vo dem vüülen Reden kriagt ma an gaunz trockenen Hois.«

Jerabek bestellte noch ein Glas Wein für seinen Zeugen. Er legte fünf Euro auf den Tisch und erhob sich. »Die Rechnung geht auf mich, Stierschneider. Danke für die Auskunft.«

Ernst Stierschneider betrachtete den Geldschein und sein leeres Glas, dann den ihm immer noch gegenübersitzenden Berger. »Des is a guada Bua, der Neubauer, den brauchts ned eidrahn.«

»Keine Sorge«, sagte Jerabek, »wir wollen ihn nur befragen.« Der ältere Kriminalbeamte schloss seine Strickweste und verstaute die Geldbörse in seiner braunen Herrenhandtasche.

Auch Berger richtete sich langsam auf. »Das mit den Pfadfindern kannst du dir beim nächsten Mal sparen.«

»Hätt jo sein können«, antwortete Stierschneider. »Gestern hod mi jo auch a Pfodfinder noch dem Erki ausgfrogt. Aum Westbauhnhof! Während die Buam aum Bauhnsteig woarn.«

»Ein Pfadfinder? Während der Neubauer am Bahnsteig war?« Berger setzte sich wieder. »Interessant. Da würde ich jetzt gerne mehr darüber erfahren.«

Ein Achterl Rot und fünf Minuten später hatten die Kriminalpolizisten in Erfahrung gebracht, was sich im »Café Wien« ereignet hatte, während sich Erki mit seinen Freunden auf den Bahnsteigen herumtrieb. Stierschneider war am Tisch eingeschlafen und von einem Fremden geweckt worden. Der Mann hatte von ihm Name und Adresse des jungen Mannes mit der Brille in Erfahrung bringen wollen, der zu der Gruppe gehörte, die mit Stierschneider in die Halle des Westbahnhofs gekommen war. Er hatte behauptet, den jungen Mann von einem internationalen Jugend-Pfadfinderlager zu kennen, ohne sich an dessen Namen erinnern zu können. Er hätte als Pfadfinderführer einer deutschen Gruppe damals jede Menge Bilder von dem Zeltlager und den Jugendlichen geschossen und würde seinem ehemaligen Pfadfinderfreund gerne welche zukommen lassen. Per Post – als Überraschung.

Stierschneider hatte sich auf ein Getränk einladen lassen und bereitwillig alle gewünschten Auskünfte erteilt. Unmittelbar vor der Rückkehr der »Tschecherl«-Partie zum »Café Wien« hatte sich der Fremde höflich verabschiedet, nicht ohne vorher dem Ernstl das große Pfadfinderehrenwort abzunehmen, ihre kurze Unterredung geheim zu halten, weil sonst die ganze schöne Überraschung beim Teufel wäre.

Wie einer dieser schmierigen Versicherungsvertreter hätte der Mann auf ihn gewirkt, gab Stierschneider an. Mitte fünfzig, gut gekleidet, perfekt sitzende Frisur und sehr geschwätzig. »Scheißfreundlich« sei er gewesen, sagte der Ex-Kicker. Und dass der Mann mit Sicherheit aus Deutschland stammte. Ein Hamburger vielleicht oder gar ein Berliner. Er hätte ja keine Ahnung, wo die Pfadfinder überall ihre Lager abhielten. Organisierte Freizeitgestaltung in Uniformen war dem Stierschneider ohnehin suspekt. Wenn es nach ihm ging, sollte die Jugend besser Dressen anziehen und Fußball spielen, anstatt Flaggenparaden zu veranstalten, Knoten zu knüpfen oder am Lagerfeuer Heimatlieder zu singen.

»Owa auf mi heart jo kaner«, beklagte sich Stierschneider bei Jerabek. »Des san lauter Trotteln. Richtige Voikoffer.« Und damit meinte er nicht nur die in der Jugendbetreuung tätigen Personen, sondern auch die übergeordneten Organisationen, Behörden und Institutionen und ganz besonders natürlich die Funktionäre und Verantwortlichen des österreichischen Fußballbundes.

Jerabek und Berger zogen es vor, sich die Klagen des gescheiterten Fußballprofis nicht länger anzuhören, und verabschiedeten sich zur Erleichterung des Gastronomen aus dem Lokal.

Die Nachmittagssonne durchflutete den trostlosen Straßenzug und brachte die einsame Chivas-Regal-Verpackung in der Auslage neben dem Stiegenabgang zum Glitzern. Berger setzte sich seine teure Sonnenbrille auf.

»Was denkst du?«, fragte er seinen älteren Kollegen. »Der Neubauer attackiert den Grünzweig, und Minuten später ist der tot. Das wäre doch ein merkwürdiger Zufall, wenn hier kein Zusammenhang bestünde. Oder glaubst du dem Stierschneider, dass es sich dabei nur um eine besoffene Geschichte und jugendlichen Übermut gehandelt hat?«

Jerabek dachte konzentriert nach, bevor er sich zu einer Antwort durchrang. »Schwer zu sagen, Berger. Da kann mehr dahinterstecken oder auch nicht. Was mich stutzig macht, ist die Tatsache, dass es sich bei diesem Neubauer um einen Studenten handeln soll. Der Geohrfeigte ein Universitätsprofessor und der Watschenausteiler ein Student. Das riecht schon ein wenig nach irgendeiner Verbindung.«

»Du meinst, dass der Neubauer auch einer dieser Diplomarbeitsstudenten des Professors gewesen sein könnte? Oder vielleicht sogar einer, der durch den Rost gefallen ist, weil ihm der Kaluma trotz schlechterer Noten vorgezogen wurde?«

Gleichmäßig setzte Jerabek einen Schritt vor den anderen und wartete mit einer Antwort.

Berger fuhr fort: »Da gibt es einen unter allen Studierenden begehrten Platz im Labor des Professors, und dann presst die alte Buschenbacher ihren Murli in diese Position, indem sie dem Grünzweig erklärt, dass er ihr noch was schuldig wäre. Das wurde bestimmt nicht von allen gerne gesehen, schon gar nicht von den ausgebooteten Musterstudenten. Egal, was uns der versoffene Kicker da eben aufgetischt hat, für mich hängt der Neubauer da mit drin. Ich glaub nicht an Zufälle.«

»Kann schon sein, Berger. Aber wir wissen noch nicht einmal, was der Neubauer studiert. Friseur ist ja auch nicht gleich Friseur.«

Berger schob die Sonnenbrille auf seine Stirn und sah seinen Kollegen fragend an. Jerabek deutete auf die zwei Geschäfte, an denen sie gerade vorübergingen. Direkt neben einem Damen- und Herrenfriseur hatte jemand einen Pflegesalon für Hunde eröffnet. Einträchtig nebeneinander hingen Bilder von gestylten Menschen und geschorenen Hunden in den Auslagen.

»Der Neubauer kann ein mit allen Wassern gewaschenes Schlitzohr sein, der in unserem Fall mit drinhängt, oder aber auch ein blöder Hund, dem im Suff nichts Besseres einfällt, als fremde Menschen abzuwatschen. Auf jeden Fall bekommt er ebenfalls sein Platzerl auf unserer Liste der Verdächtigen.«

»Die wird mit jeder Stunde länger, Franz. Jetzt haben wir diesen Neubauer und auch noch einen zweiten Deutschen mit perfekt sitzender Frisur dazubekommen. Unsere Liste wird dem Alten nicht gefallen.«

Jerabek zuckte mit den Schultern. »Eines nach dem anderen, Berger. Manche Fälle lassen sich eben schnell aufklären, andere wiederum nie. Und gelegentlich lösen sie sich auch von selbst. Knöpfen wir uns erst mal den Watschenmann vor. Schau, ob du an die genaue Adresse und Telefonnummer von diesem Neubauer herankommst. Der Mitteregger soll gefälligst Tempo machen.«

Mit seinem Handy am Ohr marschierte Berger neben Jerabek durch die letzten Meter der Goldschlagstraße, die am Areal des Kaiserin-Elisabeth-Spitals endete. An den Begrenzungsmauern des Spitalkomplexes wandten sie sich nach rechts.

»Hat die Buschenbacher sonst noch was gesagt?«, wollte Berger von seinem Kollegen wissen.

Jerabek schüttelte den Kopf und schwieg.

»Komisch irgendwie. Beide Jungs der Alten sind im Umfeld

Grünzweigs umgekommen. Der Hansi hatte sich mit der Studentenpartie rund um den Professor angefreundet, und der Kaluma durfte sogar für ihn arbeiten. Hat beiden kein Glück gebracht.«

»Den gleichen Satz hat auch die Buschenbacher verwendet«, antwortete Jerabek. »Die verflucht nicht nur das Schicksal, sondern auch ihre Entscheidung, sich für den Laborplatz Samuels starkgemacht zu haben. Sie bildet sich fest ein, Mitschuld am Tod ihrer Buben zu tragen, dabei war das im Dreiundneunzigerjahr ein klarer Unfall. Der Buschenbacher hat beim Kentern die seitliche Kante der Zille an den Kopf bekommen und dadurch das Bewusstsein verloren. Im großen Gelächter der ins Wasser stürzenden Schar hat niemand bemerkt, dass der Junge nicht mehr an die Oberfläche kam. Erst als er eine halbe Stunde später mit einer Platzwunde am Kopf ertrunken im Wasser trieb, fand die allgemeine Fröhlichkeit am Ufer ein Ende.«

Auch vor den Kriminalbeamten tauchte jetzt eine Wasserfläche auf. Sie hatten die Anhöhe des Kardinal-Rauscher-Platzes erreicht, wo eine mit Dutzenden Solarzellen versehene, kegelförmige Brunnenskulptur wie ein Christbaum inmitten einer runden Wasseranlage in die Höhe ragte.

»Den Grünzweig soll das Ganze ziemlich mitgenommen haben«, fuhr Jerabek fort. »Ich hab mit seinem langjährigen Kollegen, Professor Jakubonis, telefoniert. Der Grünzweig soll früher ein cooler Hund gewesen sein. Sportlich, aktiv und für jeden Lausbubenstreich mit seinen Studenten zu haben. Nach dem tödlichen Unfall hat er sich zurückgezogen und sich ganz der Forschung verschrieben.«

Jerabek stellte sich vor den Brunnen und schaute nach Osten. Kerzengerade zog sich die Märzstraße nach unten bis zum Gürtel. Wie eine gespannte Schnur. Ungewöhnlich für eine gewachsene Stadt wie Wien, dachte sich der Kriminalinspektor und nahm sich vor, dieser Besonderheit demnächst auf den Grund zu gehen.

»Es hebt keiner ab.« Berger deutete auf sein Mobiltelefon. »Ich habe vom Mitteregger zwei Nummern erhalten, aber der Neubauer lässt sich weder unter seiner Handynummer noch unter dem Festnetzanschluss erreichen.«

»Haben die auch seine Hausnummer herausgefunden?«

Berger nickte. »Ist nicht weit von hier. Auf der rechten Seite.«

»Na, dann werden wir eben anklopfen müssen, wenn der Kerl so ungern telefoniert.«

Die beiden Ermittler überquerten die Huglgasse und schlenderten zum Wohnhaus des Mannes, mit dem Ernst Stierschneider am Vorabend gefeiert hatte.

Eine alte Dame war gerade im Begriff, das Haustor aufzusperren. »Entschuldigen Sie bitte, wohnt hier ein Erik Neubauer?«

Die kleine Frau trug ein Kopftuch und stützte sich auf den Bügel einer mit Rollen versehenen Einkaufstasche. Sie drehte sich um und sah irritiert zu Berger hoch. »Seids ihr von den Zeugen Jehovas?«

Berger machte eine abwehrende Handbewegung. »Nein. Wir sind von der Polizei.«

»Wer? Von der Partei? Ich zahl nichts mehr! Sechzig Joahr hob i mein Mitgliedsbeitrog eizoit. Und ihr hobts des gaunze Göd veruntreut und verspekuliert. Schauts, dass weiterkummts!« Ihr Gesichtsausdruck hatte sich verfinstert. Sie rückte die Tasche näher zu sich heran und machte Anstalten, sich wieder zur Tür zu drehen.

»Polizei«, rief Berger laut. »Wir sind von der Polizei!«

Die Frau zuckte zusammen. Sie griff mit einer Hand unter ihr Kopftuch und drehte am Hörgerät hinter ihrem Ohr. »Schreien S' doch ned so«, sagte sie, »i bin jo ned komplett derrisch.«

»Dürfen wir ins Haus rein?«, fragte Berger, wieder mit gemäßigter Lautstärke.

»Der Herr Reiter ist auf Urlaub«, antwortete die alte Frau, »der kommt erst in ein paar Monaten wieder.«

»Wir wollen zu Herrn Neubauer. Erik Neubauer. Der wohnt doch hier, oder?«

Sie schaute Berger verwundert an. »Wos wolln S' denn von dem Buam?«

»Nur etwas fragen. Ist er zu Hause?«

Die Alte zuckte mit den Schultern. »Der schloft oft bis aum Nochmittog. Do miassn S' scho selber schaun.« Die Frau mit dem Kopftuch öffnete die Haustür und schlurfte langsam in die

Einfahrt des Gebäudes. Das Einkaufswagerl holperte hinter ihr über den unebenen Boden. »Des hod's bei uns ned gebn, wie wir jung woarn. I hob den gaunzn Tog oarbeiten miassn. Von da Fruah bis auf d' Nocht.«

Berger und Jerabek folgten der Frau durch den Flur des alten Hauses.

»Do is jo ollas zerbombt gwesen, rund um den Bauhnhof. Von unserem Haus hod a gaunze Außenwaund gfehlt. Do hod ma vom Wohnzimmer direkt bis zur Kirchn schaun kenna. Bis da Hermann aus der Gfaungenschoft zruckkumma is, hob i ollas allanich mochn miassn.«

Sie stoppte ihre Erzählung, um die Einkaufstasche über die Stufen, die zum ersten Stock hinaufführten, nach oben zu ziehen. Berger sprang vor, um ihr dabei behilflich zu sein.

»Passen S' ma auf die Blumen auf!«, rief sie aufgeregt.

Der Kriminalbeamte bemühte sich, mit der Tasche nicht die seitlich stehenden Grünpflanzen zu streifen. Im ersten Stock angelangt, hielt die Frau vor ihrer Wohnungstür. Berger las ihren Namen vom Türschild. »Und wo finden wir den Neubauer, Frau Sacher?«

»Gleich die nächste Tür. Ned auf der drüberen Seitn. Des is da Reiter. Auf der Seitn do. Sie miassn owa klopfen, die Glockn is kaputt.«

Ohne sich zu verabschieden, verschwand Aloisia Sacher in ihrer Wohnung, und die Kriminalpolizisten gingen zur Wohnungstür des Studenten. »E. Neubauer« stand in Kurrentschrift auf dem Türschild. Erki hatte das handgeschriebene Schild seiner Großmutter Elisabeth Neubauer beibehalten. Darunter prangte ein runder Aufkleber auf dem braunen Furnier der Holztür, ein weißer Kreis mit dem roten Logo der Rolling Stones. Eine ganze Minute lang klopfte Berger auf das von John Pasche designte Motiv der Rockgruppe, doch die Tür blieb verschlossen. Der Student war nicht zu Hause und zeigte den Polizisten die Zunge.

»Komischer Tag heute«, sagte Berger, als sie das Haus verließen. »Wir haben es mit lauter Phantomen zu tun. Eine verschwundene Assistentin, ein abwesender Watschen-Austeiler, ein verdächtiger Pfadfinder und ein dubioser deutscher Hundehasser, von dem wir nur einen falschen Namen kennen. Der Bruder des toten Professors konnte vom Mitteregger auch noch nicht kontaktiert werden. Nur die Eltern des Kaluma hat er erreichen können. Da wäre ich gerne dabei gewesen, wie der Wolferl sein Schulfranzösisch ausgepackt hat. Was jetzt?«

»Zurück zum Auto«, schlug Jerabek vor. »Wir werden die weiteren Schritte vom Büro aus planen. Aber vorher sollten wir uns beim Meiselmarkt noch etwas Essbares genehmigen. Vielleicht kommt uns ja mit vollem Magen eine brauchbare Idee.«

15

Mayerling. Erki beschlich ein ungutes Gefühl, als er die Ortstafel der kleinen Gemeinde im Westen Wiens erblickte. Die Ortschaft mit dem ehemaligen kaiserlichen Jagdschloss zählte nicht mehr als knapp hundertfünfzig Einwohner, dennoch war sie über die Grenzen Österreichs hinaus bekannt. Zwei junge Menschen hatten hier vor über einhundert Jahren unter mysteriösen Umständen den Tod gefunden. Wegen überkommenem Standesdünkel des europäischen Hochadels, aus innenpolitischen Gründen, durch das Eingreifen ausländischer Geheimdienste oder einfach nur aus unglücklicher Liebe? Man würde es wohl nie mit absoluter Sicherheit erfahren, warum Kronprinz Rudolf, der designierte Nachfolger seines Vaters Kaiser Franz Joseph, in dieser legendenumrankten Nacht des Jahres 1889 mit seiner jungen Geliebten aus dem Leben schied. Was blieb, waren zwei Tote und die vernichtete Hoffnung auf die Erneuerung eines festgefahrenen Systems, das mit unausweichlicher Zielstrebigkeit auf die Katastrophe des Ersten Weltkriegs zusteuerte.

Mayerling als Symbol für Hoffnungslosigkeit, Niedergang und Tod. Kein gutes Zeichen, dachte sich Erki und versuchte, sein Unbehagen vor der Lenkerin des Fahrzeugs zu verbergen. Caterina nahm von der Ortstafel jedoch nur insofern Notiz, als sie die Geschwindigkeit des Cherokee verringerte.

Sie hatte sich dem kleinen Ort über eine schmale Straße von Norden her genähert, um es zu vermeiden, die größere Gemeinde Alland zu durchfahren. Entgegen der von einem Wegweiser angegebenen Richtung war sie gleich nach dem Verlassen der Autobahn die Mödlinger Bundesstraße bergauf gefahren und hatte das tiefer liegende Alland hinter sich gelassen. Nach eineinhalb Kilometern war sie scharf nach rechts abgebogen. Eine in Serpentinen angelegte Straße führte von der Abzweigung ins Tal nach Mayerling. Caterina hatte den Wagen sicher durch die engen Kurven der wenig befahrenen Straße gelenkt, die sich durch einen Mischwald und anschließende Bergwiesen steil nach unten zog.

Es befanden sich keine Häuser oder Höfe an dieser Straße, mit Ausnahme eines größeren Gebäudekomplexes, der von oben betrachtet wie eine Mischung aus Meierhof und Sporthotel wirkte. Das Orange eines Tennisplatzes stach aus den umliegenden Wiesen hervor und irritierte die Augen, die sich schon an die grüne Hügellandschaft des Wienerwalds gewöhnt hatten. Eine Kehre führte um den niedrigeren Teil der Anlage herum.

Als sie an der Glasfront des Hauptgebäudes vorbeigefahren waren, waren Erki Menschen aufgefallen, die Kochkleidung trugen. Sein Magen hatte ihm sofort knurrend mitgeteilt, dass er seit dem Vortag nichts mehr gegessen hatte. Auch wenn Wodka aus Erdäpfeln gewonnen wurde, die vormittägige Sauferei konnte ein Erdäpfelgulasch, Ofenkartoffeln oder auch nur eine einfache Portion Pommes frites nicht ersetzen. Die Flüssignahrung seines späten Frühstücks mit dem unsympathischen Riesen schrie nach einer festen Unterlage, und Erki fragte sich, ob in dem Jagdhaus etwas Essbares zu finden wäre.

Zum Glück verflachte das Gefälle des Hangs gleich unterhalb des Hotels, und die Straße lud mit weiter ausholenden Kurven wieder zu mehr Geschwindigkeit ein. Hinter vereinzelten Baumgruppen war schließlich die Rückansicht des kaiserlichen Jagdschlosses aufgetaucht und bald danach die Ortstafel mit der Aufschrift »Mayerling«.

Am Parkplatz vor dem Schlösschen tummelten sich zahlreiche Autos mit in- und ausländischen Kennzeichen. Der Betreiber des danebenliegenden Wirtshauses konnte sich über mangelnde Kundschaft nicht beklagen. Obwohl der Zeitpunkt der Tragödie in der kaiserlichen Familie schon mehr als hundertzwanzig Jahre zurücklag, hatte dieser Ort offenbar nichts von seiner Faszination verloren.

Caterina verlangsamte die Geschwindigkeit des Jeeps und brachte den Wagen vor der Bundesstraße zum Stillstand, die am Parkplatz und der Gaststätte »Zum alten Jagdschloss« vorbeiführte. Vor ihnen lag die mit übertrieben großen Betonbögen gestaltete Brücke über den schmalen Schwechatbach. Dahinter war die kurze Ortsstraße zu sehen, gesäumt von einigen wenigen

Häusern, die sich zu beiden Seiten der Straße angesiedelt hatten, bevor sich diese wie ein graues Band durch die unverbaute, hügelige Landschaft dem Wallfahrtsort Maria Raisenmarkt entgegenzog.

Erki war nicht entgangen, dass sich Caterina während der Fahrt wieder mehrmals an den Brustkorb gegriffen hatte. »Tut es arg weh?«

»Es ist zum Aushalten«, gab sie zur Antwort. »Du solltest mich aber möglichst nicht zum Lachen bringen.« Sie lächelte ihn an und bog dann in die Badener Bundesstraße ein. Links von der Straße türmten sich Gesteinsformationen auf, unterbrochen von grünen Föhrenwäldern. Auf der rechten Seite konnte man das steinige Bachbett der Schwechat sehen, die sich neben der Straße in zahlreichen Windungen durch flaches Gelände schlängelte. Erki drehte sich um und sah, wie der belebte Parkplatz hinter einer Felswand verschwand. Sie hatten Mayerling wieder verlassen, kaum dass sie in dem Ort angekommen waren.

»Wir sind gleich da«, sagte Caterina mehr zu sich selbst als zu ihrem Beifahrer. Sie wirkte nachdenklich und saß gedanklich wohl schon vor dem Computer im Jagdhaus ihres Chefs.

Eine Hütte im Wald als Forschungslabor. Blockbohlen, Lärchenschindeldach und Plumpsklo trafen auf Messgeräte, Bildschirme und Hightech-Rechner. Erki war gespannt auf das, was ihn im Wochenendrefugium des Professors erwarten würde.

Er wurde aus seinen Gedanken und aus seinem Sitz gerissen, als Caterina in eine Forststraße einbog. Regenwasser hatte eine schmale Rinne quer zum Weg geschaffen, und die Lenkerin des Jeeps hatte dieses Schlagloch zu spät bemerkt. Erkis Kopf machte Bekanntschaft mit dem Dach des Geländewagens, und Caterina konnte nur mit Mühe einen weiteren schmerzlichen Kontakt ihrer Rippen mit dem Steuer des Wagens vermeiden. Sie hatte den Motor abgewürgt und krallte sich an das Lenkrad des zum Stillstand gekommenen Wagens.

»Ich dachte, das wäre ein Geländewagen«, flüsterte sie.

Erki lehnte sich zurück und streckte seinen Kopf neben der Nackenstütze nach hinten, so als könnte er damit die Schmerzen an die Rücksitze weitergeben. »Die Verletzten, die ich zu meiner Zeit als Zivildiener transportiert habe, können heute noch dankbar darüber sein, dass ich es war, der am Steuer des Rettungswagens gesessen ist.«

»Das sind sie bestimmt«, antwortete Caterina milde lächelnd und lehnte sich ebenfalls in ihrem Sitz zurück. »Ich wäre bei einem verpflichtenden Wehrdienst für junge Frauen zum Bundesheer gegangen. Stell dir vor, alle Männer müssten Sozialdienste leisten und bei den Armeen wären nur noch Frauen im Einsatz. Mit einem Mal würde es auf dieser Welt viel mehr Hilfsbereitschaft und viel mehr soziales Engagement geben. Und auch keine Kriege mehr.«

Sie legte ihren Nacken wie Erki auf die Rücklehne des Sitzes. Die zwei Köpfe lagen jetzt dicht beieinander, und zwei Augenpaare starrten Seite an Seite in die beigefarbene Deckenverkleidung des Jeeps.

»Hast du schon einmal den Ausdruck ›Zickenkrieg‹ gehört?«, fragte Erki.

Caterina musste lachen. Sofort krümmte sie sich nach vorn und legte ihre Hände an die schmerzende Brust. »Hey! Du sollst mich doch nicht zum Lachen bringen. Meine Rippen.« Sie lachte immer noch. »Komm, bringen wir es hinter uns. Du darfst mich dann im Spital erheitern. Was bevorzugt der Herr? Allgemeines Krankenhaus oder Unfallklinik?«

»Bring mich einfach dorthin, wo es die jüngsten und attraktivsten Schwestern gibt.«

Caterina lächelte. »Aber gerne. Ich bring dich ins Spital der barmherzigen Samariterinnen. Die jüngste Ordensschwester dort soll erst sechzig sein. Aber vorher fährt dich deine ungeeignete private Rettungsfahrerin noch auf diesen Hügel. Also halte dich lieber gut fest.«

Sie startete den Motor und legte einen Gang ein. Der Weg führte zwischen zwei Felskegeln den Hang hinauf. Schon nach wenigen Metern war von der Bundesstraße nichts mehr zu sehen. Caterina fuhr jetzt vorsichtig und achtete genau auf die Beschaffenheit des Untergrundes. Doch die Forststraße war gut befestigt, und der Cherokee arbeitete sich ohne Probleme den Waldweg empor. Die Bäume standen jetzt dichter, und die Straße wirkte wie eine in das Grün gehauene Schneise. Vereinzelte Holzstöße wiesen auf die winterliche Bewirtschaftung dieses Gebietes hin, ansonsten war bis auf die beiden Fahrrinnen keine Spur von menschlichem Einwirken auf diesen Fleck der Erde zu sehen.

Über mehrere sanft geschwungene Kurven folgte Caterina der Schneise, bis sie zu einer kleinen Lichtung gelangten, auf der sich eine Weggabelung auftat. Der rote Rand einer Fahrverbotstafel leuchtete an der linken Abzweigung wie ein unnatürlicher Fremdkörper aus dem Grün der Landschaft hervor. »Privatweg« stand inmitten der rot umrandeten weißen Tafel.

»Gehört der Wald auch deinem Professor?«, wollte Erki von Caterina wissen, die den Wagen auf die private Forststraße gelenkt hatte.

Sie nickte. »Der größte Teil davon. Die Grünzweigs sind einmal recht vermögend gewesen. Der Professor entstammt einer ehemaligen Industriellenfamilie. Von den einstigen Besitztümern ist allerdings nicht viel übrig geblieben. Das meiste ist in der NS-Zeit verloren gegangen, und den Rest hat sich sein Bruder angeeignet.«

»Angeeignet?«

»Ach, da gab es irgendwelche Erbstreitigkeiten vor Jahrzehnten, und der Professor ist dabei von seinem jüngeren Bruder über den Tisch gezogen worden. Der hat die Gutmütigkeit meines Chefs schamlos ausgenutzt und haust jetzt mit Bentley, Butler und zahlreichen Bediensteten in einer feudalen Villa in einem Berliner Nobelviertel. Dem Professor ist eigentlich nur der Wald hier geblieben. Und so ein Wald bedeutet oft mehr Sorgen als Profit. Aber er kommt gerne hierher in seine Hütte und ist da fast jedes Wochenende anzutreffen. In der Stille und Abgeschiedenheit könne er seinen Ideen freieren Lauf lassen, sagt er.«

»Und in welchem Wald sitzt die Frau Dr. Caterina einsam und verlassen herum, damit ihr glorreiche, wissenschaftliche Ideen einschießen?«

»Ich?« Sie lachte. »Ich hab die besten Einfälle in der U-Bahn und beim Schwimmen. Wobei ich mich in der U-Bahn leichter tue beim Aufschreiben der Gedanken. Die Schwimmeingebungen vergesse ich meist, bis ich wieder trocken bin.«

»Man sollte Schwimmbecken in die U-Bahn-Wagen einbauen. Dann hättest du bestimmt schon die selbstreinigende Zahnbürste und einen Sockenpaarfinder erfunden.«

»Vielleicht später«, erklärte sie lachend. »Jetzt muss ich einmal schauen, dass mein derzeitiges Projekt nicht den Bach hinuntergeht.«

»Meinst du jetzt das Hochwasserprojekt oder das mit den wasserbetriebenen Motoren?«

Caterina verzog den Mund. »Ich fürchte, ich habe dir in meiner Aufregung schon zu viel erzählt. Ich glaube nicht, dass es gut wäre, wenn du alles über meine Forschungstätigkeit erfährst.«

»Entschuldigung, Frau Dr. Geheimnisvoll. Ich wollte deinen elitären Forscherkreisen nicht zu nahe treten. Es hätte mich nur ein klein wenig interessiert, weswegen man mich niedergeschlagen, entführt und mit einer Schusswaffe bedroht hat.«

Caterina hielt mitten auf dem Waldweg den Wagen an und drehte sich zu Erki. »Es tut mir leid, Erik. Es tut mir leid, dass du in diese Sache hineingezogen wurdest. Und es tut mir leid, dass sie dir diese schlimmen Dinge angetan haben. Aber ich glaube, dass es sicherer für dich ist, wenn du über die Details unserer Untersuchungen der Wasserenergetik nicht informiert bist. Meine Überlegungen zu den Gründen meiner Entführung lassen in letzter Konsequenz auch noch einen weiteren Schluss zu: die Möglichkeit, dass alle Personen, die das Ergebnis der Studien kennen, beseitigt werden sollen.« Sie legte ihre Hand auf seine Schulter. »Du hast damit nichts zu tun, Erik. Das betrifft nur den Professor und mich.«

Sie drehte sich wieder zum Lenkrad, umfasste es mit ihrem linken Arm und legte ihren Kopf darauf. »Ich habe Angst, Erik. Und ich habe ein schlechtes Gewissen, weil ich dich hierher mitgeschleppt habe, anstatt dich in Sicherheit zu bringen. Ich möchte dich nicht noch tiefer in die Angelegenheit verwickeln.«

Sie schwiegen beide. Im Wald rund um das Fahrzeug war es totenstill, und man hörte nur das schwere Atmen Caterinas.

»Ich bin doch bereits in deine Angelegenheiten verwickelt,

Caterina«, stellte Erki schließlich fest. »Glaubst du wirklich, die würden mich laufen lassen, wenn sie uns schnappen? Nur weil ich nichts weiß? Ich weiß jetzt schon viel zu viel. Ich kenne die Gesichter, ich kenne ihren Stützpunkt am Hafen, ich fahre in einem ihrer Fahrzeuge, und ich habe einen der Männer niedergeschlagen. Wir sitzen im selben Boot, Caterina. Wenn sie dich erwischen, bin auch ich dran. Niemand wird zu mir sagen: War nur ein Missverständnis, Herr Neubauer. Gehen Sie nach Hause und vergessen Sie die Sache.«

Die junge Wissenschaftlerin richtete sich wieder auf und atmete mehrmals tief durch. Dann verhalf sie der Sechszylindermaschine des Jeeps zu erneuten Umdrehungen, und der Geländewagen rollte langsam weiter. »Du hast recht, Erik. Frag mich, was du wissen willst. Aber sag bitte nicht ›wasserbetriebene Motoren‹. Das hört sich viel zu sehr nach Turbinen an.«

»Und wie soll ein wasserbetriebener Motor sonst funktionieren? Außer vielleicht durch Dampferzeugung?«

»Durch Umdenken. Durch radikales Umdenken und das In-Frage-Stellen aller herkömmlichen Technologien.«

Die Zweige eines tief hängenden Asts streiften den Jeep, und beide zogen unwillkürlich ihre Köpfe ein. »Der Weg gehört wieder einmal ausgeschnitten«, bemerkte Caterina.

Erki ignorierte ihren Versuch, das Thema zu wechseln. »Was verstehst du unter herkömmlichen Technologien?«

»Die uns bekannten Technologien zur Energiegewinnung. Die Energiewirtschaft und Technik unserer Zeit basiert auf Explosion. Auf der Verbrennung wertvoller Natur- und Rohstoffe. Nur ein geringer Teil der daraus gewonnenen Energie ist nutzbar. Der größere Teil wird in Abfallprodukte umgewandelt: Verbrennungsrückstände und Abwärme in Form von Gasen und Dämpfen. Alles mit katastrophalen Auswirkungen auf die Sauerstoff- und Wasserstoffbestände unserer Erde. Wir sind auf dem besten Weg, unseren eigenen Planeten zu vergiften.«

»Wird nicht weltweit immer mehr in alternative Energieformen wie Solar- oder Windenergie investiert?«

»Ein Tropfen auf den heißen Stein. Während im Weinviertel zehn Windräder errichtet werden, stellen die Chinesen zehn neue

Kernkraftwerke in die Landschaft. Alternativenergie ist schön und gut, aber was wir brauchen, ist eine völlige Abkehr von der herkömmlichen Energiepolitik. Eine Wende hin zu Energiegewinnungsformen, die hochwertige Naturprodukte nicht in minderwertigen Abfall umwandeln. Schau in die Natur!«

Sie deutete auf den Wald neben dem Weg, und Erkis Augen folgten den Fingern ihrer schlanken Hand und versuchten, das Innere des Waldes zu ergründen.

»In der Natur geht nichts verloren. Sie verwendet ihre zersetzenden Kräfte wie Fäulnis und Verrottung nur dazu, nicht mehr Lebensfähiges aufzulösen. Alles andere bleibt dem natürlichen Kreislauf erhalten. Wir sollten endlich unsere Bestrebungen beenden, gegen die Natur anzukämpfen und diese zu bezwingen. Wir sollten vielmehr von ihr lernen.«

»Das hört sich ja alles recht schön an«, meinte Erki. »Aber wenn wir nicht zurück in die Steinzeit wollen, werden wir um Energiegewinnung nicht herumkommen. Was genau lehrt uns da die Natur?«

»Die Nutzung der zentripetalen Kräfte.« Der Weg vor ihnen setzte zu einer steilen Linkskurve an, und Caterina schaltete einen Gang zurück.

»Zentripetal?«, fragte Erki. »Was ist das?«

»Das sind in sich drehende, einspulende Bewegungen, wie sie in Winden, in Spiralnebeln oder auch im Wasser vorkommen.«

Ausgangs der langen Kurve wurde der Weg wieder flacher und führte über eine schmale Holzbrücke, die sich über ein tief in den Hang eingegrabenes Bachbett spannte. Caterina hielt vor der Brücke.

»Hast du schon einmal eine Forelle beobachtet, wie sie Steilstufen oder Wasserfälle in einem Gebirgsbach überwindet?«

Erki schüttelte den Kopf. Caterina zeigte auf das wenige Wasser, das zwischen Gesteinsblöcken hervorsprudelte und unter der Brücke in Richtung Tal floss.

»Du müsstest den Bach einmal nach der Schneeschmelze sehen. Da führt er mehr Wasser als so mancher Fluss und schießt mit einem gewaltigen Druck unter der Brücke hindurch. Forellen müssen zum Laichen ins Quellgebiet. Gegen die Strömung und über meterhohe Wasserfälle. Dabei machen sie sich diese zentripetalen Kräfte zunutze. Die Forelle kreist unterhalb des Wasserfalls im flachen Wasser und wartet auf den geeigneten Augenblick, um hochzuspringen. Das herabfallende Wasser erzeugt durch einspulende Bewegungen einen Sog in seiner Mitte. Einen Sog in entgegengesetzter Richtung. Die Forelle nutzt diesen Sog instinktiv, um Höhen zu überwinden, die mit bloßer Sprungkraft nicht zu bewältigen wären. Diese innere Energie findet sich in jeder Form von strömender Bewegung. Im Wasser, in Wolken und auch im Wind. Vögel verwenden diese Strömungen, um große Strecken in der Luft zurückzulegen, und auch wir Menschen könnten davon profitieren. Diese Energie wartet nur darauf, von uns genutzt zu werden.«

Erki starrte fasziniert auf das schmale Rinnsal. »Das heißt, das Geheimnis dieser Energie liegt in diesen einspulenden Bewegungen?«

Caterina lächelte und ließ den Jeep langsam über die Brücke rollen. »Das Geheimnis des ganzen Lebens liegt in dieser Bewegungsform. Von den spiralförmigen planetaren Bewegungen im Kosmos bis hin zu den kleinsten Bauteilen aller Erdorganismen.«

Der Weg begann sich plötzlich zu verbreitern, die Bäume wichen zurück, und vor ihnen lag die Lichtung mit dem Jagdhaus des Professors. Entgegen Erkis Vermutung handelte es sich bei der Hütte um kein Blockhaus, sondern um ein aus Steinen errichtetes Gebäude. Nur der untere Teil des Hauses war mit Holz verkleidet. Es war so in den Hang hineingebaut worden, dass sich das eigentliche Haus, gestützt auf gemauerte Pfeiler, oben befand, während der scheunenartige Unterbau Platz für Brennholz und Gerätschaften bot.

Eine grob gezimmerte Sitzbank stand an der hölzernen Verkleidung des unteren Teils des Gebäudes. Wenige Schritte davon entfernt konnte Erki einen Hackstock sehen, in dem eine Spaltaxt steckte. Der Eingang zum Jagdhaus war über eine lang gezogene Holztreppe erreichbar, die zu einem balkonartigen hölzernen Vorbau führte, der in einigen Metern Höhe an der Vorderseite des Gebäudes angebracht war.

Caterina parkte den Wagen direkt vor der Treppe und machte Anstalten, den Wagen zu verlassen. Erki zog sie an der Kette der Handschellen zurück.

»Und? Ist es dir gelungen, diese Energie in strömenden Bewegungen nachzuweisen?«

Die junge Wissenschaftlerin sah ihn bedeutungsvoll an. »Über den Nachweis sind wir längst hinaus.« Sie rutschte wieder in die Mitte des Fahrersitzes und wandte sich ihrem Begleiter zu. »Was zählt, ist die praktische Nutzung dieser Energie. Nicht irgendwelche theoretischen Erkenntnisse und wissenschaftliche Spielereien. Um einen Wandel in der verfehlten Energietechnologie der letzten hundert Jahre herbeizuführen, braucht man konkrete Vorschläge für mögliche Alternativen. Und diese liegen jetzt vor. Sozusagen als Nebenprodukt zu unseren Studien der Wasserdynamik bei Hochwasser. Es ist uns im kleinen Bereich gelungen, Energie aus bewegtem Wasser zu gewinnen.« Sie sprach leise, als ob sie Angst hätte, dass jemand das Gespräch mithören könnte.

»Was meinst du mit ›im kleinen Bereich‹?«

Caterina flüsterte jetzt beinahe. »Die Aussage bezieht sich auf die beschränkten Möglichkeiten, die unser Labor bietet. Wir haben dort Apparaturen konstruiert, bei denen Wasser durch links- beziehungsweise rechtsläufige schlangenartige Windungen geschickt wird. Durch bestimmte, nach innen verlaufende Bewegungsvorgänge entstehen unter dem Einfluss gewisser Katalysatoren Energiezuwächse, und wir haben es geschafft, einen Weg zu finden, diese Kräfte nutzbar zu machen. Ich spreche von kleinen Apparaturen, nicht von Kraftwerken. Aber der Bau solcher Kraftwerke sollte auf der Basis unserer Forschungen in wenigen Jahren möglich sein. Sogar in Form von kleinen Hauskraftwerken. Energiegewinnung ohne Abwärme und Verbrennungsrückstände. Für jeden einzelnen Haushalt. Durch Implosion statt Explosion.«

Erkis Finger bewegten sich über die Kette der Handschellen bis zu Caterinas Hand. Sanft legte er seine Hand auf die ihre. »Wenn das auch im Großen funktioniert, kann eure Arbeit den Ausstieg aus der Atomenergie bedeuten und unsere Abhängigkeit vom

Erdöl beenden. Hast du eine Ahnung davon, welche gewaltigen, weltweiten Kapitalinteressen das berührt?«

Caterina nickte. »Ich möchte mir das lieber gar nicht so genau vorstellen. Deshalb haben wir unsere neben dem offiziellen Hochwasserprojekt einhergehende Parallelstudie auch völlig geheim gehalten. Nur der Professor und ich wussten bislang darüber Bescheid. Professor Grünzweig gilt seit Jahrzehnten als Eigenbrötler. Vor meinem Einstieg in das Projekt hat er überhaupt ausschließlich allein gearbeitet. Er hat zu diesem Thema bislang nichts publiziert, und seine Studenten durften nur in genau definierten Teilbereichen mitarbeiten, um ja nicht mitzubekommen, was hier im Ganzen läuft. Ich habe nicht die geringste Ahnung, wie die Information unseres Durchbruchs nach außen gelangt sein könnte. Aber irgendjemand muss davon erfahren haben. Sobald das Passwort von meinem Laptop geknackt ist, befindet sich die Arbeit in fremden Händen. Und diese Hände scheinen zu keinen besonders freundlichen Menschen zu gehören.«

»Du sagst, wir finden den Speicherinhalt deines Laptops auch hier im Jagdhaus noch mal?«

Caterina nickte.

»Was willst du damit machen? Verstecken? Vergraben?«

Die Forschungsassistentin schüttelte den Kopf. »Zu spät. Ich muss in die Offensive gehen und die Arbeit veröffentlichen. Wenn sie weltweit jedem zur Verfügung steht, ergibt es für den Einzelnen keinen Sinn mehr, uns darüber auszuquetschen.«

»Oder uns zu beseitigen«, setzte Erki leise hinzu.

Caterina nickte kaum merklich. Sie sah ihn traurig an und zog dabei langsam ihre Hand unter der seinen weg.

»Ich gehe jetzt da rauf und schicke das Zeug an eine Freundin, die für einen großen Medienverlag tätig ist. Der Professor wird diesen Schritt bestimmt verstehen, auch wenn ich ihm damit seine große Präsentation vermiese. Aber die Ergebnisse unserer jahrelangen Forschung sind für die ganze Menschheit bestimmt, nicht nur für den Glatzkopf und seinen unguten Verein.«

Sie öffnete die Fahrertür.

»Warte!«, rief Erki. »Ich nehme besser die Kanone mit. Man weiß ja nie.«

Er langte in das Handschuhfach des Jeeps und zog die Pistole heraus. Vorsichtig steckte er sie an seinem Rücken in den Hosenbund. Dann kletterten beide aus dem Fahrzeug und stiegen die hölzerne Treppe zum Jagdhaus empor.

16

»Vielen Dank, Frau Michalko, wir werden es Herrn Grünzweig ausrichten. Auf Wiederhören. Ja, gerne. Danke noch mal.«

Berger drückte auf das rote Symbol am Display seines Mobiltelefons und legte dieses auf seinen Schreibtisch. Sein neben dem Tisch stehender Kollege blickte fragend zu ihm hinab.

»Das glaubst du nicht, Franz«, schoss es aus Berger heraus. Er starrte nochmals auf sein Handy und schüttelte ungläubig den Kopf.

Franz Jerabek schielte über den Rand des braunen Plastikbechers in seinen Händen. »Spuck's aus, Berger, bevor mir der Kaffee kalt wird.«

Berger lehnte sich in seinem Drehstuhl zurück und streckte seine langen Arme über die seitlichen Lehnen. »Ich hab die Haushälterin von Jakob Grünzweig am Telefon gehabt. Ex-Haushälterin, wenn man es genau nimmt. Der Grünzweig hat ihr seit einem Dreivierteljahr kein Gehalt mehr ausbezahlt, und jetzt möchte sie ihm ihre Kündigung mitteilen.«

»Ich dachte, der Bruder von unserem Grünzweig haust in einer Berliner Nobelvilla und stinkt vor Geld?«

»Das mit dem Geld war einmal«, antwortete Berger höhnisch grinsend, »jetzt ist der vornehme Herr aus gutem Haus nämlich pleite. Er versucht zwar, die Fassade nach außen hin aufrechtzuerhalten, aber das kann nicht mehr lange gut gehen, sagt die Michalko, und die Frau kennt sich aus. Sie kümmert sich seit knapp dreißig Jahren um das Anwesen des Grünzweig. Dort durfte sie sich mit den Ehefrauen und außerehelichen Affären ihres Chefs herumschlagen, seine Launen ertragen, seine Nutten und Koks-Dealer empfangen und die Spuren unzähliger ausgelassener Partys beseitigen. Der jüngere Grünzweig soll nichts ausgelassen haben.«

»Alles mit dem elterlichen Vermögen aus der Erbschaft?«

»Nicht nur. Jakob Grünzweig hat mit dem geerbten Kapital an der Börse spekuliert. Erfolgreich. Bis die Immobilienblase in den USA geplatzt ist. Danach soll er Unsummen verloren haben.«

»Das alles hat dir die Haushälterin so freimütig erzählt?«

»Die singt wie ein Lercherl«, lachte Berger. »Die hat die Schnauze gestrichen voll vom Grünzweig, weil er sie seit Monaten wegen ihres Gehalts vertröstet. Lässt kein gutes Haar an ihrem Arbeitgeber. Und jetzt rate mal, wohin der finanzmarode Lebemann verreist ist.«

Als ob die Antwort darauf im Kaffee verborgen wäre, schaute Jerabek konzentriert in den Becher zwischen seinen Händen. »Wien?«

»Bingo! Ganz genau.«

»Der wollte doch nicht etwa ganz freundschaftlich seinen Bruder besuchen?«

Berger posaunte laut soeben in Erfahrung Gebrachtes aus: »Die zwei Brüder hatten seit der Erbschaftsangelegenheit nach dem Tod des Vaters keinen Kontakt mehr zueinander. Die Aufteilung des Familienvermögens soll nicht ganz konfliktfrei verlaufen sein. Beim Erben hört bekanntlich die Freundschaft unter Verwandten auf. Nein, da geht es nicht um Höflichkeit oder vielleicht gar um einen Besuch anlässlich des Fünfundsechzigers von Ignaz Grünzweig, hier geht es nur um eines: Geld.«

»Und der Jakob war davon überzeugt, von seinem Bruder Geld zu erhalten?«

Berger nickte. »Felsenfest überzeugt. Der Jakob wusste laut Aussage der Michalko etwas über seinen Bruder und wollte dieses Wissen zu Geld machen.«

Ein leiser Pfiff ertönte zwischen den Lippen des älteren Kriminalbeamten. »Schau einer an, Erpressung. Deine Berliner Freundin hat dir ja nicht zufällig verraten, mit welchem Wissen er seinen Bruder unter Druck setzen wollte?«

Bergers Kopf bewegte sich verneinend auf seinem langen Hals hin und her. »Die Haushälterin sagt, sie wisse so gut wie alles über den Grünzweig, aber hier scheint es sich um ein gut gehütetes Familiengeheimnis zu handeln. Davon haben wohl nur die zwei Grünzweig-Brüder Kenntnis, und einer der beiden wird uns darüber sicher nichts mehr erzählen.«

»Dann sollten wir dringend den anderen befragen. Weiß die Haushälterin, wo er abgestiegen ist?«

Wieder verneinte Berger. »Er hat sich mit einem schwarzen BMW auf die Reise nach Wien gemacht, Berliner Kennzeichen. Für die Haushälterin ist er nicht erreichbar, weil er sein Mobiltelefon in Berlin zurückgelassen hat. Nicht ganz unbeabsichtigt, wie es scheint. Die Gläubiger sprechen im Stundentakt Nachrichten auf den Anrufbeantworter.«

»Das bedeutet Arbeit für uns, Berger. Hotels, Pensionen, Fremdenzimmer – alles abklappern.« Jerabek nahm noch einen Schluck vom Inhalt des Plastikbechers. »Außerdem brauche ich eine Personenbeschreibung. Die Haushälterin soll dir heute noch ein Foto schicken. Haben wir sonst noch was Neues?«

»Ja, der Werner hat etwas über den Schauberger herausgefunden.«

»Na, hoffentlich ist das nicht noch ein Deutscher. Die vermehren sich hier in Wien ja wie die Fliegen. Gib die Hotelabfrage nach dem jüngeren Grünzweig an die Weck weiter und lass gleich mal den Neuen antanzen.«

Wenige Minuten später stand Florian Werner im Büro von Jerabek und Berger.

»Setz dich, Werner.« Jerabek deutete auf einen der zwei Stühle vor seinem Schreibtisch, und der Neue ließ sich darauf nieder. Er trug ein schwarzes Shirt mit dem Aufdruck »Metallica«, unter dessen linkem Ärmel eine kunstvoll gestaltete Oberarmtätowierung hervorschaute. T-Shirt und Tätowierung passten überhaupt nicht zum glatt rasierten Milchbubengesicht des jungen Mannes, und sie konnten auch nicht darüber hinwegtäuschen, dass er sich im Büro der erfahrenen Kollegen unsicher fühlte.

Florian Werner war erst vor Kurzem in den kriminalpolizeilichen Dienst aufgenommen worden, und nach einer ersten Schnupperwoche im Kriminalkommissariat Süd hatte man ihn dem Landeskriminalamt in der Berggasse zugeteilt. Die Sicherheitsakademie und viereinhalb Jahre Polizeidienst hatte er mit besten Beurteilungen durchlaufen, bis er nach einem mehrmonatigen Ausbildungslehrgang zum Kriminalbeamten vor wenigen Wochen endlich beim Traumberuf seiner Kindheit angelangt war. Doch anstatt sich mit den bösen Buben wilde Verfolgungsjagden und gefährliche Schusswechsel zu liefern, durfte er bislang den Großteil seiner Dienstzeit hinter dem Computer verbringen, um Informationen einzuholen, Fakten abzugleichen oder Fotos zu sortieren.

Dazu kam, dass man ihn zu Wolfgang Mitteregger ins Büro gesetzt hatte, und da saß nun wirklich keiner gerne, außer man hatte eine Vorliebe für ordinäre Witze und rüpelhaftes Benehmen. Da wäre ein Platz im Vorzimmer des Chefs bei der stets finster dreinblickenden Margit Kropek noch angenehmer gewesen, aber in deren Büro saß schon Verena Weck, und die hatte seinen Start am neuen Arbeitsplatz auch nicht gerade erleichtert.

Schon an seinem zweiten Tag in der Berggasse hatte VW vor dem Kaffeeautomaten verkündet, dass sie sich den Neuen mal zur Brust nehmen müsse, um ihm zu zeigen, wie hier der Hase lief. Zu gerne hätten die lieben Kollegen den Florian Werner zugesicherten Platz an Verena Wecks Oberkörper eingenommen, um sich hasenmäßig etwas zeigen zu lassen. Aber selbst den vorlautesten der umstehenden Herren hatte an diesem Morgen das Mundwerk versagt, denn die Weck hatte sich bei dieser Ankündigung tief nach unten gebückt, um einen klemmenden Plastikbecher aus den Klauen des Automaten zu befreien. Dabei war ein karminroter Stringtanga aus ihrer engen Hose emporgewandert – so zart, so winzig und so aufregend wie das plötzliche Auftreten einer Wasserquelle aus dem Boden der Sahara. Wolfgang Mitteregger hatte sich vor lauter Erregung den Inhalt des eigenen Kaffeebechers aufs weiße Hemd geschüttet und war sogleich auf die Herrentoilette verschwunden, wo er dann mehr Zeit zubrachte, als man normalerweise für das notdürftige Auswaschen eines Flecks benötigte.

Verstärkt durch die Intensität der Farbe Karminrot war die Aussage Verena Wecks, sich um den jungen Mann kümmern zu wollen, allen im Gedächtnis haften geblieben. Seitdem war der Gang zum Kaffeeautomaten für den Neuen mit Augenzwinkern, Anfeuerungsrufen und halb verstecktem Gekicher gepflastert, und das konnte er genauso wenig gebrauchen wie die ständigen derben Anspielungen seines Zimmerkollegen.

»Ich hab etwas über diesen Schauberger gefunden«, sagte Florian Werner zu Jerabek, obwohl er den Rechercheauftrag von Berger erhalten hatte.

»Na, dann lass mal hören!« Jerabek nahm seinen goldenen Kugelschreiber zur Hand und lehnte sich in seinem bequemen Lederstuhl zurück.

Der Neue ordnete nervös die mitgebrachten Computerausdrucke. Schließlich las er vor: »Viktor Schauberger, 1885 bis 1958, war ein österreichischer Naturforscher, der sich schon vor dem Krieg gegen die klassische Wissenschaft gestellt hatte.«

»War der auch von der TU?«, fiel ihm Berger sogleich ins Wort.

»Nein, gar nicht«, entgegnete Werner, »der hatte überhaupt keine wissenschaftliche Ausbildung. Das war ein gelernter Förster, der nur durch die Beobachtung der Natur zu seinen Erkenntnissen gekommen ist. Der hat sich in den Wald gesetzt und dann in einem Zustand von Halbtrance Beobachtungen gemacht, die anderen Menschen offenbar verborgen geblieben sind.«

»Kenn ich!«, rief Berger lachend. »Die Kollegen vom Referat vier haben jeden Tag mit so etwas zu tun. ›Suchtmittelkriminalität‹ nennen die das.«

»Über Drogen habe ich nichts in den Berichten gefunden«, gab ein verunsicherter Werner zaudernd zur Antwort. Er war sich nicht sicher, ob sein Vortrag von den Kollegen ernst genommen wurde.

»Diese Trancegeschichten gibt es«, sprang ihm Jerabek helfend zur Seite. »Nicht nur bei buddhistischen Mönchen und anderen Meditationskünstlern im fernen Osten, sondern auch bei uns. Ich habe unlängst eine Fernsehdokumentation über Mozart gesehen, der bekanntlich schon mit sechsunddreißig gestorben ist. Moderne Computerberechnungen haben jetzt ergeben, dass es völlig unmöglich ist, in dieser kurzen Lebenszeit ein derart umfangreiches Werk zu schaffen, wie es Mozart hinterlassen hat. Zumindest nicht auf herkömmlichem kompositorischen Weg, mit Ausprobieren, Abändern und Umschreiben. Das Genie Amadeus muss seine Werke hingeschrieben haben, ohne auch nur kurz darüber nachzudenken. Wie in Halbtrance eben.«

Berger kicherte kindisch. »Wir sollten den Alten mal in Trance versetzen. Vielleicht kommt dann zur Abwechslung auch einmal was Gescheites heraus.«

»Hör nicht auf den Berger, Werner«, überging Jerabek die Wortmeldung. »Red weiter.«

Florian Werner hielt sich die mitgebrachten Zettel vors Gesicht und setzte seinen Bericht fort.

»Der Schauberger hat schon in den dreißiger Jahren vor den Folgen der rücksichtslosen Nutzung der Natur gewarnt und eine Kehrtwende in der Ökologiepolitik gefordert. Muss so etwas wie der erste Grüne Österreichs gewesen sein. Er hat damals für die Bundesforste gearbeitet und für diese Holzschwemmanlagen gebaut, die so sensationell gut funktioniert haben, dass er Angebote aus halb Europa bekommen hat, dort auch solche Anlagen zu errichten.«

»Bitte was ist bei einer Schwemmanlage sensationell und was weniger sensationell?« Berger war auf seinem roten Bürosessel näher an Jerabek und den Neuen herangerollt.

»Na, bei diesen Schwemmanlagen ging es ja darum, möglichst viele Baumstämme aus den entlegenen Gebirgsregionen ins Tal zu den Sägewerken zu befördern, und das bei möglichst wenig Wasserverbrauch. Die Anlagen vom Schauberger hatten ein außergewöhnlich gutes Leistungsverhältnis. Das bedeutet, er hat mit viel weniger Wasser als sonst üblich weit mehr Holz ins Tal gebracht. Dabei hätten diese Anlagen nach geltenden physikalischen Gesetzen gar nicht funktionieren dürfen. Es wurde ihm daher von Wien aus ein Wissenschaftler zur Seite gestellt, der das Phänomen überprüfen sollte. Man wollte den nicht studierten Schauberger als Scharlatan entlarven.«

»Und was hat der G'studierte festgestellt?«

»Der konnte sich die Funktionsweise der Konstruktionen nicht erklären und ist mit offenem Mund wieder abgezogen.«

»Konnte Schauberger selbst wenigstens sagen, warum seine Anlagen so viel besser waren als alle anderen?« Berger hatte die Neugier gepackt.

Werner legte das oberste Blatt seiner Aufzeichnungen unter die anderen und las aus der zweiten Seite vor: »Durch seine Beobachtungen hat der Naturforscher etwas über besondere Kräfte des Wassers herausgefunden. So wie er die Holzschwemmanlagen gebaut hat, hatte das Wasser darin bessere Eigenschaften und somit eine wesentlich höhere Trag- und Schleppfähigkeit.«

»Aber Wasser ist doch gleich Wasser«, schöpfte Berger aus seiner Maturanten-Allgemeinbildung, »einfach H_2O! Wasserstoff und Sauerstoff. Die Eigenschaften sind doch bei gleicher Temperatur immer gleich. Das lernt man in jeder Schule so.«

»Der Schauberger hat das anders gesehen«, erklärte der Neue. »Der hat behauptet, dass Wasser über viel mehr Eigenschaften verfügt, als der Wissenschaft bekannt sind. Und er hat sich mit den Kapazundern seiner Zeit auch ordentlich angelegt. Nicht nur mit den Gelehrten, sondern auch mit den Beamten des Forstministeriums, mit Politikern und überhaupt mit dem ganzen Staat.«

»Muss ein ziemlicher Querdenker gewesen sein«, meinte Jerabek. »Vielleicht hat ihn sich der Grünzweig deshalb als Vorbild ausgewählt.«

»Es kommt noch besser.« Werner hatte jetzt die erste Scheu vor seinen älteren Kollegen abgelegt und geriet langsam in Fahrt. »Der damalige Kanzler Dollfuß soll ihm trotz heftigster Proteste seiner Beamten das Landwirtschaftsministerium angeboten haben. Und was hat der Schauberger gemacht?«

Keiner der beiden angesprochenen Kriminalbeamten getraute sich, diese Frage zu beantworten.

»Er hat dem Dollfuß ins Gesicht gesagt, was er von ihm und seiner austrofaschistischen Partei so hält. Dabei ist weder der demokratiefeindliche Politiker noch dessen politisches Fundament, die kirchlich-christliche Glaubenslehre, gut weggekommen.«

»Diese Direktheit wird dem Dollfuß sicher mächtig imponiert haben«, sagte Berger vergnügt. »Der gefällt mir, ein cooler Hund, der Schauberger. Ist er denn Minister geworden?«

»Nein. Er war nach diesem Gespräch sofort arbeitslos.«

»Kann ich mir vorstellen. Das wäre ich auch, wenn ich zum Alten geh und ihm erkläre, was ich von dem Saustall hier halte. Wie ist es weitergegangen?«

Der Neue nahm ein weiteres Blatt zur Hand und überflog seine Stichworte. »Für den Dollfuß ging es nicht mehr lange weiter. Dem haben auch die Nazis im Bundeskanzleramt ihre Meinung ins Gesicht gesagt, allerdings mit der Waffe in der Hand. Und der Schauberger ist in der Privatwirtschaft untergekommen und hat für verschiedene Baufirmen gearbeitet, so lange, bis der Hitler auf ihn aufmerksam geworden ist.«

»Wegen dieser Holzschwemmanlagen?«, erkundigte sich Jerabek erstaunt.

»Nein«, antwortete Werner, »den Bau solcher Anlagen hat der Schauberger eingestellt, sobald er überrissen hatte, dass die großen Forstbetriebe rücksichtslosen Raubbau an der Natur betrieben. Zu dem Zeitpunkt, als ihn der Führer nach Berlin beorderte, arbeitete Viktor Schauberger gerade an einem Heimkraftwerk. Als entschiedener Gegner von Verbrennungsmotoren mit ihren umweltschädlichen Abgasen wollte er eine saubere Form der Energiegewinnung schaffen, die mit der Natur arbeitet und nicht gegen die Natur.«

»Saubere Energie? Jetzt wird's interessant!« Der goldene Kugelschreiber hatte begonnen, sich zwischen Jerabeks Fingern zu drehen.

»Das hat sich der Hitler auch gedacht«, ergänzte Werner, der nun in seinem Element war. Umständlich sortierte er die mitgebrachten Zettel und spannte damit seine Zuhörer auf die Folter, die mit Interesse auf die Fortsetzung seiner Recherchen warteten.

»Saubere Energieerzeugung«, murmelte Jerabek, »Heimkraftwerke! Wie wollte er so etwas bewerkstelligen?«

»Wasser«, antwortete der Neue. »Freie Energie aus Wasser. Schauberger ist bei seinen Naturbeobachtungen draufgekommen, dass sich einspulendes Wasser anders verhält als normal dahinfließendes. Er hat bemerkt, dass es bei einer spiralförmigen Bewegung des Wassers von außen nach innen zu einer Energiesteigerung kommt. Und diese Energie wollte er mit eigens konstruierten Apparaten, die er ›Repulsinen‹ nannte, für den Menschen nutzbar machen.«

»Und der Hitler hat ihm deshalb das Energieministerium angeboten?« Berger hatte seinem Bürosessel eine halbe Drehung verpasst und saß jetzt so auf seinem roten Stuhl, dass er seine verschränkten Hände vor sich auf die Lehne legen konnte.

Werner schüttelte den Kopf. »Der Hitler hat ihm die Gestapo

auf den Hals gehetzt, nachdem er sich bei den Gesprächen in Berlin nicht sonderlich kooperativ gezeigt hatte. Zuerst wurde er überwacht, dann hat man seine Gerätschaften eingezogen. Schließlich ist er für Rüstungsaufträge zwangsverpflichtet worden.«

»Woran musste er da arbeiten?«

»An zwei Sachen.« Der Neue zog zwei weitere Ausdrucke hervor. »Er sollte durch Emulsion im Implosionsverfahren aus Kohlenstoff und Wasserstoff Treibstoff erzeugen. Das soll ihm angeblich zumindest ein Mal gelungen sein. Und dann hat er an einer Wunderwaffe gearbeitet. Einer sieben Tonnen schweren fliegenden Scheibe, die als Antriebskraft nur drei Viertel PS bei zwanzigtausend Umdrehungen vorgesehen hatte.«

»Unmöglich!«, rief Berger. »Das Ungetüm ist sicher keinen einzigen Zentimeter weit geflogen.«

»Der fliegende Raumfahrtpanzer zum Glück nicht mehr, sonst hätte der Hitler noch mehr Schaden angerichtet. Aber die Versuchsmodelle von Schauberger sind geflogen. Es gibt Augenzeugenberichte, dass sich seine Apparaturen selbstständig gemacht haben und das Dach der Wiener Fabrik, in der sie hergestellt wurden, durchschlagen haben.«

Eine kurze Gesprächspause trat zwischen den drei Kriminalbeamten ein. Der Gedanke, Maschinen zum Fliegen zu bringen, angetrieben nur aus der Kraft von dem Wasser entnommenen Energieströmen, war so faszinierend, dass man sich gar nicht vorstellen konnte, dass diese Versuche schon vor über siebzig Jahren stattgefunden hatten.

»Was ist mit den Geräten passiert?«, wollte Jerabek wissen.

Der Neue blickte wieder in seine Aufzeichnungen. »Wegen des Bombardements von Wien ist Schauberger mit dem ganzen Material nach Leonstein in Oberösterreich gebracht worden. Das war ein Außenlager des Konzentrationslagers Mauthausen. Schauberger hat dort mit polnischen und tschechischen Ingenieuren in einer eigens dafür eingerichteten Fabrik gearbeitet. Mit Kriegsende wurde die Forschungsarbeit dort beendet. Die Gerätschaften sind vermutlich bei den Amerikanern gelandet.«

»Und Viktor Schauberger?«

»Der wurde nach dem Krieg von den Amis dazu überredet, in den USA weiterzuarbeiten. Nachdem er bemerkt hatte, dass ihn auch die Amerikaner nur dazu benutzen wollten, ihre militärische Vormachtstellung auszubauen, ist er als gebrochener Mann zurückgekehrt und wenige Tage darauf gestorben.«

Der frischgebackene Kriminalbeamte hatte seinen Vortrag beendet und legte seine Zettel fein säuberlich vor sich auf Jerabeks Schreibtisch. Berger drehte den Papierstapel so, dass er die Computerschrift darauf lesen konnte. Er überflog die letzten Stichworte.

»Und sein Wissen hat er mit ins Grab genommen?«

»Wahrscheinlich«, sagte der Neue.

»Glaub ich nicht«, widersprach Jerabek. »Da gab es genug Leute, die mitgewirkt haben und zumindest einen Teil des Wissens weitergeben konnten. Kein Forscher agiert im luftleeren Raum. Wissenschaft greift immer Altes auf und entwickelt es weiter zu Neuem. Ich kann mir gut vorstellen, wer die Ideen von diesem Naturforscher aufgegriffen hat.«

»Unser Oberförster hier.« Berger war aufgesprungen und tippte mit dem Zeigefinger auf ein Foto von Professor Grünzweig, das neben zahlreichen anderen Bildern eine Tafel an der Längswand des Büros zierte. »Die erforschen an der Uni die Dynamik und die Energieströme innerhalb von Wasserläufen, hat die Riegler zu uns gesagt. Wenn es dem Grünzweig dabei gelungen ist, aus bewegtem Wasser Energie abzusondern, dann hat er etwas geschaffen, das die Welt verändern wird.«

»Ihm persönlich hat es ja nicht gerade viel Glück gebracht«, murmelte Jerabek nachdenklich.

Langsam wanderte der goldene Kugelschreiber von einem Fingerzwischenraum zum nächsten. Schließlich legte Jerabek das Schreibwerkzeug auf seinen Zeichenblock und beugte sich nach vorn.

»Meine Herren. Wir müssen uns auf die Suche nach dem jüngeren Grünzweig machen und überprüfen, ob es sich bei dem Bruder etwa gar um den Glatzkopf vom Stadtpark oder den Deutschen vom Westbahnhof handelt. Aber am wichtigsten bleibt die Suche nach der Assistentin des Ermordeten. Wir werden sie jetzt doch zur Fahndung ausschreiben und unsere Suche intensivieren. Wir müssen ihre Verwandten befragen, ihre Nachbarn, ihren Pizzalieferanten und ihren Friseur. Bringt mir in Erfahrung, was sie in ihrer Freizeit macht und mit wem sie befreundet ist. Vor allem aber müssen wir eines herausfinden.« Jerabek machte eine kurze Pause. »Wir müssen herausfinden, wo die Delmedici bei Schwierigkeiten untertauchen würde.«

Der Kriminalinspektor erhob sich und schob seinen Sessel zum Schreibtisch. »Ich brauche euch beide draußen. Auch dich, Werner! Wir müssen uns aufteilen, die Zeit drängt. Ich nehme mir die Eltern im Weinviertel vor. Ihr beide fahrt zu ihrer Wohnung. Einer checkt die Wohnräume, der andere befragt die Nachbarn. Von dort durchkämmt ihr dann die unmittelbare Umgebung.«

»Haben wir eine gerichtliche Bewilligung zum Öffnen der Wohnung?«, fragte der Neue vorsichtig.

»Gefahr im Verzug, Werner. Brecht die Tür auf und geht rein. Aber findet mir diese Frau. Den Papierkram krieg ich schon geregelt.«

»Du denkst, dass es vielleicht noch weitere Opfer gibt?«, hakte Berger nach.

Jerabek nahm seine Jacke von einem Wandhaken. »Wenn es dem Grünzweig wirklich gelungen ist, die Arbeiten dieses Schauberger so weiterzuentwickeln, dass wir mit seiner Entdeckung in der Zukunft auf Erdöl, Erdgas und Atomenergie verzichten können«, sagte er ernst, »dann befindet sich seine junge Assistentin in akuter Lebensgefahr.«

17

»Die Treppe hier ist im Winter bestimmt lebensgefährlich.« Vorsichtig stieg Erki hinter Caterina die steilen Stiegen nach oben.

»An dem Haus ist so einiges lebensgefährlich«, sagte Caterina. »Du müsstest mal die Stromanschlüsse sehen. Alles vorsintflutlich. Ich sag dem Ignaz immer wieder, dass er um größere Renovierungsarbeiten nicht herumkommen wird, wenn er verhindern will, dass die Hütte abbrennt oder in sich zusammenstürzt.«

»Ignaz? Ist das dein Chef?«

»Ja. Professor Ignaz Grünzweig. Mein Chef, mein Mentor und der beste Partner, den man sich in einem Forschungsteam wünschen kann.«

Sie hatten die Plattform am Ende der Treppe erreicht und standen vor der schweren, eichenen Eingangstür. Hinter dem Geländer am Ende der Plattform ragte der mit Fichten bewachsene steile Hang empor, in den das Haus vor vielen Jahrzehnten hineingebaut worden war.

»Es muss ein Vermögen gekostet haben, die Hütte an das Stromnetz anschließen zu lassen«, bemerkte Erki.

Caterina deutete auf ein Kabel, das sich von der Ecke des Hauses zu einem Steher zwischen den Bäumen spannte. »Die Stromleitung aus dem Tal stammt noch aus den dreißiger Jahren. Die Grünzweigs konnten sich das damals locker leisten. Am anderen Ende der Lichtung soll sich früher auch ein Stallgebäude befunden haben, für die zur Holzarbeit eingesetzten Pferde. Später standen anstelle der Tiere die Automobile der Familie Grünzweig in der Stallung. Kurz vor ihrem Abzug haben die Russen dann das Gebäude angezündet. Warum, weiß man nicht mehr. Der Professor sagt, er kann sich noch gut an die geschwungenen Kotflügel und breiten Trittbretter der darin untergebrachten Autos erinnern. Und daran, wie die ganze Familie weinend vor den ausgebrannten Luxuslimousinen gestanden ist.«

»Unser Jeep fällt leider nicht mehr unter den Begriff ›Luxuslimousine‹.« Erki deutete auf das Fluchtfahrzeug. »Ganz schön kaputt, die Vorderseite des Wagens. Ich hoffe, der bringt uns noch zurück in die Zivilisation.«

»Der schafft das«, meinte Caterina zuversichtlich. »Schlimmstenfalls können wir zu Fuß in die Ortschaft marschieren. Der direkte Weg durch den Wald dauert nur zwanzig Minuten. Ich bin schon oft hier gewesen und kenne mich in der Gegend recht gut aus.«

Sie stellte sich auf ihre Zehenspitzen und streckte die Hand nach dem Geweih eines Rehbocks, das oberhalb der Eingangstür angebracht worden war. Die Jagdtrophäe war auf einer wappenförmigen Grundplatte montiert, auf der das Abschussdatum geschrieben stand. Die Jahreszahl war bereits so stark verwittert, dass man nur mehr raten konnte, in welchem Jahrzehnt der Bock sein Leben hatte lassen müssen.

Caterina drehte die Platte zur Seite und entnahm einem dahinter liegenden Hohlraum den Schlüssel zur Eingangstür. Wenige Augenblicke später standen beide im Jagdhaus von Professor Dr. Ignaz Grünzweig.

Das gemauerte Gebäude war weit größer, als es der Begriff Jagdhaus vermuten ließ. Vom Vorraum gingen mehrere Zimmer ab. Durch eine geöffnete Tür war ein Waschraum erkennbar, ausgestattet mit kunstvoll bemalten Kacheln.

Caterina betrat mit Erki den größten Raum des Hauses. Ein zentral gesetzter offener Kamin diente der Beheizung von Stube, Waschraum und den angrenzenden Schlafräumen. Vor einem der Lichtung zugewandten Fenster gruppierten sich eine Eckbank und zahlreiche Stühle um einen großen Tisch. Man konnte sich sehr gut vorstellen, hier bei knisterndem Kaminfeuer Abende in geselliger Runde zu verbringen. Teller, Krüge und Gläser standen auf einem alten Bauernmöbel an der Längsseite des Raumes, und Erki getraute sich zu wetten, dass es sich bei der Tür links hinten um den Zugang zu einer Vorratskammer handelte.

Caterina zog ihn aber gleich zu einem breiten Schreibtisch aus Nussholz links vorn an der Wand. Darüber hing ein gewaltiges Hirschgeweih, das weit ins Innere des Raumes ragte. Aus der Nähe betrachtet fiel es schwer, sich vorzustellen, dass ein Tier von der Größe eines Hirsches in der Lage war, ein solch riesiges Horngebilde auf seinem Kopf zu tragen. Ein Geweih dieser Größe würde eher zu einem Elefanten oder einem Nashorn passen, dachte sich Erki und beugte sich unter die Jagdtrophäe, um nachlesen zu können, ob der Hirsch vielleicht in Afrika erlegt wurde.

Sekunden später wäre er selbst ganz gerne in Afrika gewesen. Oder besser noch in Australien oder am Südpol. Hauptsache, weit genug weg von Caterina. Diese versuchte ihn gerade durch einen sanften Ruck an der Kette der Handschellen dazu zu bewegen, von den Schreibtischladen wegzurücken, aber Erki rührte sich keinen Millimeter. Wie vom Blitz getroffen, starrte er auf eine kleine, gold gerahmte Fotografie an der Wand unterhalb des Hirschgeweihs.

»Der Jäger!«, entfuhr es ihm. Das Bild zeigte einen untersetzten Mann mit rundem Gesicht, der in grüner Trachtenkleidung auf der Bank vor dem Jagdhaus saß. Der Backenbart und die um eine Spur zu nahe beieinanderstehenden Augen waren unverkennbar. »Verdammte Scheiße«, presste Erki zwischen seinen Zähnen hervor.

»Der Professor ist kein Jäger«, hörte er Caterina hinter sich sagen. »Er würde es wohl gar nicht fertigbringen, ein Tier zu töten. Die Jagdhütte mit den Trophäen hat er von seinem Vater geerbt.«

»Ich habe ihm trotzdem eine Ohrfeige gegeben.« Erki schlug sich mit der freien Hand an seine Stirn. Die Wunde an seinem Vorderkopf dankte es ihm mit einem brennenden Stich.

»Was hast du gemacht?« Caterina war sich nicht sicher, ob sie ihn richtig verstanden hatte.

Erki drehte sich langsam um. »Ich hab deinem Professor eine gescheuert. Gestern Abend am Westbahnhof. Genau um zweiundzwanzig Uhr fünfundfünfzig. Bei seiner Abfahrt nach München.«

Caterina sah ihn fassungslos an. »Wie bitte? Dem Professor? Was hat er dir getan? Ich versteh dich nicht.«

Erki schwieg. Er senkte seinen Kopf und kratzte sich hinter dem Ohr. »Er hat mir gar nichts getan«, stammelte er nach einigen Sekunden betretenen Schweigens unbeholfen. »Ich hab ihm einfach so eine Ohrfeige verpasst.«

»Gescheuert, sagst du? Eine Ohrfeige? Einfach so?« Caterina stemmte ihren linken Arm in die Hüfte. »Ich hoffe doch sehr, dass dir schnell ein triftiger Grund dafür einfällt. Weil du sonst von mir eine verpasst bekommst!«

Erki wirkte betreten. »Ich weiß nicht so recht, wie ich dir das erklären soll. Ich glaube, es wäre besser, du haust mir gleich eine rein.« Er drehte seinen Kopf und hielt ihr seine Wange hin.

Sie ignorierte sein Angebot. »Wie alt bist du? Achtundzwanzig? Das ist ein Alter, in dem man Menschen üblicherweise als erwachsen bezeichnet. Als Erwachsener solltest du in der Lage sein, mir mitzuteilen, welche Beweggründe dich dazu veranlasst haben, einen harmlosen Fünfundsechzigjährigen zu schlagen!«

Caterinas Wangen waren rot angelaufen, und das Glitzern in ihren blaugrünen Augen wirkte plötzlich kalt. Erki wäre jetzt liebend gerne wieder bewusstlos gewesen, wie vor einigen Stunden, oder gar tot.

Caterinas Gesicht war näher an seines herangerückt, und ihr durchdringender Blick ließ ihn sich noch elender fühlen, als ihm ohnehin schon zumute war.

»Es war nichts Persönliches! Reiner Zufall! Ich wollte einfach irgendeinem Verreisenden, der seinen Kopf aus dem Zugfenster streckt, eine Ohrfeige mitgeben. Außerdem mag ich keine Jäger.«

»Professor Grünzweig ist kein Jäger!«, brüllte Caterina ihn aus kurzer Distanz an. »Warum macht man so einen Schwachsinn?«

»Das war …« Erki zögerte. Wie ein begossener Pudel stand er vor der zornigen jungen Frau. »… so eine Art Aktionismus«, stotterte er, »Teil einer ›Schandtat‹ genannten Performance … irgendwie ein Protest gegen das Establishment … Ich kann das Ganze wirklich nur sehr schwer begreiflich machen.«

Im Zuge seiner händeringenden Versuche, Caterina eine Erklärung zu liefern, war Erki immer leiser geworden. Seine holpernd vorgebrachten Rechtfertigungen hatten sich kaum wie Antworten angehört, vielmehr wie Fragen. Caterina schaute ihm weiter mit aller Härte ins Gesicht. Erki konnte ihrem Blick nicht standhalten und sah verlegen auf die Stelle des Bodens, in der er jetzt gerne versunken wäre.

Wortlos drehte sich die Assistentin seines Ohrfeigen-Opfers

von ihm weg und zog ihn an den Handschellen hinterher. Plötzlich wandte sie sich blitzschnell um und schlug ihm mit der freien Hand ins Gesicht. »Aktionismus!«, rief sie dabei. »Performance!« Ein zweiter Schlag traf seine Backe. Der Erfinder der »Schandtaten« stand da und wehrte sich nicht.

»Protest gegen das Establishment!« Ihr Knie bohrte sich in seine Magengrube, und Erki sackte zusammen. Sie zog ihn mit aller Kraft an der Kette wieder hoch.

»Entschuldigung! Mir war grad so danach«, zischte sie. »Warum, ist schwer zu erklären. War nur eine kleine ›Schandtat‹ eben. Du wirst das sicher verstehen.«

Erki hielt sich den Bauch. Sie hatte ihn genau dort getroffen, wo es besonders gut tat, wenn der Schmerz wieder nachließ: im Nervengeflecht des Solarplexus. Er musste sich an ihre Schulter klammern, um nicht zu Boden zu gehen. Sie hielt ihn fest. »Du wirst dich bei meinem Chef entschuldigen müssen«, flüsterte sie ihm ins Ohr. »Sonst setze ich den nächsten Tritt zwanzig Zentimeter tiefer an.«

Erki gab keine Antwort. Er klammerte sich schnaufend an Caterina wie ein Ertrinkender an einen Rettungsring. Umschlungen standen beide da und schwiegen für endlos lange Sekunden. Caterina ergriff als Erste wieder das Wort.

»Wenigstens wissen wir jetzt, wie du in die Geschichte hineingeraten bist. Die müssen gedacht haben, dass du mit dem Professor in Verbindung stehst. Mit der idiotischen Aktion hast du dir ein gewaltiges Eigentor geschossen. In jeder Beziehung!«

Sie versuchte, seinen Arm von ihrer Schulter zu schieben. »Geht es wieder?«, fragte sie betont unfreundlich.

Erki hing noch immer wie ein Schiffbrüchiger an ihr. »Mir ist schlecht!«

»Das tut mir aber leid, mein Lieber«, bemerkte sie schnippisch und schüttelte ihn ab. »Komm jetzt. Wir haben heute noch drei wichtige Termine: Polizei, Krankenhaus und die Rettung des Planeten. Über deine psychopathischen Zwänge werden wir uns später unterhalten.«

Sie ging zum gemauerten Kamin und zog Erki hinter sich her. Nebeneinander knieten sie sich vor der offenen Feuerstelle auf den Boden. Während Erki damit ausgelastet war, sich vor Schmerzen zu krümmen und gegen die aufkommende Übelkeit anzukämpfen, räumte Caterina die Holzscheite zur Seite, die fein säuberlich in eine Ausnehmung des Kaminunterbaus geschlichtet worden waren. Als sie den Hohlraum freigeräumt hatte, löste sie ein darin befindliches Bodenbrett und griff mit ihrer Hand darunter. Die Hand kam mit einem Laptop und einer externen Festplatte wieder zum Vorschein. Mühevoll half sie Erki hoch und zog ihn zurück zum Schreibtisch.

Hinter Büchern und Schreibmaterial verbarg sich ein Netzkabel. »Die hätten mit dem Stromkabel ruhig auch eine Telefonleitung hier rauf verlegen können«, schimpfte Caterina, steckte das Kabel in die Rückseite des Computers und verband diesen mit einem Internetstick.

Erki hielt sich an der Tischkante fest und ächzte. Nach einem sorgenvollen Blick zur Seite schob ihm Caterina den Schreibtischsessel unter den Hintern. »Setz dich!«

Auch im Sitzen verspürte Erki starke Magenschmerzen. Er rutschte ein Stück nach hinten und beugte sich über die Vorderkante der Tischplatte.

»Hab ich dich fest getroffen?«, fragte ihn Caterina unsicher, während sie den Computer hochfuhr.

»Geht schon. Mir ist nur schlecht.«

Caterina gefiel die Körperhaltung des jungen Mannes gar nicht. »Kein Wunder, bei dem, was du heute gesoffen hast. Da wäre ich schon klinisch tot.« Sie sah in sein blasses Gesicht und fragte sich, ob sie mit ihrer Reaktion auf sein Geständnis nicht ein wenig übertrieben hatte. Hektisch hämmerte sie das Zugangskennwort in die Tastatur und verfluchte die langsamen Ladezeiten des Rechners.

»Du möchtest gar nicht wissen, was ich gestern noch so alles gesoffen habe.« Erkis Gesicht war kreidebleich geworden. Schweiß sammelte sich auf seiner Stirn. Aber er grinste.

»Das ist nicht lustig!«, meinte sie ernst. Sie riss die oberste Schreibtischlade auf und kramte nach einem Verbindungskabel zum Anschluss der Festplatte.

»Du bist lustig«, erwiderte Erki. »Dein Gesicht bewegt sich so komisch von dir weg. Es geht weg und wieder zurück und wieder weg und wieder zurück. Aber das andere Gesicht bleibt immer an der gleichen Stelle. Wie machst du das?«

Caterina verband hektisch den Rechner mit dem externen Speichermedium. »Ich kann die Frau Doktor sehen und die Frau Diplomingenieur«, setzte Erki fort. »Schwer zu sagen, wer die Schönere ist. Die dort? Oder die?« Er lachte kurz auf. Dann tippte er mit seinem Zeigefinger auf ihren Oberarm und sagte: »Die da! Ich muss unbedingt eine Eintragung in Jirschis Liste machen!«

Sie griff an seine Stirn. Diese fühlte sich eiskalt an.

»Schneller, verdammtes Ding«, fauchte sie den Laptop an, doch der Balken auf dem Bildschirm des Computers, der den aktuellen Ladevorgang anzeigte, bewegte sich unverändert nur im Zeitlupentempo weiter.

»Mein Gott, ist diese Kiste langsam«, sagte Caterina. »Sobald die Dateien hochgeladen sind, schicke ich sie weg an meine Freundin. Hältst du noch ein paar Minuten durch?«

Erki gab keine Antwort. Er hatte den Kopf auf seine Unterarme gebettet und murmelte Unverständliches in seine Hemdärmel. Sie legte ihre Hand auf seine Schulter, und das Gemurmel ging in ein Brummen über, das sich wie Gesang anhörte. Caterina hielt ihren Kopf dicht neben den seinen, er sang tatsächlich ein Lied. Sie verstand nur »Bettina«.

»Verdammt! Reiß dich zusammen, Erik! Wir haben es gleich geschafft.«

Dem Gesang Erkis folgte ein lang gezogenes Stöhnen, schließlich war nur noch ein leises Wimmern aus seinem verzerrten Mund zu hören. Die Augen waren ihm zugefallen.

»Tu mir das nicht an, Erik! Du musst munter bleiben! Ein Mail nur! Dann fahre ich dich zur Rotkreuzstation nach Alland. Von dort bringt dich die Rettung ins Spital. Komm, sag was!« Nervös trommelte sie mit ihren Fingerspitzen auf die Schreibtischkante. Plötzlich fuhren ihre Finger ins Leere.

Erki war von seinem Stuhl gefallen und hatte sie mit zu Boden gerissen. Er lag auf seiner rechten Körperseite vor dem Tisch und die junge Wissenschaftlerin quer über ihm. Ihr rechter Arm war beim Sturz leicht verdreht worden, und sie musste sich seitlich wegrollen, um ihn freizubekommen. Sie schüttelte den schmerzenden Unterarm, kniete sich neben Erki und beugte sich zu seinem Kopf hinunter.

»Lebst du noch? Erik?«

Erki riss die Augen auf und starrte sie an. »I vergiss di nie, Bettina«, lallte er in leise singendem Tonfall.

»Los, hoch mit dir!«, rief Caterina. »Wir fahren. Laptop und Festplatte nehme ich mit. Du gehörst zu einem Arzt.« Sie packte ihn bei den Schultern und versuchte ihn aufzurichten. Erki machte keine Anstalten, sie dabei zu unterstützen. »Komm hoch!«, schrie sie. »Erik! Hoch mit dir! Wir gehen!«

Mit unnatürlich verdrehten Augen starrte Erki auf die junge Frau über ihm und gab unverständliche Laute von sich.

»Mein Gott! Hilf mir, Erik! Einmal noch! Wir sind so weit gekommen, lass mich jetzt bitte nicht hängen!« Caterina versuchte, ihn an den Handschellen hochzuziehen. Vergeblich. Sein Körper fühlte sich an wie ein tonnenschwerer Sack. Immer wieder zog sie an seinen Armen und seinem Oberkörper. Tränen des Zorns und der Verzweiflung schossen ihr in die Augen.

Nach einem letzten verzweifelten Versuch, ihn aus seinem benommenen Zustand wachzurütteln, gab sie keuchend auf. »Ich hasse diese Scheiß-Handschellen!«, schrie sie, beugte sich über Erki und ließ ihren Tränen freien Lauf.

»Kann ich Ihnen behilflich sein, Frau Dr. Delmedici?«

Der Glatzkopf stand in der Tür. Er stützte sich auf die lange Spaltaxt des Professors und hielt einen kleinen Schlüssel hoch.

Caterina wischte sich die Tränen aus dem Gesicht. »Verzieh dich, Arschloch!«, rief sie ihm entgegen, aber es klang nicht sonderlich überzeugend.

»Na, wer wird denn gleich so unfreundlich sein?«, fragte der Glatzkopf in unverkennbarem Berliner Dialekt. Caterina legte ihre linke Hand auf Erkis Rücken und streichelte ihn.

»Was wollen Sie von uns?«

»Nur ein wenig schwätzen«, lachte der Ostdeutsche. »Und das da.« Die Hand mit dem Schlüssel deutete auf die Schreibtischoberfläche.

»Dann nehmen Sie doch den verdammten Computer und verschwinden Sie!«

Caterinas Hand fuhr weiter sanft streichelnd über Erkis Rücken, bis sie den Pistolengriff in seinem Hosenbund zu fassen bekam. Der Glatzkopf lachte. Es war ein unangenehmes, hohes Lachen. Er lehnte die Axt gegen die Wand und amüsierte sich sichtlich prächtig über Caterinas Vorschlag. Sein Lachen endete augenblicklich, als er die Waffe auf sich gerichtet sah.

»Vorsicht, junges Fräulein, das ist kein Spielzeug! Ich will Ihnen nichts tun. Ich will nur mit Ihnen reden.« Er machte einen Schritt auf Caterina zu. Sie zielte auf seinen Bauch. »Ihr Angebot ist gar nicht mal so schlecht! Sie geben mir einfach das Speicherding da, und schon bin ich wieder weg. Was halten Sie davon?«

Langsam streckte der große Mann im schwarzen Anzug seine Handfläche mit dem winzigen Schlüssel darauf vor.

»Ich will Ihnen helfen«, sprach er ruhig und wagte sich dabei noch ein kleines Stück näher an Caterina heran.

Caterinas linke Hand begann zu zittern.

»Jetzt werden wir erst mal die Handschellen aufmachen, damit Sie den Computer zu mir herüberschieben können.« Er warf Caterina den Schlüssel zu.

Caterina ließ sich davon nicht ablenken. Kurz bevor der Stiefel des Mannes ihre Hand mit der Pistole traf, hatte sie bereits abgedrückt. Die Pistole flog in weitem Bogen durch die Luft und landete unter der Eckbank. Ein Schuss war ausgeblieben.

»Entsichern, Mädchen«, feixte der Glatzkopf, »immer erst mal entsichern.« Er bückte sich zu Caterina, nahm den Schlüssel wieder an sich und schloss die Handschellen an Erkis Handgelenk auf. »Was iss'n mit dem da?«

Caterina gab keine Antwort. Der Mann kettete sie am Schreibtisch fest und zog Erki an einem Bein in die Mitte des Raumes. Dort verpasste er ihm mehrere Fußtritte gegen die Schenkel und in seinen Unterleib. Erki schrie auf. »Lebt ja noch, der Junge!«, rief der Glatzkopf lachend und ließ den röchelnden Studenten liegen.

Er holte die Pistole unter der Bank hervor und nahm dann den Laptop und die Festplatte, ohne weiter auf die zwei jungen

Menschen zu achten. Die Datenträger platzierte er auf der Ofenbank und bearbeitete sie dann mit der Axt so lange, bis auch für den besten Hardware-Experten keine Möglichkeit mehr bestand, irgendeinen Teil des Speicherinhalts zu retten. Wie von Sinnen schlug er auf die Geräte ein. Es regnete winzige Metall- und Kunststoffteile in der Stube, und als er sein Werk beendet hatte, bückte er sich, um ein paar dieser Teile aufzuheben. Er ging zu Caterina und legte ihr die Splitter in die Hand.

»Heb dir die gut auf, Mädel. Die brauchen wir noch, zum Spielen.« Er schob ihr die Haare hinter das Ohr und streichelte ihre Wange. »So schöne, glatte Haut.« Mit einem der scharfkantigen Kunststoffsplitter aus ihrer Hand ritzte er ihr die Haut auf. Ein Blutstropfen bildete sich unter Caterinas Ohr. Der Glatzkopf lächelte. »So viele kleine Spielzeuge. Und so viel schöne Haut. Wir werden heute noch eine Menge Spaß miteinander haben.«

Caterina hielt die Augen geschlossen und versuchte die Luft anzuhalten, doch ihr Herz raste wie verrückt, und ihr Brustkorb hob und senkte sich im Sekundentakt. Sie spürte den Atem des Mannes vor ihrem Gesicht, und die Angst lähmte ihre Gedanken.

»Lauf nicht weg, meine Schönheit«, sagte der Deutsche grinsend, »du willst mir sicher alles über dich erzählen. Alle deine süßen kleinen Geheimnisse. Aber vorher kümmere ich mich noch um den Waschlappen da drüben.« Er verließ die Stube, und Caterina öffnete die Augen.

Erki lag mit schmerzverzerrtem Gesicht auf dem Boden und wand sich wie ein Wurm. Er hielt sich beide Hände vor den Bauch und zitterte am ganzen Leib. Die lange Axt lehnte nur einen Meter von ihm entfernt an der Ofenbank, er nahm davon aber keine Notiz. Erki sah seine Umgebung nur noch verschwommen. Im undeutlichen Nebel vor seinen Augen tauchte der Glatzkopf auf. Er hatte einen Kübel Wasser in der Hand. Nachdem er ihm weitere Fußtritte verabreicht hatte, leerte er den Eimer über Erkis Kopf.

»Aufstehen, Junge! Wir gehen in den Wald. Die Tiere füttern.«

Erki kam mit seinem Oberkörper hoch und sah zuerst auf sein linkes Handgelenk, dann auf den Mann mit dem Kübel.

»Jirschi?«, lallte er.

Der Glatzkopf lachte. »Nein, Dimitri heißt dein Freund. Und ich soll dir von ihm schöne Grüße ausrichten.« Wieder traf ein Fußtritt Erkis Magengrube. »Komm hoch, Mensch! Ich hab keinen Bock drauf, dich zu tragen.«

Er nahm den Studenten bei der Hand und riss ihn vom Boden hoch. Nur mit Mühe gelang es Erki, sich auf seinen Beinen zu halten. Er torkelte nach links und stützte sich am Bauernkasten ab. Das Geschirr schepperte.

»Los, Junge!«, schnauzte ihn der Deutsche an. »Ich hab nicht ewig Zeit. Deine Kleine und ich haben heute noch ein Rendezvous.«

Erki schaute sich verwirrt um und rief lallend: »Die nächste Runde geht auf mich, Herr Friedl!« Er hob seine Hand und machte eine drehende Bewegung über seinem Kopf.

»Mensch, du hast aber mächtig einen an der Waffel. Lass uns gehen. Sperrstunde.« Er nahm die Axt und zog Erki hinter sich her.

»Erik!«, schrie Caterina so laut sie konnte, aber Erki nahm den Schrei genauso wenig wahr wie den Fußtritt, der Caterina zum Schweigen brachte. Es gab nichts mehr an ihm, das ihm keine Schmerzen verursachte. Sein ganzer Körper fühlte sich an, als wollte er sich von innen nach außen stülpen. Seine Eingeweide brannten wie Feuer, und der Blutkreislauf schien seine gewohnten Bahnen verlassen zu haben, um sich neue Durchgangswege durch Gewebe und Gehirn zu suchen. Die letzten Notfunktionen des Körpers dienten nur noch dazu, den Körper halbwegs auf den wackeligen Beinen zu halten. Diese mussten ihn hier rauschaffen. Raus aus dieser Umgebung, raus aus diesem Dunst, raus aus den Schmerzen, raus aus seinem Körper, raus aus ihm selbst. Einfach nur raus!

Schritt für Schritt torkelte Erki hinter dem schwarzen Schatten her. Halb wurde er gezogen, halb halfen die eigenen Beine mit. Unter Aufbietung seiner letzten Kräfte schaffte er es bis zur Eingangstür des Jagdhauses. An der Schwelle zur hölzernen Plattform vor der Tür traf ihn die frische Waldluft wie ein Vorschlaghammer. Er verspreizte seine Unterarme im Türstock, seine Fingernägel krallten sich in das alte Eichenholz, und seine Füße verweigerten den Gehorsam.

»Geh weiter! Oder soll ich dich gleich hier erschlagen?«, brüllte ihm der Glatzkopf ins Gesicht. Er stand vor ihm, im Freien, und hob drohend die Axt über seinen Kopf.

Erki zeigte keine Reaktion. Mit glasigen Augen und weit aufgerissenem Mund hing er im Türstock und kämpfte einen inneren Kampf, in dem der Mann mit der Holzhacke nicht vorkam.

»Wird's bald!«, schrie der Glatzkopf vor ihm und rammte ihm den Stiel der Hacke in den Bauch. Doch Erki nahm den Hieb nicht mehr bewusst wahr. Die Zündschnur in seinem Leib brannte bereits lichterloh, und die bevorstehende Explosion war nicht mehr aufzuhalten.

Ein tiefer, gurgelnder Schrei begleitete die finale Reaktion seines Körpers auf all das, was dieser in den vergangenen vierundzwanzig Stunden über sich hatte ergehen lassen müssen, und in einem riesigen Schwall ergoss sich Erkis gesamter Mageninhalt in Richtung seines Widersachers. Von der Getränkeabfolge des Zehnkampfs im »Tschecherl« über den Imbiss beim Würstelstand am Europaplatz und die nachfolgenden Konsumationen am Westbahnhof bis hin zum Wodka-Gelage mit dem Riesen in der Lagerhalle: Alles wollte raus. Eine gewaltige Menge an Erbrochenem flog dem Glatzkopf entgegen. Es war, als ob sich Erki seines kompletten Inneren entledigen wollte. Wie ein längst überfällig gewesener Befreiungsschlag reagierte sein Körper auf den ihm zugefügten Missbrauch, und Erki kotzte sich die Seele aus dem Leib.

Der Glatzkopf reagierte blitzschnell und wich zurück. Er prallte an das Geländer hinter sich und versuchte sich daran abzustützen.

Ein ganzes Jahrhundert lang hatte das Holzgeländer dem Wetter in diesen Ausläufern der Alpen getrotzt. Jetzt fehlte ihm die Kraft, um dem Gewicht des großen Mannes genügend Widerstand entgegensetzen zu können. Das morsche Holz gab nach. Der Mann im schwarzen Anzug ließ die Axt fallen, ruderte mit seinen Armen verzweifelt in der Luft, konnte aber nirgendwo Halt finden. Mit dem Rücken voran stürzte er in die Tiefe.

Der Waldboden unterhalb der Holzterrasse war mit einer dicken Schicht Fichtennadeln bedeckt. Wie eine Stabhochsprungmatte dämpfte der weiche Boden den Aufprall des Körpers. Der Glatzkopf stand trotzdem nicht mehr auf. Die vor ihm auf dem Waldboden gelandete Axt war mit der Schneide nach oben zu liegen gekommen und tief in das Rückgrat des darauf gestürzten Mannes eingedrungen.

Erki torkelte ins Freie. Sein Körper schrie nach Luft. Vor seinen Augen zuckten Bilder von Personen durch den verschwommenen Nebel. Er sah Caterina mit Jirschi tanzen, Professor Grünzweig, Johnny Cash und der Riese sangen dazu, und der blade Kurtl war hinter allen her, mit einer Axt in seinen Händen.

Er kippte zur Seite und schlug gegen den Türstock. Seine Hände stützten sich an der danebenliegenden Mauer ab. Die Steine waren warm. Sie hatten die Hitze der Nachmittagssonne gespeichert. Erki presste seinen Körper dagegen. Ihn fror, und er zitterte am ganzen Leib. Langsam rutschte er die Steinmauer entlang zu Boden, wo er hart auf den Lärchenbohlen aufschlug.

Auf allen vieren rutschte er nach vorn, dem von der Lichtung einfallenden Sonnenlicht entgegen. Angezogen von der Wärme robbte er Zentimeter um Zentimeter auf den hellen Fleck inmitten seiner umnebelten Wahrnehmung zu. Von weit weg drangen Stimmen zu ihm her. Er bewegte sich auf die Stimmen zu ins Licht, bis sich plötzlich der Boden unter ihm aufzulösen begann. Erki hatte die steile Treppe des Hauszugangs erreicht und rutschte diese kopfüber hinunter.

Zwei lange Arme erwarteten ihn auf halbem Weg und stoppten seinen Fall.

»Bist du lebensmüde? Du kannst dir das Genick brechen!«, herrschte ihn Berger an.

Aber von Erki kam keine Antwort. Er hatte den Tag so beendet, wie er ihn begonnen hatte. Bewusstlos.

18

»Der Kopf ist zu groß. Findet ihr nicht?« Die Frau in der olivfarbenen Strickweste starrte nach oben, und vierzehn Augenpaare folgten ihrem Blick. Aus der oberen Hälfte des monumentalen Altargemäldes vor ihnen schaute das Jesuskind auf die Reisegruppe herab. Wohlgenährt und unbekleidet.

»I woaß ned«, bemerkte ein vollbärtiges Mitglied der Gruppe in breitem bayrischen Dialekt. »Des is fei da Jesus. Dem ko ma hoid koa kloans Köpferl zeichna. Sunst schaut er aus wiar a Depp.«

»Aber irgendetwas stimmt da bei den Proportionen nicht«, kam es aus der Strickweste retour. »Entweder sind die Beine zu kurz, oder der Oberkörper ist zu lang, oder die Größe des Kopfes passt nicht zum Rest der Figur.«

»Jo mei«, entgegnete der Bärtige neben ihr, »is jo a Italiener gwesn, der wos des Buidl gmoit hod. Woher soll der denn wissen, wia da Jesus ausgschaut hod. I hätt eam hoid wos ozogn, dem Buam. Dem wird jo koit, so ganz ohne an Gwand.«

»Chiaroscuro«, war laut aus dem Mund eines jungen Mannes mit struppigem Blondschopf zu vernehmen. Er hatte sich der Gruppe genähert und zeigte auf das dickbäuchige, nackte Kind.

Der Bayer musterte ihn von der Seite. »Griaß Gott, hoaßt des bei uns. Mir san Bayern, koane Italiener.«

Der Bursche neben ihm fixierte weiter die obere Bildhälfte. »Hell-Dunkel-Malerei bedeutet das. Unbekleidet hebt sich die weiße Haut des Kindes noch viel mehr vom dunklen Hintergrund ab. Caravaggio hat mit dieser Technik die italienische Malerei revolutioniert. Das helle, schräg einfallende Licht seiner Kompositionen sorgte für eine deutlich stärkere Modellierung der Figuren. Sehen Sie sich die Personen auf diesem Altarbild einmal genauer an. Durch die starke Schattenbildung treten diese unglaublich plastisch in den Vordergrund. Fast wie bei einer Fotografie.«

»Do schau her!« Der Bartträger stieß der hageren Frau in der olivgrünen Strickweste seinen Ellbogen in die Seite. »Der Bursch kennt si aus. Reschpekt.«

»Sie müssen sich vorstellen«, fügte der Blondschopf jetzt auch an die Frau gerichtet hinzu, »dass es an der Wende vom 16. zum 17. Jahrhundert nur Kerzen und Öllampen zur Beleuchtung eines Raumes gab. Diese Lichtquellen warfen starke Schatten. Der Hintergrund eines Zimmers blieb dabei jedoch stets im Dunkeln. Caravaggio hat diese Lichtverhältnisse als Erster auf die Leinwand gebracht. Er betonte die Schatten und verzichtete auf die Verbindung des Raumes mit seinen Figuren. Diese treten auf seinen Gemälden so gespenstisch real aus der Dunkelheit hervor, dass es den Betrachtern seiner Zeit vor Schreck fast die Schuhe ausgezogen hat. Die waren regelrecht geschockt, als sie zum ersten Mal derart realistische Bilder gesehen haben. Und apropos Schuhe: Schauen Sie sich doch einmal die Füße der Männer ganz unten an.«

Zwei weitere Mitglieder der Reisegruppe hatten dem unverhofft hinzugekommenen Kunstexperten interessiert zugehört und drängten sich jetzt gemeinsam mit dem Vollbärtigen zum roten Absperrseil vor dem Gemälde, um sich die Füße der knienden Männer am unteren Bildrand näher anzusehen.

»Herrschoftszeiten«, rief ein untersetzter älterer Herr mit Stirnglatze. »Die ham jo dreckige Fiaß! Do schauts her!«

»Gratuliere, mein Herr! Sie haben den ersten Skandal an diesem Bild gefunden. Doch glauben Sie mir, das ganze Bild war ein einziger Skandal zu seiner Zeit.«

Der Blondschopf hob mit wichtiger Miene seinen Zeigefinger. »Man hat bis heute nicht herausgefunden, für welche dem heiligen Dominikus gewidmete Kirche dieses Altarbild ursprünglich ge dacht war. Von allen anderen großen Werken Caravaggios kennt man die Entstehungsgeschichte oder den Auftraggeber. Von diesem Gemälde weiß man nur, dass es um 1605 gemalt wurde, Jahre später von einer niederländischen Künstlergruppe aufgekauft wurde und dann über Antwerpen in den Besitz der Habsburger gelangt ist. Die Wahrscheinlichkeit ist groß, dass dieses Bild weder in einer italienischen Kirche noch in einem italienischen Kloster seinen Platz gefunden hat. Man vermutet, dass es sich hier um eine Auftragsarbeit handelt, die nach Fertigstellung abgelehnt wurde. Was, denken Sie, könnte der Grund dafür gewesen sein?«

Mittlerweile hatte sich fast die ganze Touristengruppe um den schmächtigen Caravaggio-Experten geschart. Dicht gedrängt stand die Menge vor dem zentralen Ausstellungsstück des Saales Nummer fünf im Wiener Kunsthistorischen Museum. Vor Caravaggios »Rosenkranzmadonna«.

»Wegen der dreckigen Fersen?«, fragte der ältere Mann mit Glatze.

»Wegen des nackten Jesuskindls?«, setzte die hagere Dame nach.

Eine dicke Frau mittleren Alters schob sich neben sie. »Weil es so finster ist. Do siacht ma jo goar nix.«

»Sie meinen, dass man auf diesem Werk nichts sieht?«, reagierte der junge Mann mit einer Gegenfrage. »Ich verrate Ihnen, was man darauf sieht: Leidenschaft und Brutalität. Der Künstler hat in seinen Bildern das umgesetzt, was er privat vorgelebt hat. Leidenschaft im Ausdruck der Gefühle. Und Brutalität in der Direktheit seiner Aussagen. Für diese Eigenschaften war Caravaggio im Rom des beginnenden 17. Jahrhunderts gefürchtet. Sowohl was seine Bilder betraf als auch privat. Sein aufbrausendes Naturell hat ihn immer wieder mit dem Gesetz in Konflikt gebracht und schließlich auch zur Flucht aus Rom gezwungen, nachdem er einen Streitgegner getötet hatte.«

»Und Sie meinen, dass man etwas von dieser Brutalität auch auf diesem Bild erkennen kann?«, fragte ein dünner Mann, der an seinem weißen Kragen und einem silbernen Kreuz am Revers seines Jacketts als Geistlicher zu erkennen war. Er deutete auf einen neben Maria stehenden Mann im Mönchshabit. »Ich sehe hier, wie der heilige Dominikus auf Geheiß der Muttergottes Rosenkränze an das Volk verteilt. Das ist die friedliche und feierliche Darstellung einer heiligen Legende. Und so steht es auch in meinem Museumsführer.« Der Mann tippte mit der Spitze seines knochigen Zeigefingers auf den folierten Einband des Buches in seiner Hand.

Der Blondschopf lächelte. »Ein gutes Bild besitzt immer mehrere Aussagen, Hochwürden. Es ist die Vielschichtigkeit, die ein großes Meisterwerk auszeichnet. Ein Gemälde, das dem Betrachter schon beim ersten Blick alles preisgibt, ist die Besichtigung nicht wert. Caravaggio hingegen war ein Meister der Doppeldeutigkeit. Und das musste er auch sein, denn er lebte im Zeitalter der Gegenreformation. Wer sich erdreistete, das offizielle Weltbild in Frage zu stellen, der konnte damals sehr schnell auf dem Scheiterhaufen landen.«

Zwischen dem Priester und der hageren Frau erschien der Kopf einer pickelgesichtigen Jugendlichen mit Hornbrille. Erschrocken wich das Mädchen zurück, als es das bedruckte Batik-Shirt des Kunstexperten erblickte. Umkränzt von roten Rosen grinste ihr der Totenschädel eines menschlichen Skeletts entgegen. Über die Schulter des Geistlichen hinweg fragte die Jugendliche mit schüchterner Stimme: »Sie sagten, dass der Maler von diesem Bild da jemanden umgebracht hat. Hat man ihn denn auch auf dem Scheiterhaufen verbrannt?«

Noch bevor der Angesprochene antworten konnte, hatte sich der Priester zu ihr umgedreht. »Nein, Gabriele. Caravaggio ist eines natürlichen Todes gestorben. Vermutlich an Malaria. Er saß allerdings des Öfteren hinter Schloss und Riegel. Aber nur wegen seines sündigen Privatlebens. Niemals wegen seiner Arbeit als Maler.« Mit selbstgefälligem Gesichtsausdruck drückte der Theologe die Quelle seines Wissens an sein Jackett.

Der Blondschopf strich den verrutschten Ärmel seines neuen T-Shirts nach unten. Das Kleidungsstück war ein Geschenk Caterinas. Sie hatte das originale Tour-Shirt von der finalen Konzertreihe der US-Kultband Grateful Dead nach stundenlanger Recherche bei einem Internetanbieter in Kanada gefunden. Auch beim Aussuchen der neuen Brille hatte sich Erki auf Caterinas modisches Gespür verlassen. Er schob sie mit dem Mittelfinger ein kleines Stück den Nasenrücken hoch und fuhr mit seinen Erläuterungen fort.

»Mit dem sündigen Privatleben des Caravaggio genannten Malers Michelangelo Merisi haben Sie vollkommen recht, Hochwürden. Der Mann führte in der Tat ein sehr turbulentes Leben. Er war unbeherrscht, rauflustig und streitsüchtig. Sein Leben war rastlos und kurz. Aber in diesen wenigen Lebensjahren hat er zahlreiche aufwühlende Werke geschaffen, die auch vierhundert Jahre später nichts von ihrer Aussagekraft verloren haben. Sein Stil war erdgebundener, naturalistischer, als es bis dahin üblich war, und zeigte erstmals reale, irdische Menschen. Keine Idealgestalten von überweltlicher Schönheit, wie sie in der Renaissancezeit dargestellt wurden, sondern wirkliche Menschen. Menschen aus dem Volk! Und diese durften bei ihm dann auch schmutzige Fußsohlen haben. Schauen Sie sich die Figuren auf diesem Bild bitte nochmals an. Das sind Menschen, keine abstrakten Heiligen!«

»Der do rechts, der mit dem Finger zoagt, der schaut drein wia da Griebler, da Tankwart bei uns dahoam«, sagte der Mann mit dem Vollbart und hatte damit die Lacher auf seiner Seite.

»Das ist Petrus«, bemerkte Erki. »Und genau wie alle anderen Figuren auf dem Bild ist auch dieser nach der Natur gemalt worden. Caravaggio hat sich Leute von der Straße geholt, die ihm als Modell dienen sollten. Das Vorbild für die Maria war zum Beispiel seine Freundin Lena, eine stadtbekannte Prostituierte.«

»Sakrament!«, rief der Bärtige. »Der hod se recht wos traut, der Bursch.«

Der Geistliche begann in seinem Museumsführer zu blättern, um die Richtigkeit dieser Aussage zu überprüfen. Noch bevor er einen entsprechenden Eintrag finden konnte, hatte Erki bereits nachgelegt.

»Caravaggio ist nicht nur in den Häusern der Mächtigen und Reichen ein und aus gegangen, sondern auch in den berüchtigtsten Tavernen und Hurenhäusern der engen Gassen Roms. Dort fand er seine Modelle.«

»Ein so ein ausgschamter Hundling!«, schimpfte der Mann mit der Stirnglatze. »Owa a fesche Gretl woars schon, die Lena«, fügte er mit einem Blick auf die Rosenkranzmadonna hinzu.

»Ein apartes Aussehen war bestimmt auch für die einschlägig beschäftigten Damen aus der Zeit des Frühbarocks kein Nachteil«, meinte Erki lächelnd. »Dieser Berufsstand war im Rom des 17. Jahrhunderts genauso vertreten wie in den Großstädten der heutigen Zeit.«

Die männlichen Mitglieder der Gruppe warfen verstohlene Blicke auf die über allen anderen Figuren thronende Maria, während die Jugendliche damit begann, an ihren Brillengläsern herumzuwischen.

»Aber nicht nur die Auswahl seiner Modelle war bei Caravaggio umstritten. Für viele seiner Zeitgenossen war schon die realistische Darstellung der Figuren zu vulgär und provozierend. Menschen von der Straße auf einem Altarbild! Das grenzte für so manche Kleriker an Gotteslästerung. Doch Caravaggios Ansinnen war es nicht, den Glauben an Gott in Frage zu stellen. Das Ziel seiner doppelbödigen Darstellungen war eine beinharte Abrechnung mit dem Kirchenstaat.«

Der Priester hatte aufgehört, seinen Kunstführer nach Prostituierten zu durchsuchen. Er betrachtete mit offenem Mund die vom Künstler geschaffenen Figuren und wartete zunehmend beunruhigt auf weiterte Ausführungen.

»Die Rosenkranzmadonna ist nur vordergründig eine Bearbeitung der Legende, dass der Ordensgründer der Dominikaner im Zuge einer Marienerscheinung den Rosenkranz empfangen habe«, fuhr Erki fort. »In Wirklichkeit ist dieses Gemälde eine Anklage gegen die kirchliche Doppelmoral. Gegen die Verlogenheit der Wasser predigenden und Wein trinkenden kirchlichen Würdenträger. Gegen ihre sexuellen Ausschweifungen, gegen den Missbrauch ihrer Schutzbefohlenen, gegen Sodomie und gegen die in Klöstern und vatikanischen Kreisen weit verbreitete Homosexualität. Kein Wunder, dass sich in ganz Italien keine Kirche fand, die dieses Altarbild haben wollte.«

In das plötzliche Schweigen hinein fiel das Geräusch eines auf dem Boden aufschlagenden Buches. Der Priester hatte seinen Museumsführer fallen lassen. Eine Entschuldigung murmelnd, hob der Kirchenmann den Führer wieder auf. Aufgeregt schob er eine Haarsträhne aus seinem Gesicht. »Wie kommen Sie bitte zu so einer ungeheuerlichen Interpretation, mein Herr? Sie verdrehen ja völlig die Tatsachen! Wenn dieses Bild abgelehnt wurde, dann wohl wegen des schändlichen Lebens des Künstlers.«

»Ich fürchte, bei diesem Gemälde gibt es wenig Spielraum für Verdrehungen und Missinterpretationen«, konterte Erki. »Die Intention des Künstlers ist so klar ersichtlich, dass sie auch einem Laien bei genauerer Betrachtung bewusst wird. Das Werk selbst liefert uns alle Antworten. Sehen Sie sich doch die Körpersprache der Figuren einmal genauer an.« Erki drehte sich wieder zum Altarbild.

»Die Madonna zeigt auf den heiligen Dominikus. Aber ihr Blick ist vorwurfsvoll und streng. Das ist nicht der Blick einer gütigen Muttergottes, die den Ordensmann segnend unter ihren Schutzmantel stellt. Ihr Ausdruck hat vielmehr strafende Züge. Sie scheint den Mann zurechtzuweisen. Und auch Enttäuschung kann man diesem Gesicht entnehmen. Verstärkt wird diese Stimmung Marias vom Maler durch das feuerrote Tuch, das sich über ihrem Kopf quer über das ganze Altarbild spannt. Ein Symbol für das Höllenfeuer.«

»Jessasmaria!«, rief die dicke Dame und schlug lautstark ihre Hände zusammen. »Die schaut wirklich streng drein, die Lena. Und der bärtige Heilige schaut a goar ned glücklich aus seiner Wäsch.«

»Gut beobachtet«, sagte Erki. »Der verzweifelte, fast erschöpft wirkende Gesichtsausdruck des Dominikus hat rein gar nichts von der Verzückung eines Heiligen, dem Maria mit dem Kind erschienen ist. Im Gegenteil, er zeugt von der Haltung eines Sünders, der sich vergebens rechtfertigen will. ›Was soll ich denn tun?‹, scheint er zu sagen. Dabei zeigen seine Hände auf die drei Männer zu seinen Füßen, die gierig ihre Arme nach ihm strecken.«

Erki deutete auf die knienden Männer mit den ungewaschenen Füßen, und die Augen der bayrischen Touristen folgten seinem Fingerzeig.

»Der nur mit einem Tuch bekleidete Jüngling rechts unten war den Zeitgenossen Caravaggios bestens bekannt: Es handelt sich um Roms bekanntesten Strichjungen, der ein gerne gesehener und überaus gut bezahlter Gast im päpstlichen Palast gewesen sein soll. Caravaggio hat den jungen Mann bewusst halb nackt abgebildet. In seiner Arbeitskleidung, gewissermaßen. Und als Objekt seiner Begierde, den Heiligen Dominikus, hat der Maler niemand Geringeren als Modell herangezogen als Kardinal Delmonte. Bekannt für seine hedonistische Lebensweise, für seine Sexbesessenheit und berüchtigt für die ausschweifenden gleichgeschlechtlichen Orgien, die regelmäßig in seinem Palazzo stattgefunden haben.«

Im Saal war es jetzt so still geworden, dass man eine Stecknadel hätte fallen hören können. »Meine Damen und Herren! Sie sehen auf diesem Altarbild hier eine Prostituierte als Madonna, einen halb nackten Strichjungen und einen sittlich verkommenen Kardinal, der als Sünder vor Maria steht. Darüber lodert das Höllenfeuer, und der Kirchengründer Petrus zeigt mit dem Finger auf den Sünder und wendet sich dabei direkt an den Betrachter: ›Seht her! Das ist aus meiner Kirche geworden!‹ Direkter kann man das gar nicht mehr darstellen. Leidenschaft und Brutalität!«

Erkis Vortrag hatte seine Zuhörer sprachlos gemacht. Mit offenen Mündern standen sie an der Absperrung und gafften auf das Bild vor ihnen.

Mit hochrotem Kopf beschloss der Kirchenvertreter, Einspruch zu erheben. »Sie gehen entschieden zu weit in Ihren Aussagen, mein Herr«, sagte er entrüstet. »Das ist doch alles nicht bewiesen!«

Erki lachte. »Zu weit, sagen Sie? Nun, Caravaggio ist noch viel weiter gegangen. Sehen Sie nur auf die Gier der Männer, die sich um den Kardinal scharen. Der vornehme Herr mit weißer Halskrause am linken Bildrand zerrt sogar am Gewand des Dominikus. Er symbolisiert die Verkommenheit der römischen Oberschicht. Dabei schaut er auch noch, wie Petrus, aus dem Bild heraus auf die Betrachter. Aber es ist nicht der schuldbewusste Blick eines Ertappten, sondern ein Blick der Unverfrorenheit. Jene Unverfrorenheit, mit der die Kirchenobersten ihre Kritiker unter dem Vorwurf der Ketzerei auf den Scheiterhaufen brachten, während sie selbst ihrer Zügellosigkeit und ihren Perversionen freien Lauf ließen.«

»Um Gottes willen«, entfuhr es der Frau in der Strickweste. Sie klammerte sich Hilfe suchend an den Mann mit dem Vollbart. »Was waren das nur für Zeiten! Das ist ja finsteres Mittelalter!«

Nach Sekunden betretenen Schweigens setzte wieder ein Flüstern und Tuscheln unter den bayrischen Museumsbesuchern ein.

»Beachten Sie bitte auch die Frau im Vordergrund«, fuhr Erki fort. »Sie ist die einzige Person aus dem Volk, die zur Madonna hochschaut. Um den rechten Träger ihres Kleides hat sie eine abgeschnittene Haarsträhne gebunden, eine abgeschnittene Kinderlocke als Zeichen für den Verlust kindlicher Unschuld.

Flehentlich wendet sie sich an die Gottesmutter und legt dabei schützend ihre Hand auf die Schulter des kleinen Jungen neben sich. Um zu wissen, was Caravaggio mit dieser Darstellung ausdrücken wollte, brauchen Sie nur eine heutige Zeitung aufzuschlagen, meine Damen und Herren. Dieses Thema hat auch vierhundert Jahre nach Anfertigung dieses Bildes nichts von seiner Aktualität verloren: Kindesmissbrauch in kirchlichen Institutionen.«

»Jetzt reicht es aber!«, schrie der Pfarrer und vergaß seine bisher geübte Zurückhaltung. »Was unterstehen Sie sich, den Menschen hier für eine Interpretation aufzutischen! Wir haben Sie nicht darum gebeten, uns diesen Schmarrn zu erzählen. Verschwinden Sie!«

»Wie man sieht, hat auch die heutige Kirche Probleme damit, die Wahrheit einzugestehen«, warf Erki dem Priester an den Kopf. »Aber ich will mich hier mit meinem Wissen gar nicht aufdrängen. Nur eines noch.« Er zeigte nochmals auf das Gemälde. »Solange es in Ihrer Kirche Männer gibt, Hochwürden, die sich hinter Petrus verstecken, so wie der hier vom Künstler hinter dem Kirchengründer unter einer Kutte verborgene und doch eindeutig erkennbare, hämisch grinsende Papst Clemens, so lange wird weiter vertuscht und verheimlicht werden, und es wird noch viele Caravaggios benötigen, um die ungeheuerlichen Verbrechen der Kirche in ihrer zweitausendjährigen Geschichte aufzuzeigen.«

»Ich kann das nicht mehr hören!«, schrie der Priester in einer Lautstärke, dass man es bis in die Säle der niederländischen Künstler hören konnte. Sein Gesicht war mittlerweile genauso scharlachrot geworden wie das Tuch über den Köpfen von Caravaggios Heiligenfiguren. Mit beiden Händen hob er den Museumsführer über seinen Kopf und stürzte sich damit auf Erki. »Lügner!«, schrie er. »Frevler! Der Teufel hat dich geschickt!«

Mit vereinten Kräften gelang es den Männern der Touristengruppe, ihren in Rage geratenen Pfarrer zurückzuhalten.

Caterina war neben Erki aufgetaucht, schnappte sich seine Hand und zog ihn aus dem Pulk. Aus allen Richtungen strömten Museumsbedienstete in dunkelblauen Jacketts und mit blau-grünen Krawatten herbei. Caterina stieß mit einer Frau zusammen, die ein blau-grünes Tuch anstatt einer Krawatte trug.

»Was ist hier los?«, fragte sie.

»Da dreht einer durch«, gab Erki zur Antwort. »Passen Sie auf die Gemälde auf!«

»Ich bring ihn um!«, war hinter ihnen zu hören, und die Aufseherin stürzte sich an Erki und Caterina vorbei ins Menschengetümmel vor der Rosenkranzmadonna.

Mit schnellen Schritten durchquerte Caterina die angrenzenden Säle und zog den Verursacher des Aufruhrs hinter sich her. Auf der breiten Marmortreppe herrschte sie ihn an: »Die sollten dich festnehmen, nicht den Pfarrer. Du bist ja völlig verrückt! Wegen dir bekomme ich hier noch Hausverbot!«

»Ich hab ja gar nichts getan«, antwortete Erki schelmisch den Mund verziehend. »Ich habe nur meinen Gedanken über das Werk Ausdruck verliehen. Die Kunst ist frei. Jeder darf sich zu den Bildern denken, was er will. Hast du gesehen, wie herrlich der ausgezuckt ist?«

Caterina wollte Erki weitere Vorwürfe machen, konnte sich aber beim Gedanken an das Geschehen vor wenigen Minuten dann doch ein Lächeln nicht verkneifen.

»Hast du seine fetten Haare gesehen, Caterina? Und wie er immer auf den Zehen wippte, wenn er sich aufgeregt hat? Und erst seine Freundin. Die Brillenputzerin. Die hätte nicht einmal Caravaggio gemalt.« Erki nahm seine Brille ab und schnitt eine Grimasse.

»Hör auf, Erik! Die kann ja nichts für ihr Aussehen. Komm, lass uns hier verschwinden.« Sie durchquerten die Eingangshalle und traten durch eine der hohen Holztüren ins Freie. »Woher hast du eigentlich dein Halbwissen zu den alten Meistern?«

»Was heißt hier ›Halbwissen‹, Frau Doktor? Meine Angaben zu Caravaggio waren völlig korrekt. Fast völlig korrekt zumindest. Lediglich bei der Deutung des Bildinhalts habe ich mir ein paar künstlerische Freiheiten erlaubt.«

»Du hast das Jesuskind gar nicht in deine fast völlig korrekte Interpretation einfließen lassen.«

»Absicht!«, erklärte Erki. »Erstens wollte ich den Pfarrausflüglern eine Figur übrig lassen, damit sie sich selbst Gedanken darüber machen können, und zweitens stimmt mit dem Jesuskind irgendetwas nicht.«

»Was meinst du damit?«

»Ich weiß nicht so recht. Entweder ist der Kopf zu groß oder der Oberkörper zu lang, oder es sind die Füße …«

Sie unterbrach ihn durch ihr Lachen. »Komm, gehen wir, bevor du mir erklärst, dass der Knabe ein *Gwand* braucht!«

»Na ja, es war bestimmt sehr kalt im finsteren Mittelalter.«

»Ich weiß, ich weiß«, sagte Caterina schmunzelnd, »die hatten ja nur Kerzen und Öllampen damals. Und einen Haufen Schatten. Mehr Schatten als wir hier jedenfalls.«

Sie standen in der sommerlichen Nachmittagssonne auf dem Absatz der breiten Museumstreppe, vor sich die symmetrische Parkanlage des Maria-Theresien-Platzes.

»Lass uns zum Rathauspark gehen. Aber erklär mir auf dem Weg dorthin bitte keine Kunstwerke.«

»Das ist schade«, entgegnete Erki, »denn die Fassade und die Türme des Rathauses haben eine tiefer liegende Bedeutung, die du in keinem Wien-Führer finden wirst.«

Jetzt mussten beide lachen, und Caterina griff sich instinktiv an den Brustkorb. Ihre Rippenverletzung war noch nicht ganz ausgeheilt. Hand in Hand gingen sie die Stiegen zum Park hinab, als sie am Fuß der Treppe von einer männlichen Stimme hinter ihnen angesprochen wurden.

19

»Na? Sie beide wirken ja, als ob Sie immer noch mit Handschellen aneinandergekettet wären.«

Caterina und Erki drehten sich um, ohne die Hand des jeweils anderen loszulassen. Der Mann, der sie von hinten angesprochen hatte, stand auf der obersten Treppenstufe und kam jetzt langsam zu ihnen herunter. Er hielt sich eine Hand an die Stirn, um seine Augen vor der Sonne zu schützen, die mit voller Kraft die der italienischen Renaissance nachempfundene Fassade des Kunsthistorischen Museums erhitzte, und trug trotz des heißen Sommerwetters eine dicke Strickweste über einem langärmeligen Hemd.

»Guten Tag, Herr Inspektor«, begrüßte ihn Caterina mit ihrem bezauberndsten Lächeln. »Machen Sie einen kleinen Kulturausflug?«

»Ich bin im Dienst, Frau Doktor«, antwortete Franz Jerabek und nahm die Hand von seiner Stirn. »Außerdem heißt es ›Abteilungsinspektor‹. Meine Frau hat gesagt, ich soll darauf achten, mit korrektem Dienstgrad angesprochen zu werden.« Ein breites Grinsen zog sich über sein Gesicht, begleitet von einer wegwerfenden Handbewegung. »Sie dürfen mich aber gerne Franz nennen. Immerhin haben wir uns in den letzten Tagen ja fast öfter getroffen als ein junges Liebespaar.«

Caterina lachte. »Aber gerne, Franz. Dann müssen Sie die ›Frau Doktor‹ aber auch durch ›Caterina‹ ersetzen.«

Der Kriminalbeamte hatte die breiten Stufen, die vom Eingangsbereich des Museums herabführten, hinter sich gelassen und kam auf Erki und Caterina zu, um ihnen die Hand zu reichen.

»Danke, dass Sie zur Beerdigung des Professors gekommen sind«, sagte Caterina. »Ich war regelrecht erschüttert, wie wenige Menschen an seinem Begräbnis teilgenommen haben. Sogar der eigene Bruder ist zur Zeremonie nicht erschienen.«

»Ach, wissen Sie, Caterina, bei Bestattungen mit vielen Trauergästen sind die meisten doch nur dabei, weil sie keine schlechte

Nachrede durch ihr Fernbleiben in Kauf nehmen wollen. So eine Beerdigung im ganz kleinen Kreis ist mir da viel lieber. Da sind dann wirklich nur diejenigen vor Ort, denen der Tote etwas bedeutet hat. Es war eine sehr schöne, stimmungsvolle Feier, die Sie und Frau Riegler Ihrem Chef da ausgerichtet haben.«

»Danke, Franz. Der Ignaz hat uns wirklich viel bedeutet, ganz besonders der Trixi. Sie kannte den Professor ja viel länger als ich.«

»Wie lange war sie denn seine Sekretärin?«

»Seit ewig oder noch länger«, antwortete Caterina schmunzelnd. »Ignaz hat sie im Institut aufgenommen, als sie aus gesundheitlichen Gründen ihren Job am Burgtheater beenden musste. Die beiden wurden im Laufe der Zeit sehr vertraut miteinander, fast wie ein altes Ehepaar. Der Tod des Professors hat sie ziemlich mitgenommen.«

»Das kann man vom Bruder Ihres Chefs leider nicht gerade behaupten. Der hat gelacht, als wir ihm in seinem Hotel die Todesnachricht überbrachten. Die Villa, das Jagdhaus und das zugehörige Waldgebiet werden ihm genug Geld einbringen, um seinen feudalen Lebensstil eine gute Zeit lang weiter aufrechterhalten zu können.«

»Ignaz hat nur sehr wenig über den Jakob erzählt. Aber wenn, dann hat er immer versucht, das wenige Positive an ihm herauszustreichen.«

»Scheint im Gegensatz zu seinem jüngeren Bruder ein guter Mensch gewesen zu sein, der Professor.«

»Ja, das war er. Schade, dass Sie ihn nicht persönlich kennenlernen durften.«

»Ach, ein wenig habe ich ihn auch kennengelernt, durch meine Arbeit. Das ist einer der besonderen Nebeneffekte unseres Jobs. Wenn man über jemanden etwas herausfinden will, beginnt man damit, das ganze Leben dieses Menschen zu durchleuchten. Man fertigt sich ein Bild an, aus seinem Umfeld, seinen Interessen, seiner Arbeit und seinen Sozialkontakten, und je mehr man sich mit den individuellen Lebensumständen beschäftigt, desto klarer wird die Vorstellung von dieser Person. Schließlich ist es dann fast so, als ob man diesen Menschen persönlich kennengelernt hätte.

Ich bin aber nicht hier, um über den Professor zu sprechen. Ich möchte Ihnen etwas anderes berichten.«

»Wie haben Sie uns denn überhaupt hier gefunden?«, warf Erki ein. »Durch Handyortung?«

Der Kriminalbeamte schmunzelte. »Das darf ich gar nicht, Herr Neubauer, nicht ohne richterliche Befugnis. Aber die Personensuche ist natürlich ebenfalls ein Bestandteil meines Berufs, ein ganz wesentlicher sogar. Ich musste schon Menschen finden, bevor es die ganzen modernen Hilfsmittel wie Internet oder Mobiltelefone gegeben hat. Sagen wir einfach, ich habe über die Jahre eine Nase für das Aufspüren von Personen entwickelt. Dass mir Caterinas Mutter verraten hat, Sie beide seien heute in diesem Museum anzutreffen, hat die Nasenarbeit natürlich etwas erleichtert.«

»Meine Mama!«, rief Caterina mit gespielter Entrüstung. »Die würde am liebsten rund um die Uhr wissen, wo ich mich gerade aufhalte.« Sie lachte. »Entschuldigen Sie bitte Eriks Handyphobie. Seit dieser Verfolgungsgeschichte vermutet er überall Stasi-Methoden und die totale Überwachung. Er hat sogar seinen Facebook-Account gelöscht.«

»Mit der Befürchtung vom gläsernen Menschen, der durch die neuen Technologien entsteht, haben Sie gar nicht mal so unrecht, Herr Neubauer. Die zunehmende Datenvernetzung bringt aber auch Vorteile mit sich. Ohne die elektronische Möglichkeit, das Grundbuch einzusehen, hätten wir die Jagdhütte nicht so schnell gefunden. Da wären wir wohl trotz des goldrichtigen Tipps von Caterinas Mutter zu spät gekommen. Und durch die länderübergreifende elektronische Vernetzung der Behörden haben wir jetzt auch den Pfadfinder finden können.«

»Den Mann vom Westbahnhof?«

»Ja, genau. Ich darf Sie doch ein Stück begleiten?«

»Gerne doch«, gab Caterina zur Antwort, »wir wollten gerade ein wenig den Ring entlang zum Rathauspark spazieren. Los, erzählen Sie schon! Wann haben Sie den Mann denn festgenommen?«

»Wir gar nicht«, berichtete Jerabek, während er an der Seite des jungen Paares über den Maria-Theresien-Platz schlenderte.

»Er ist in Paris verhaftet worden, gestern Abend. Aber wir waren es, die den Mann identifizieren konnten. Da muss ich übrigens meinen Hut ziehen vor Ihrem Freund, dem Herrn Stierschneider«, sagte der Kriminalbeamte zu Erki. »So ein Personengedächtnis findet man selten. Der Stierschneider hat von dem dritten Täter eine Beschreibung abgeliefert, die war fast so gut wie eine Fotografie.«

»Ja, der Ernstl wird gerne unterschätzt«, bestätigte Erki. »In Wirklichkeit ist das ein außergewöhnlich begabter Mensch.«

»Ich weiß.« Jerabek nickte zustimmend. »Ich habe ihn damals spielen gesehen. Das war ein Naturtalent, ein richtiger Künstler. Schade nur, dass seine Karriere von so kurzer Dauer war. Jedenfalls war er eine große Hilfe für uns, denn auf den Bildern der Kameras vom Westbahnhof ist der falsche Pfadfinder nur von hinten zu sehen gewesen. Mit der Personenbeschreibung des Herrn Stierschneider haben wir über unsere internationalen Verbindungen dann doch diesen Mann aufspüren können, der sich nach Ihrer Adresse erkundigt hat, um Ihnen den Russen vorbeizuschicken.«

»Und? Ist das auch ein Russe?« Instinktiv griff sich Erki an den Hinterkopf. Von der Wunde war nur mehr eine Kruste unter den Haaren zu spüren.

»Nein, kein Russe. Er wurde nicht nur in Frankreich aufgespürt, es scheint sich auch um einen französischen Staatsbürger zu handeln. Ein Deutsch sprechender Franzose aus dem Elsass.«

»Jetzt wird es aber international«, stellte Caterina erstaunt fest. »Der tote Glatzkopf war ein Deutscher, der Riese aus der Lagerhalle ein Russe, und jetzt auch noch ein Franzose?«

»Ja, die Welt ist klein geworden, Caterina. Und die Globalisierung der Wirtschaft macht auch vor dem Verbrechen nicht halt.«

Der Kriminalpolizist blieb beim Maria-Theresien-Denkmal in der Mitte des Platzes stehen. »Haben Sie eigentlich gewusst, dass sich dieses Denkmal aus insgesamt neunundzwanzig Bronzefiguren zusammensetzt? Allein die Figur der Kaiserin Maria Theresia wiegt elf Tonnen. Der riesige Sockel musste durch eine eigens dafür berechnete unterirdische Konstruktion aus Pfeilern und Bögen gestützt werden, um die Schwingungen und das enorme Gewicht aufnehmen zu können. Dreizehn Jahre lang hat der Bildhauer an diesem Werk gearbeitet.«

Caterina schaute verwundert auf den Mann in der Strickweste neben sich. »Ich bin erstaunt, Franz. Sie dürften ja doch schon den einen oder anderen Kulturausflug hierher unternommen haben.«

Jerabek grinste. »Ich besitze eine Jahreskarte für das Museum. Und eine für das Naturhistorische Museum vis-à-vis. Ich komme oft hierher, immer wenn ich früher Dienstschluss habe und noch nicht gleich nach Hause fahren will. Die Habsburger haben viele Jahrhunderte dafür benötigt, die Schätze in den zwei Museen zusammenzutragen, und ich werde wohl noch einige Jahre brauchen, bis ich mir alles genau angesehen habe. Aber ich will Sie nicht mit meinem Privatleben langweilen, ich bin ja dienstlich hier. Gestern, nach Bekanntwerden der Verhaftung in Paris, hatte ich das Vergnügen, mich nochmals mit dem Russen unterhalten zu dürfen.«

Die kleine Gruppe setzte ihren Weg über den Platz fort, vorbei an den aus Bronze gegossenen berittenen Feldherren Daun und Laudon.

»Hat der Russe diesmal gesungen?«, wollte Erki wissen.

»Das ist ein harter Brocken«, seufzte Jerabek. »Der gibt nur das zu, was wir ihm auch nachweisen können, also Ihre Entführung und seine Bewachertätigkeit in der Lagerhalle. Von den Morden will er nach wie vor nichts wissen, er behauptet sogar, dass es seine Aufgabe gewesen wäre, Sie beide zu beschützen. Die Staatsanwaltschaft ist sich noch nicht im Klaren darüber, wie weit sie die Anklage ausweiten wird, zu vieles an diesem Fall liegt noch im Dunkeln.« Jerabek stellte einen Fuß auf die Kante eines Blumentrogs, um sich seinen Schuh zu binden.

»So wie sich uns die Sache im Moment darstellt«, fuhr er fort, »scheint der Franzose der Kopf der Truppe gewesen zu sein. Die beiden anderen waren fürs Grobe zuständig und sind wahrscheinlich auch wegen ihrer Deutschkenntnisse vom Franzosen angeheuert worden. Wir vermuten, dass der Deutsche, ein in der DDR und Russland ausgebildeter ehemaliger Geheimpolizist, die Morde verübt hat. Befragen können wir ihn dazu leider nicht mehr. Die Mordwaffe muss er beseitigt haben, denn der Revolver, den wir bei ihm gefunden haben, scheidet dafür genauso aus wie die Pistole aus dem Geländewagen des Russen. Diesem können wir Körperverletzung, Nötigung und illegalen Waffenbesitz nachweisen. Ob es für Beihilfe zum Mord auch ausreicht, wird von den Aussagen des Franzosen abhängen.«

»Ich bin für lebenslänglich«, sagte Erki. »Der Kerl hat die Ordnung meiner Plattensammlung zerstört und mir eine Johnny-Cash-CD geklaut.«

»Ich gehe davon aus, dass der in seinem Leben schon mehr zerstört hat als nur die Anordnung von Schallplatten«, meinte Jerabek. »Sie haben beide großes Glück gehabt, dass Ihnen nicht mehr passiert ist. Das waren Profis, sowohl der Deutsche als auch der Russe. Die arbeiten für Geld, für einen Haufen Geld. Und ein Menschenleben zählt für diese Leute nicht viel.«

Sie passierten die Vorderfront des Naturhistorischen Museums. An der von zwei Laternensäulen aus Sandstein begrenzten Einfahrt zum Maria-Theresien-Platz wandten sie sich nach links und betraten den im Schatten liegenden Gehweg an der Ringstraße. Im Hintergrund war die erste der beiden Auffahrtsrampen des Parlamentsgebäudes zu sehen.

Der Hinweis auf die Gefährlichkeit ihrer Entführer hatte Caterina nachdenklich gestimmt.

»Woher kommt der Haufen Geld?«, fragte Caterina. »Wer bezahlt solche Typen?«

Franz Jerabek machte den obersten Knopf seiner Weste zu. »Üblicherweise jemand, der nicht nur über sehr viel Geld verfügt, sondern auch über das dringende Bedürfnis, an noch mehr Geld zu gelangen. Also entweder ein Verbrechersyndikat oder ein Konzern, wobei ich Ihnen nicht genau sagen kann, wo hier der Unterschied zu suchen ist. Jedenfalls eine jener weltweit agierenden Vereinigungen, denen ohne Rücksicht auf einzelne Individuen jedes Mittel recht ist, um ihre Gier nach noch mehr Reichtum zu befriedigen.«

Caterina schauderte es bei dem Gedanken, welche Kräfte sie mit ihrer wissenschaftlichen Arbeit in Bewegung versetzt hatte. »Lasst uns auf die andere Seite wechseln«, schlug sie vor. »Ich würde gerne in der Sonne gehen, den Volksgarten entlang.«

Sie hielten vor der Einmündung der Bellariastraße und querten auf dem dortigen Zebrastreifen den Burgring.

»Ist der Franzose von solch einer Vereinigung?«, fragte Caterina. »Weiß man das schon?«

»Er wird gerade in Paris verhört. Auch er bestreitet jede Beteiligung an den Morden in Wien. Mehr wissen wir leider noch nicht. Wir werden jedenfalls einen Auslieferungsantrag stellen. Ich kann aber noch nicht sagen, ob dem auch stattgegeben wird, denn der Mann wurde auch in anderen Ländern wegen verschiedener Delikte gesucht.«

»Na, wenigstens läuft er nicht mehr frei herum«, sagte Erki. »Sind Sie sicher, dass es nur die drei waren und sich nicht noch einer von den Typen in Wien versteckt hält?«

»Ich denke, da können Sie fürs Erste einmal beruhigt sein, Herr Neubauer. Das Büro, von dem aus die Gruppe agiert hat, ist erst vor zwei Monaten von einer Firma namens ›ECTL International‹ angemietet worden, und es sind nur drei Personen gesehen worden, die diese Räume frequentiert haben. Darin stimmen alle Zeugenaussagen überein. Für eine vierte Person gibt es derzeit keinen Anhaltspunkt.«

Die Spaziergänger hatten jetzt den Volksgarten erreicht, den ersten der einst in kaiserlichem Privatbesitz befindlichen Parks, die für die Wiener Bevölkerung geöffnet worden waren.

»Unsere Gruppe für Wirtschaftskriminalität hat übrigens herausgefunden, dass es sich bei ›ECTL International‹ um eine von zahlreichen Tochterfirmen eines komplizierten internationalen Firmengeflechts mit Sitz in Liechtenstein handelt. Mit großer Wahrscheinlichkeit eine Scheinfirma ohne konkrete Geschäftstätigkeit. Interessant ist, dass ›ECTL‹ im Wiener Büro nur als Untermieter aufgetreten ist. Der eigentliche Mieter des Büros ist ein französischer Energieriese, die wissen dort aber natürlich nichts von den Aktivitäten ihrer Untermieter. Laut Auskunft der Konzernleitung kann jeder eines ihrer weltweit unterhaltenen Büros anmieten, sofern es gerade frei und der Mieter bereit ist, den geforderten Mietpreis zu bezahlen.«

»Das heißt, die putzen sich da einfach ab und spielen die Unwissenden?«, fragte Erki.

Jerabek zuckte mit den Schultern. »Kann sein. Kann aber auch sein, dass die wirklich keine Ahnung haben von dem, was ihre Mieter treiben. Ich weiß es nicht. Ich will Ihnen da auch gar nichts vormachen. Wir gehen davon aus, dass wir nie erfahren werden, wer wirklich hinter der ganzen Sache steckt. Es sei denn, der Franzose packt aus, womit ich ehrlich gesagt nicht rechne.«

»Zu Maria Theresias Zeiten gab es bestimmt Methoden, Franzosen zum Sprechen zu bringen«, murmelte Erki missmutig.

Der Kriminalpolizist ließ die Bemerkung unkommentiert. »Alles deutet darauf hin, dass die Sache von Frankreich aus gesteuert wurde. Wir haben den Telefonverkehr aus dem ›ECTL‹-Büro rekonstruiert. Es hat hier direkte Verbindungen nach Paris gegeben, wobei die Nummern auf Pariser Seite niemandem konkret zuzuordnen sind, alles nur Briefkastenfirmen und Wertkarten-Handys.«

»Paris, die Stadt der Liebe«, trällerte Erki. »Scheint doch auch ihre Schattenseiten zu haben.«

»Die hat jede Stadt, Herr Neubauer. Auch unser gemütliches Wien ist nicht frei davon, wie Sie ja am eigenen Leib erfahren durften. Was macht eigentlich der Kopf? Ist mittlerweile alles verheilt?«

»Ist schon wieder ganz der alte. Danke.«

»Dann passen Sie bitte auf, dass dem alten Kopf nicht wieder die alten Flausen einfallen, so wie am Westbahnhof. Das, was Sie dadurch mitgemacht haben, sollte Ihnen eine Lehre sein.«

»Ich werde mich bessern, ich habe jetzt ja auch eine Aufpasserin.« Erki warf Caterina einen Blick zu und drückte ihre Hand ein wenig fester.

Sie gingen am kunstvoll verzierten schmiedeeisernen Gitter entlang, das den Volksgarten zum Ring hin begrenzte. Auf der anderen Straßenseite leuchtete der goldene Kopfschmuck der Pallas Athene in der Nachmittagssonne. Die meterhohe Brunnenfigur stand hoch oben auf ihrer Säule und bewachte die Auffahrtsrampen zum Parlamentsgebäude, das sich durch seine altgriechische Säulenfront deutlich von den anderen Ringstraßengebäuden abhob. Erki fragte sich, ob es Absicht gewesen sein mochte, dass die Göttin der Weisheit so platziert worden war, dass sie den Abgeordneten im Plenum ihren Rücken zuwandte.

»Gibt es schon Beweise dafür, dass Samuel die Forschungsergebnisse verkaufen wollte?«, fragte Caterina.

»Nur Indizienbeweise«, antwortete Jerabek. »Er hat seiner Vermieterin angekündigt, ans große Geld zu kommen, und wir haben seine Fingerabdrücke auf einer leeren Aktenmappe im ›ECTL‹-Büro gefunden. Zudem hatten sowohl Samuel Kaluma als auch die Täter telefonische Kontakte nach Paris. Unter der dunklen Haut des Ermordeten muss ein heller Kopf gesteckt haben. Der von seiner Ziehmutter ins Labor gepresste Student hat dort augenscheinlich mehr mitbekommen, als dem Professor und Ihnen, Caterina, lieb war. Mit dem Wissen muss er dann irgendwelche Kontakte in seiner Heimat bemüht und damit den Stein ins Rollen gebracht haben. Offensichtlich sind er oder seine Kontaktperson dabei aber an die Falschen geraten. Wir denken, dass der Student den ›ECTL‹-Leuten vor seinem Ableben Material hat zukommen lassen. Diese dürften sich dann nach Rücksprache mit Frankreich dazu entschlossen haben, alle Dateien an sich zu bringen, also auch die von Ihnen und von Professor Grünzweig. Der Samuel war von da an nur mehr ein unerwünschter Zeuge. Das Treffen mit dem Deutschen im Stadtpark wird vermutlich als Geldübergabe angekündigt gewesen sein. Samuel hat sich für dieses Geschäftstreffen extra seine Sonntagskleidung angezogen. Geholfen hat ihm das, wie wir alle wissen, nicht. Das Zuspielen seiner im Labor gesammelten Werke hat ihm schließlich nicht den erhofften Reichtum eingebracht, sondern den Tod.«

»Irgendwie tut er mir leid, der Samuel«, sinnierte Caterina. »Auch wenn er derjenige war, der uns das Ganze eingebrockt hat und damit im Endeffekt auch für den Tod des Professors verantwortlich gewesen ist.«

Eine große Gruppe japanischer Touristen versperrte ihnen den Weg, wo der schmiedeeiserne Zaun eine kleine Einbuchtung zum Volksgarten hin bildete, um so Platz für eine Gedenktafel für den Staatsvertragskanzler Julius Raab zu bieten. Caterina und ihre Begleiter mussten über die für Radfahrer gedachte Nebenfahrbahn ausweichen, um an der schnatternden Schar der fernöstlichen Wien-Besucher vorbeizugelangen.

»Was ich Sie fragen wollte, Franz, und was mich schon die ganze Zeit beschäftigt«, wandte sich Caterina an den Kriminalbeamten. »Der Samuel und der Professor sind sofort umgebracht worden. Wieso haben die mich am Leben gelassen? Und auch den Erik?«

Jerabek kratzte sich hinter dem Ohr. »Dazu kann ich einstweilen auch nur Vermutungen anstellen, vieles an diesem Fall ist mir noch nicht klar. Aber versuchen Sie sich einmal in den Auftraggeber des Technologiediebstahls hineinzuversetzen. Die Zielsetzung scheint klar: die Sicherung aller Daten und das Ausschalten aller Zeugen für die Existenz dieser wissenschaftlichen Arbeit, also konkret aller drei Personen, die mit der Erstellung dieser Daten befasst waren: der Professor, Samuel und Sie. Da taucht plötzlich eine vierte Person auf. Eine, die mit dem Professor in Beziehung zu stehen scheint – wenngleich auch in einer nicht sehr freundschaftlichen – und die wissenschaftliche Aufzeichnungen zu Hause aufbewahrt.«

»Das waren doch nur die Unterlagen von meinem Mathematikstudium«, warf Erki ein. »Die Idioten haben sogar die Bücher aus meiner Mittelschulzeit mitgenommen!«

»Der Russe konnte das nicht wissen«, fuhr der Kriminalinspektor fort. »Das ist ein Schlägertyp und kein Wissenschaftler, noch dazu mit beschränkten Deutschkenntnissen. Es hat jedenfalls gereicht, um die Täter zu verunsichern. Caterina und der Professor sind sicher einige Zeit lang beobachtet worden, bevor man mit den Zugriffen begann und als Erstes den Professor ermordete. Von Ihnen, Herr Neubauer, haben die nichts gewusst, bis Sie am Westbahnhof auf der Bildfläche erschienen sind. Wir haben feststellen können, dass an jenem Vormittag, den Sie beide am Hafen verbracht haben, die Telefone im ›ECTL‹-Büro heiß gelaufen sind. Ich gehe davon aus, dass Ihnen beiden für den Nachmittag eine unangenehme Befragung ins Haus gestanden wäre.«

»Befragt wurde dann zum Glück der Russe und nicht wir«, meinte Caterina. »Mich wundert noch immer, dass sich das durchtrainierte Monster bei der Festnahme gar nicht gewehrt hat.«

»Das hätte für ihn wenig Sinn gemacht. Die Kollegen sind mit zwei Streifenwagen vorgefahren. Vier gegen einen. Außerdem war er noch einigermaßen benommen. Der Deutsche hatte ihn nur notdürftig verarztet, und der Russe hatte sich in der Halle hingelegt, um auf die Rückkehr seines Partners zu warten. Ich glaube, der war felsenfest davon überzeugt, dass der Killer mit Ihnen beiden im Gepäck zurückkehren würde. Mit dem Sender im Jeep war es für die Täter ja ein Kinderspiel, an Ihnen dranzubleiben. Wir haben übrigens auch im kaputten Fahrzeug des Deutschen einen Sender gefunden. Wahrscheinlich hat der Franzose vom Büro aus damit die Bewegungen seiner Leute koordiniert.«

»Und als er vom Glatzkopf keine Rückmeldung mehr bekommen hat, ist er abgehauen«, mutmaßte Erki. »Mitsamt der ganzen schönen Datensammlung. Wieso ist der Russe nicht auch verschwunden?«

»Sie waren so frei, ihm sein Handy abzunehmen, Herr Neubauer. Der war in der Lagerhalle isoliert. Ohne Auto und ohne Mobiltelefon, dafür mit einer Kopfverletzung, die mit mehreren Stichen genäht werden musste. In dieser Beziehung haben Sie ganze Arbeit geleistet. Dass Sie dann auf die Idee gekommen sind, das Handy wegzuwerfen und nicht sofort zur Polizei zu fahren, das war leider nicht gerade das Vernünftigste.«

»Du mit deiner Handyüberwachungsphobie!«, sagte Erki in scherzhaft vorwurfsvollem Ton zu Caterina.

»Ich hoffe doch sehr«, sagte der Kriminalbeamte lächelnd, »dass Sie nicht noch einmal in so eine verzwickte Situation geraten. Falls doch, dürfen Sie sich gerne auch direkt an mich wenden, Sie haben ja jetzt meine Nummer.«

Caterina kickte mit der Spitze ihrer Ballerinas eine leere Zigarettenschachtel an den Rand des Gehweges. »Die sollen mich gefälligst in Ruhe lassen. Die haben alles, was sie wollten, mit der Ausnahme, dass die Existenz unserer Forschungen jetzt aktenkundig ist. Restlos weg sind die Aufzeichnungen trotzdem. Bis auf die Erinnerungen in meinem Gehirn ist das ganze Lebenswerk von Professor Grünzweig verloren gegangen. Gibt es Hoffnung, dass das Forschungsmaterial in Frankreich wiederauftaucht?«

Der Kriminalinspektor zögerte mit einer Antwort. Mit den Händen in den Hosentaschen seiner hellen Cordhose schritt er langsam an der Seite Caterinas dahin und dachte nach. Der Lederriemen seiner braunen Herrenhandtasche schlang sich um sein linkes Handgelenk, und bei jedem zweiten Schritt war ein leises metallisches Geräusch aus dem Inneren der Tasche zu hören, immer wenn die Tasche leicht gegen den Oberschenkel des Polizisten schlug.

»Caterina, Sie wissen bestimmt viel besser als ich, was man mit Ihrem gesammelten Wissen alles anstellen kann. Vor allem, ob Ihre Arbeit weit genug fortgeschritten war, um sie auch vermarkten zu können. Ich denke da jetzt an fertige Maschinenpläne oder Ähnliches. Wenn die Ergebnisse Ihrer Forschung in die Hände eines Konzerns gelangt sind, gibt es für diesen zwei Möglichkeiten: Gewinnmaximierung durch Markteinführung einer technischen Innovation oder Gewinnmaximierung durch Verhinderung dieser Neuentwicklung. Als Zielvorgabe gilt immer nur die Gewinnmaximierung, nicht der Nutzen für den Einzelnen oder die Menschheit. Wenn Sie Entscheidungsträgerin eines Energiekonzerns wären, der Milliarden mit Erdölgeschäften oder Atomstrom erwirtschaftet, was würden Sie dann mit den Dateien von Caterina Delmedici machen?«

Caterina betrachtete mit ernster Miene das Blumenmuster auf dem Ärmel ihrer Bluse. »Ich möchte diese Frage lieber nicht beantworten müssen.«

Jerabek nickte. »Lässt sich das Ganze zumindest teilweise noch einmal rekonstruieren? Oder war die ganze Forschungsarbeit für die Katz?«

»Ich möchte es unbedingt noch einmal versuchen!«, versicherte die junge Frau mit Überzeugung. »Ich habe die Versuchsanordnungen noch in meinem Kopf und auch den Weg, wie wir zu unseren Ergebnissen gelangt sind. Was mir fehlt, sind die genauen Daten und Messwerte. Um diese wiederzuerlangen, muss ich mit den Versuchsreihen jedoch wieder ganz von vorn beginnen. Aber ich bin ja erst siebenundzwanzig«, fügte sie lachend hinzu. »Leider hab ich bald kein Labor mehr, das Bundesministerium möchte unser Projekt nach dem Ableben von Professor Grünzweig stoppen. Ich muss mich zuallererst um einen neuen Geldgeber bemühen.«

»Mit Ihrem Auftreten werden Sie das ganz bestimmt schaffen, Caterina. Ich glaube an Sie und wünsche Ihnen für Ihre Pläne alles Gute.«

»Danke, Franz. Die Glückwünsche kann ich gut gebrauchen.«

Ein silberfarbenes Auto rollte langsam zum Fahrbahnrand und blieb mit eingeschalteter Warnblinkanlage direkt neben ihnen stehen. Jerabeks Kollege Berger saß hinter dem Steuer und winkte aus dem Fahrzeug, Caterina und Erki grüßten zurück. Jerabek zog ein Notizbuch aus seiner Tasche. »Wollen Sie das Projekt denn ganz allein durchziehen?«

Caterina antwortete mit einem Augenzwinkern. »Ach, wissen Sie, gute Assistenten sind sehr schwer zu bekommen. Da reichen Arbeitseifer und Ausdauer allein nicht. Für die Wissenschaft muss man auch Phantasie mitbringen und die Bereitschaft, unkonventionelle Wege zu gehen. So ein Assistent darf ruhig auch ein wenig schräg sein oder verschroben, wie man bei alten Professoren gerne sagt. Aber allzu blöd sollte der Kerl auch nicht sein.«

»Na, dann haben Sie dieses Problem ja schon einmal gelöst«, meinte der Kriminalbeamte lachend. »Ich wünsche Ihnen beiden jedenfalls das Beste für die Zukunft. Ich muss den angenehmen Spaziergang leider beenden. Der Dienst ruft.«

Jerabek warf einen Blick in sein Notizbuch, machte ein paar Schritte in Richtung des zivilen Polizeifahrzeuges, blieb dann aber unvermittelt stehen und blätterte in seinen Aufzeichnungen. Langsam drehte er sich um und wandte sich nochmals an Caterina.

»Wie sind Sie eigentlich zur Zusammenarbeit mit Professor Grünzweig gekommen?«

»Über meine Dissertation vor vier Jahren, eine Abhandlung über das Werk des Naturforschers Viktor Schauberger. Ich habe mich in meiner Arbeit eingehend mit den Repulsinen Schaubergers befasst.«

»Gab es zu der Zeit auch andere Doktoranden oder auch Promovierte, die sich mit diesem Thema intensiv beschäftigten?«

»Nein, ich denke nicht. Zumindest in Wien dürften der Professor und ich die Einzigen gewesen sein, die sich mit diesen von der Wissenschaft strikt abgelehnten Ansätzen auseinandergesetzt haben. Warum wollen Sie das denn wissen?«

Jerabek überprüfte erneut seine Notizen. Erst als er den gesuchten Eintrag gefunden hatte, reagierte er auf die Frage Caterinas. »Warum? Weil Sie eine Frau sind.«

Caterina verstand den Sinn dieser Antwort nicht, doch der Abteilungsinspektor schien es plötzlich sehr eilig zu haben. Er verabschiedete sich mit einem Winken und bestieg das wartende Fahrzeug.

»Danke, Caterina«, schallte es laut aus dem geöffneten Fenster der Beifahrerseite, als sich der Wagen bereits in Bewegung setzte. Sekunden später verschwand das Auto im dichten Verkehr der Ringstraße. Ein Blaulicht begann inmitten der Fahrzeugkolonne aufzuleuchten. Jerabek war ein Licht aufgegangen.

20

Die Tür zum Büro der Außenstelle des Instituts für Strömungsmechanik und Wärmeübertragung war unversperrt. Jerabek und Berger betraten den Raum, ohne anzuklopfen. Eine schmale, kahle Fläche an der gegenüberliegenden Wand kennzeichnete die Stelle, an der sich bei ihrem letzten Besuch die Wanduhr befunden hatte, aber es lag weniger an dem fehlenden Einrichtungsgegenstand als vielmehr an der Erscheinung der Frau hinter dem Schreibtisch, dass dem Raum seine behagliche Atmosphäre abhandengekommen war.

Beatrix Riegler saß mit verschwollenen Augen und aufgelöster Frisur an ihrem Arbeitsplatz und starrte abwesend in ein Fotoalbum. Verpackungen verschiedener Medikamente lagen verstreut auf der großen Fläche des Tisches, am Boden neben dem Schreibtisch standen Weinflaschen.

»Sie kommen spät«, sagte die Sekretärin von Professor Grünzweig mit müder Stimme, ohne ihre Augen von den Fotos zu nehmen, auf denen man das Bühnenbild einer Theateraufführung erkennen konnte.

»Burgtheater?«, erkundigte sich Jerabek, der an den Tisch herangetreten war.

Ein mühevolles Lächeln zwängte sich ins Gesicht der Frau. Langsam hob sie den Kopf. »Nehmen Sie doch Platz, meine Herren. Kaffee?«

»Da sagen wir nicht Nein«, antwortete der ältere der beiden Kriminalbeamten und zog zwei Stühle an den Tisch heran.

Mit sichtlicher Anstrengung erhob sich Beatrix Riegler und schlurfte zur Kaffeemaschine. Sie steckte in einem schäbigen alten Jogginganzug und trug abgenutzte Pantoffeln an den Füßen. »Wie sind Sie auf die Lösung Ihres Falls gekommen?«, fragte sie über ihre Schulter hinweg.

»Ach, da gab es viele Hinweise«, antwortete Jerabek. »Es dauerte nur ein wenig, bis ich die Mosaiksteine zusammensetzen konnte, ich bin leider auch nicht mehr der Jüngste.«

»Wem sagen Sie das! Ich würde alles dafür geben, dreißig Jahre zurückdrehen zu können.«

»Dreißig Jahre«, wiederholte Jerabek gedehnt, »das ist eine lange Zeit, Frau Riegler. Gab es denn darin keine schönen Momente, an die Sie sich erinnern möchten?«

Die Sekretärin drehte sich langsam um und reichte den Kriminalpolizisten vorsichtig zwei Tassen mit Kaffee. »Schwarz für Sie, Herr Jerabek. Mit Milch und Kandiszucker für Herrn Berger. Bitte schön.«

Seufzend fiel sie in ihren ledergepolsterten Bürosessel zurück. »Dreißig Jahre! Für mich hieß das dreißig Jahre warten, dreißig Jahre hoffen, dreißig Jahre leiden. Und dann das!« Sie schüttelte energisch ihren Kopf. »Nein, ich möchte mich nicht an die schönen Momente in diesen Jahren zurückerinnern, ich möchte die Zeitspanne lieber verdrängen. Ich verfluche diese verdammten dreißig Jahre. Jede Sekunde davon würde ich gerne ungeschehen machen.« Sie drückte eine Tablette durch die Alufolie eines vor ihr liegenden Verpackungsstreifens und steckte sich diese in den Mund.

»Ihre Versuche, sich zu betäuben, werden die Geschehnisse der letzten Tage nicht aus Ihrem Gedächtnis löschen«, stellte Jerabek ernst fest.

Die Frau lachte laut auf. »Diese Geschehnisse, wie Sie das nennen, Herr Inspektor, möchte ich keinesfalls verdrängen. Ganz im Gegenteil. Sie waren meine Rettung, das längst überfällig gewordene Zerreißen viel zu enger Fesseln. Nein, diesen Befreiungsschlag lasse ich mir nicht nehmen. Was ich zu vergessen versuche, ist vielmehr mein verpfuschtes Leben davor.« Sie trank einen Schluck Wein aus dem vor ihr stehenden Glas.

»Die frühen Erinnerungen dürfen bleiben: Meine glückliche Kindheit, meine Liebe zur Schauspielerei und meine Erfolge an den großen Wiener Bühnen. Mein Gott, wie lange ist das her! Aber danach?« Sie erhob sich und blickte an sich hinab. »Sehen Sie mich doch an! Sehen Sie, was aus mir geworden ist! Ein unbewegliches, unförmiges, fettes Monster. Ich habe vor dreißig Jahren alles weggeschmissen! Meine Karriere, meine Figur, meine Gesundheit, meine ganze Selbstachtung. Und wofür?«

»Ich dachte, Sie mussten die Schauspielerei aus gesundheitlichen Gründen beenden«, warf Jerabek ein.

Riegler lachte verächtlich. »Schaut diese Person krank aus?« Sie drehte das Fotoalbum um hundertachtzig Grad und schob es Jerabek zu. Eine Medikamentenschachtel fiel zu Boden und landete vor den Füßen der Ermittler. Diese ignorierten die Verpackung und richteten ihre Blicke auf die Abbildungen einer jungen Schauspielerin.

»Fesch«, bemerkte Berger. »Warum haben Sie aufgehört?«

»Aus Dummheit und Liebe. Aus falschen Erwartungen.« Bedächtig setzte sich die Frau wieder. »Ich war knapp über zwanzig und Ignaz das Ideal meiner Jungmädchenwelt. Mitte dreißig, gut aussehend, Junggeselle, charmant, beliebt, hochintelligent. Wohl mehr aus Spaß hat er mir nach einer Generalprobe mitgeteilt, dass er so ein talentiertes Mädel wie mich gut als seine Sekretärin gebrauchen könnte. Naiv, wie ich war, habe ich noch am selben Tag gekündigt und das Ensemble verlassen. Ans Deutsche Theater in Berlin hätte ich damals gehen können, an die großen Häuser in Hamburg oder München, und wo bin ich Idiotin hinmarschiert? Zum Büro eines Hochschulprofessors, um dort dessen Papierkram zu erledigen!«

Hastig stürzte sie den restlichen Inhalt des Weinglases hinunter. »Mein Gott, was war ich dumm! Blind und dumm!« Sie verzog ihr Gesicht zu einer Grimasse und schlug sich mit der Hand an die Stirn.

»Wieso hat er Sie aufgenommen?«, fragte Jerabek. »Er wusste doch, dass Sie auf die Bühne gehören.«

Beatrix Riegler zog die Schultern hoch. »Es war viel zu einfach. Zuerst war er verwundert und dachte an einen Scherz, doch dann hat er nachgegeben. Ich konnte ihn davon überzeugen, dass ich an der Schauspielerei keinen Gefallen mehr finden und zu gerne in einem bürgerlichen Beruf arbeiten würde. Ich erzählte etwas von krankhaftem Lampenfieber, panischer Angst vor dem Publikum und dergleichen mehr. Er hat mir das tatsächlich abgenommen, ich war eine sehr gute Schauspielerin.«

»Das sind Sie heute noch, Frau Riegler«, bemerkte Jerabek anerkennend. »Ihr vorgetäuschter Zusammenbruch hier im Büro war eine beeindruckende Leistung. Hätte mir Frau Delmedici nicht von Ihrer Theatervergangenheit erzählt, würde ich heute noch schwören, dass Sie in diesem Zimmer aus einem Schock heraus das Bewusstsein verloren.«

Sie lächelte gequält. »Danke für das Kompliment. Manche Sachen verlernt man eben nicht so leicht.« Die Frau drehte das leere Weinglas zwischen ihren Fingern und seufzte. »Natürlich habe ich mir damals eingeredet, dass es Zuneigung war, die ihn dazu gebracht hat, mich bei sich anzustellen, und irgendwie habe ich es dreißig Jahre lang geschafft, diesen Glauben mit aller Kraft aufrechtzuerhalten. Immer wieder habe ich mich an diesen winzigen Funken Hoffnung geklammert. Dabei wird es wohl in Wirklichkeit nur Mitleid gewesen sein.«

Jerabek stellte seine Kaffeetasse neben das Fotoalbum auf den Tisch. »Ist Ihnen denn nie aufgefallen, dass sich Professor Grünzweig lieber mit jungen Männern umgeben hat? Von den feuchtfröhlichen Feiern im Kreis seiner Studenten über die Bootsausflüge auf der Alten Donau bis hin zu der Vergabe von Diplomarbeitsplätzen. Immer handelte es sich dabei um Männer, junge Männer! In der Liste der von ihm persönlich betreuten Hochschüler befindet sich kein einziger weiblicher Name. Nur die Assistenztätigkeit von Frau Delmedici durchbricht dieses Schema, aber die scheint bei ihrer Aufnahme die einzige Person mit der entsprechenden Qualifikation gewesen zu sein. Sie standen dem Professor am nächsten, da müssen Sie doch in dieser langen Zeit irgendwann einmal Verdacht geschöpft haben.«

Resigniert zuckte sie mit den Achseln. »Ich hab mir immer eingeredet, dass es bloß früh entstandene Berührungsängste wären, die ihn davon abhielten, die Nähe von Frauen zu suchen. Ein Elternhaus mit zeitig verstorbener Mutter, die strenge Erziehung in Klosterschule und Knabeninternat, dann das Technikstudium unter lauter Männern. All die prägenden Zeitabschnitte seiner Kindheit und Jugend hat Ignaz in männlicher Gesellschaft zugebracht. Das hat in mir den Gedanken hochkommen lassen, dass er einfach Zeit braucht, um sich auch bei Frauen wohlfühlen zu können. Zeit, die ich ihm geben wollte. Aber wenn man an einem Menschen hängt, sieht man halt immer nur das, was man sehen will.« Ihr Blick wanderte zur Lesebrille in ihren Händen.

»Natürlich gab es seit Jahren Gerüchte an der Uni, alte Geschichten über Ignaz' Bootspartien, Anspielungen und niveaulose Bemerkungen. Aber ich hab dem Getratsche keinen Glauben geschenkt und die hinter vorgehaltener Hand vorgebrachten Behauptungen immer entrüstet von mir gewiesen. Bis zum großen Erwachen.«

Jerabek nickte verständnisvoll. »Wann hat dieses große Erwachen für Sie stattgefunden?«

»Zwei Tage vor der geplanten Reise nach München. Ich habe Ignaz mit Samuel im Labor erwischt.« Wieder konzentrierte sich die Sekretärin auf das Weinglas in ihren Händen. »Ich hatte meine Geldtasche im Büro vergessen und bin zwei Stunden nach Dienstschluss zurückgekehrt. Die Tür zum Labor stand offen, und ich habe mich hineingeschlichen.« Sie zögerte. »Es war widerlich«, bemerkte sie schließlich mit Ekel in der Stimme. »Der alte Mann und der junge Schwarze! Wie Teenager haben die zwei im Notbett hinter den Vorhängen herumgeknutscht.« Ihre rechte Hand zerdrückte eine Medikamentenschachtel. »Ich war so geschockt, dass ich mich vom Spalt zwischen den Vorhängen minutenlang nicht wegrühren konnte. Erst als die Übelkeit in mir hochkam, hab ich mich davongemacht.«

»Sind Sie bemerkt worden?«, erkundigte sich jetzt Berger.

»Ich denke nicht. Aber was hätte das schon geändert?« Ächzend bückte sie sich, um eine der halb vollen, an der Seite des Tisches stehenden Weinflaschen hochzuziehen. Als sie sich einschenkte, tropfte Rotwein neben ihr Glas auf den Tisch, doch sie machte keine Anstalten, die Flecken wegzuwischen.

Jerabek nahm seine Tasse wieder zur Hand und ließ den kleinen silbernen Löffel darin kreisen. »Ich habe lange darüber nachgedacht, womit Jakob Grünzweig seinen Bruder erpressen wollte, bis mir endlich klar wurde, wo der Professor verwundbar war. Die Grünzweigs stammen aus einem reichen, angesehenen Familiengeschlecht mit althergebrachten Moralvorstellungen. Da gilt Homosexualität noch heute als Schande. Ich vermute, dass hier auch der Grund zu finden ist, warum der Professor im Erbverfahren mit viel weniger abgefunden wurde als sein jüngerer Bruder. Sein Vater wird es gewusst haben und Jakob ebenso.«

Beatrix Rieglers Finger krallten sich krampfhaft an ihrem Jogginganzug fest.

»Jakob hatte vermutlich vor«, fuhr Jerabek fort, »seinen Bruder mit der Androhung des Outings seiner sexuellen Orientierung zu weiteren Vermögensverzichten zu bewegen. Mir gegenüber hat er natürlich jede Form von Erpressung in Abrede gestellt und behauptet, er wäre ausschließlich wegen des Fünfundsechzigers des Professors nach Wien gekommen. Aber der Mann ist ein schlechter Lügner. Er hat sich seit Jahrzehnten nicht um die Geburtstage seines älteren Bruders geschert und war schon ewig nicht mehr hier in Wien. Wir haben ihn durchleuchtet, das ist ein aalglatter Drecksack. Aber es gibt nichts, was wir ihm anhängen könnten.« Jerabek rückte näher an den Tisch heran.

»Bei Ihnen sieht die Lage leider anders aus, Frau Riegler. Sie haben bestimmt viel gelitten in dieser unglückseligen Konstellation, aber die Art des von Ihnen gewählten Befreiungsschlages verträgt sich nicht mit unserer Rechtsordnung. Sie wissen, dass wir gekommen sind, um Sie festzunehmen?«

Beatrix Riegler nickte stumm.

»Wo hatten Sie die Waffe her?«

Wortlos griff die Frau in eine der Schreibtischladen und legte eine alte Armeepistole auf den Tisch.

Berger starrte fassungslos auf die vor ihm liegende P08. Mit dieser Reaktion hatte er nicht gerechnet.

»Es war seine eigene Waffe«, erzählte Riegler ruhig. »Ein Erbstück aus dem Nachlass seines Vaters, das Ignaz aus Angst vor Einbrechern im Labor aufbewahrte.« Der Anflug eines Lächelns verirrte sich in ihr Gesicht. »Ich habe ihn mit seiner verdammten eigenen Pistole erschossen, eingewickelt in den dicken Mantel, in dem ich den Zug nach München kurz vor ihm bestiegen hatte. Es war nur ein kurzer, dumpfer Knall, fast mehr ein Knacken, dann war er tot. Er hat nicht einmal sonderlich erstaunt gewirkt, als ich die Waffe hob. Er ist einfach nur dagesessen und hat mich dabei angeglotzt. Selbst im Sterben wollte er mir gegenüber keine

Emotionen zeigen.« Laut ausatmend ließ sich die Frau in ihren Ledersessel zurückfallen.

»Ich habe dann seinen Kopf gegen den an der Wand des Abteils hängenden Mantel gelehnt und ihn für einige Minuten still betrachtet. Es war nicht viel übrig von der sportlichen, attraktiven Erscheinung, die mich vor dreißig Jahren in ihren Bann gezogen hatte. Irgendwie scheint es ihm wie mir ergangen zu sein, auch er hatte über die Jahre zu viel Kummer in sich hineingefressen. Wir waren Seelenverwandte, nebeneinander festgezurrt im gleichen Verlies. Ich denke, ich habe uns beide erlöst.«

Mit den Fingern versuchte die Frau etwas Ordnung in ihre aufgelöste Frisur zu bringen, bis sie das aussichtslose Unterfangen schließlich aufgab und sich wieder am Weinglas festklammerte.

»Ein Satz hätte genügt«, sprach sie fast flüsternd in ihr Glas, »ein ganz einfacher Satz: ›Sie dürfen gerne bei mir arbeiten, Fräulein Riegler, aber machen Sie sich privat keine Hoffnungen – ich liebe Männer.‹ So einfach wäre das gewesen, aber dafür war er zu feig, viel zu feig. Dreißig Jahre lang. Seine Feigheit hat mein Leben ruiniert!«

Die Sekretärin vergrub das Gesicht in ihren Händen und begann zu schluchzen. Wie ein unwirklicher Fremdkörper lag die Mordwaffe mitten auf dem Tisch, und in dem stilvoll eingerichteten Büro begann sich eine unangenehme Stille auszubreiten.

Berger langte mit einem Taschentuch nach der Luger aus dem Weltkrieg und nahm sie vorsichtig an sich. Jerabek gab ihm ein Zeichen, woraufhin er sich erhob, um sich zum Telefonieren zurückzuziehen.

»Ich verstehe die unglückliche Beziehung zwischen Professor Grünzweig und Ihnen«, setzte Jerabek die Befragung fort, »aber warum musste dann am Morgen danach auch noch der Kaluma dran glauben?«

Riegler ließ ein triumphierendes Lachen ertönen und nahm die Hände vom Gesicht. »Wissen Sie, der Mord an Ignaz war eine therapeutische Notwendigkeit, der einzige Ausweg, der mir blieb, um wieder frei sein zu können. Die Kugel, die ich durch seinen sturen Kopf jagen musste, ging geradewegs auch durch mein Herz. Bei Samuel war das ganz anders. Dieses verlogene Schwein hab ich aus Vergnügen abgeknallt!«

Genüsslich setzte sie das Rotweinglas an ihre Lippen und schloss dann mit verbissenem Lächeln die Augen.

»Diese miese, kleine, schwule Ratte«, zischte sie plötzlich zwischen zusammengekniffenen Zähnen hervor und knallte das Glas auf die Tischfläche. »Der war doch von Beginn weg nur hinter Geld her. Ich hab ihm vom ersten Arbeitstag an misstraut. Ignaz hätte sich diese Laus niemals in den Pelz setzen lassen dürfen, aber die Buschenbacher ist ihm die Tür eingerannt, und er war viel zu weich und gutmütig, um sich gegen die unverschämten Forderungen dieser alten Bohnenstange zu stemmen. Wie ein Raubvogel ist dieses Weib über Ignaz hergefallen und hat uns ihr Kuckucksei ins Nest gelegt, einen schweigsamen schwarzen Schatten, der hier herumschlich und seine Nase in Dinge steckte, die ihn nichts angingen.«

Verachtung sprach aus ihrem Gesicht, und ihre Stimme nahm an Schärfe zu. »Als er bei Caterina auf Granit gebissen hat, begann sich der Mistkerl an Ignaz heranzumachen. Sein aufgesetztes Interesse an der Forschung und seine penetrante Dauerhöflichkeit waren zum Kotzen, aber Ignaz ist darauf hereingefallen. Dass er dann aber so weit gehen würde, mit Ignaz ins Bett zu steigen, hätte ich selbst dem Samuel nicht zugetraut.«

»Sie denken, dass er sich nur wegen des Erlangens vertraulicher Informationen auf ein intimes Verhältnis mit dem Professor eingelassen hat?«

Riegler reagierte empört. »Was denn sonst!«, rief sie. »Der Mann war vierzig Jahre älter als der Student. Alt und fett war er! Und im Unterschied zu mir konnte der Kaluma doch überhaupt keine Ahnung von den charakterlichen Werten von Ignaz haben.«

Jerabek sah Tränen der Wut und Verzweiflung in den Augen der Frau hochsteigen. Sie kramte ein Taschentuch aus ihrem Jogginganzug hervor. »Nur ich hab ihn gekannt, ich allein!«, schrie sie laut. »Ignaz war ein empfindsamer Mensch, ein hochgeistiges Wesen mit einer verwundbaren Seele. Ein Mensch, dem es zeit seines Lebens an Liebe und Zuneigung gefehlt hat. Ignaz war etwas ganz Besonderes!« Tränen kullerten über ihre Wangen, während sie losbrüllte: »Das dreckige Schwein hat die Schwäche des Professors ausgenutzt! Aus reiner Gier hat er sich an ihn herangemacht! Er wollte ans große Geld kommen, und dafür war ihm jedes Mittel recht. Er hat sich die Lorbeeren für die Schufterei hier im Labor genauso wenig verdient wie die Zuneigung des Professors. Ich hab ihm schließlich das gegeben, was er wirklich verdiente.«

Triumphierend zerriss sie das Papiertaschentuch in ihren Händen. Ein wirrer Ausdruck hatte sich im Gesicht der Frau festgesetzt, und Jerabek überlegte, die Befragung abzubrechen, doch seine Neugier siegte.

»Wie haben Sie es geschafft, Ihr zweites Opfer in den Stadtpark zu locken?«

»Der Deutsche hatte ihn dorthin bestellt«, antwortete Riegler, die nach ihrem emotionalen Ausbruch wieder in sich zusammengesunken war. »Ich habe mir eine handschriftliche Notiz über den Treffpunkt im Stadtpark aus Samuels Jacke gefischt. Er stand ja seit Wochen unter meiner Beobachtung. Hinter einer Hecke verborgen habe ich dort dann der Übergabe von Unterlagen zugesehen. Sobald der Deutsche weg war, bin ich auf Samuel zugegangen, hab ihm einen schönen guten Morgen gewünscht und ihm mitten in die Stirn geschossen.« Ihr Gesicht verzog sich zu einer schmerzverzerrten Fratze. »Er wollte ja unbedingt bei Ignaz liegen, jetzt kann er das. Für alle Zeiten.«

Die Brille, die sie sich gerade erst aufgesetzt hatte, rutschte wieder von ihrer Nase, und sie wischte sich mit den Resten des zerrissenen Taschentuchs die Tränen aus dem Gesicht.

»Dann sind Sie vom Stadtpark hierher ins Büro gefahren und haben auf uns gewartet«, sagte Jerabek. »Sie haben uns den von Ihnen beobachteten glatzköpfigen Deutschen als falschen Europol-Polizisten aufgetischt, um eine falsche Spur zu legen. Auch das haben Sie uns perfekt vorgespielt. Warum haben Sie uns jetzt dennoch erwartet?«

Beatrix Riegler gab keine Antwort, sie starrte wieder auf die Fotografien in ihrem Album. Zärtlich fuhren ihre Fingerkuppen über Schauspieler und Kulissen, vereinzelte Tränen fielen auf die Bilder. Endlich hob sie langsam den Kopf. »Was hätte ich sonst tun sollen? Wo hätte ich hinsollen? Zurück zum Theater kann ich nicht mehr, und das Labor ist verwaist. Ignaz wird nicht wiederkommen. Mir blieb nur noch das Warten.«

Jerabek nickte und beugte sich über den Schreibtisch. »Wenn ich Ihnen einen Rat geben darf: Sie sollten vor Gericht besser ein wenig Reue zeigen. Das erspart Ihnen ein paar Jahre Gefängnis bei der Strafbemessung.«

»Gefängnis?« Riegler zwang sich zu einem gequälten Lächeln. »Ich war dreißig Jahre lang in einem Gefängnis. Das, was nun kommt, kann gar nicht so schlimm sein wie das, was hinter mir liegt. Es ist mir egal, wie lange es dauert, ich bin jetzt frei. Endlich frei!«

Die von Berger verständigten weiblichen Beamten trafen ein, um Beatrix Riegler in Gewahrsam zu nehmen. Jerabek erhob sich und bedankte sich durch ein Nicken für den Kaffee.

Wortlos schlich die Sekretärin auf ihren alten Pantoffeln hinter dem Schreibtisch hervor und an ihm vorbei. Auf halbem Weg zu den an der Tür wartenden Polizistinnen drehte sie sich noch einmal um. »Das Paket! Das Paket im Geschenkpapier, das ich verschwinden ließ, als Sie das letzte Mal hier waren. Haben Sie den Anhänger gelesen, nachdem mich die Rettung abtransportiert hatte?«

Jerabek bejahte die Frage stumm, worauf die Frau mit hängendem Kopf weiterschritt und sich widerstandslos abführen ließ. Schweigend blickten die Ermittler den drei Frauen hinterher, bis der Widerhall der schleppenden Schritte aus dem Gang zur dunklen Einfahrt verklungen war.

»Was stand auf dem Geschenkanhänger?«, wollte Berger schließlich wissen.

»›Ignaz‹. Mit einem Herz über dem ›i‹.«

»Und was ist daran so Besonderes?«

»Das Herz war durchgestrichen. Fast bis zur Unkenntlichkeit mit Kugelschreiber überkritzelt. Ich hab dem zuerst nicht allzu viel Bedeutung beigemessen. Erst als mir Caterina von der schauspielerischen Vergangenheit der Riegler berichtet hat, ist mir klar geworden, dass hier viel mehr dahinterstecken dürfte.«

Berger grinste. »Ich hab's dir ja gesagt, Franz! Die Lösung dieser Mordfälle finden wir in einer Beziehungsgeschichte und nicht bei Profikillern mit Waffen, die mit Schalldämpfern ausgestattet sind. Du hättest auf mich hören sollen.«

»Ich werde beim nächsten Mal daran denken«, erwiderte Jerabek schmunzelnd und setzte sich in Bewegung. »Lass uns fahren, wir haben einen Bericht zu schreiben.«

»Was ist jetzt mit dem Russen und dem in Frankreich festgenommenen Mann?«

»Die müssen froh sein, dass die Mordanklage vom Tisch ist. Ansonsten hat sich da nicht viel geändert, ein paar Jahre werden schon zusammenkommen.«

Die Kriminalbeamten verließen das Büro und schlenderten durch die finstere Hauseinfahrt zur Straße.

»Muss eine komische Situation für die Spionagetruppe gewesen sein«, sinnierte Jerabek laut. »Da beobachten sie den Grünzweig bei der Abfahrt des Zuges, und Minuten später ist der tot. Sie ziehen den Neubauer aus dem Verkehr, der überraschend aufgetaucht war, um dem Professor eine zu verpassen, nichtsdestotrotz verlieren sie in der Früh auch ihren Informanten durch einen Kopfschuss. In ihrer Panik kassieren die Typen sofort Caterina ein und befinden sich urplötzlich in einer Situation mit zwei Gefangenen und dem großen Rätselraten, wer die beiden anderen erledigt hat. Kein Wunder, dass die an diesem Vormittag wie die Irren mit Paris telefoniert haben. Da hat sich bestimmt kein Schwein mehr ausgekannt.«

Berger öffnete die Fahrertür des zivilen Polizeifahrzeugs und setzte sich hinter das Steuer. »Ihren Auftrag haben sie trotzdem erfüllt. Das Forschungsmaterial liegt jetzt bestimmt in einem Tresor in Frankreich. Oder sonst wo.«

Jerabek legte den Sicherheitsgurt an und nickte. »Freie Energie, Berger, das ist ein faszinierender Gedanke. Gut möglich, dass eine Erfindung in diese Richtung die Lebensumstände vieler Menschen verbessert, aber ob die Welt dadurch friedlicher wird? Wer weiß? Ich werde jedenfalls nicht so lange warten können und werde heute etwas früher Schluss machen. Ich muss mich um den Frieden in den eigenen vier Wänden kümmern.«

»Noch immer das leidige Urlaubsthema?«

»Ja, aber ich werde das schon hinbiegen. Bleib bitte auf dem Weg zum Büro bei einer Blumenhandlung stehen!«

»Rote Rosen?«

»Nein, wir brauchen Kronenanemonen. Ernas Lieblingsblumen.«

»Wir?« Berger grinste. »Ich arbeite ja sehr gerne mit dir zusammen, Franz. Aber diesen Fall wirst du ohne mich lösen müssen.«

»Schade«, lachte Jerabek, »bei einem Streitgespräch zwischen Erna und dir wäre ich zu gerne dabei gewesen. Aber ich denke, ich schaff das auch allein.«

Zufrieden lehnte er sich zurück und dachte an die schönen Zeiten gemeinsam verbrachter Urlaubsreisen zurück. Und während sein Kollege den Wagen startete, beschloss der Abteilungsinspektor, sich nicht mehr länger vor dem bevorstehenden Pensionsantritt fürchten zu wollen.

21

Erki stand wie versteinert auf dem schmalen Grünstreifen zwischen der mehrspurig ausgebauten Ringstraße und dem angrenzenden Fahrradweg und blickte in jene Richtung, in der die Kriminalbeamten entschwundenen waren. »Wie zum Teufel hat dieser Berger jetzt herausgefunden, wo er seinen Chef abholen soll?«

Caterina legte ihm von hinten die Hände um die Hüften. »Handyortung, nehme ich an!« Von einem Lachkrampf gepackt, klammerte sie sich an Erki und vergrub ihr Kinn zwischen seinen Schulterblättern.

Vorsichtig befreite er sich aus der Umklammerung und drehte sich langsam um. Sie fiel ihm um den Hals und drückte ihren Kopf an seine Schläfe, ihr Lachen schien kein Ende nehmen zu wollen.

»Ich wusste gar nicht, dass man nach einem Doppelstudium noch immer so blöd sein kann«, flüsterte ihr Erki ins Ohr.

»Woher solltest du auch?«, gab sie keck zurück. »Dir war ja der Begriff ›Doppelliter‹ immer viel näher als der Begriff ›Doppelstudium‹. Komm! Ich hab eine Idee.«

Sie löste ihre Umarmung, nahm ihn an der Hand und zog ihn über die Nebenfahrbahn zurück auf den Gehsteig. »Ich weiß jetzt, was wir mit dem angebrochenen Nachmittag anfangen können: Lass uns ordentlich feiern, Erik! Gehen wir vor zur nächsten U-Bahn-Station und fahren wir in den Fünfzehnten, ins ›Tschecherl‹! Dort quatschen wir dann mit deinen Freunden und lassen uns dabei so richtig vollllaufen. Was hältst du davon?« Sie schickte ihm ein aufmunterndes Lächeln. »So ein paar Bierchen, ein Whisky dazu oder zwei? Ein paar Gläschen Rum vielleicht? Oder gleich ein ganzes ›Tschecherl‹-Menü mit einem dieser selbst angesetzten Schnäpse? Komm, lass uns gehen! Das wird bestimmt lustig!«

Caterina zog an seiner Hand, doch Erki hielt sie mit aller Kraft zurück. Sein Gesicht hatte sich zu einer Grimasse verzerrt. »Hör auf, Caterina. Du weißt, dass ich das seit meiner Vergiftung nicht einmal mehr hören kann, ohne dass mir dabei schlecht wird.« Er ließ die junge Frau los und hielt sich beide Hände vor den Bauch.

»Nur einmal, Erik! Nur noch einmal so ein klitzekleiner alkoholischer Zehnkampf. Ich habe so etwas noch nie live gesehen. Der Herr Friedl soll doch die Gläser so liebevoll anrichten. Wir setzen uns einfach an die Bar und lassen uns die Spezialitäten des Hauses servieren. Ein kleines Birnenschnapserl, einen Marillenbrand, ein wenig vom Bacardi und Wodka natürlich! Auf Wodka stehst du. Weiß ich. Und dann noch das Lärcherl! Ein Traum, hab ich gehört. Komm, wir sollten uns das nicht entgehen lassen, du kannst ja einen Magenbitter hinterherkippen, wenn sich der Schnaps nicht mit dem Bier verträgt.«

Erki wankte zum schmiedeeisernen Zaun und hielt sich an den Gitterstäben fest. Er versuchte, mit seiner übermütigen Begleiterin mitzulachen, aber es fiel ihm sichtlich schwer.

»Es reicht, Caterina! Oder willst du, dass ich vor deinen Augen auf den Gehsteig kotze?«

Caterina nahm Erki bei der Hüfte und zog ihn sanft von den Gitterstäben weg. »Ist schon gut, Erik. Ich wollte nur mal eben sichergehen, ob der begrüßenswerte Zustand deiner Dauerabstinenz noch ein wenig anhält.« Sie drückte ihm einen kurzen Kuss auf die Wange und fuhr ihm zärtlich durch die Haare seines widerspenstigen Blondschopfs. »Wenn du nicht ins ›Tschecherl‹ willst, könnten wir ja auch in meine Wohnung schauen.« Ihre blaugrünen Augen zwinkerten ihm verschwörerisch zu, und im selben Augenblick verflüchtigte sich bei Erki das Gefühl einer aufkommenden Übelkeit.

»In deine Wohnung? Möchtest du dort vielleicht wissenschaftliche Experimente durchführen? Mit einem phantasievollen und ausdauernden, aber nicht allzu blöden Assistenten? Einem, der sich nicht nur ein wenig schräg verhält, sondern auch dazu bereit ist, unkonventionelle Wege zu beschreiten?«

Erkis Aufgreifen ihrer eigenen Worte brachte sie wieder zum Lachen. »Du bist ein Depp, Erik! Ich muss in meine Wohnung, um den Viktor zu füttern.«

»Den Viktor füttern. Aha. Interessante Ausdrücke habt ihr

Doppelstudienabsolventen. Aber dein Vorschlag hört sich gut an. Gehen wir!« Er umarmte sie und drückte sie fest an sich.

Die Nachmittagssonne erhitzte die Ringstraße und brachte die Luft knapp über dem Asphalt zum Zittern. Autos fuhren in einer so großen Anzahl über die Prachtstraße, dass man sich fragen mochte, ob denn halb Wien nichts anderes zu tun hatte, als nachmittags am Ring im Kreis zu fahren. Die Bäume auf den Grünstreifen neben der Fahrbahn sahen krank aus, ihre Stämme waren von den Auspuffabgasen genauso schwarz geworden wie die kunstvoll gestalteten Fassaden der Prunkgebäude auf beiden Seiten der Straße. Die Stadt ächzte unter der steten Zunahme des Verkehrs und der dadurch verschärften Ozonbelastung für seine Bewohner. Mehr als sechs Jahrzehnte waren seit dem Tod Viktor Schaubergers vergangen, und noch immer blieben seine Denkansätze unbeachtet, und seine Mahnungen verhallten ungehört.

Hoch oben, auf dem höchsten Punkt des Rathauses, stand der Rathausmann und blickte über Wien. Seit über hundertzwanzig Jahren nahm er alle Veränderungen in seiner Stadt wahr. Auch die Veränderungen an den zwei jungen Menschen, die zu seinen Füßen vom Burgtheater auf den Rathauspark zusteuerten und eng umschlungen unter den Kronen uralter Platanen verschwanden.

Nachwort: Die Repulsine – freie Energie durch Implosion

Der österreichische Naturforscher Viktor Schauberger (1885–1958) war Förster, Entdecker, Philosoph und Wegbereiter der sogenannten »freien Energie«. Seine intuitive, ganzheitliche Betrachtungsweise schuf eine Naturphilosophie, die mit nichts vergleichbar ist, was wir aus der herkömmlichen Philosophie und Wissenschaft kennen. Aus seiner jahrzehntelangen Beobachtung der Natur entwickelte er ein völlig eigenständiges Verständnis von Wasser, Luft und Erde, das ihn zum Gegner der etablierten Wissenschaft und Technik werden ließ. Er erkannte früh die zerstörerische Wirkung der Verbrennung wertvoller Rohstoffe auf unserem Planeten und kritisierte vehement die moderne Landwirtschaft, die Verbauung der Flüsse und das unkontrollierte Abholzen der Wälder.

Seine Aufmerksamkeit galt vor allem dem Wasser. Beim Studium von Gebirgsbächen und darin vorkommenden Naturphänomenen entdeckte er faszinierende Kräfte des Wassers, die es ihm ermöglichten, die Bringungskosten bei von ihm errichteten Holzschwemmanlagen auf ein Zehntel zu reduzieren. Später baute er Geräte zur Erzeugung von Edelwasser mit hohen Heilkräften, beschäftigte sich mit dem Bau spezieller Pflüge für neue, fruchtbarere Wege in der Landwirtschaft und fing schließlich damit an, Maschinen zu entwickeln, die der kostenlosen Energiegewinnung dienen sollten.

Schauberger lehnte die Umweltgifte erzeugenden technologischen Entwicklungen unserer heutigen Kultur entschieden ab und forderte einen Umstieg auf neue Energiegewinnungskonzepte im Einklang mit der Natur. Der etablierten, konventionellen Technik, die ausschließlich nach dem Wärme-, Druck- und Explosionsprinzip arbeitet, stellte er seine eigene biotechnologische Methode entgegen, die sich an den Aufbau- und Bewegungsprinzipien der Natur orientierte, nämlich dem Sog und der Spirale.

»In der Natur gibt es keine geraden Linien«, betonte Schauberger. Alles Leben entspringt aus der Spiralform und den aus ihr ableitbaren Ei-, Tropfen- und Kelchformen. Selbst die planetare Bewegung der Erde beschreibt eine doppelte Spiralform.

Den Ausweg aus den falsch bewegenden und zerstörerischen Technologien sah der Naturforscher in der Implosion. Diese ist das Gegenstück zur Explosion und wirkt strukturverkleinernd und verdichtend. Das führt zu einer Abnahme des Reibungswiderstandes und einer Abkühlung. Thermische Energie wird also in höhere Energieformen wie Bewegungs-, Wachstums- und Lebensenergie umgewandelt.

Schauberger bezog in seine Betrachtungen dabei auch physikalisch nicht wahrnehmbare oder messbare höhere Energieformen ein, sogenannte metaphysische oder astrale Energien. Für ihn waren Leben und Energie Phänomene, die weit über die materielle Ebene hinausgehen. Genau dieser Ansatz macht es der Schulwissenschaft bis heute so schwer, der Sichtweise des intuitiv veranlagten Forschers folgen zu können.

Bei seinen Naturstudien beobachtete er Forellen, die bewegungslos in der starken Strömung reißender Gebirgsbäche standen und sich das Futter ins Maul treiben ließen. Erschreckte man die Forellen, schnellten diese mit großer Geschwindigkeit flussaufwärts davon – gegen die Strömung! Schauberger prägte für die hierfür wirkenden Kräfte den Begriff der Levitationskraft. Eine Auftriebskraft als polares Gegenstück zur Gravitation. Der Naturforscher sah diese Kraft überall. Im Wasser, in der Luft, in Pflanzen und in Tieren und Menschen. Er beschrieb die Levitationskraft als lebensaufbauende, spiralförmige, schwingende und ziehende Bewegung. Jene Kraft, die das Wasser entgegen der Schwerkraft zu den hochalpinen Quellen steigen lässt, die dafür verantwortlich ist, dass Bäume nach oben wachsen, dass Vögel fliegen, und die es uns Menschen ermöglicht, sich leichtfüßig und aufrecht zu bewegen.

Mit seinen Maschinen versuchte er, diese Levitationsphänomene zu kopieren. Mittels von ihm als Mäanderscheiben bezeichneten kreisrunden Platten aus Kupfer gelang es ihm, eingeleitetes

Wasser in doppelspiralförmige Drehung zu versetzen. Das Wasser wurde in einspulenden Bewegungen durch Doppeldrallrohre mit sich verjüngendem Querschnitt und eiförmigem Profil geschickt. Das Profil und die Spiralform der Rohre kopierten die natürliche Fließbewegung des Wassers und bewirkten durch ihre Bauform eine Abnahme des Reibungswiderstandes, der schließlich negativ wurde, also Zugenergie entwickelte, und das Wasser kontinuierlich von unten nachsaugte. Nach einem erstmaligen Anstoß durchlief das Wasser somit von selbst den Kreislauf in der Maschine.

Im Bereich der Zugkraft wirkt laut Schauberger nicht mehr der im Quadrat zur Beschleunigung wachsende Widerstand, sondern die im Quadrat zur Beschleunigung wachsende Leistung. Eine Düse leitete das Wasser mit großem Druck auf ein Turbinenrad am Ende der zentrifugalen Anordnung der Rohre. Hier konnte Bewegungsenergie abgegeben werden.

Schauberger nannte diese pulsierenden, Druck und Zug ausübenden Konstruktionen Repulsinen: Apparaturen, die den natürlichen Lebensaufbau kopierten. Sein halbes Leben widmete er der Konstruktion dieser Maschinen. Dabei wurde er immer wieder angefeindet, behindert oder gegen seinen Willen für fremde Interessen aus Wirtschaft und Politik eingespannt. Seine Gerätschaften wurden mehrfach beschlagnahmt, entwendet oder zerstört.

In diesem Umfeld hat es der Biotechnologe vorgezogen, seine Konstruktionsgeheimnisse für sich zu behalten und die eigentlichen Schlüsselinformationen mit ins Grab zu nehmen. Zahlreiche Gerüchte ranken sich um seine Heimkraftwerke und um Flugscheiben, bei denen nach dem gleichen Prinzip Luft verwirbelt wurde. Ein eindeutiger Nachweis für die Funktionstüchtigkeit seiner Implosionsmaschinen steht jedoch bis heute aus.

Viele der von Schauberger aufgestellten Behauptungen waren in den dreißiger und vierziger Jahren des vergangenen Jahrhunderts leicht wegzuleugnen. Angesichts der heutigen ökologischen Situation der Erde sind seine damaligen Aussagen jedoch aktueller denn je. Erst heute ist das Bewusstsein für die Folgen von

Umweltzerstörung und Erderwärmung so weit gewachsen, dass neuartige Ansätze auf offene Ohren stoßen.

Schaubergers Sichtweise ist aber so unkonventionell, dass es einer Offenheit bedarf, die weit über das »moderne« Wissen der heutigen Zeit hinausgeht. Es bedarf eines völlig neuen Bewusstseins für die Funktionsprinzipien der Natur, eines Wiedererlangens des Urwissens, das der Menschheit in vorgeschichtlicher Zeit abhandengekommen ist. Erst dann wird es gelingen, eine neue technologische Entwicklung zur Energiegewinnung für das dritte Jahrtausend zu erschaffen – im Einklang mit der Natur.

Quellenangaben zum Leben und Wirken Viktor Schaubergers:

Alexandersson, Olof: Lebendes Wasser. Über Viktor Schauberger und eine neue Technik, um unsere Umwelt zu retten. Ennsthaler Verlag, Steyr 2003

Coats, Callum: Living Energies – Viktor Schauberger's brilliant work with natural energy explained. Gateway Books, England 1996

Fitzke, Franz: Viktor Schauberger – die Natur kapieren und kopieren. Film, J. Schauberger Verlag, Bad Ischl 2008

Implosion. Biotechnische Schriftenreihe, hg. vom Verein für Implosionsforschung und -anwendung e.V., Offenburg, Ausgaben 112–118, 1995–1997

Kronberger, Hans; Lattacher, Siegbert: Auf der Spur des Wasserrätsels. Uranus Verlag, Wien 2002

Schauberger, Viktor: Unsere sinnlose Arbeit, Wiederveröffentlichung der Mahnschrift aus dem Jahr 1933. J. Schauberger Verlag, Bad Ischl 2001

Tattva Viveka. Forum für Wissenschaft, Philosophie und spirituelle Kultur, hg. von Ronald Engert, Darmstadt, Ausgaben 05–09, 1996–1998